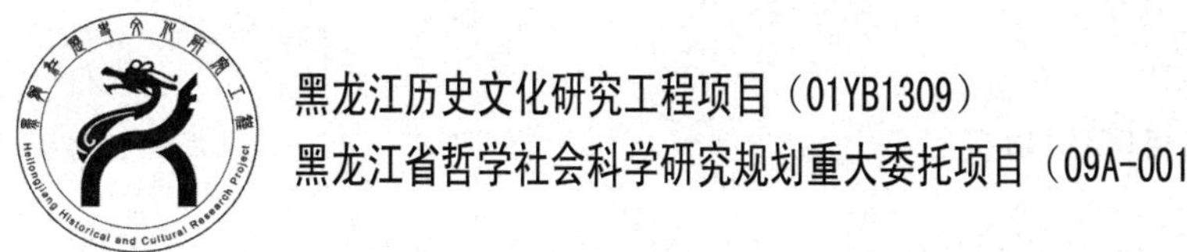

雪堂集（外八种）

傅作楫　等◇著

图书在版编目(CIP)数据

雪堂集 : 外八种 / 傅作楫等著. --哈尔滨 : 黑龙江大学出版社, 2011.12(2021.8 重印)
(东北流人文库 / 李兴盛主编)
ISBN 978-7-81129-406-4

Ⅰ. ①雪… Ⅱ. ①傅… Ⅲ. ①古典文学-作品集-中国-宋代~清代 Ⅳ. ①I211

中国版本图书馆 CIP 数据核字(2011)第 057759 号

雪堂集 : 外八种
XUETANG JI:WAIBA ZHONG
傅作楫等 著

责任编辑 安宏涛
出版发行 黑龙江大学出版社
地 址 哈尔滨市南岗区学府三道街 36 号
印 刷 三河市春园印刷有限公司
开 本 720 毫米 ×1000 毫米 1/16
印 张 32.75
字 数 408 千
版 次 2011 年 12 月第 1 版
印 次 2022 年 1 月第 3 次印刷
书 号 ISBN 978-7-81129-406-4
定 价 75.00 元

《雪堂集（外八种）》编委会

歷史源流 流寓文化

PROLOGUE 总序

黑/龙/江/历/史/源/流/与/流/寓/文/化/系/列

历史文化资源是民族文明的血脉和根基，是民族精神品格的凝聚与体现，是一个国家和地区特有文化形态的依托和载体。对历史文化资源的保护与利用从来都是一个对民族的、本土的优秀历史文化的继承与发展的问题，它直接关涉民族精神的弘扬与传承，关涉一个国家、一个地区未来的发展与走向。保护、挖掘、利用历史文化资源是世界性的课题，大多数国家都十分重视对本国、本民族历史文化资源的保护、挖掘和利用，以此延续民族文脉，维护自己的文化特性和文化多样性，树立民族形象，扩大国际影响力，进行传统教育和爱国主义教育，增强民族自信心和凝聚力。

历史证明，每一个成熟的民族、国家和地区都有自己独特的文化品格和精神气质，这种文化品质以深厚的历史文化积淀为基础，同时也成为民族精神、国家精神和区域人文精神的内核。所以，正如费孝通先生所强调的那样，生存在一定文化形态中的人们只有对自己的文化“有自知之明”，才能“对自身的发展历程和未来有充分的认识”，才能通过文化反思走向文化自觉，实现文化自信。

作为黑龙江人，我们在流逝的岁月中积淀起对龙江大地越来越深厚的情感，看着浩浩荡荡的黑龙江水欢跃前行，看着莽莽苍苍的大小兴安岭气象万千，感受着脚下这片黑土地的壮阔雄浑，享受着它慷慨无言的馈赠；随着对黑龙江的历史文化了解得越多、思考得越深，我们心中的这份深情就越发充沛，对黑龙江的深厚历史文化资源在中华文明史上的特殊地位和巨大贡献就越充满信心：黑龙江绝非人们通常所认为的“蛮荒之地”，实际上，诚如我国著名考古学家苏秉琦先生所言，中华文明的产生，不在中原而在北方，黑龙江有着非常悠久的历史和十分灿烂的文明。

现在看来，黑龙江的历史源远流长，积淀丰厚，影响广泛。1997年，阿城市（今哈尔滨市阿城区）交界镇石灰场洞穴遗址中出土文物的考古学测定表明，远在17.5万年以前，黑龙江地区已有古人类生存。早在传说中的虞舜时期，生活在黑龙江地区的古族肃慎（息慎氏）即与中原部族有了交流。另据文献记载，先秦时代，定居于今黑龙江地区的肃慎、东胡、涉貊三大族系的先民，在与中原部族进一步交往的同时，也以自己的勤劳和智慧为黑龙江流域的开发作出了重要的贡献。进入封建社会以来，黑龙江这块土地独自孕育或与其他地区共同孕育的各民族不断雄啸崛起，其中，东胡族系后裔鲜卑、契丹、蒙古族，肃慎族系后裔靺鞨、女真、满族，在我国北方及全国范围内先后建立了北魏、辽、金、元、清等封建王朝以及唐朝的藩属政权“渤海国”，统治时间总和长达九百多年，这在中国历史上是十分独特的。自古以来，世居黑龙江流域的北方民族与其他各族人民一道奠定了中华民族多元一体的格局，他们促进了南北文化的大碰撞、大融合，对我国社会进步、文化繁荣和科技交流，对光辉灿烂的中华文明作出了不可磨灭的贡献。

近现代以来，黑龙江这个多民族聚居的边疆大省，逐步形成其鲜明的边疆的、民族的、移民的、中西兼容的文明特质。

清初以来，鲁、豫、冀、晋等关内省份“闯关东”的移民大量涌入，他们闯入了这一肃慎—女真族系的“龙兴之地”，带来了中原主流文化的优秀传统,促进了关内民风民俗与黑龙江本土文化的融合。

20世纪初,随着中东铁路的开通,一批现代城镇在龙江大地因铁路而兴,特别是中东铁路的中枢——哈尔滨,迅速成为国际化的都市:松花江穿城而过,水气灵秀;铁路横贯欧亚,四通八达,物流、信息流会聚流转;俄罗斯人、犹太人等20多个国家近20万侨民涌入,一个开放包容、极具时尚活力、崇尚诚信敬业、追求和谐奋进的国际性商贸中心、历史文化名城逐渐成形,其国际化程度可与巴黎、伦敦、纽约、莫斯科比肩,创造了中国近代城市化进程中的一个奇迹。20世纪二三十年代,素有"东方莫斯科"、"东方小巴黎"美称的哈尔滨已然成为国际商埠和时尚中心,欧洲的流行时尚,如服装、餐饮、电影、戏剧、音乐等很快传入哈尔滨,这里有中国第一家啤酒厂、第一家电影院、第一家音乐学校、第一个芭蕾舞团、第一个交响乐团,西式教堂、酒吧等建筑随处可见。俄侨文化、犹太文化等外来文化要素交相辉映,形成了哈尔滨独具国际交汇特色的建筑文化、饮食文化、教育文化、宗教文化。这些文化要素同来自内地的移民文化一道,为哈尔滨乃至黑龙江打下了特有的海纳百川、有容乃大的文化烙印。

随着印刷业、报刊业等现代媒介的兴起和城市文化的繁荣,哈尔滨会聚了大量的文化名人。20世纪20年代,孔罗荪、陈纪滢、塞克、金剑啸等人在哈尔滨创办新文学社团"蓓蕾社",倡导新文化运动。20世纪30年代"沦陷"(日伪)时期,金剑啸、罗烽、萧红、萧军、白朗成立了"星星剧团",进行了大量的文艺活动,宣传抗日。与此同时,随着马占山将军的江桥抗战打响了中国武装抗日的第一枪,义勇军、游击队、抗日联军在白山黑水间、在松花江上,为了民族的独立和领土的完整,英勇孤绝地奋战14年,用热血解冰霜,铸就了最能体现东北性格的抗联文化。

1945年起,作为全国最早的解放区,在黑龙江诞生了中国省区的第一个广播电台——黑龙江人民广播电台,中国省区的第一家报纸——《黑龙江日报》，中国最早的三家电视台之一——哈尔滨电视台（与北京电视台、上海电视台一道开启了中国的电视发展史），以及在新中国电影发展史上具有开创地位的东北电影制片厂。这些都奠定了黑龙江在新中国发展中独特的文化地位。新中国初期，北大荒开发、大庆油田开发、大小兴安岭开发，又逐步形成了垦荒文化、创业文化、知青文化等当代文化，铸就了以北大荒精神、大庆精神、铁人精神、大兴安岭精神等为代表的优秀精神资源。

独特的历史进程，积淀了黑龙江特有的文化多样性和包容性；多民族聚居陶冶出绚丽多彩的满族、达斡尔族、鄂伦春族、鄂温克族、赫哲族等北方世居少数民族的风情和丰富殷厚的非物质文化遗产。鄂伦春族的歌舞和桦树皮画，赫哲族的鱼皮工艺品精深加工，朝鲜族的民族风情园，满族的剪纸、刺绣，等等，风格十分纯粹，成为目前仅存的可供考察原生态渔猎文化形态的“活化石”，客观上为人们保留了东北本土少数民族迷人的民俗风情及其独特魅力。这种融合了黑龙江本土文化、移民文化、异域文化的三极互渗、多元交融的文化格局，这种既具边疆、民族色彩，又带有中西交融性质的文明特质，这种被列宁称为“碾碎了民族差别的大磨坊”的文化形态，具有鲜明的兼容吸收性与开拓创新性，最终凝结成龙江大地上意蕴丰富、多姿多彩的独特的生存样态，构成了中华文化独特的、重要的组成部分。

当今时代是一个“资源为王”的时代，黑龙江丰富独特的且较少开发的历史文化资源在文化大发展大繁荣的时代为我们提供了特有的文化创造空间。我们至少可以从中梳理出民族历史源流、民族民间非物质遗产、中外文化交流、红色历程、文化名人、流寓文化、重大历史事件、开发建设、历史文献、地域风情十大历史文化资源系列。这些都为我们建设边疆文化大省、推动我省文化大发展大繁荣奠定了良好的基础。

大力推进黑龙江历史文化资源保护、挖掘与利用工作，是塑造和提升黑龙江文化品格、实现文化自觉的必然要求，是增强地区文化软实力、抢占文化制高点的必然要求，是实现我省经济社会协调发展的必然要求，具有十分重要的现实意义和深远的历史意义。保护、挖掘与开发黑龙江历史文化资源，就是要更清晰准确地揭示我们的地域文化内涵，让我省人民增强文化归属感，不断实现对本土文化的自豪、自觉与自信，从而塑造和提升黑龙江人的文化品格与精神气质。

黑龙江大学出版社策划了“黑龙江历史源流与流寓文化系列”这一大型图书选题，计划陆续推出《黑龙江大界江百村纪行》、《黑龙江与俄罗斯文化关系》、《满文档案文献整理集成》、《东北流人文库》、《萧红全集》及《抗战时期黑土作家丛书》等一系列有重大社会影响的精品图书，旨在挖掘黑龙江历史文化资源及地域人文风情，呈现龙江文化的勃勃生机，为读者奉献更多高质量的精神文化产品。这些选题立意很好，起点很高，眼光独到，对于深入挖掘黑龙江的历史文化资源具有重要的价值。

期待黑龙江大学出版社“黑龙江历史源流与流寓文化系列”丛书成为“文化天下”的图书精品，成为向全国乃至世界推介魅力独具的黑龙江的“文化名片”，并产生重要的影响力。

是以，欣然为序。

[signature]

二〇〇九年九月六日

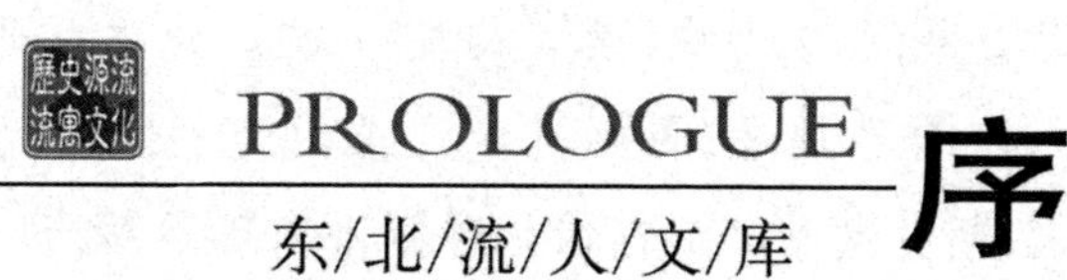

李兴盛与流人学的研究

世有“显学”与“晦学”之分，“显学”为当世所重，群趋若鹜，如清之乾嘉考据学，今之红学、敦煌学等等，于是资料盈箧，成果丰硕，人才辈出，为举世所瞩目。“晦学”则不然，虽其学重要，然资料发掘艰难，前人成作较少，一时难见其功，学人多视为畏途，潜研者寥寥，若为世所遗忘者，今之流人学类此。

流人源出于流刑，多为蒙冤受屈，备受迫害与刑罚者。流人颇多具有文化素养，甚至学问淹博者也为数不少，世所谓“天下才子流人多”即指此而言。其人虽投诸四裔，犹不弃边远，播种文化，开发蒙昧，厥功至伟，是流人与流人文化问题固不得不有所研讨，而世之投身斯学者，固屈指可数也。

我之接触流人问题，始得益于安阳谢国桢(刚主)先生。我家与谢氏有通家之谊，少时曾借书于谢氏，得读刚主先生所著《清初流人开发东北史》，为前此未读之书。见其对清初发戍东北之流人所作专门性研究，既钦其治学视野之广阔，复感其研究有裨于清初开国史的探求。后此则未见有关流人新作。20世纪五六十年代政治运动中辄有因种种新账老账一齐算而遭贬谪者，西部荒漠及北大荒等地均有其人，虽下放、锻炼名目各异，而其实与流人差近。投鼠忌器，颇为流人问题之研究增忌讳。70年代初，我曾下放农村四年，耕余无聊，又谨言慎行，寡交游，遂就所携图籍中之流人著述，时加研读，随手札记心得，积久乃成《读流人书》一文。此举一则纾烦遣愁，借他人杯酒，浇自己块垒；再则见流人虽困处厄塞，而犹能寄托诗文，传播文化，颇受激励。深惟似此群体而淹塞不彰，研究者又甚鲜而深致感慨。80年代初，海宇廓清，学术文化顿显新颜，有幸获识西北周轩、东北李兴盛二君，皆以流人问题研究自任，撰述探讨，卓有成就。其穷年累月从事"晦学"研究之精神，尤令人钦佩。

我识李君兴盛较晚，初仅书信往来，继又得读其惠我大作。我虽曾粗涉流人之学，而视李君所著之精深，则瞠乎其后矣！1989年，先后读其所著《边塞诗人吴兆骞》及《东北流人史》，见其"筚路蓝缕，以启山林"的精神及从个案研究走向通史研究的历程，窃喜流人学研究之得人！惟惜其尚局限于东北一隅，深冀其由一隅而扩及全面。孰意不及五年，而百余万言之《中国流人史》又问世，李君用功之勤，投入之深，求之当世，实不多见。我曾为此书做过鉴评说：《中国流人史》"是对流人问题进行全方位、多层次、各区域的完整论述，开创了流人史研究的新体系。我通读《中国流人史》的最深感受是，他不把知识分子流人的遭遇作为个案，而是加以群体的系统记述，使之成为记述中国知识分子坎坷经历，不幸命运，悲惨处境而仍能百折不挠，利国利民，奋发向上的感人史诗"。1998年冬，兴盛复以所主编之《何陋居集（外二十一种）》一书见惠，此书以清方拱乾之《何陋居集》为总名而含有宋、清、民国之流人文献共二十二种，为流人史之研究提供基本史料，厥功至伟。次年，兴盛不辞千里，亲临寒舍，一倾积愫，交流沟通，听其言，观其行，固恂恂然一君子也。我读书未遍，关于流人史的研究，除周、李二君的著述外，其他专著、论文所见尚鲜，此流人学之所以为“晦学”也。究其缘由，愚意以为治此学者必需具备三条件：

其一，研究者必须久居边远戍地，对流人生活背景，岁月煎熬，有亲临其地的切身感受，有一种为不幸者存史的激情冲动，乃以真挚的感情去探讨、研究，从而论述中国知识分子的忧患史。这是最重要的精神支柱。

其二，研究者必须具备发现挖掘史源、搜检考校史料和公允评论人物的学识底蕴与熟练技能。惟其如此，方能于人于事，持之有故，言之成理。方能由此及彼，由表及里，由个案至群体，由古代至近世，撰成诸种有关著述，使流人学之研究不数十年而蔚为大观。这是最重要的物质基础。

其三，研究者必须澹泊自甘，砼砼自守，不急功好利，不艳羡荣华。以悲天悯人之心，阐幽发微；不偏不倚，还人物以本来，终其生而无怨无悔。这是最重要的史德。

三者言易而行难，周、李二君得天独厚，幸逢其会，一羁居西陲，一谋食黑水，耳听故老逸闻，目见流人遗迹，抚今思昔，思潮汹涌，笔端激情，油然而生。二君皆好学深思之士，穷年累月，孜孜不倦，广搜博采，勤于著述，颇见称誉于学术界，而李君兴盛所著连年问世，凡个案研究、文献记录、史事纵论，皆所涉及，涵盖可谓深广。2000年，兴盛更将其流人文化研究延伸至流寓文化与旅游文化领域，主持《黑龙江流寓文化与旅游文化丛书》编写工作，其第一种《黑龙江山水名胜与轶闻遗事》一书，既出版问世，赋流人学以实践意义，研究对象由流人扩展至客寓人士，视野愈益开阔。2001年，复出示其另一种《中国流人史与流人文化概论》。兴盛倾历年之积存，更于《中国流人史》之基础上，总结升华，成此论集。捧读之余，欣悦不已。

兴盛之辑《中国流人史与流人文化概论》，虽为辑录其于流人问题研究中之理论观点，实则寓构筑流人学框架之深意。书分上下编，上编阐述有关流人与流人文化之理论问题，诸如流人的分类、流人史的分期，流人文化的界定与特性、流人历史作用的评价等等；下编为文选，辑与撰者及其著作有关之资料，可备了解兴盛治学历程与所获成就之参考。从此，兴盛之于流人学之研究，有史、有论、有专门著述、有文献汇编，足称完整架构专学之规模。

目前，为了弘扬我国历代东北流人在逆境中建功立业、保卫与开发边疆的业绩及其艰苦奋斗的精神，为了促进由谢刚主先生开创的流人史、流人文化，乃至流人学这一新学科、新体系、新流派真正创建成功，兴盛君在黑龙江省委宣传部、黑龙江省新闻出版局及黑龙江大学出版社的大力支持下，以其三十余年研究成果为基础，正在编纂《东北流人文库》这部大型的历史文化丛书。《东北流人文库》拟分为“流人文献”与“流人研究”两大部分，堪称一部恢弘巨著。

相信我国前所未有的这部开拓型丛书的出版，对于黑龙江历史文化资源的抢救与黑龙江边疆文化大省的建设，对于东北，乃至全国历史文化，尤其是文学史、刑法史、民族交流史、人口迁徙史等学科的研究，对于繁荣我国出版事业，都会起到极大的促进作用。

流人学的建立是兴盛的一个梦，他自谦目前是“残编寻旧梦”，我看他已在日益走近“全编圆美梦”的佳境。他自勉是“攀登今未已，风雨正兼程”，我则以耄耋之年真诚地期待流人学不久将在社会科学的学科分类表上堂堂正正地占有一席之地。流人学之跫然足音，殆已日近一日。兴盛其勉旃！

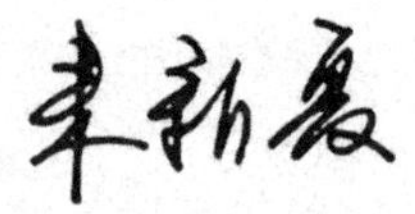

二〇一〇年元月

凡　例

为了弘扬我国历代东北流人筚路蓝缕以启山林的创业精神，自强不息苦心经营的奋斗精神，关心国事反抗侵略的爱国精神，为了彰显他们在逆境中建功立业、保卫与开发边疆的业绩，为了促进由谢刚主先生开创的流人史这种新学科的研究，并使流人文化，乃至流人学这一新体系、新流派真正创建成功，在中共黑龙江省委宣传部、黑龙江省新闻出版局及黑龙江大学出版社的大力支持下，在本人三十余年全方位、多层次、系统化、理论化的流人研究的基础上，编纂了这部大型的历史文化丛书。相信我国前所未有的这部开拓型丛书的出版，对于黑龙江历史文化资源的抢救与黑龙江边疆文化大省的建设，对于东北，乃至全国历史文化，尤其是文学史、刑法史、民族交流史、人口迁徙史等学科的研究，都会起到极大的促进作用。现将本丛书“流人文献”的编辑凡例介绍如下：

(一)本系列所辑包括两种不同类型的著述：一为东北流人及其曾经出塞的亲友自撰的各种（诗文、史地、学术等）著述；一为前人（流人除外）所撰所编（如吴燕兰编《汉槎友札》、吴晋锡《半生自纪》）以及今人所辑录的与流人有关的各种体裁（包括碑传文）传记资料著述等。

(二)本系列所收流人及其曾经出塞的亲友自撰文献，上限始于有文献流传的宋辽金，下限止于清末。

(三)本系列所收各种流人文献及相关资料著述，原则上可以单独成册者印成一册，反之则将一人之多种著述或将数人之著述合为一册印行。

(四)本系列所收各种著述，均冠以一篇“前言”，主要简单介绍作者行实与著述，所收著述之版本概况以及选用的底本。至于所收著述之史料价值及对作者的评价，不一定每书均有。这一点，请读者自行审酌。此外，书后尽量附录几种与作者及该文献相关之资料，供读者研读之参考。

(五)在整理过程中，将原竖刊本改为横排本，将原文之繁体字、异体字改为规范的简化字。原有避讳字(如为避康熙玄烨讳之“玄”字，方拱乾、方孝标之诗文集均缺末笔，陈之遴之诗集则作“元”)一律改回。对少数民族含有侮辱性之字改为今天的正字，如《浮云集》之“猺”改为“瑶”等，其他则一仍其旧。但下列情况除外：

①专名用字(如人名、地名、事物名称)及容易引起歧义的繁体字，按习惯酌予保留。基于此，《甦庵集》之“甦”不作“苏”，地名寘(tián)颜山之“寘”不作“置”，徐湘蘋之“蘋”不作“苹”。又如表示剩余、多余之义的“馀”字，与代表“我”之“余”字极易引起歧义，因此不能一律以“余”字替代，有时必须作“馀”。基于此，“余生”、“余身”与“馀生”、“馀身”有别，而陈之遴“应连万死馀”句、释函可“自悔罪深馀舌在”句之“馀”字不能简化为“余”。同样的道理，陈之遴诗中的“於戏”与“短歌哀筑漫相於”之“於”也不能简化为“于”。方拱乾“八载缧人此日还”诗句中的“缧”字不宜简化为“累”。另如“髮”与“发”、“麯”与“曲”等经常会引起歧义等字也作如是处理。

②为了忠实于原文，同时为了便于学者对地名、人名、物名等事物名称源流及异名之考证与研究，同一名称的不同用字或词，酌予保留。如在古代文献中，长江多作扬子江，也有作杨子江者，山海关多作榆关，也有作渝关者(《浮云集》即作杨子江、渝关)，凡此本系列二者并存，不予统一，余此类推。

③古籍刻本中多有通假字，为了忠实于原文，我们在点校整理时未予改正，仍存其原貌，如《甦庵集》辛丑年卷首有“男亨咸较”四

字，"较"是"校"的通假字。余者类推。

（六）本系列收录之流人文献，诗、词、赋与散文并存。为了整齐划一与美观，诗之排版五言、七言者基本每两句一行（杂言诗也尽量仿此）。作者之原注与我们所写之校记（改正、说明、增补）或注释等文字，则以"编者按"的形式，作为脚注，置于本页界线下方。而散文、赋、词（包括序、跋），则采取连排的排版方式。词有上下阕者，则在上下阕之间空两字。

作者原注及我们校改文字则作如下处理：凡原误、衍字应删或疑误之字，均加（　），而改正、增补或说明之文字则加〔　〕，至于疑误之文字不宜改正者，则于〔　〕中加问号即〔?〕，以示存疑。错误之字显而易见者（如干支中己亥误作巳亥等）径改，可以推知其误者，在〔　〕中注明"当作某"或"疑作某"。凡阙文或原文实在无法辨认之字，则以□代之。

又及，本丛书所收之文多据前人刻本，有的原文有正文和注文之分，注文多为双行夹注。我们在点校整理时，对此类注文采用比正文（宋体）小一些的楷体字编排，以示与正文有所区分。

前　言

本辑收录《雪堂集》、《焚椒录》、《鄱阳集》、《松漠纪闻》、《洪忠宣公年谱》、《北狩行录》、《呻吟语》、《宁古塔山水记》、《域外集》等相关流人文献，计九种，兹分别介绍如下。

《雪堂集》四卷，清傅作楫著。

傅作楫，又名傅恒，字圣泉，号济庵，四川奉节人。生于顺治十三年（一作十四年），康熙二十六年（1687年）举人，官良乡等县知县。四十三年升任左副都御史。敢于直谏，锋芒毕露，“颇著直声”，因此于次年被人告讦而革职，迁奉天。五十四年九月援捐马例，捐马百匹，而被赦归。工诗，有《雪堂集》，内含《燕山》、《西征》、《辽海》、《南行》四集，集各一卷。康熙年间刻于武林，后又有乾隆刻本，民国九年守墨斋复出刊本。此外还有康熙年间傅氏在夔州的家刻本（《雪堂诗赋》）。后人谓其诗“高健雄浑”，“近体高朗谐和，尤擅胜场”，实非过誉。尤其《辽海》及《西征》诸作，状边塞风光，历历如绘，与唐人边塞名诗相比，毫无逊色。

傅寒先生是傅作楫十四世孙，生有至性，笃于亲情，常以不能弘扬先祖傅作楫的业绩为憾。因此多年来，奔波于全国多地多家图书馆，搜访先祖诗集，并拟设法出版。久之终于收集到《雪堂诗集》部分康熙刻本，后查到乾隆刻本，最近，又在北京拍卖公司搜购到康熙年间其先祖傅氏家刻本《雪堂诗赋》。该书封面有“夔州府”、“傅御史手著”、“宅第藏版”字样，当为《雪堂集》之最早刻本，其比后来之刻本多出律绝若干首及桐城姚钟跋一篇。同时，他还从傅作楫门人章藻功《思绮堂文集》及《蜀雅》等文献中,查阅到许多相关记载。这真可谓是精诚所至,金石为开。后来,当他发现学术界只有拙著《东北流人史》(1990年版)与《中国流人史》(1995年版)曾为傅作楫辟有专传时,就辗转打听到本人联系方式,请我作序,同时将傅作楫亲自题诗的扇面真迹及康熙帝赐予傅氏之诗轴(复印件)函寄。近来,恰值本人在编纂《东北流人文库》,决定将傅氏诗集收入其中。我以电话告知后,傅寒先生欣喜欲狂,当即将全书书稿及相关资料拍照发来。因此,本书此次整理系以傅寒先生所搜集之《雪堂集》康熙武林刻本与乾隆本为底本,补以家刻本。同时在傅寒先生所寄相关资料外,又补充了几份附录。特此说明。

《焚椒录》一卷,辽王鼎著。

王鼎,字虚中,涿州(今河北涿县)人。幼好学,"博通经史"。辽清宁五年(1059年)擢进士第,累迁观书殿学士。大安年间(1085—1094)初,因事流放镇州(今蒙古鄂尔浑河上游哈达桑北古回鹘城,一作今蒙古人民共和国布尔根省南)。数年后召还,乾统六年(1106年)卒。大安五年(1089年)在戍所写有《焚椒录》。

《焚椒录》系记载北院枢密使耶律乙辛专权擅政构陷道宗宣懿皇后始末之杂史类著述。由于是辽人记辽事,记载翔实,颇富史料价值,为人所称。

本书有《宝颜堂秘笈》、《津逮秘书》、《说郛》、《无一是斋丛钞》、《香艳丛书》等版本。我们是据南京图书馆所藏清抄本(已收入《续修四库全书》)进行整理的。

《鄱阳集》四卷,另拾遗一卷,《松漠纪闻》二卷,另补遗一卷、考异一卷,宋洪皓著。

洪皓(1088—1155),字光弼,饶州鄱阳(今江西波阳)人。史称"少有奇节,慷慨有经略四方志"。北宋政和五年(1115年)登进士第，南宋建炎三年(1129 年)被擢升徽猷阁待制，大金通问使，假礼部尚书，出使北方。至金，被流递冷山(今黑龙江省五常县，一作今吉林省舒兰县)。在被金人扣留的十五年中，坚守臣节，誓不降金，以教书为生，曾“作诗千篇，北人抄传诵习”，并曾以桦叶默写《论语》、《孟子》、《大学》、《中庸》全文为《桦叶四书》，作为课本，教授学生。还曾搜集金人政治、军事情报，觅人暗中传递给南宋政府，史谓“以文书至者九，数陈军国利病”，即指此事而言。

金皇统三年(1143 年)以宋金和议成及金熙宗之皇子出生而被赦归。归后由于受到秦桧迫害，又多次遭到贬逐，居英州九年病卒，年六十八岁，谥忠宣。有《松漠纪闻》、《鄱阳集》、《金国文具录》、《春秋纪咏》等。

《鄱阳集》，《宋史》艺文志作十卷，其子洪适曾于洪皓卒后刻于新安郡。但原书久佚，直到乾隆年间始为清人从《永乐大典》中录出，编为四卷，收入《四库全书》。同治年间，洪汝奎将该书并拾遗一卷，收入《洪氏晦木斋丛书》。这次整理是以《四库全书》本为底本，并据《洪氏晦木斋丛书》本进行校补，此外又据《彊村丛书》本《鄱阳词》增补一词，即《江梅引》之四，使之愈臻完备。

此集原四卷，卷一为奉使与流递冷山之诗，卷二约为迁燕、南归、南徙之诗，卷三为年月无考之诗，另附词十一题，卷四为各种体裁之文，而拾遗之诗文多数为使金期间之作。该书对于研究洪氏行实及宋金关系颇具史料价值。

《松漠纪闻》是洪皓自金返宋后，追忆在金十五年的见闻所编撰的一部杂史。对于东北山川、风俗、物产、辽宋礼仪制度及军政大事的著录，在辽金宋史、东北史的研究中，具有不可低估的作用。

此书系洪皓卒后由其长子洪适刻于歙越(今安徽歙县)，分正续两卷，上卷 31 事，下卷 27 事，由于其流递的冷山，在唐松漠都督府以北，故名。后来其次子洪遵补增补遗 11 事，重刻于建业(今南京市)。这样全书已达69事。后来在流传中,又产生了近二十种的不同版本,如《顾氏文房小说》、《辽海丛书》、《四库全书》、《学津讨原》、《说郛》、《洪氏晦木斋丛书》、《豫章丛书》、《丛书集成》等。其中以《晦木斋丛书》,尤其是《豫章丛书》校订最为精审,因此我们这次整理就采用了《豫章丛书》本。

《洪忠宣公年谱》一卷,清洪汝奎著。

洪汝奎,字琴西,安徽泾县人,汉阳籍。道光举人,官至两淮盐运使。"笃于稽古",以学行、经济负海内清望。与曾国藩为畏友,尤慕洪皓之为人。先是,嘉庆年间,彭泽洪庥等人有"忠宣公(即洪皓)年谱"之辑录,但"疏略特甚,讹舛亦多",基于此,汝奎又广搜资料,纂为此书。此书"搜采繁富,考核精审",对于研究洪氏行实与宋金关系,颇具史料价值。但有一点应该指出,洪氏之名,《宋史》本传及其他多种文献均作"皓",而本书作者经考证,指出另有作"浩"、"灏"、"皎"者,究竟何者为是?本书据《宗谱世系表》所载洪皓兄弟七人,其六位弟弟命名之字,左旁均从"日",因此认为"当非从白"。这样,本书引文及其所辑《鄱阳集拾遗》凡涉及洪皓之"皓",均作"皓",确否待考。

本书初成,并未问世。直至宣统年间始由其子付梓刊印,收入《洪氏晦木斋丛书》之中,我们这次整理,就是据此为底本。

《北狩行录》一卷,宋蔡鞗著。

蔡鞗,为北宋权臣太师蔡京之子。考宋靖康二年(1127年)鞗为21岁,据此当生于宋大观元年(1107年)。曾任宣和殿待制,因徽宗四女茂德帝姬赵福金之下嫁为驸马,深得徽宗宠幸。靖康二年随徽宗北狩,他也随至五国头城(今黑龙江依兰县),后事不详。在北狩期间,曾记录了与徽宗相关的一些轶闻逸事,这就是其《北狩行录》。该书由于是以当事人记述亲历之事的第一手史料,对于研究宋徽宗北狩后之行实，具有很高的史料价值。

此书最早见载于《三朝北盟会编》，一作内侍王若冲撰，但清人曹溶将本书收入其《学海类编》时，署名蔡鞗，而卢文弨与徐釚家的抄本亦作蔡鞗，因此我们之署名姑仍其旧。

此书仅有《学海类编》、《丛书集成初编》以及卢氏家、徐釚家抄本，我们此次整理系以《丛书集成》本为底本，适当校以卢氏与徐氏家抄本。

《呻吟语》一卷，宋佚名撰。

本书编者姓名与行实均已无考，但编者在书后留下了一篇《跋》，对于后人了解本书价值极大。该《跋》道："《呻吟语》二十页，先君子北狩时就亲见确闻之事，征诸某公《上京札记》、钝者《燕山笔记》、虏酋萧庆《杂编》，编年纪事，屡笔屡删，以期传信。未及定本，遽而厌世。不肖又就《燕人麈》所载可相发明者，伴系于下，亦以承先志云。"

据此，可知本书作者系"北狩"之流人，其所记系"亲见确闻"之事，去世后，其子又作了一些增订。总之，这是一部已佚名之宋代流人父子二人之作。

本书记事起靖康二年三月二十九日徽宗北迁，迄绍兴十二年梓宫南返，较全面地记述了宋二帝及宫室、宗族北迁与北迁后的遭遇，记载翔实，大多不见于相关正史，而且又系作者"亲见确闻"，可见其史料价值之高。

本书于孝宗隆兴二年（1164 年），被一位叫确庵之人将它与另外四种相关杂史（即《南征录汇》、《宋俘记》、《开封府状》、《青宫译语》）汇编成《同愤录》下帙。至度宗咸淳三年（1267 年），又被另一位名耐庵之人补以《宣和奉使录》、《瓮中人语》，并更名《靖康稗史》，以后仅以抄本流传，未见刊刻，并流传至高丽。至清光绪十八年（1892 年），由我国学人自朝鲜抄回，又录副本送给著名藏书家丁丙。民国二十八年(1939年),王大隆据丁秉衡自丁丙藏本抄录之本刊印于《己卯丛编》中。由于此本系辗转抄录,未能细校,致脱漏甚多。有鉴于此,近年崔文印先生广搜史料,以丁丙藏抄本为底本,校以《己卯丛编》本,重新予以校勘,成《靖康稗史笺证》一书①。我们这次整理,系以《己卯丛编》本为底本,同时校以《靖康稗史笺证》本。

《宁古塔山水记》一卷,《域外集》一卷,清张缙彦著。

张缙彦(1599—1670),字坦公,河南新乡人。明崇祯四年(1631年)进士,累官至兵部尚书。入清任山东右布政使,浙江左布政使,顺治十五年为工部右侍郎,十七年初降调江南按察使司佥事。十一月,因事流放宁古塔。康熙九年卒于戍所,年七十二岁。

张缙彦工诗文,喜山水,出塞后不废诗书,勤于著述,写有大量诗文。惜其塞外诗已佚,但两部散文集《宁古塔山水记》与《域外集》却意外传世。

《宁古塔山水记》虽然是古代与韵文相对的一种散文,其实也是地理历史学著述。他出塞后,鉴于塞外山水,"询之土人,皆不能名",于是在登山临水之际,"探奇搜奥",作了细心考察,并以文记之。或记其源流、胜迹,或载其特点、物产,而山水之无名者,"姑以其地,以其里,以其所居之人姓氏名之"。如当地的泼雪泉、白石崖,就是他命名的。该书凡二十二篇,记当地主要山川名胜、物产风俗等。该书作为黑龙江,乃至东北地区第一部现存的山水志书,不仅具有开创之功,而且也具有很高的史料价值。

他在宁古塔期间还写了其他散文22篇,或为吴兆骞等友人所撰书序,或为寄友人之书信,其内容或记述宁古塔之风俗与物产,或反映流人之生活与心态等。临卒前汇编成集,即《域外集》。该书作

① 崔先生之作已于1988年由中华书局出版,本书之版本源流参考了崔先生之论述,特此致谢!

为黑龙江现存的现代意义上的第一部散文集，史料价值不言而喻。同时，“其文雄深雅健”，文采斐然，又具文学价值。

此二书在康熙四十余年松石斋曾有刻本（当为其家刻本），此后从未刻印过，仅上海图书馆一家有藏，张氏后裔也一无所知，可能天壤间已仅此一部。直到1984年始由本人整理，交由黑龙江人民出版社出版。本次整理仍以松石斋本进行点校。但由于此二书，尤其是《宁古塔山水记》文字漫漶严重，许多字模糊残缺，难以辨识，增加了我们整理工作的许多难度。

以上收录之九种文献，鉴于《雪堂集》数量较大，且从未出版过铅印本，因此以之作为主书名，余者以“外八种”概括之。鉴于我们的学识谫陋，整理过程中，疏漏之处在所难免，望读者予以批评指正。

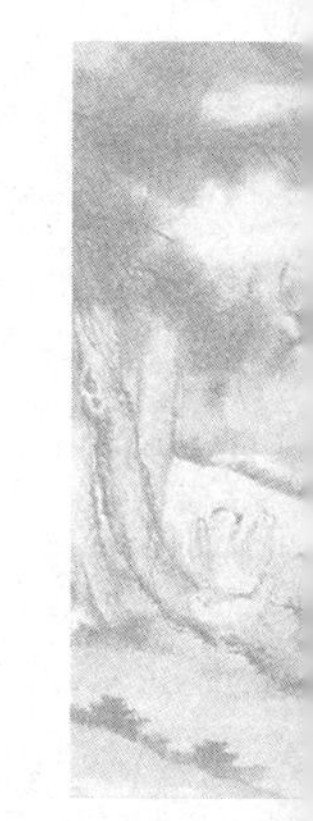

李兴盛

2011年9月5日

目　录

雪堂集

雪堂集　燕山集

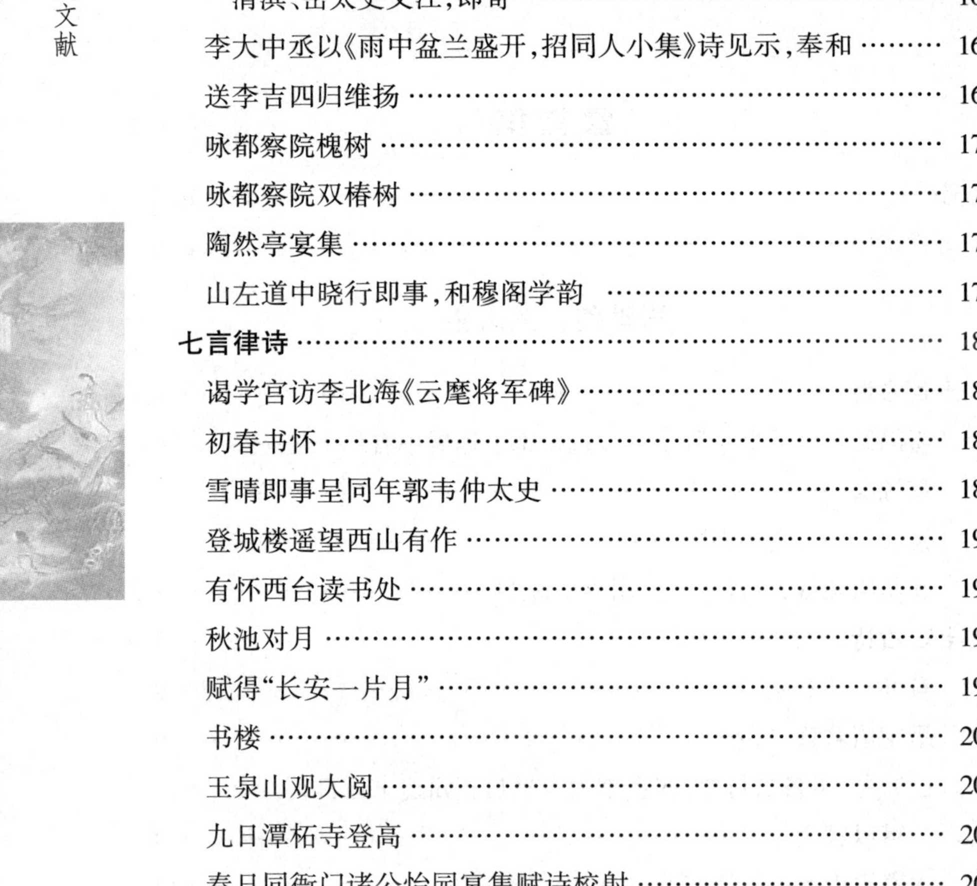

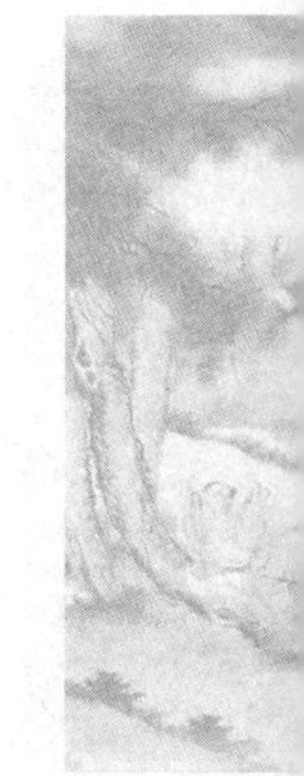

雪堂集　西征集

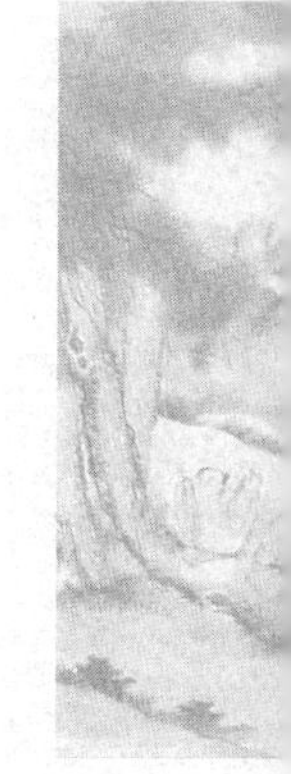

雪堂集　辽海集

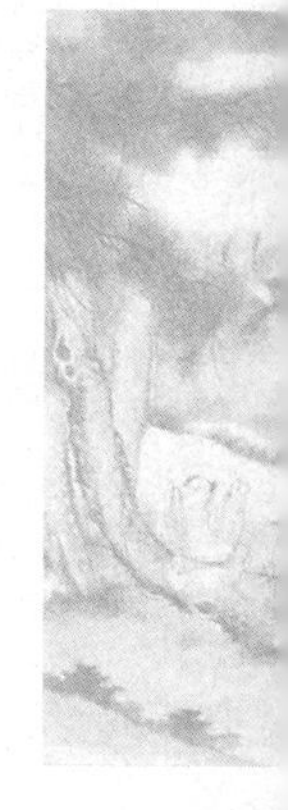

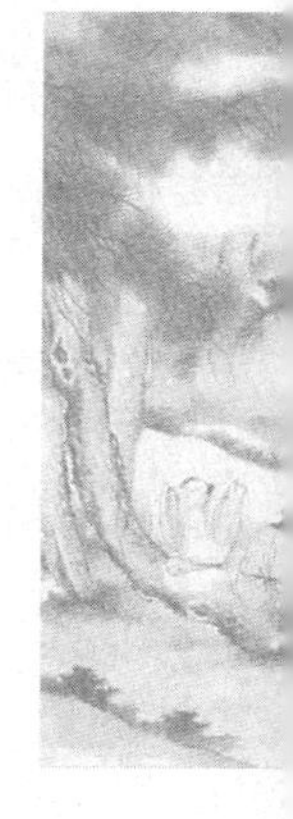

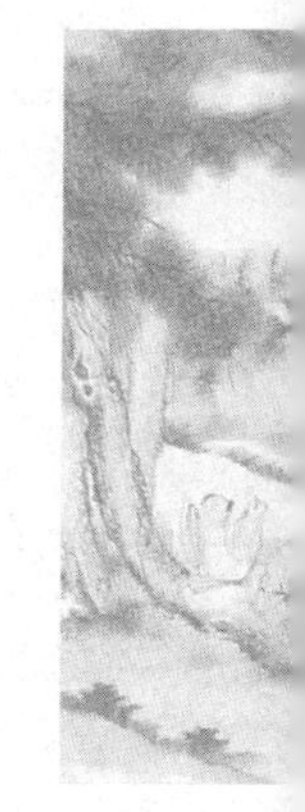

雪堂集　南行集

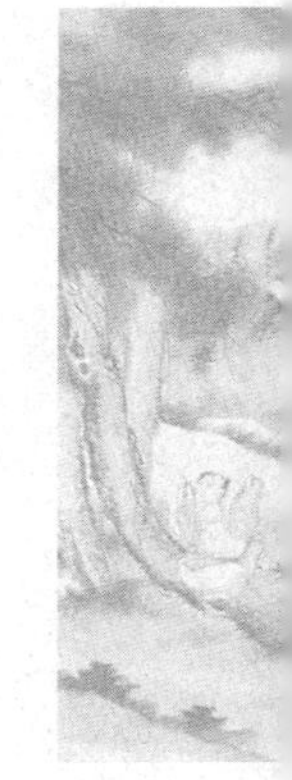

附录

焚椒录

附录

鄱阳集

鄱阳集　卷一　诗

鄱阳集　卷二　诗

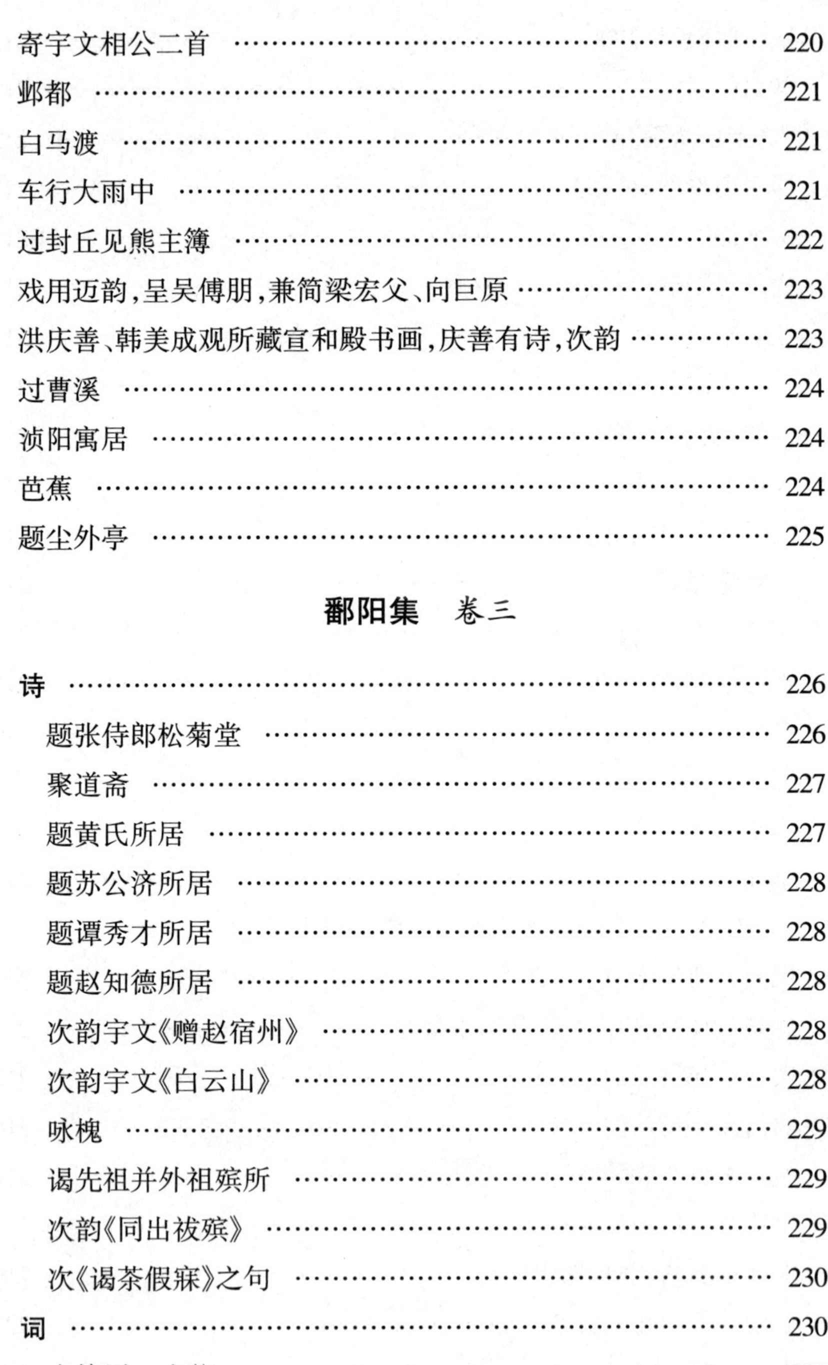

鄱阳集　卷三

鄱阳集　卷四

鄱阳集　拾遗

松漠纪闻

洪忠宣公年谱

北狩行录

呻吟语

宁古塔山水记

域外集

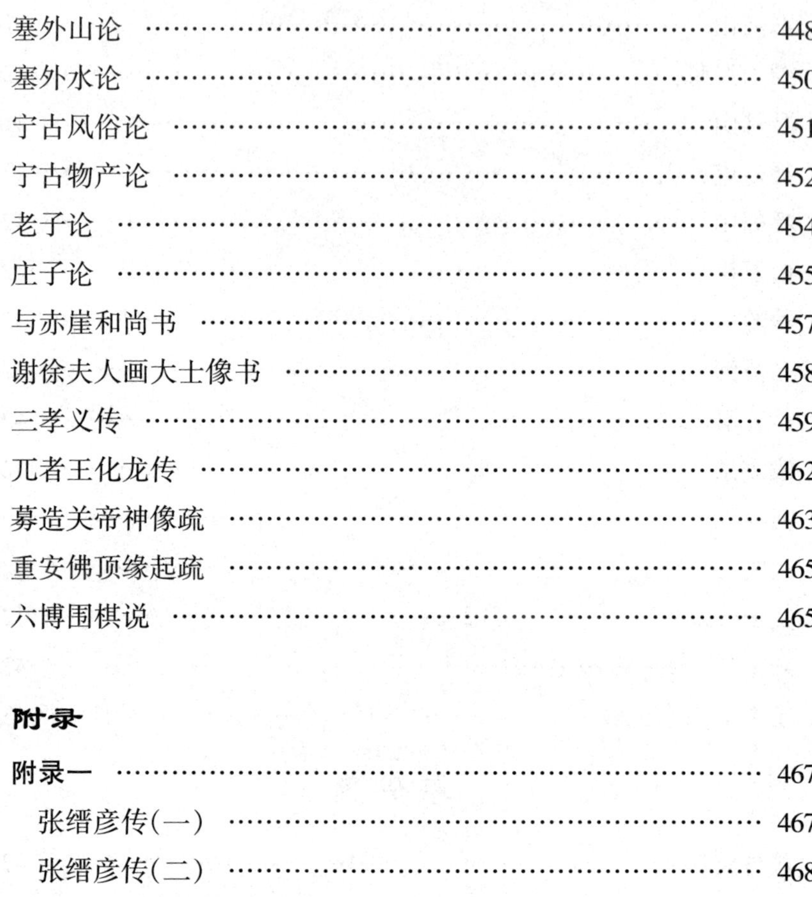

附录

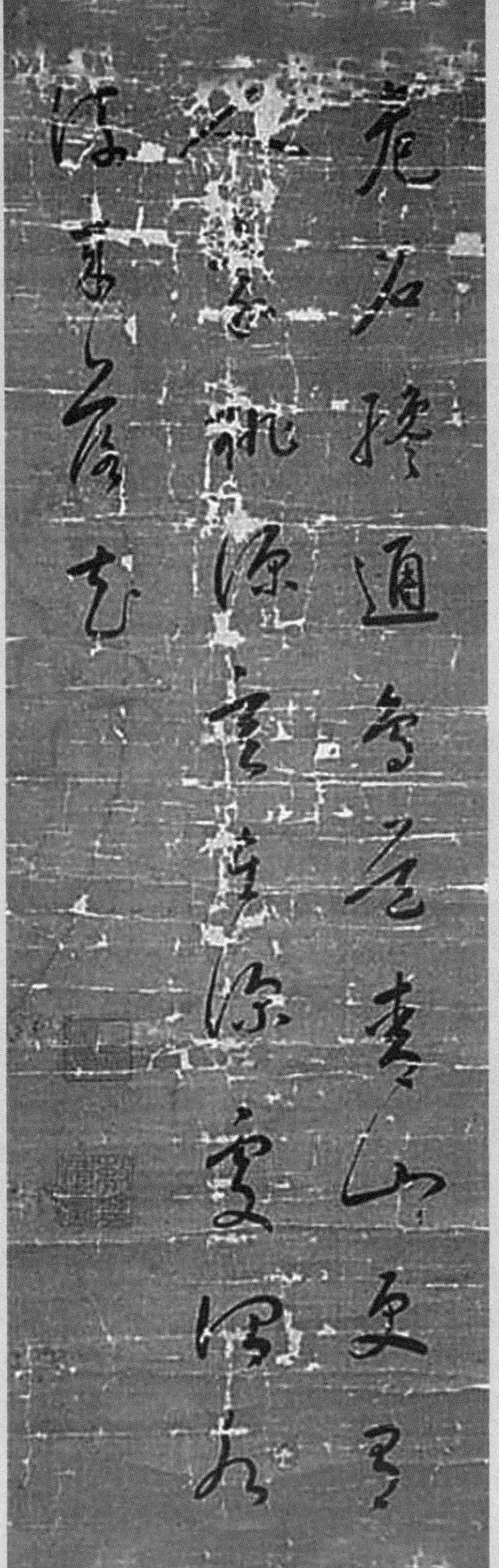

康熙手书六言诗条幅

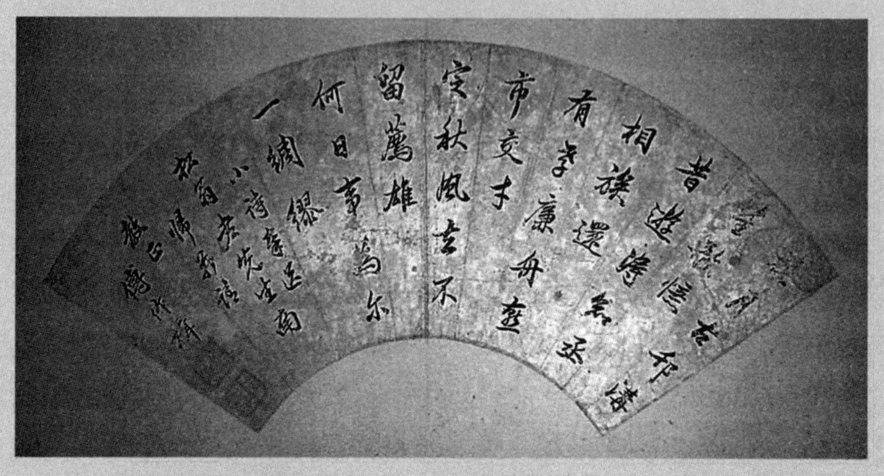

上 傅作楫手书扇面

下 杜翰藩手书《都宪傅公享堂记》

雪堂集

（清）傅作楫 著

序

许汝霖

山川灵淑之气萃为贤哲，其人之生未尝矜奇标异，必循循于伦常之实理。凡君臣师友间皆以至性相感通，故不独见诸行事，即形为语言，亦非可以寻常著述例之也。

余丁卯之役，于闱中得济庵傅子卷，激赏弥日，知其人必能以文章报国者。自丙子后，同宦于京师，朝夕继见，几忘师弟之迹。而济庵方以盛年邀□□，深自刻励，一饮食，一作止，忠荩之忱溢于眉宇，亦时时寓意于诗歌。年来聚散出处，南北异辙，虽绵邮远道，闻问不隔，而积想所至，辄取济庵笔墨以见其人。

今年春老人以衰懒谢客，而扁舟到门，童子入报，知吾济庵来矣。喜剧忘疲，谈笑彻夜。蜀江距浙数千里，子又寥落，裹粮匪易，而不惮褰裳，问讯老人于山中，其至性为何如哉？济庵出其诗编，就正于余。余披览数过，掩卷太息曰：济庵之才，举世咸知之。济庵之至性，则唯余知之独深。往余得济庵之文，谓其能以此报国。今读济庵之诗，何其举念不忘忠爱也。《弹筝曲》云：“即今糊口他乡计，犹是当年旧主恩。”《赠人出塞》云：“读书万卷不报国，浮生百岁无颜色。”古大儒而为纯臣者精诚不过如是。充其所感，可以薄日月而泣鬼神，非若子瞻“琼楼玉宇”仅念“高寒”也。余老矣，竹篳茅檐，暑风冬日，顾瞻平生，我怀如何？深喜济庵能以远道过我，乃得尽读其诗，知济庵于君臣师友间当不独以语言为工，而山川灵淑之气，钟毓于人，亦良非易事也。

康熙戊戌孟夏予告礼部尚书年通家眷生许汝霖拜撰。

雪堂诗序

许汝霖

盖闻羁臣行役，抚时多慷慨之词；烈士从戎，触景有离忧之什。吐壮心于尺素，写忠款于寸丹。是以听垄上之禽声，因而洒涕；见陌头之柳色，辄以成吟。自古皆然，于今尤异。傅子济庵，一代人豪，两川俊望。文锋清丽，夺锦波峨雪之华；品格端凝，挟紫电青霜之气。

忆余卯岁，校士益州，虽藻鉴空群，惭非永叔；而英雄入彀，喜得南丰。疑义当裁，对短檠而商榷；奇文共赏，终午夜以雌黄。事竣东归，道经西瀼。涛飞千尺，山过万重。则有连枝太守，兴访丹霞；犹子元戎，幽寻白帝。高峰啸傲，弥日流连。君复携厥酒尊，饯于江浒。共搜赤甲白盐之胜，凭吊阵图鱼浦之踪。觞咏尽欢，倡酬交作。于胥乐矣，何日忘之。嗣是秉铎芹宫，继即奏刀花县。时苦兵兴之役，群忧飞挽之艰。君独出库藏以给军需，免追呼而苏民瘁。遂声驰于上国，用表正乎南台。霜飞白简之花，露上皂囊之草。鼠狐屏息，鸟雀无喧。特奉抡材，恩垂两浙；旋膺简擢，威凛三枢。颁弘议于政事之堂，尽是廊岩谟略；镌谠言于金石之录，皆成忠爱文章。斯时也，过从无间于晨昏，来往兼多夫赠答。要岂吟风弄月，同词客之掉头；配白俪青，效诗人之叉手也欤。顾乃贞如白璧，忽遇缁尘；直似朱丝，见嫌曲木。

余既负薪河畔，君亦漂梗边方。共此羁怀，能无浩叹。于焉南冠琴韵，凄凉铁岭峰头；西陆蝉声，惕息银州境内。此蛮溪椰暗，深卫公过岭之愁；而小圃雀翔，起苏子居黎之祝也。迩因寇犯西陲，自干薄伐；君遂书陈北阙，愿效前驱。维时公子王孙，闻声者愿随橐鞬；驼酺骆米，接迹者争馈壶浆。紫塞晓风，时写激昂之志；黄沙秋月，常摅忠愤之怀。武侯转粟筹边，勋名卓绝；王粲饶歌入塞，气度沉雄。乃蒙温旨以还乡，遂践昔言而过舍。出一编以相质，辄三复而兴思。回首曩时，眷言此日，不无菀枯之异致，而今昔之殊途矣。然而把盏剧谈，掀髯共笑；挑灯晤对，披卷长吟。又何减纵游宴于瞿塘，极绸缪于京邸也哉。因以综其梗概，序之简端。庶知弱翰书残，悉属悯忧之意；唾壶缺尽，终非愁苦之言云尔。

康熙戊戌四月望，年通家眷生许汝霖再撰。

序

山川靈淑之氣萃焉賢哲其人之生未嘗

矜奇標異必循循于倫常之實理凡君臣

師友間皆以至性相感通故不獨見諸行

事即形爲詩言亦非可以彝常著述例之

也余丁卯之役于閩中得濟菴傳子卷激

雪堂集

燕山集

五言古诗

喜冯维章世兄偕小阮子兼谒选来都下榻署中有作

矫矫高轩来，明霞满山邑。

云中双凤凰，翱翔振彩翼。

将栖梧桐冈，将啄琅玕粒。

忽焉过寒暑，旧雨新欢集。

记得少小时，把卷同砚席。
共期登天门，相将探月室。
立雪坐春风，乐与数晨夕。
夫子固善诱，吾侪实努力。
如此几经年，未尝负白日。
乡里举孝廉，先后遂散失。
累累白盐峰，尽化相思石。
人生各有营，雁鹜稻粱急。
一毡羁苜蓿，七载黔江侧。
官贫既寥落，道远复岑寂。
迩愧承乏才，薄宦近京国。
邑小苦冲要，供亿费筹画。
君素懋经术，何以为我策。
夜寒命鲁酒，菊影弄窗色。
剧谈复剪烛，深坐慰畴昔。

霍　源　墓

郁郁广阳城，川陵信幽美。
当时有霍源，清操胜兰芷。
贤哉卢道将，同时复同里。
我行思往事，叹息不能已。
西山有白云，春风吹绿水。
富贵草头露，人生感知己。

元宵后一日雪中漫赋

残灯烘曙色，瑞雪变春心。

暗舞惊眠鹤，晴飘点壁琴。
空庭宜静对，幽思自相寻。
百里同云合，千山朔气阴。
公门无过客，清夜有闲吟。
日晏呼童子，阶前几尺深。

和赵给谏恒夫《月张园》，用袁中郎韵[①]

吏隐隐朝市，园居双阙前。
山岚接上苑，水脉通甘泉。
绕砌珠树三，环池漾青莲。
百花迎晓日，众鸟喧晴烟。
阁密流云细，窗虚得月全。
颠狂舞柳絮，错落抛榆钱。
闻说中郎宅，而为给谏廛。
风流未阒寂，诗酒逸兴偏。
先生皋比座，左右弟子员。
妙想探月窟，分擘云霞笺。
兰亭与金谷，兹事久不传。
即此远尘俗，何必赋归田。

七言古诗

有怀巫峡书屋

三更推枕忽狂叫，芙蓉照眼青蒙蒙。

① 编者按：此题又见于《南行集》五言排律之中，但二者字句略有不同。

巫峰十二离云峤，远来就我青门东。
江头神禹驱鬼斧，凿开混沌分天柱。
雷霆日月双璧行，老龙出穴嘘风雨。
大门奇险争瞿唐，柴扉斜对绿苍茫。
爱向千峰结书屋，书灯隐射波涛光。
正月桃花红烂漫，岷峨春涨迷高岸。
苇叶横飞下九霄，峭壁悬崖削天半。
之官一舸类浮家，亭午天开落日霞。
把酒临风浑似昨，等闲孤负东篱花。
巫峰矗矗云之表，青山沧海催人老。
借问窗前旧啼莺，可见朱颜长美好。

吊望诸君墓

忆昔燕昭图雪耻，金台高矗青霄里。
买骨难忘一片心，博得英雄报知己。
君臣道合鱼水情，唾手能收七十城。
天工不敌谗人巧，至今遗恨犹难平。
吁嗟乎，望诸君，光明磊落气凌云。
绝交岂忍戕故国，饱飏饥附嗤鹰群。
吁嗟乎，望诸君，君名赫赫千秋闻。
原头春草香纷纷，七国陵园尽丘垄，
至今行人下马拜君坟。

己卯冬，予备员行取，同乡李大雪樵自相州遗书道喜，赋以答之

雪樵之才足八斗，腕中隐隐如龙吼。

去年提笔上金台，一代诗人牛马走。
马蹄别去何匆匆，铜雀春深访旧踪。
一片韩陵山色好，想应收入锦囊中。
愧我劳劳枳棘路，诗筒酒盏无豪趣。
蓟门烟树洛阳花，与君同是相思处。
鲤鱼尺素忽飞来，髹几焚香浣手开。
岂有春风调化瑟，漫劳月旦奖微才。
多君古道侵颜色，咄咄中流须努力。
男儿意气凌青霄，那能老作风尘客。
苍生霖雨望君身，予亦长安欲问津。
作赋岂应无谢鲍，论交毕竟数雷陈。
春明多贮梅花酿，待雨同浇京雒尘。

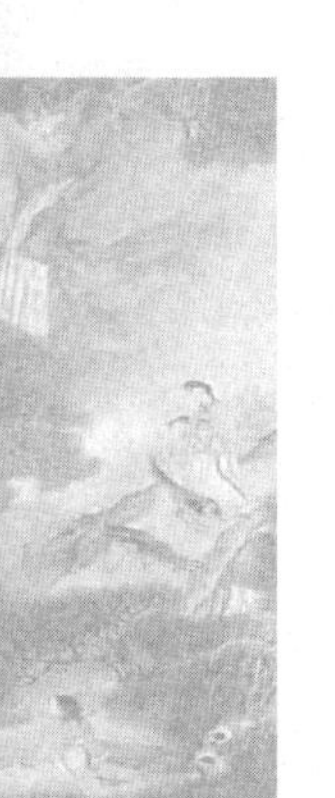

送秦韫山孝廉下第归夔门

帝城春暖柳丝柔，遥指巫夔天尽头。
之子言归多别恨，衔杯执手聊淹留。
与君结交自总角，同里居游更同学。
久知穷探酉穴书，何妨暂泣荆山璞。
我昔公车常踬颠，豪气直上成云烟。
一行作吏此事废，悔不寒毡加十年。
君才赡博真子产，喜今犹未登仕版。
生平期许在皋夔，云程九万何可限。
皇家结网原非疏，麟凤终为圣世储。
君看野外追风骥，一遇伯乐神采舒。
且酌酒，听我歌，瞿唐峡水连湘波。
鼓楫长年病于乌，去去还来休蹉跎。

题张籧若侍御《请平魏忠贤墓碑疏》后

北邙麓，鬼夜哭，旧时陵寝今樵牧。
老狸吹火啸阴房，断碣零星不忍读。
胡为乎，西山尚有魏珰坟，矗矗丰碑覆暮云。
荒丘久埋杨左骨，更无勇敢能以白简褫奸魂。
奸魂怕照黄泉月，夜台长夜空凄绝。
那知事后七十年，巨灵斧劈青山裂。
五侯七贵避张纲，能为万古扶纲常。
死者至今尚如此，生狐活鼠乌能藏。
我怀欲展迟无及，晴秋独向西台立。
夜半掀髯读奏章，窗外一天风雨急。

杜坦如侍御题准康节先生世袭博士有赠

吾家世住瀼西曲，门对青山杜甫祠。
年少登坛作诗句，淫耽一卷浣花词。
非唯撷芳赡游泳，慷慨至性真吾师。
斗间宿暗过千载，烺烺犹传唐拾遗。
坦如一咏衍河洛，文章直与先民追。
凤翔千仞那易到，怀中谏草酣淋漓。
公余执卷事搜讨，渊源理数勤钻窥。
天津桥上闻声子，安乐窝中养晦时。
维前挽后功相埒，萧条奕叶令人悲。
麦饭凄凉一抔土，酸风冷雨荒江湄。
阳和黍谷通呼吸，艾衫紫绶光累累。

岂云桑里动颜色，千秋公论差无亏。
我来乌台殊鹿鹿，侧闻此事心神怡。
琐琐陈言渎天听，风华月露将何为。
把君疏草三叹息，服膺诗史同襟期。
更欲手自书一册，传与瀼西草堂长并垂。

《西山射猎行》赠许念中给事

云黄草白风萧萧，野旷林深狐兔骄。
百石雕弓挂猿臂，千金宝马扬鸾镳。
淮阴才人雄且武，射飞逐走气如虎。
飙驰电掣西山阳，风毛雨血漫空舞。
我亦生平抱狂痴，与君同猎盖有时。
青骢饿号不得力，弓檠矢箙还暂辞。
极目苍茫风色恶，乱烟横处多猱玃。
窄径欹斜穿怪峰，危桥宛转跨幽壑。
兽中亦自有轶材，狼奔豕突欲为灾。
吁嗟乎，许君愿幸少留意，能使山魈木魅心胆摧。

朱乾一侍御席间感赠

长安九月西风吹，庭菊历乱开繁枝。
西城宴上酒如池，更有红儿歌妙辞。
登堂拜母酌金卮，群公衮衮皆绣衣。
高年顾此喜可知，人生行孝须及时，
乾一乾一君勉之。
贱子昔有母，家贫甘旨亏。

鸡豚不可逮，椎牛今何为。

魏喁亭侍御有西河之痛，赋以吊之

玉笋峰颓瑶草死，哀鸿叫月西风起。
如何天上欲修文，选择从来先孝子。
李贺迢迢赴玉楼，人间暮雨织闲愁。
图经浪说返魂事，难觅奇香到十洲。

五言律诗

追次魏忠节《过良乡》韵

咫尺皇畿地，盐沟古迹分。
版虽存旧户，屯只驻新军。
草翠燕山雨，秋高督亢云。
何堪三载住，客思乱纷纷。

荡平厄鲁特后，馀马发固节驿收养，恭纪

（一）

銮辂平沙漠，皇朝偃甲兵。
六师欢入塞，万马喜还营。
苜蓿何须惜，骅骝不记名。
微臣亲盛事，终古咏升平。

（二）

汗血龙驹产，神池是渥洼。
远方夸异种，旧日贡天家。
灿烂黄金勒，腾骁白鼻䯄。
骄嘶真可羡，匹练一行斜。

（三）

铁衣曾远涉，鞭策敢辞劳。
瀚海连云阔，天山带雪高。
甘泉翻玉鞚，翠草染征袍。
昨日居延外，平沙拥仗旄。

（四）

蹀躞勤王事，穿冰渡大河。
走能追掣电，轻自胜明驼。
破敌功难并，开疆力亦多。
批风双耳峻，驾鼓宠鼍鼍。

（五）

三度天行罚，千群铁骑驱。
夜歌闻敕勒，秋碛渡居胥。
捷已收穷塞，功应列九衢。
无烦悲伏枥，鞭影静珊瑚。

（六）

何须夸紫燕，莫漫羡青龙。

去立开边绩，来销积寇烽。
金羁冲盛夏，铁垒破寒冬。
迢递阳关路，泥丸孰可封。

（七）

防秋从远戍，转饷到穷边。
王者真无敌，偏师阵亦坚。
龙媒天上得，虎旅雪中旋。
自别黄云塞，休教忆酒泉。

（八）

柳绾青丝勒，花飞紫障泥。
功成归太仆，边靖息金羁。
细雨桃花影，轻风碧玉蹄。
普天齐洗甲，簇锦御河西。

（九）

为播皇威出，还闻奏凯来。
应图真可贵，买骨不须猜。
冰雪秦城窟，风霜李尉台。
孙阳何处是，怀古意徘徊。

（十）

鞅掌因王事，驰驱感圣朝。
铙歌新扣镫，灭寇早扬镳。
饱自酬前日，闲应及此朝。
华山归放后，长听奏箫韶。

丙子春奉檄南苑制办军需征厄鲁特，有怀同年陈中翰渭滨、岳太史文江，即寄

御苑春光好，今年景倍多。
桃花明组练，莺语杂铙歌。
薄伐方吾亟，佳晨奈尔何。
悠悠云外鹤，双影自婆娑。

李大中丞以《雨中盆兰盛开，招同人小集》诗见示，奉和

（一）

天泽如膏沃，王香经德馨。
片云长作黑，众草自空青。
寝梦凉偏好，檐流晚未停。
杜娘新浴起，清绝玉珑玲。

（二）

九畹湘灵佩，三闾手自栽。
人间何处得，今日为君开。
小酌因时雨，鸿篇集妙才。
抱琴思往事，惆怅直千回。

送李吉四归维扬

花月古邗沟，笙歌忆昔游。

得知丞相宅，还有孝廉舟。
燕市交方定，秋风去不留。
荐雄何日事，为尔一绸缪。

咏都察院槐树

矫矫西台侧，森森送晓凉。
共传声在树，可许记名堂。
列棘原相望，啼乌不敢翔。
徘徊此浓荫，珍重集嘉祥。

咏都察院双椿树

何年双榦挺，坐对一襟凉。
宿雨留云气，微风漏日光。
漫疑樗并色，好待桂生香。
咫尺登庸路，垂阴覆此堂。

陶然亭宴集

野水恰平壕，红亭压绿高。
一樽千日酒，同学五陵豪。
柳色迎车骑，槐阴出仗旄。
夕阳风景好，归路乐陶陶。

山左道中晓行即事，和穆阁学韵

驿路绕寒溪，霜林月挂西。

桥危迟策马，村远寂闻鸡。
旧邑流亡复，新畬力作齐。
康年开百室，妇子不须啼。

七言律诗

谒学宫访李北海《云麾将军碑》

将军勋烈纪云麾，北海书成众所推。
岁月无端销劫火，风雷何处护残碑。
金台冷落烟封后，石鼓迁流字灭时。
多少蛟龙深夜泣，摩挲应恨独来迟。

初春书怀

楼台佳气接风宸，固节城头又早春。
不厌莺花催客眼，生憎日月照劳人。
云深杏馆茶烟静，雨歇梅窗竹露新。
最是江干巫峡里，桃花锦浪梦中频。

雪晴即事呈同年郭韦仲太史

山城雪后景依稀，万木森森出翠微。
岭上烟云开霁色，池边楼阁霭清晖。
传来毛女青鸾去，闻道真人紫鹤归。

此地接天原咫尺，看君香雾满朝衣。

登城楼遥望西山有作

广阳城外西山路，初日高楼纵目过。
驻马河边春水浅，弹琴峡里白云多。
十年剑隐余豪气，两鬓霜生有浩歌。
回首战争何代事，金陵烟树远婆娑。

有怀西台读书处

无烦垒石叠崔嵬，随意登临便是台。
一派树阴移绿过，四边山色送青来。
客容蜡屐看云入，尊为听泉待月开。
几度旧游虚好约，纷纷花雨落莓苔。

秋池对月

池底月非天上月，溶溶相对写秋光。
凿开数亩倒苍翠，坐过三更生薄凉。
洞冷骊龙眠欲起，枝空乌鹊倦还翔。
冰壶尘滓都消尽，隔岸遥闻荷芰香。

赋得“长安一片月”

独有关情一片月，长安秋夜更无双。
才看户外花移砌，忽听声随影入窗。

战士乡心银汉石，佳人幽梦碧油幢。
团圆共望休兵好，惆怅阴山且未降。

书　　楼

何处风光可自娱，结楼林杪俯平芜。
窗开四面青霄阔，径接千层翠岫纡。
独枕琴书为伴侣，谁论轩冕近泥途。
难忘柳瞑花昏后，明月当空一笛孤。

玉泉山观大阅

虞廷九宇敷文教，为重提封阅武来。
出水宝刀霜片落，射雕好手月轮开。
花翻碧涧朱旗动，山拥黄云紫盖回。
惭愧相如巴蜀檄，何由珥笔侍蓬莱。

九日潭柘寺登高

远峰扶翠入轻寒，秋色偏宜马上看。
西寺云连天路近，南川稻获野田宽。
青山有约曾携酒，白发徒惭未挂冠。
莫道长安行乐易，古来今日几人欢。

春日同衙门诸公怡园宴集赋诗校射

相国名园偶众春，群公骢马驻芳晨。

挥毫字字诗无敌，贯札人人射有神。
兴逸偏宜清景胜，情深岂厌浊醪频。
归鞭笑指华封道，细看衢歌巷舞民。

怡园感兴

嫩柳新槐隔翠微，曲廊深巷掩朱扉。
花连旧砌迎风舞，燕绕空池贴水飞。
绿野琴尊何处是，平泉宾客几时归。
低回底事萦心曲，独自凭栏望夕晖。

春日奉使过山左，病中寄呈阮亭王大司寇

柳色依微江上村，更逢初日露华温。
当车细草青无限，隔岸新潮绿有痕。
驿路病侵愁入骨，客怀春尽苦销魂。
诗人老去江干远，赋就谁怜自品论。

陶然亭宴集

衮衮渊云集盛筵，龙钟双袖转凄然。
南泸戍甲何时解，东楚流民几处还。
旧岸柳萦风曲折，新池萍点水轻圆。
故乡客邸愁多少，别后吟诗强自怜。

重九前一日喜晴

清汉无痕鹤路宽，黄花弄色战霜寒。

开尊日射茱萸酒，掠鬓风生獬豸冠。
作客喜逢佳节好，思乡忍负旧时欢。
明朝便欲登高去，两岭烟云纵目看。

西郊观猎夜归

右安门外草菲菲，小队寻秋见合围。
得意马随人所到，失调鹰与兔相违。
西风古碛寒烟断，薄暮空林落木稀。
却忆少年恋游骋，夜凉花露满罗衣。

五言绝句

塞　上　曲

雁渡金河水，风生玉塞秋。
误人成白首，还说未封侯。

古　　意

妇人不下堂，游子日千里。
银汉隔庭阶，车马如流水。

卖花声词

街上卖花声，楼头长叹息。

有钱买利春，春风无去日。

望　远　曲

日日清江曲，含愁采绿蘋。
东风不解意，偏送渡江人。

秋　夜　词

脉脉独含颦，愁怀难自遣。
梧雨滴秋窗，寒衣灯下剪。

陶然亭独坐

客思渺无极，相欢得此亭。
卷帘云静后，天末数峰青。

七言绝句

折杨柳曲

春风雨，伤离别，垂杨垂柳岂堪折。
黄陵庙里鹧鸪啼，君向潇湘看孤月。

夜　　雨

一夜溪边细雨过，美人深坐敛双蛾。
飞花莫怨春潮浅，只有春潮比泪多。

弘恩寺看牡丹

劳劳几载逐尘埃，青眼谁曾马上开。
今日香风携两袖，弘恩寺里看花来。

赠　歌　者

江天萧飒不宜秋，乌桕霜红罨画楼。
明月一窗寒似水，谁教唱杀古凉州。

校　　射

华阳万马夜嘶风，梦破天山猎火红。
顾影自怜双臂老，玉檠高架六钧弓。

九日西山道中

（一）

载酒携朋曲径过，黄花篱落笑人多。
折腰方苦陶彭泽，芜尽田园可奈何。

（二）

落日平原一望遥，漫将山水记前朝。
飞狐岭上云犹锁，驻马河边雪未消。

（三）

酒债千家吏未贫，闲行不厌石嶙峋。
西风亦解龙山节，吹遍登高欲醉人。

潭柘寺柘木

古木黝然朴未雕，山僧犹自说前朝。
直今留作繁华孽，悔不当年一炬销。

三河少年行

三河健儿猛于虎，倒拽西牛年十五。
誓如卫霍建功勋，才向军中作旗鼓。

草桥秋猎四首

（一）

谁识西台杜紫微，独骑骢马疾如飞。
晚年厌说扬州梦，日日城南射猎归。

（二）

白鹿黄羊一网齐，平原秋草踢成泥。

雄心不肯轻归去，分付儿郎再射鸡。

（三）

岸帻吟鞭入凤城，遥闻野哭甚分明。
擒王亦是寻常事，饮羽何年到北平。

（四）

一挽乌号百兽哀，都亭父老莫疑猜。
豺狼但有真踪迹，匹马犹能射得来。

悼　亡

蓬山历尽已无声，闻道真仙驻玉京。
梦里不知身在世，欲腾云去问飞琼。

礼闱监试，和汪修撰韵，呈孝感相公、泽州冢宰、石门总宪、海昌夫子

十年旧梦记犹新，人在旗亭落后尘。
惭愧只令肠欲断，不堪还听渭城春。

和大中丞木庵

暑雨乍停，遥空如洗，龙湫水溢，风展晴澜。时于尘鞅之间，偶爽招携之约，佳嘲肆起，情话载伸，敬和瑶篇，用陈芜制。

陶然亭畔雨初晴，水涨龙潭一抹平。
最喜晓凉风动处，碧荷香里送涛声。

寄怀天坛道士高润生

（一）

玉简绡衣老奉常，步虚声里识天香。
众中怪底酡颜别，知有青霄沆瀣尝。

（二）

曾捧鸡彝到曲台，桃花千树自徘徊。
道人不解刘郎意，如许闲情得得来。

二十四桥明月夜

江都好梦未还家，千载雷塘数暮鸦。
唯有多情一片月，年年空照玉钩斜。

芜 城 曲

（一）

小杜寻春尚未还，疏狂姓字在人间。
吹残翠管云中叶，梦觉青楼月一湾。

（二）

暗抛红豆泪盈把，委佩遗钗埋艳冶。
一抔黄土玉钩斜，为君烧作鸳鸯瓦。

淮阴遇雪

长淮日暮雪连天，渺渺烟波望眼悬。

记得到来寒食节，桃花飞雨送离船。

金陵杂感

（一）

不见当年白鼻骃，几株残柳夕阳斜。
莫愁湖上笙歌歇，唯有东风送落花。

（二）

剩水残山树几行，回思往事更何常。
离离禾黍悲风起，五夜钟声断景阳。

（三）

风帆雾桨荡中流，红雨江南树树秋。
桃叶渡头归去晚，蛾眉纤月上帘钩。

（四）

萧飒西风叹转蓬，伤心重过旧吴宫。
千秋王气凄然尽，空建降旗落照中。

（五）

赤乌碑断记前朝，百战人归霸业销。
试向凤凰台上望，白杨风里雨潇潇。

西陵怀古

（一）

怅望平原思不胜，可怜南渡竟无凭。

秋深摇落冬青冷，烟雨潇潇泣六陵。

（二）

夕阳古道草萋萋，十里荒烟望欲迷。
惆怅年年寒食节，越王台上鹧鸪啼。

（三）

湖边杨柳入霜凋，苏小门前久寂寥。
红粉摧残歌舞歇，月明无复听吹箫①。

观　　剧

花雾满身扶不起，巫云半朵沉湘水。
东风吹散柳花飞，白雪一声珠箔里。

秋日有怀

浐浐白露冷江干，来得芙蓉欲寄难。
九月凉秋刀尺动，雁门关外雪漫漫。

蜀江秋思

巴江夜雨浥轻埃，初日芙蓉照水开。
两岸远峰遮不住，一帆秋水看花来。

① 编者按："箫"，原误作"萧"，径改。

乙酉元日，虎丘市得昭君出塞泥影四首

（一）

万里辞君出大荒，几番回首望君王。
侍儿不解伤心处，还负琵琶近妾傍。

（二）

泪洒明驼血未干，焉支山下路漫漫。
卫青死后奇兵少，铜鼓金钗出贺兰。

（三）

黑水流澌啮塞垠，黄沙隐隐动青磷。
就中多少英雄骨，千古蛾眉妾一身。

（四）

君王重妾妾轻生，一曲新弹塞外行。
极目龙沙纷毳幔，教人何处更倾城。

西征集

雪堂詩賦

序
山川靈淑之氣萃爲賢哲其人之生未嘗
矜奇標異必循循于倫常之實理凡若臣
師友間皆以至性相感通故不獨見諸行
事即形爲詩言亦非可以尋常者述例之
也余丁卯之役于閩中得濟菴傳子卷激

五言古诗

八 达 岭

才过龙虎台，又登八达岭。
垂鞭纵远目，地势成孤迥。
嶂岫叠层层，沙田划井井。
燕云十六州，此实其纲领。
西峰何苍翠，南山郁藩屏。
北望辽天阔，东顾渔阳静。

风高边思来，黄沙接沧溟。
悠悠云日光，照我大旗影。
何时抵燕然，刻石最高顶。
功成归旧庐，松风吹月冷。

代 女 行

云中有女，不得于夫，号泣中野，予哀其志，赋以记之。

（一）

泉流声嘶嘶，花落影迟迟。
一身负君子，茫茫安所之。
河边两鸳鸯，意气酣淋漓。
鸳鸯尔弗骄，骄我亦何为。
我不食尔食，我不衣尔衣。
守死待所天，寸心终不移。
百岁沟渠日，皓皓无瑕疵。

（二）

凄凄复凄凄，凄凄无已时。
举头思旧恩，低头悲路歧。
便君何处来，投珠光陆离。
君意良不薄，妾怀深自知。
赋命已如此，百年有穷期。
人生名节事，那能一再亏。
死为旧夫死，归待旧夫归。

（三）

朝如琼瑶姿，暮如蓬蒿枝。
朝暮自无定，妾怀那得知。
知我东阁床，龙鬚生网丝。
欲归为君扫，恐君还见疑。
仰面观太虚，浮云亦已飞。
葑菲何足念，室家良念兹。
君心能改移，黾勉安足辞。

青　　冢

男女不同道，后先亦异时。
驱车欲往拜，意恐旁人疑。
我家鱼复浦，君住在香溪。
咫尺为邻里，安能不致辞。
黑河不须死，青冢不须悲。
发肤非我有，憔悴将何为。
君视汉宫女，谁无花月姿。
欢娱才几日，死后人不知。
异哉毛延寿，存心何太慈。
一笔争千古，请君且三思。

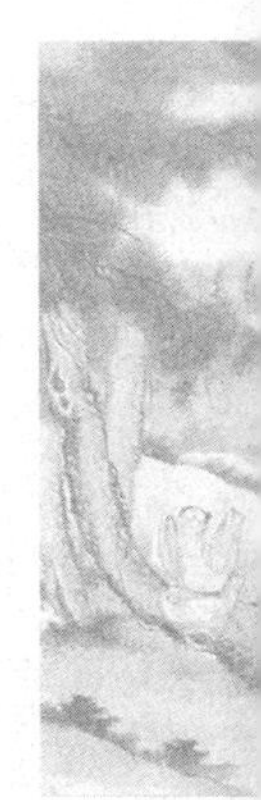

乌克勒空克勒绝粮

（一）

裹粮四十日，卷甲赴师中。
风雨阻车徒，愆期囊橐空。

疲兵困山谷，枵腹当寒风。
独坐自踌躇，谁怜衰病翁。
信陵推鼎食，礼数愈谦恭。
此意足千古，区区安与同。

（二）

银鞍少年子，骏马驮干糇。
摇鞭过我疾，意恐相干求。
岂知学道人，曾与赤松游。
中年能辟谷，肯贻蒙袂羞。
君看云中凤，稻粱何处谋。
异哉琅玕树，郁郁蓬莱洲。

（三）

默坐闭重关，神王气不亏。
呼童具笔砚，看我吟新诗。
一首当朝饔，二首当午炊。
三首味逾醇，香醪满玉卮。
世人重苟活，谁能乐真饥。
庶几渐磐鸿，识此素心期。

（四）

伍员走吴市，韩信困山阳。
豪杰不足论，圣人犹绝粮。
绝粮已七日，鸣琴无更张。
不容亦何病，语意诚坐忘。
高冠抚雄剑，毋乃多锋芒。
会有长人来，河清吾道光。

五言排律

《从军行》呈魏鲁峰先生

帝业弘无外，天威静不挠。
冥顽空自绝，诛伐岂能逃。
北极风云壮，西征将弁豪。
九重咨士饱，独断委卿曹。
诸葛亲临阵，王祥久佩刀。
大荒迎朔吹，寒色上征袍。
杀虎逾关峻，飞狐度岭高。
马饥蓬似稭，人渴水如醪。
欲助摧锋力，宁辞转粟劳。
犁庭方释甲，露布早扬镳。
净扫天山雪，长清瀚海涛。
所从良足乐，下马一挥毫。

五言律诗

别　　意

妾梦随明月，因君到海东。

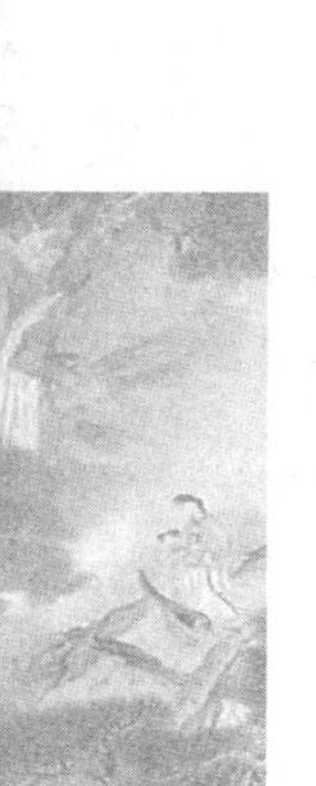

君今西出塞，月又照崆峒。
别意良难薄，此行当自雄。
但留明月在，不敢怨飞蓬。

述　怀

我昔辽东去，萧然十一秋。
病从肝胆受，身为国家留。
绝域驱天马，间关转木牛。
莫言才具鄙，卜式已封侯。

居　庸　关

险扼宣辽脊，雄关一线开。
太行中断处，衮衮白云来。
石磴通仙峡，滩声绕将台。
北门真锁钥，应有济川才①。

宣府道中答同行少年

朝廷方用武，去病不为家。
满镜生霜雪，何心视柳花。
挑灯唯自酌，看剑复长嗟。
努力酬宸眷，归田度岁华。

---

① 编者按："济"后之字漫漶不清，似为"川"字，但据词义当为"世"。

语　马

生死谁堪托，穷荒独语卿。
一鸣当日事，万里此时情。
鄯善朝临阵，楼兰夜薄城。
丹青人已老，莫负旧知名。

大同怀古

城阙烟云里，旗门鼓角开。
三山盘塞出，二水夹河来。
风雨灵王业，经营拓拔才。
空余形胜地，歌舞旧楼台。

宣武遗迹

物色遍尘埃，君王绝妙才。
逼成丹凤诏，直上白登台。
往事犹堪忆，佳人安在哉。
谁怜今夜月，曾照武皇来。

病起登和阳楼望雪

雪压蓬婆岭，寒侵麦穗裘。
不才偏善病，出塞强登楼。
岳树连青汉，浑河走浊流。

从来争战地，容易动离忧。

苏　武　城

九死汉中郎，孤城古战场。
列侯无尺土，将种没穷荒。
落日群羊下，高天一雁翔。
悠悠凭众口，谁与勒旂常。

李　陵　台

（一）

可惜良家子，当年李少卿。
等闲甘屈节，辜负旧知名。
尚有双环在，宁忘一死轻。
令人千载下，惆怅不胜情。

（二）

敝屣妻孥易，劬劳母氏多。
白头即不怨，清夜尔如何。
大节云霄坠，残生醉梦过。
空馀报苏武，雄辩若悬河。

陈　家　峪

白发杨无敌，三关转战劳。
残生骑虎背，一掷等鸿毛。

峪水声犹咽，阴风昼不消。
夕阳沽酒处，有客话前朝。

辕 车 行

杀虎口北，一脊直下，左右皆悬崖深涧，同行多覆辙者，即余左骖亦已坠毙。唯辕马蹲立，悲嘶久之，奋身一跃，直抵坦途，众皆惊愕，余亦怆然，赋此二首。

（一）

石磴滑如油，悬崖左右沟。
直前殊未敢，不下又难留。
霍霍鞭方急，涔涔泪欲流。
主人恩义重，生死任荒丘。

（二）

一努全身力，风云四足生。
竟从天上落，不似险中行。
逐曲临芳渚，扬镳转玉京。
毋为淹苜蓿，应念此时情。

脱脱城怀古

荒城形势好，登眺喜晴开。
阴岭连云抱，黄河卷地来。
屏藩天险固，经略上公才。
叹息斯人去，皇元霸业灰。

湖滩河即事，与清平王宾臣明府

敢谓无饥渴，宁知有忮求。
糗粮军国事，庚癸古今愁。
与子宜偕作，争先赴壮游。
男儿天泽重，不为觅封侯。

晓发湖滩河

鼓角惊残梦，戎衣早据鞍。
霜林乌散漫，石路马盘桓。
部曲羞吾老，亲知念叔寒。
尘埃双鬓满，不敢径弹冠。

阴山[①] 二首

（一）

峭壁削芙蓉，朝看万朵红。
夕阳山色改，飞翠影蒙蒙。
背控龙城险，襟连雁塞雄。
太平无牧马，谁挽绿沉弓。

（二）

雪际杳难攀，苍凉大麓间。

① 编者按：底本此题下有双行注曰："今呼为大青山。"

虎驮青冢石，龙卧黑河湾。
地险形犹旧，人劳鬓已颁。
垂鞭瞻伫久，叹息白云间①。

黑　河

谁识香溪女，千秋有黑河。
但留青冢在，不畏浊流多。
洛浦闲通问，湘灵偶见过。
劳劳出塞客，揽辔欲如何。

夜发瀚海

北斗正当天，明河挂马前。
露沾银甲重，月照宝弓圆。
薄伐怀周绩，西征忆汉年。
从来敌忾者，儿女不缠绵。

瀚海道中

独有西征路，无如瀚海难。
荒原枯草尽，旧井浊流干。
仆御嗟鞅掌，吾侪耻旷官。
长鞭驱马进，直度喜平安。

---

① 编者按：此诗“间”字两见，疑“白云间”之“间”当为“闲”。

乌泥图[1] 得雨

炎征戈笔道，渴极饮污泥。
好雨一朝得，欢声万帐齐。
风清驼益健，水足马无嘶。
明发申军令，王程不敢稽。

戈笔道中，梦与青霞论诗，挑灯赋得二首

（一）

高朋良不少，吾独爱青霞。
意气贫逾壮，诗文老更嘉。
辽东同看月，昨夜共听笳。
定有真仙骨，游行玩物华。

（二）

青霞一介老，身分等云高。
别久羹墙见，思通梦寐劳。
人间无绝塞，天下有穷交。
梦醒挑灯坐，因君诗兴豪。

十三台即事，寄怀少司农吕四元素

分明一片水，即近是絪缊。

① 编者按：底本题下有双行注曰："即瀚海。"

似我愁无定，思君不见君。
谁将羌笛怨，吹入塞鸿群。
为报西征客，含毫想冠军。

毡庐寓目

窄袖三英女，明珰两辫垂。
闲来卷毳幔，独坐弄花枝。
喀喇香犹细，阿齐味更奇。
殷勤留客坐，无那语难知。

磨　笄　山

赵王不念姊，贱妾敢忘夫。
笄与头俱碎，磨将骨已枯。
一庭荒紫树，千里覆青芜。
霸业今何在，山空雁影孤。

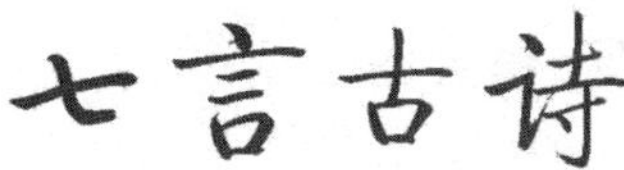

自保安行经浑河寓目

浑河两岸田如画，一幅一幅挂在山。
浑河两岸人如蚁，一群一群居穴间。
穴间女儿好眉目，椎髻当颅不裹足。

牵牛饮水唤阿娘，笑指山花红簇簇。

西里哈昭观喇嘛寺废址

一泻推河四百里，巉嵝两岸千峰起。
峰回路转哈昭山，山下楼台今废址。
闻道当年极盛时，招摇日夕门如市。
辇粟舆金苦不休，遗簪堕舄欢无似。
一朝乐极忽悲来，巨灵斧劈青山圯。
可怜五百会中人，血污游魂何处是。
寄语旃裘众君子，长生只在三纲里。
太平万国同文轨，我皇视之如一体，
异端者流独不齿。

望　远　曲

嘹历塞门雁影稀，南天雪意转霏微。
凝妆少妇空相忆，何事征人尚不归。
欲寄寒衣通一语，未知郎在何方住。
只须暮到燕支山，万恨千愁有时去。

青大目阿罗海[①] 观厄鲁特、喀尔喀战场

秋草萋萋秋水绿，兵车夜傍山岩宿。
辕门杀气闪阴风，画角声中鬼乱哭。

① 编者按：底本题下有双行注曰："即宝贝山也。"

此地曾经战触蛮，二十万人如草菅。
血肉淋漓不忍见，至今闻之心胆寒。
我皇尚德不尚力，放牛归马民休息。
穴中蝼蚁无知识，如天圣度逾谦抑，
两阶干羽从容植。
君不见，憬彼飞鸮归上林，食我桑葚怀好音。

特勒山看松喜赋

江头日日鹤孤飞，白帝浓阴接翠微①。
苦忆家山三十载，岁寒霜雪故人稀。
关河历历行应遍，细柳新蒲不忍见。
昨夜涛声卷塞尘，穷荒万里开生面。
停车远望喜徘徊，借问君从何处来。
莫是苍虬换鳞甲，和云和雨下天台。
掀髯我欲吟长句，惭愧劳劳无逸趣。
安得相逢辟谷人②，三生石上倾情愫。

白达喇河晤李大伊山有赠

读书万卷不报国，浮生百岁无颜色。
独骑老骥走龙沙，众口悠悠长太息。
长太息，殊不然，男儿出塞如登仙。
一朝帷幄风云借，千年万载图凌烟。

---

① 原注："山庄在瞿塘峡口，最多松树。"
② 原注："时正乏粮。"

君家门第雄京洛，近复从军讨沙漠。
一笑相逢瀚海西，咨嗟顾我芙蓉锷。
丈夫功名会有时，说向途人那得知。
试看河堤憔悴柳，春来依旧飐青丝。

病起军中闻李三澹存出寒喜极奉怀

汉家猛士唯飞将，唐代惊才数谪仙。
一片灞陵杨柳月，三秋风雨夜郎天。
我尝望古吞声恻，况复君才更超特。
竹马桐鸠解娱人，十载辽阳归不得。
穷通自古无终极，天意深微断可识。
病里闻君出塞音，忽然踊跃抒胸臆。
君不见，翟廷尉，韩安国。
一朝事会来相逼，翩翩白马黄金勒。

布朗河朔观喀尔喀营内鏖鹰

东营金鼓连宵起，报道鏖鹰邀予视。
猛气雄姿安在哉，半灰不死心而已。
几回合眼忽惊疑，旧梦无端若有思。
秋老平原孤击处，春和碧汉晓鸣时。
健儿韝臂还相向，革帽金绦时一放。
馁极明知未敢飞，持肥故故呼教上。
百呼百应术诚高，不道灵禽为羽毛。
一日养成双健翮，扶摇依旧凌青霄。

七言律诗

出　　塞

（一）

太平天子不临戎，大将西行胆气雄。
画角声中寒晓月，琵琶马上醉春风。
宣辽塞险连云扼，龙虎台高一线通。
最喜关头回望处，五陵佳树郁葱葱。

（二）

呜咽河流入汉京，黄沙浩浩断人行。
营舍苦雾旗犹湿，阵压殷雷鼓不鸣。
无定水边秋夜冷，受降城上月华明。
谁怜此际高楼女，独对西风念远征。

（三）

万里长垣绕碧空，谁烧猎火射天红。
马嘶晓戍惊吹角，雕没层云应落弓。
芳草夜寒阴岭月，怒涛秋卷黑河风。
明妃一去劳回首，泪湿琵琶曲未终。

（四）

明驼络绎马嚣嚣，瀚海平冲雪浪高。
夹毂健儿都似虎，弄兵穷寇敢如毛。
萧何相业关中起，韩滉勋名太室褒。

惭愧儒生唯食粟，戎衣空佩赫连刀。

雪后远眺呈曲江、鲁峰两先生

千尺龙堆雪已消，更逢晴日望偏遥。
降王帐里牛羊逼，绝域秋前草树凋。
淮水鼎钟旌战伐，绛州田土待归朝。
仲宣不为从军瘦，惭愧酬恩两鬓骚。

乌塔河望丹吉喇部落

绿水青山任去留，闲花野草不生愁。
兴来赤足调骄马，倦后提壶将乳牛。
羌笛数声边塞月，琵琶一曲汉宫秋。
功成我亦还乡去，日与儿童话钓游。

和姚六铁华《怀归》四首

（一）

悟得浮生类转蓬，阮郎佳处是途穷。
鹏因息久抟逾疾，虎到秋深视更雄。
万里溪山凭枕上，十年踪迹近泥中。
相看我亦疏狂客，老眼青青夜酒红。

（二）

海国飘零事已过，五陵消息近如何。
柳桥路僻红缨少，花市人稠白眼多。

几处秋风催鼓角，谁家春梦绕关河。
闲来却忆西征日，误笑流沙闭口驼。

（三）

未须众口吹毛索，自识吾身浑是疵。
病里裁诗筋骨瘦，老来断酒性情痴。
小山桂树连书屋，春瀼鱼舟起钓丝。
不为忘机淡荣遇，一生辜负少年时。

（四）

乡心日日似悬旌，客路悠悠懒送迎。
偶见铁华香案句，遥怜商隐旧时名。
才人自昔多潦倒，造物由来有玉成。
归去怀君何处切，瞿唐峡口夜猿声。

留别雄邑令胡大我克

独鹿河东访令君，瓦桥春树郁纷纷。
旧时燕赵连兵地，一旦弦歌到耳闻。
喜极客怀方进酒，愁牵乡梦又离群。
临歧说与南飞雁，万里寒江有暮云。

五言绝句

马上语雁

不识西川路，云中白帝城。

但逢明月夜，细听捣衣声。

三英吐鲁道中感怀

溪水清亦苦，野花红不香。
为谁担薄幸，孤负久凝妆。

七言绝句

车中偶见

三英塞上盘螺女，七靓营中把兔儿。
马上相逢一含笑，摇鞭并去知何为。

雪中解衣赠友人子

失路王孙卖宝刀，西风滚滚雪如毛。
别君万里无相赠，亲解牛绒罩甲袍。

雪后归自军前过推河看雁

推河六月雪漫漫，归雁云霄斗羽翰。
两岸征人三十万，一时回首向南看。

马上闻葱口占呈鲁峰京兆

葱岭遗根满塞垠，骆驼风里气纷纷。
谁怜兰省含香客，日夕愁心马上闻。

过摆达拉十八河

括括滩声十八河，儿曹为我怯风波。
那知忠信无难事，不到斜阳竟已过。

见车旁飞花感咏

香色飘零陌路边，为谁飞舞倩谁怜。
西风总是无情物，漫近重茵亦偶然。

望　远　曲

梦里金微路不真，黄沙如雨复如尘。
晓来试上高楼望，一片垂杨青杀人。

送　　别

（一）

杨柳池边金勒嘶，芙蓉阁上笑声低。
只愁红粉污郎目，不怕青丝系马蹄。

（二）

马上琵琶催出师，将军不去意何为。
十千美酒仍藏好，战胜归来饮未迟。

兴云桥雪中即事

朔风吹雪大同城，小队饶歌饯客行。
忽忆三春驰马日，河桥柳色更多情。

驿亭口占笑呈鲁峰京兆

敝裘羸马一书生，日日干旄队里行。
漫向风尘借颜色，邮亭候吏最分明。

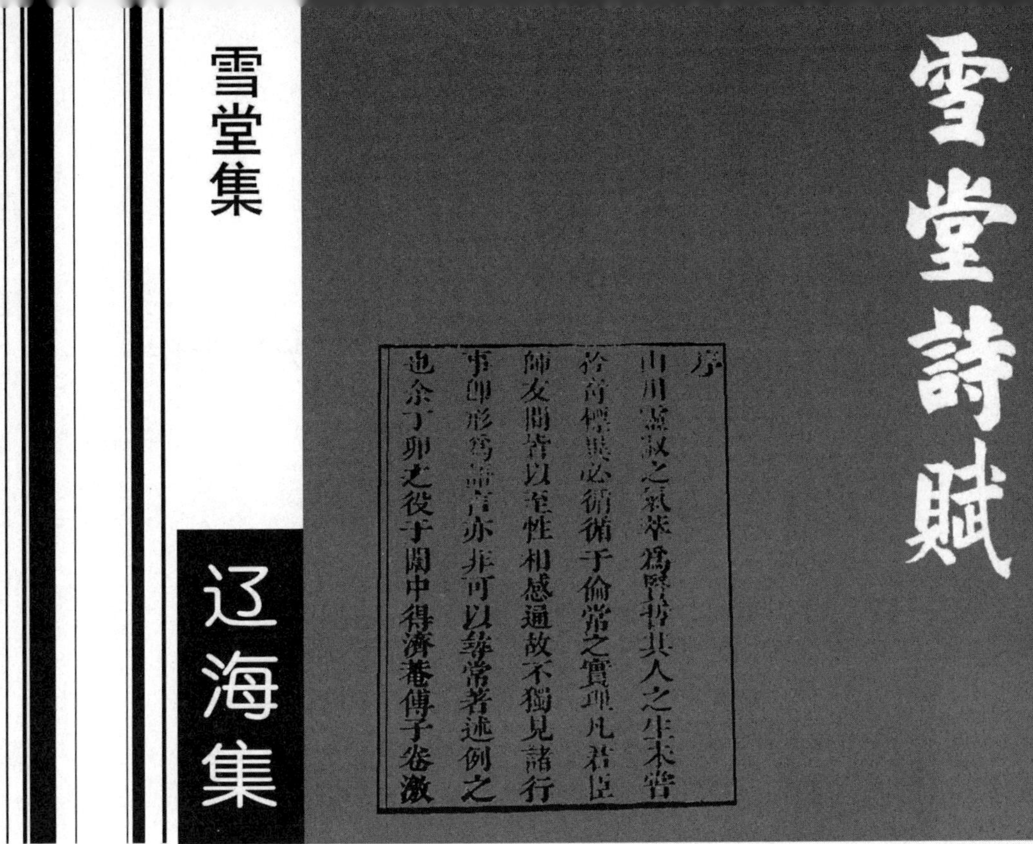

序

山川靈淑之氣萃爲賢哲其人之生未嘗
矜奇標異必循循于倫常之實理凡若臣
師友間皆以至性相感通故不獨見諸行
事即形爲詩言亦非可以尋常著述例之
也余丁卯之役于闕中得濟菴傳子[illegible]激

五言古诗

乙酉生日

朝来四十九，默坐悔前非。
驽马黄金勒，贫儒锦绣衣。
愆尤随处积，功业晚来稀。
宦海梦初觉，故园思不归。
君亲惭未报，出处虑相违。
病剧人谁问，天空鸟自飞。

蝉声承露冷，兔影入秋肥。
莫漫悲岑寂，阳生会转机。

喜晤眉山李四，并和见示《怀兄》近作

小窗朝诵后，独坐怀旧雨。
眉山何处来，春风入庭户。
渊然道德气，时髦罕俦侣。
新诗复缠绵，字字出肺腑。
忆昔侍师门，中道分艰阻。
于今只见君，触想生凄楚。
愿言申爱敬，何在鸡与黍。
致身立云霄，垂手拯困苦。
君看脊令飞，胡不泄其羽。
感此有所思，乐与共寒暑。
道远未即来，日夕劳延伫。

京兆府见惠佳犬赋谢十六韵

毛虫三百六，麟有隐士风。
亦不食人食，亦不功人功。
牛马任重远，义与劳臣同。
一饱受笼络，微躯听主公。
其次莫如犬，禧降来天宫。
旅獒曾有贡，槃瓠岂无封。
在秦下枷堡，襄公霸西戎。
在楚出如黄，文公南服雄。

往昔历可记，于今渺未逢。
故人京兆府，惠我斗精龙。
黄颔合法相，赤目光瞳眬[1]。
腰细两腋阔，喙短双颅丰。
铃蹄利奔逸，锯齿磨刚锋。
韩卢失故步，宋猔蹑遗踪。
此犬不易有，此情何太浓。
行行携入关，一洗狐兔空。

奉天学宫告成感赋 有序

留都发祥之地，辟雍首善之区，从前茂草谁之过欤？莲山下车先修宫墙，期年而殿庑焕如焉，可谓贤大夫矣，喜而赋此，以备采风。

为政尚执要，斯民既温饱。
设学教以伦，馀力事文藻。
非唯赡词翰，抑亦柔雄狡。
三代君相心，庸流未易晓。
此地本箕畴，历代互征讨。
以此习耕战，弦诵或稀杳。
我皇峻文德，黉宫式师表。
官守应岁葺，奈何视藐藐。
飘摇岂但风，拮据不如鸟。
京兆廖连山，倔强逾包老。
下车修宫墙，墙成民不扰。

① 编者按："瞳"，原文作"曈"，径改。

我昔车中见，慨然愿已了。
岂意期月间，堂高殿更窈。
此举人不知，斡旋最深渺①。
君子崇伦教，小人之德草。
风流而令行，比户俗美好。
假如在政府，规画良非小。
贱子虽贫困，所见亦不少。
往者未可追，纷纷何足道。

九日登高不果七首，用杜诗“老去悲秋强自宽”为韵

（一）

五载临屯居，闭户事幽讨。
壮心灰无余，佳节负不少。
今晨将登高，相约须起早。
妻孥前致辞，愿君勿出好。
久贱众所轻，乍贫人易藐。
官长满大途，失避罪不小。
我言各行乐，富贵谁长保
世情固难知，吾年亦已老。

（二）

生平嗜山水，独往尝无惧。
一日中危机，跬步生犹豫。

① 编者按：“斡”，原讹作“幹”，径改。

秋原爽气高，野景多幽趣。
逝将陟崔嵬，掀髯赋长句。
何人阻我行，斗酒且欢聚。
坐令览胜心，郁郁不得吐。
咫尺尚如此，远行更可虑。
海东有白云，飘然自来去。

（三）

前路不可识，我行何所之。
举杯酌新酿，低头思旧时。
绰约茱萸女，手奉金屈卮。
一引笑为别，戏马龙山陲。
忽忽日未久，脉脉天之涯。
渺渺怀空切，茫茫归无期。
晚乌栖树急，寒月上阶迟。
未必东邻女，能知宋玉悲。

（四）

车马畏形迹，舆经恣卧游。
每遇佳山水，辄为引一瓯。
西登无虑峰，东溯长白流。
北上黄龙冈，南临丹凤楼。
两目八骏疾，片刻千里周。
彼以足登者，穷力只一丘。
我醉兴无尽，悠悠复悠悠。
谁念瞿唐峡，砧声彻素秋。

（五）

西园半亩余，幽静足俯仰。
手把渊明诗，信步成孤往。
百私不萦怀，寸心自开朗。
眼前诸物理，一一如指掌。
枫老变颜色，菊瘦失培养。
蒲柳视松柏，奚啻霄与壤。
气机有厚薄，天地无偏党。
盛衰迟速间，毫发不可强。

（六）

尽日小斋中，独坐浑无事。
偶然弄棋谱，触机悟妙义。
纷纷黑白子，随我意所置。
我者天之棋，置我随天意。
莫谓离乡远，譬如生此地。
杜门谢车马，努力习文字。
蟋蟀床下语，报我北风厉。
呼童墐户扉，看彼来何自。

（七）

往事弗惩戒，百身死奚难。
天心曲为祐，神妙如弄丸。
嗟我诚下愚，当局犹不欢。
今年恶梦醒，毛发森森寒。
以此淡荣遇，并忘怀与安。

读书方古人，愧悔非一端。
小园种瓜蔬，诗酒自盘桓。
借问谁相识，襟怀溟海宽。

望 儿 来

戊子春别我，迢迢赴省闱。
秋风不得意，隔在锦江湄。
念我膝前子，未尝一日离。
两年疏定省，岂不痛相思。
知汝亦恋我，或为疾病羁。
故乡薄产尽，万里行无资。
可怜父与子，极东与极西。
不敢高声哭，皇天知未知。

感 梦

昨夜臂强弓，匹马度空碛。
晷刻射生归，美人笑相迎。
顾我谓我儇，洗手细烹炙。
宜言饮美酒，并坐叙畴昔。
邻鸡唤我醒，攲枕自细绎。
少年诸所好，取次皆弃掷。
垂老复离乡，动忍匪朝夕。
如何独寐时，肆然适其适。
待旦启荆扉，仰视天宇碧。
鸿飞何冥冥，高云去无迹。

题吴青霞《万石山房词》后

人才无不可，俗士拘乔野。
绝妙香奁辞，一字不敢写。
以此汤临川，独霸烟花社。
悠悠百年余，此道江河下。
我友吴青霞，雄篇驾白马。
晚岁更情多，度曲恣潇洒。
贻我红牙编，以南亦以雅。
初疑桂子落，又似银河泻。
久玩识精意，斯人非苟且。
吾道自风流，规规何为者。

重九后连日大风，园中花卉摇落，赋以惜之

海风动地来，屋瓦呜呜叫。
老眼怯灰沙，不敢离堂奥。
小园乍冷落，意恐为花笑。
诘旦具酒肴，往酌舒怀抱。
开园见狼藉，使我生悲悼。
红皴似剪揉，绿熟如烹芼。
行行惜落花，倚树忽长啸。
毋为独怪风，此中亦有道。
生男勿多才，生女勿多貌。
古今才貌人，毕竟谁远到。
君看松柏枝，挺挺无所挠。

再看岁寒梅，矫矫冰霜操。
勿言彼木本，坚大足凌傲。
便此草卉中，亦自生孤峭。
瘦菊似贫女，淡然无可好。
寂寂东篱边，不畏终风暴。

闰七夕　庚寅

晚风度海凉，新月出云薄。
今夕不易闰，人生尚行乐。
中庭小儿女，亦复陈杯杓。
再拜向天孙，喁喁申旧约。
老翁抱膝坐，闲吟自斟酌。
夜静人不闻，高城吹画角。

述别二首赠奉天丞吕四元素　辛卯

（一）

灼灼朱颜女，皎皎白玉姿。
同居鸣珂巷，生小未相离。
十三妾早嫁，意谓君可知。
临歧折杨柳，夭桃花满枝。
十四妾归宁，一见颦蛾眉。
怜君尚待字，蹇修今为谁。
明朝见严亲，从容当致辞。
方将拂罗绮，门外秋风吹。

（二）

敛衽别之子，目视心缠绵。
握手一相问，良会复何年。
西风吹马急，迢迢东海边。
镜破亦已久，何期清光圆。
欢坐话畴昔，如梦相周旋。
长安举头见，春风几日还。
豫愁河梁别，芳草绿娟娟。
安得双飞翼，随君归所天。

孤　　雁

孤雁飞迟迟，哀鸣若有思。
忆昔寒门栖，饮啄获所宜。
何当遂高骞，南征曾几时。
中道失俦侣，嗷嗷泣路歧。
寒风薄肌骨，严霜摧羽仪。
关河邈难越，中心惄如饥。
遥见群飞翼，冥冥拂云逵。
投身附清辉，自分良难随。
徘徊宿浅渚，顾影徒伤悲。
浩浩天壤间，万物咸春熙。
日月罔不照，微哉今所期。
河干渐旧磐，庶几心神怡。

雪后元素偶出西郊，便过孟倬留饮，招予分韵

中夜雪霏霏，朝晴气逾寒。

日光入蓬户，照我衣裳单。
故人逢嘉友，招与同盘桓。
驱车践瑶华，搴帷纵目观。
巍巍千仞冈，松柏矗其端。
岂不畏孤冷，根植移良难。
侧见群飞鸟，啾啾丛树间。
稻粱在何许，琅玕不可餐。
我行方叹息，忽已到门前。
主人延客入，复作曩时欢。
庶羞列方圆，旨酒倾露盘。
座旁翩翩子，座上峨峨冠。
清谈尽文义，方寸生波澜。
而我独疏狂，扶病登酒坛。
酒力不胜情，情重为君干。
醉深不肯去，主犹无倦颜。
秉烛照新月，馀兴满柴关。
他日同云会，吾还看药栏。

七言古诗

丰　台　女

丰台女儿娇无力，春日登台望春色。
万紫千红照眼明，独倚桅栏泪沾臆。
忆昔花开妾嫁时，良人相爱不相离。

花前共理银筝柱，花下同倾金屈卮。
过眼年光疾于电，珠帘泪卷东风变。
垂茵委砌可怜花，花自可怜君不见。
君不见兮妾望云，云高望远路难分。
何由得似天边鸟，飞到君前诉与君。

弹筝曲

君不见，沈阳三月天，海风吹雪密如绵。
城头细鸟冻无语，屋角残枝僵可怜。
晓起抽毫觅冷句，墨花满砚寒云冱。
典衣沽酒欲消愁，无奈春愁消不去。
酒尽诗成晷影迟，儿童归语笑声低。
街前唤得弹筝女，试令一弹喜可知。
我已多年不好乐，风尘谁复精弦索。
回身隐几听伊弹，缓拢轻挡惊且愕。
入破新莺蹴嫩条，蛾眉初月抹云高。
千慵万懒迟梳掠，红晕春风豆蔻梢。
调改蕤宾弹夏景，满池菡萏花开盛。
珠帘轻掩暗香来，冰簟纹绡人梦醒。
一转金风玉露中，霸王甲叶鸣秋空。
云雷电雨往来急，石破沧江走卧龙。
拍尾茫茫浑无际，敛藏万象归元气。
湘灵缥缈数峰青，忽忆浔阳江上事。
借问东来始末情，银筝一放泪沾襟。
自怜本是良家子，生长江南白下城。
十四妆成倾国色，千金嫁向王侯宅。

主人爱妾教弹筝，日日承恩侍主侧。
金屋琼筵乐事奢，朝歌暮舞度年华。
鸟中不羡双飞翼，树里曾羞并蒂花。
盛极那知时命改，须臾陆地成沧海。
妾身一点似浮萍，风浪飘零今数载。
数载飘零苦不胜，饥来花市叫弹筝。
即今糊口他乡计，犹是当年旧主恩。
旧主恩情思不了，几回西望长安道。
千愁万苦妾无辞，唯有衔环与结草。
此言听罢心暗伤，由来绝色恨偏长。
花前织锦春含泪，月下捣衣秋断肠。
前路漫漫凭造物，红颜何用伤心哭。
崎岖羡尔不忘恩，为尔偷闲作此曲。

《贫交行》怀吴青霞同学□□□□□

黄海诗人性最古，读书万卷不应举。
赤贫一介无妄取，独往独来行踽踽。
东西南北遍寰宇，意气豪华谢勿与。
每于寒士一倾吐，白首相逢犹水乳。
三十年前鱼腹浦，班荆契结金兰侣。
中间阅历久不数，年淡交情耐寒暑。
垂老飘零独凄楚，冠盖京华无一语。
平阳清署分修脯，四千里外同甘苦。
诗里真情出肺腑，书中雅志深期许。
道义饥寒尽区处，管鲍分金不如汝。
吾生困穷固其所，但惜古人不复睹。

贫交尚有青霞甫，独坐怀君泪如雨。

将 进 酒

君不见，山前射虎故将军，薄暮单车归灞亭。
又不见，门前张罗废廷尉，一朝驷马声喧沸。
人生荣瘁那可定，众口悠悠极难听。
白发空为镜里愁，青春好遣杯中兴。
呼儿将我旧金貂，新丰市上沽春醪。
先开一瓮金盘露，老夫暖手亲炰羔。
曩时童婢顾安在，主人依旧朱门改。
即今对酒不尽欢，咄咄穷愁复何待。
将进酒，好舒怀，清歌一声酒一杯。
须臾兴来发深悟，拈髯微笑吟长句。
乾坤何地不容愁，独有醉乡容不住。

孤 蹄 青

出关以来鲜佳马，东郊偶见孤蹄青。
丰肌艳采一无有，雄心瘦骨空亭亭。
饥寒陌路谁相向，独对高天时引吭。
我亦风尘憔悴人，见此茫茫漫惆怅。
适逢主人前致辞，具道孤蹄不可骑。
我言此马大宜用，与人一心人不知。
贤哉主人遽感悟，殷勤引马将归去。
马不能言向我嘶，难忘此日相逢处。
乾坤气机如转蓬，今古曾经泣路穷。

一朝腾踏青云上，谁论昔日污泥中。
人世悠悠且如此，那能望尔酬知己。

友人李伊山馈齑赋谢

西平公子不落莫，那识人间有藜藿。
近且渐侵寒士乐，黄齑满瓮家常作。
惠我无多情不薄，感君雅意深相托。
明君之志甘澹泊，春城馈献徒纷若。
君不见，黄金势利交，翻云覆雨浑如昨。

喜吴青霞同学四千里辽东枉顾赋以志感

海风呜呜海水黑，龙堆月冷关山北。
雄剑高冠天上来，留都父老动颜色。
九月卢龙塞外寒，混同江上雪漫漫。
但知贫贱交情重，不畏崎岖行路难。
茅斋夜酒留君住，醉起移灯看庭树。
浓阴落尽有高柯，昨日啼莺在何处。
古来朋友相扶持，吾徒风节观平时。
梅花只在冰霜里，行路悠悠那得知。

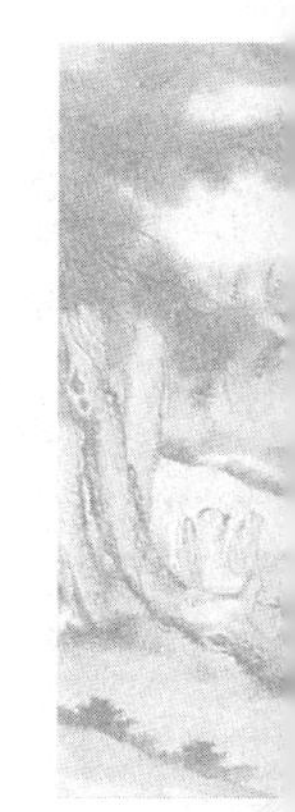

题天台智师骑鹿小影

峨峨百丈天山雪，荒荒一片辽阳月。
幼安华发已盈颠，梦到家园愁欲绝。
天台好景世应稀，锡杖凌空胡不归。

松间猿鹤闲无事，冷眼桃花历乱飞。

骏马行

沈阳城西官市下，乌金驹对索伦马。
盈千累累日纷纷，就中谁是空群者。
当年善相首孙阳，龙媒天驷各擅长。
一从此老不复作，遂令款段争低昂。
来回遍顾数谁骏，星精特降腾骁甚。
电掣双瞳炯有神，竹批两耳风雷迅。
蹀躞行空绝世雄，负涂匿采黄埃中。
自怜骨相负奇特，城隅屹立嘶寒风。
东京万骑无逾此，燕市高台今尔尔。
何缘再逢穆天子，长鸣一日行千里。

瑶编行

仲宣楼头无好春，子云阁上空暮尘。
玉检瑶编三百幅，神仙秘授长生箓。
万转千回借不来，朝朝自过城南曲。

莫相疑行

有鸟有鸟名秋鹗，秋日平林逐鸟雀。
忽然引吭凌青霄，偶尔垂云立溪壑。
古人比似将无同，难怪饥寒泣路穷。
众口那能流俗外，悠悠徒叹轩车中。

欲与绸缪厌形迹，弃捐又恐将来失。
呜呼将来那可知，径行君意莫相疑。

登澄海楼和同年汤西崖先生韵

山海关头势错愕，狻猊怒蹲金鳌脚。
回澜激石烟雾中，澄海楼高天际落。
当年燕将恃兵强，设检筑城为锁钥。
筑城西向云中道，白骨青磷莽相错。
筵前钟虡未酬勋，城上旌旗风卷箨。
劫火年深千载余，缭垣历历浑如昨。
我朝尚德不尚险，放马归牛柔六幕。
父老衢歌兵气销，公卿染翰升平乐。
新丰驿路挂城头，属国琛车震铃索。
纷纷紫气自东来，飞傍关门楼上著。
五陵佳客玉骢过，六郡才人金罍酌。
昌龄王涣气纵横，划壁旗亭称杰作①。
清时展眺一高歌，自喜遭逢良不薄。
诗成穆穆风徐徐，意境悠然殊展拓。
晴天望远海气清，何处空中有楼阁。

饮马长城窟行

何年石裂长城窟，乱涌珠泉如趵突。
一尺半尺清见底，五月六月寒彻骨。

① 编者按："壁"，原讹作"璧"，径改。

功成大漠转经过，喜控骅骝俯玉涡。
一饮直教兵气净，四蹄无复战尘多。
悠悠旌旆云中举，细细铙歌韵清楚。
缓辔长驱入玉关，师归有律军客与。
一去龙庭已数春，酒泉父老记犹真。
共言马上封侯贵，便是当年出塞人。
关吏跽迎扶不起，为公奉觞谓公喜。
感汝新情良不薄，吾亦欲明吾所以。
昔去虽穷原不悲，今来纵达何喜为。
丈夫功名有定分，岂比区区行路儿。

见雁怀友

可怜双健翮，一岁往来飞。
未暖三春去，将寒九月归。
友朋中泽远，书信上林稀。
昨日南溟路，谁家故雪衣。

盛夏雨后登沈阳城南楼，寓目有怀

客倦耽遐瞩，楼高试晓凭。
炎风何处去，雨霁碧空澄。
地势雄三辅，人家盛五陵。

遥怜京洛友，好景未同登。

暑雨晚晴

风光开晚霁，夜色冷遥天。
过眼云都散，当头月正圆。
客居龙塞外，家在锦江边。
何日清樽共，休嗟两地悬。

辽阳早秋

关外惊霜早，辽阳六月秋。
塞鸿辞极浦，海月压边楼。
人老诗思健，声清客梦幽。
独怜裘已敝，空负五陵游。

赠锦府别驾龚节孙

虹螺三辅地，宦迹路人知。
别驾真名士，闲来有赋诗。
冰霜前代苦，科第后昆宜。
落落交游里，悠然系我思。

调　　马

千金何足惜，神骏本寥寥。
鞭策非吾忍，驰驱欲汝调。
不羁才已敛，轻发气全消。
再上横门道，惊看万里遥。

早秋射猎

玉靶压金翎，刀瘢气尚腥。
秋风才肃杀，众草漫凋零。
锦藉芦花白，银装艾叶青。
明朝天色好，射猎出都亭。

听角思归

晓月梁间照，空庭客梦惊。
一声吹画角，竟夜动乡情。
飒沓悲风起，凄凉远塞行。
沧江人已老，不似听严城。

酬李三澹存见示，和友人《客窗》诗

古人吾不见，君莫是青莲。
草就书为圣，诗成句欲仙。
华年供奉日，晚路夜郎天。
客兴仍疏放，吟情酒肆边。

青霞附到《秀濯堂二集》，内有游黄山诗文，读之神往，慨然有作，即寄

胜迹逢真赏，高文自一家。
那能看石乳，不更写梅花。
六代风云邈，三山道路赊。
何年探白岳，一一问青霞。

雁　　阵

秋色到居延，冥鸿结阵还。
晓霜银甲重，新月宝弓悬。
都护移师日，嫖姚转战年。
定知行不乱，奇正总翩翩。

过刘大孟倬斋中探韵有赠

多才闲亦好，寡合老逾真。
以我来东海，如君见几人。
倾心愁已晚，得句喜犹新。
有暇还经过，含毫步后尘。

山寺晓钟

疏钟破林出，山寺本来空。
响迸分溪水，声遥度岭风。
依微残月迴，断续晓烟蒙。
何事惊人梦，明朝同远公。

元素以姑绒药果见赐，拜而受之，赋以志谢

不比绨袍赠，情多未忍裁。
微躯资药物，硕果蕴根荄。
道远周亲隔，家贫百念灰。
如何当古处，赋就转徘徊。

送龚节孙之任黔中

鸿文当盛代，冰署久淹留。
世路轻名士，吾侪重旧游。
一樽辽海别，万里武陵秋。
好奏虞廷最，还来集凤楼。

酬元素《喜晤即事》二首见赠

七载西台别，三生北海逢。
故人多不贱，夫子独高风。
岭树层霄外，江云落照中。
吾衰惭属和，难负此心同。

自订小诗讫出户眺远

独坐空斋里，新诗苦自删。
卷帘舒倦目，芳树满榆关。
霄汉浮云薄，江湖一鸟闲。
谁怜无好句，寂寞未开颜。

萍

泽物纷如许，微生亦化工。
飘零才几日，不敢负春风。
结实人难辨，明诚帝可通。
莫言孤洁易，离合此心同。

长至前二日京兆诸公过舍分韵

诗坛风雪里，谁树碧油幢。
劲自人无敌，狂如我亦降。
旧游逢胜目，佳气动寒窗。
莫为淹留倦，还来共玉缸。

读孟倬《雪堂分韵》诗感赠

把酒诵奇句，光芒满座隅。
一篇高士传，半幅入山图。
鹤瘦风犹劲，梅清月不孤。
天涯今夜醉，为尔发狂呼。

祝李沛苍明府

淡得门如水，豪来邈万金。
鲁连天下士，季布古人心。
独鹤秋逾健，高槐气欲森。
莫言施报爽，处处是讴吟。

女有爱澹存之才而愿嫁者，且曰是雪堂诗友耶，虽贫老何病焉。余闻其言而异之，漫赋二首，并柬澹存

（一）

白发不嫌老，青衫甘与穷。

君才良可爱，之子亦高风。
声价千秋定，须眉四海空。
那能辞秣马，孤负此心同。

（二）

闺阁知名姓，西台杜紫微。
十年才几许，旧梦已全非。
淡薄山云色，凄清海月晖。
自怜殊不尽，还有凤孤飞。

七言律诗

七月一日

明河耿耿夏云收，谁向天边报早秋。
鸿雁一声来绝塞，西风昨夜过平州。
杜陵漫兴惊新句，张翰羁怀感旧游。
晓起最高亭上望，乍宜苍翠远峰头。

门人昝仲绪远惠墨竹并诗，次韵谢之

君子怀人胜采萧，鹅溪泼墨寄音遥。
开函忽见龙蛇动，破壁犹闻风雨摇。
夜静虚心通万籁，霜明直节挺孤标。
岁寒老友如相问，依旧青云俯碧霄。

新秋闻诸生西郊咏游有作

闻道诸贤郭外游，无边清景豁双眸。
关门曙色连青海，塞上烟云接素秋。
莫往莫来谁闭户，乍晴乍雨亦凭鸠。
殷勤好问题诗客，尔目何人第一流？

哭同门仪部员外郎陈大书二首

（一）

伤心何处可招魂，想象空为哭寝门。
塞雁群飞秋来老，江云忽散望无痕。
十年赠别言如昨，千里遗来物尚存。
悲极不堪回首忆，蓬窗疏雨正黄昏。

（二）

贡书少日忝同门，剑阁文章众所尊。
丽比春花饶逸态，皎如秋月绝纤痕。
百身莫赎人争惜，一事无成我尚存。
谁念晚年亡好友，异乡风景自寒温。

雁　南　飞

霜早平沙落木稀，南征秋思动金微。
直从绝塞乘风起，便上层霄带月归。
铁岭城边花未谢，玉泉山畔稻初肥。

关情下听斜阳外，何处人家尚捣衣。

学　书

无那文心老未降，朝朝染翰自临窗。
毫锋透处针相对，腕力遒来鼎欲扛。
几点暮云归远岫，一钩新月挂寒江。
功成雨粟如堪再，先许笼鹅倒玉缸。

日晚城西访友

故人家在城西住，屋角遥青挂远山。
最好烟云残照里，肯辞车马暮尘间。
药栏会少情逾密，花径归迟意亦闲。
莫为飘零过憔悴，五陵心事不孤还。

赋得“侧身天地更怀古”

太平风物旧堪怜，去国离家亦偶然。
游子设身无善策，古来流寓有高贤。
海边尽日群鸥近，塞上何时众马还。
最喜百花潭畔路，嫩槐新柳绿娟娟。

自　斟　壶

识得宾筵重此壶，其间深意未全无。
留将红粉专供舞，剩却青衣佐典厨。

嘉客只须随雅量，主人原不用豪呼。
竹林亦是狂生辈，名教何常见酒徒。

春暮孟倬以《粉红芍药》征诗，独酌漫赋

不因风雨负春恩，万紫千红独殿奔。
面粉淡匀朝露薄，口脂微染夜香温。
高朋赠我还征句，浊酒怜卿欲断魂。
记得草桥开宴赏，月明初启右安门。

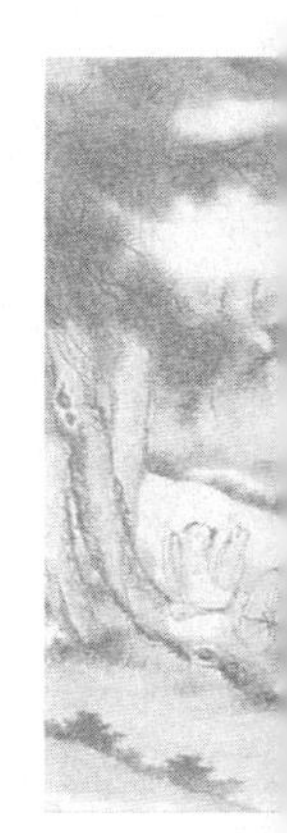

高僧酿酒

曹溪水泛蓼花清，老衲春心满瓮盛。
就里圣贤君自酌，个中香色我难名。
汉家绝域蒲萄入，仙掌何年瀣露倾。
说与劳劳独醒者，不如此处悟无生。

美人跃马

只道昂藏七尺夫，沙场独跃紫骝驹。
玉娥春戏调骄马，金埒遥看闪绣襦。
鞭急云连鬟影度，鸾和风定珮音纡。
麒麟阁上人还在，笑杀儿家骋大涂。

夏日雨后过友人宅分韵

长夏园林绿已肥，遥天雨气转霏微。

兴来出户寻诗去，醉后垂鞭弄月归。
乳燕乍飞还缓缓，嫩荷新出渐依依。
年光到处皆堪赏，不独巫江有钓矶。

戍楼秋望

衰草黄沙隐戍楼，晓霜晴日见高秋。
飞狐岭峻连云锁，驻马河清绕塞流。
极目关山肠欲断，惊心鸿雁泪难收。
相逢莫道长安近，一夜西风已白头。

登沈阳城北旧台遥望西川有作

千里箕畴是帝乡，朝来王气郁苍苍。
横连瀚海天光阔，远接医闾地脉长。
南国佳人春斗草，西园公子夜飞觞。
谁怜万里荒台北，独自瞻云泪几行。

辛卯午日有怀

岁岁他乡长作客，年年五日强舒怀。
仙蒲浅泛黄金爵，彩胜遥怜白玉钗。
几处榴花曾照眼，谁家萱草不盈阶。
关情最是瞿唐峡，十锦龙舟次第排。

敝寓数年无燕，岂所谓不过愁门耶？今岁来巢，赋以志喜

历尽朱门路渺茫，十年今日喜回翔。

穿帘彩翼双双入，结垒花泥个个香。
海国残春生顾盼，云逵旧路起伧荒。
仲升老大空如许，骨相同君细品量。

种园八首

（一）

新拜园公老不羸，豆棚高卷坐归迟。
四围花色纷旗帜，两部池蛙竞鼓吹。
窗领群工勤职事，奉行天道顺时宜。
三章有约毋相负，好展贤劳答主知。

（二）

清明时节鸟缗蛮，便向群工把示颁。
地气已随天气动，小人怎比大人闲。
捡将子粒防虫湿，磨就钩镰待草菅。
指日开园齐力作，莫教红女笑春山。

（三）

底事谁为第一筹，□摹经界制龙沟①。
旱期井洌泉堪入，潦欲潢污水不留。
土现刚柔分早晚，种因肥瘠定稀稠。
未须卤莽无成算，规画先贻达者羞。

---

① 编者按：□，据其残笔，当作“倣”或“傚”，以“倣”之可能性为大。

（四）

茄秧散叶蒜分丫，烈日亲将苇薄遮。
细细结棚牵扁豆，高高插架引南瓜。
向阳葵藿低逾嫩，出水菰菱晚更嘉。
邻妪昨朝来乞火，背人偷采凤仙花。

（五）

只言受福功归井，谁识机关在辘轳。
一动垂将天上绠，半空提出海中珠。
泻将涧道寒堪食，沁入畦苗困可苏。
比似伐檀劳已甚，河干不改素心孤。

（六）

柴扉初辟晓风凉，揖让诸庸进圃场。
道在不嫌声尔汝，机忘谁论价低昂。
土杯瀹茗殷勤奉，石火燃烟次第尝。
共说青门今俗美，园公礼数未全荒。

（七）

紫芥黄芽渐渐高，由他自长莫轻挠。
酌明燥湿从容灌，相定稀稠仔细薅①。
几日嫩黄才出垄，一时新绿已平壕。
御冬得此清香味，鼎食何须羡二牢。

① 编者按：“薅”，当为“薅”之讹。

（八）

尊酒豚蹄谢老天，群工分馂转凄然。
怜予晚岁无他技，感尔多情又一年。
过眼风尘空慰藉，惊心霜露漫流连。
故园寝庙相违久，菹醢何年肃豆笾。

辽都春兴八首

（一）

五云缥缈郁春城，春日遥看气象生。
北枕龙冈开禁苑，南临凤岛接蓬瀛。
晚花向暖连枝放，幽鸟迎和出谷鸣。
多少侯邦环带砺，太平风物首东京。

（二）

龙楼凤阙俯晴空，附翼攀鳞望不穷。
周室孙谋光旧镐，汉家王业美新丰。
金城月色千门迥，御苑花香万户通。
料得康衢诸父老，安居那识栋隆功。

（三）

塞柳含烟色可怜，踏青城外斗芳年。
美人自约黄金钏，公子空垂白玉鞭。
陌上管弦留晚照，楼头灯火接遥天。

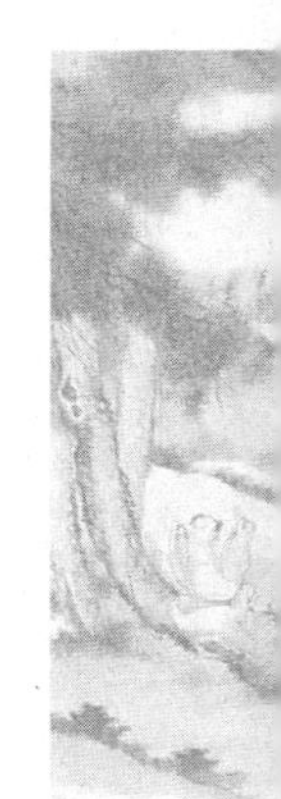

多情士女欢无极，笑问何时更采莲[①]。

（四）

九剧三条绝点埃，春风昨夜大宁台。
才闻玉勒鸣銮去，又见金舆击毂来。
洛水神光朝振荡，瑶池仙路晚徘徊。
东都车马堪图画，惭愧张衡作赋才。

（五）

何处吹来绿酒香，侯门隐隐郁金堂。
珠袍翠钿春无价，锦瑟瑶筝夜未央。
乍转清音疑顾曲，遥怜妙舞定飞觞。
邻家少妇机中泣，十指寒丝冷报章。

（六）

骋骑飞鹰乐未休，怜香借客宴高楼。
座中肝胆倾无忌，囊内金钱赠莫愁。
翠袖杯擎花影动，红灯剑舞夜光浮。
年来六郡良家子，骨气棱棱傲五侯。

（七）

凤凰山下凤凰桥，桥上残碑有度辽。
皇甫西州称杰士，然明北海树芳标。
清流气节名犹在，贵戚繁华梦已遥。
极目晴空闲眺望，杨花历乱鸟声娇。

① 编者按：“莲”，原误作“连”，径改。

（八）

劀穿木榻意何如，春色依然到草庐。
黄鸟隔窗声睆睍，绿杨当户影萧疏。
闲来啜茗吟清昼，睡起焚香读素书。
闻道司徒虚左席，故人高义转愁予。

秋　　云

久客悲秋常病卧，今年初起见秋云。
翻将北海鱼龙气，变出南山虎豹文。
晚树阴从天外合，寒江色向雨中分。
五陵衣马情如许，旧说荒唐不可闻。

锦江秋怀八首

百花潭

百花潭上草萋萋，花蕊宫前访旧溪。
夹道香尘浮玉辇，横空烟树锁金堤。
鱼牵细藻翻波急，雁蹴寒芦压岸低。
满目繁华何处是，不堪惆怅锦官西。

百花草堂

去国离家老病身，天涯何处不相亲。
花卿好客才偏放，严武多情气未驯。
万里风尘空陨泪，五陵衣马漫伤神。
会须买棹夔门去，瀼水东西理钓纶。

泸州江

瘴雨蛮烟拥节旄，炎征何事狎波涛。
汉家帝业原无外，丞相天威孰敢挠。
一战西南安陇蜀，十年东北定吴曹。
不然阻海穷山际，擒纵宁堪久顿劳。

八阵图

千里连营制胜难，十年生聚漫摧残。
北山猛兽何时缚，东浦孤雏不可弹。
劫火只今余石垒，风云空自涌江湍。
伤心八阵图边水，呜咽隆中泪未干。

永安宫

当年此处遗明诏，卖履分香一字无。
嗣子不才君可取，老臣如此罪当诛。
艰难力尽三分鼎，终始恩酬六尺孤。
今日西陵抚松柏，青青依旧鸟空呼。

白帝城

瞿唐峡口彩云间，白帝城南不可攀。
西控巴渝收万壑，东连荆楚压群山。
花开香锁鱼凫国，月上寒侵虎豹关。
别后天涯漫留恋，几回搔首鬓毛斑。

瀼溪草堂

一代风流鲜颉颃，几年飘泊瀼溪旁。

摊书只对青山静，把钓唯看绿水长。
旧恨空搔双短鬓，新诗漫索九回肠。
自怜我亦悲秋客，皂帽何时过草堂。

筹边楼

天府金城古益州，文饶节钺旧风流。
春秋两见桐花凤，晴雨三调柘树鸠。
梦里关山情漠漠，天边烽火路悠悠。
不堪憔悴西征日，人在筹边第几楼。

长至雪后集廖京兆署中分韵

雁逐晴光度朔风，飞觞雪后暖融融。
定知官阁春长在，谁道寒灰气可通。
巴里曲惭云外和，梁园赋自古来雄。
酒酣却想张郎笔，今日遥山画不同。

祝李沛苍明府　癸巳

九载辽东客不归，爱君为政有清辉。
漫言倜傥张京兆，更自风流杜紫微。
海屋大年秋未老，关门佳气晓还飞。
莫嫌旅次无高兴，独为司徒赋改衣。

与李云野

年来北海空悬榻，独喜南州第一流。

有道虚怀涵巨壑，无尘爽气挹清秋。
马卿善病才偏好，贺监多情老未休。
为报天香云路近，联飞直上凤池头。

五言绝句

乙酉九日忆菊

多饮酒三杯，少算棋一步。
篱边今岁花，输与渊明去。

问　　镜

一笑谓婵娟，卿知妾可怜。
个人当日去，曾说几时还。

夷　　门

壮士不虚死，美人不虚生。
邯郸何足救，天意在侯嬴。

易　　水

当日送荆卿，歌声入水声。
至今行客听，呜咽不分明。

白　云

君身如白云，妾在青山住。
青山无转移，白云自来去。

晚　意

晚树受寒鸦，重茵藉落花。
人生多意气，谁是鲁朱家。

采　莲　女

泥深不见藕，苦薏谁复知。
羞杀并头花，似侬初嫁时。

平原怀古

食客尽何处，主人无一语。
回身按青萍，□□□□□。

月夜观梅

春风吹明月，昨夜梅花里。
脉脉两无言，清香澹如水。

七言绝句

乙酉五月念四日齐化门饮饯

尚有青门酒一卮，停车共饮且迟迟。
人生去住浑闲事，莫漫尊前叹别离。

潞河感旧

浅水回风荡夕曛，芳洲好梦隔江云。
谁家绿树高亭外，笑指青袍唤使君。

过三河县有怀旧令彭无山作

落日荒城眼倦开，好花还是故人栽。
当时若便清江死，孤负无山绝妙才。

卢龙语马

汗血穿蹄出蓟门，石棱霜滑月黄昏。
莫嫌此路崎岖甚，未报孙阳一顾恩。

望山海关

狮蹲鳌负势峥嵘，天设雄关控两京。

最喜太平风日好，彩云高护五花城。

将出关寄内

楼边杨柳绿阴齐，小帐遥怜昼景凄。
莫打黄莺怨惊梦，征夫犹未到辽西。

出山海关

西风吹马出关东，回首山花满路红。
昨夜蓟门沽酒处，几层烟树郁葱葱。

十　三　山

金牛洞口水潺潺，疲马秋风夜度关。
少妇不知何处梦，可怜人在十三山。

松山道中

放马归牛古战场，山川犹自郁苍苍。
白头野老闲无事，村酒邻家话正长。

望　海　台

独自登临望海台，烟波万顷正晴开。
不知何处秋风起，一片孤云渡水来。

白狼河沽酒

十千一饮兴犹豪，笑解蟠花旧锦袍。
日暮酒家楼上望，白狼河北水滔滔。

大凌河涉险

既涉惊魂喜复苏，夕阳沽酒劝妻孥。
尔曹枉把他人怨，如此风波何处无。

道旁虞美人花

（一）

浅碧轻红委路尘，姓名犹记楚宫春。
汉家多少闲花草，不是重瞳顾盼人。

（二）

霸图已尽楚歌中，断粉零香泣露丛。
欲化啼鹃归故国，野田何意傍春风。

秋　　柳

公子青春系马时，谁家玉笛倚楼吹。
分明一曲关山月，不到飘零那得知。

新　　居

几间茅屋数人居，不近尘喧乐有余。
薄暮微醺还静坐，一天明月夜窗虚。

西　　望

西去关山几万重，白云秋水晚蒙蒙。
无端倦眼开天畔，只道家园在望中。

惜　　马

骁腾如此见应稀，瘦骨棱棱秋不肥。
只有雄心无可似，黄金台上白云飞。

对　　月

十年京国五陵豪，步下毛锥马上刀。
赢得满头霜雪在①，玉门关外月轮高。

乙酉生日

去年此日画堂中，人困笙歌夜酒红。
今岁诗成无别事，掀髯一笑坐西风。

---

① 编者按："赢"，原误作"嬴"，径改。

闻　　砧

三更月转黄龙戍，万里秋高白帝城。
已是寒螿听不得，谁家犹急捣衣声。

感　　梦

玉钥缄春户未开，银屏插汉鸟惊回。
押衙已死昆仑去，昨夜君从何处来。

水　红　花

家家墙内种游龙，红穗经霜色转浓。
忽忆故园秋更好，锦江初日照芙蓉。

病起寄琴友高太常

别后孤琴已不弹，病中犹自念黄冠。
刘郎来去浑闲事，莫种桃花点玉坛。

感　　雁

石榴花下别朱颜，黄菊开时客未还。
却怪宾鸿不相待，等闲先入蓟门关。

留客菊下饮

一秋风日费辛勤，种得黄花伴客身。

今日留君花下饮，为君亦是异乡人。

雪中龚节孙别驾见访

老病天涯孰与群，柴门昼掩雪纷纷。
已拚独对残书坐，岂料穷交尚有君。

种　　葵

寸草于春那得酬，陶家五柳太风流。
小园只把葵花种，向日丹心未肯收。

乙酉九日

（一）

九日辽河霜色青，黄花几朵似晨星。
故人京洛知谁健，昨岁吟诗送阮亭。

（二）

异乡风雨自重阳，人淡无言书一床。
不为催租吟兴懒，近来多病损清狂。

偶　　忆

黑龙潭畔祝家庄，门外沙平箭路长。
记得去年穿柳过，马蹄风里菊花香。

答　意

月冷风凄夜已阑，谁携绿绮对窗弹。
妾生不似文君好，明日能来仔细看。

即　事

寒夜挑灯捡敝囊，客心无那转彷徨。
只存一幅胡威绢，拭得酬恩泪几行。

感　怀

天涯何事最销魂，芳草萋萋隔蓟门。
不怪旧游诸弟远，自怜我亦未酬恩。

春　忆

锦障春园花正开，西平宴上客多才。
云姬久不亲歌舞，无那分司小杜来。

秋夜闻鸡

新秋月冷夜初长，酒醒闻鸡旧兴狂。
便欲出门射凫雁，水边云雾太苍茫。

友人寄盆梅

（一）

腊月辽阳雪满川，梅花冷处抱春眠。
东风不解藏消息，又送清香到客前。

（二）

何处清香拂面来，美人家住大宁台。
门前一带冰霜窟，不道南枝也会开。

春　　感

香车宝马去悠悠，载酒寻花陌上游。
借问春光谁作赋，飘零王粲未登楼。

读史四首

（一）

旧时猿臂李将军，叱咤雄姿天下闻。
一日灞陵归去晚，可怜门外月纷纷。

（二）

西州豪杰选风标，皇甫威明新度辽。
慷慨漫违丞相旨，青云两鬓日萧条。

（三）

龙尾龙头共一经，云霄别后独星星。

子鱼毕竟三公度，还有音书到管宁。

（四）

北海开樽宴客时，两行珠履酌金卮。
那知他日酬恩士，独有东来太史慈。

小　园

清和天气燕飞斜，才放樱桃杏子花。
自不窥园今已久，那知春色到天涯。

送　客

三月辽阳春事微，河堤沽酒送君归。
柳花飞处浑如泪，衮衮随风上客衣。

杏　山

闻道当年未解围，金钲铜鼓战尘飞。
只今但见寒原里，一片孤城挂夕晖。

看绣回文诗有作

知郎不喜看鸳鸯，绣得回文诗一章。
笑倚尊前问奇字，袂间犹带唾绒香。

看　剑

匣里龙泉北斗精，当年声价重幽并。

即今一顾欢无极，何事南塘不署名。

维德堂三首

（一）

茅堂昼掩雪重重，把酒吟诗兴转浓。
醉后卷帘看雾色，白云飞出最高峰。

（二）

大宁台上晓凄凄，孤影回看万木低。
欲折梅花凭驿使，故人清望渺难跻。

（三）

海风山月两无言，清绝城南小杜园。
却笑禅师浑不识，谁家双桂倚晴轩。

席间同元素咏水仙花

花叶茏葱雪后开，微风轻送澹香来。
依稀洛浦相逢处，不分陈王八斗才。

雨后春郊寓目

青山雪净已无尘，夜雨朝看景色新。
闻道南中春更早，不知临眺可伤神。

雨后观柳

关河三月雨蒙蒙，柳色依微入望中。

自是余寒漫留滞，莫教长笛怨春风。

春暮有怀

海曙晴开望远天，杏花红处燕翩翩。
故园春色应如许，无那飘零又一年。

嘲　吟

尽日吟诗花径中，夜深随月到帘栊。
山妻笑问缘何事，如此多情自解穷。

闻澹存有归志

夫子将谋尽室归，故人惊喜转歔欷。
亦知离索寻常事，君去辽东无布衣。

绿　牡　丹

薄罗衫袖侵芳草，新涨池头看晓云。
一自隋楼人去后，沉香浓艳枉纷纷。

高家园莲池

浅水危桥曲槛边，嫩荷风里绿娟娟。
道州别后无知己，清影微香好自怜。

春城寓目

千门彩胜拥金旓，佳气晴看接四郊。
从此太平人尽乐，老夫春色上眉梢。

初夏小斋漫兴

黄鸟喈喈卉木萋，茅斋清昼板桥西。
著书自分虞卿老，不敢逢人说魏齐。

留别洪恩寺三觉禅师

二十年前固节侯，萧萧白发已盈头。
尘心不化辽东鹤，又到慈恩访旧游。

附　题诗

题雪堂先生《辽海集》诗后四首即寄教正

（一）

故人天际去，昨日有书来。
书中意缠绵，令我心颜开。
啸歌以自娱，穷饿甘蒿莱。
物理齐得丧，安用惊天才。
灌圃朝把锄，怀古夕登台。

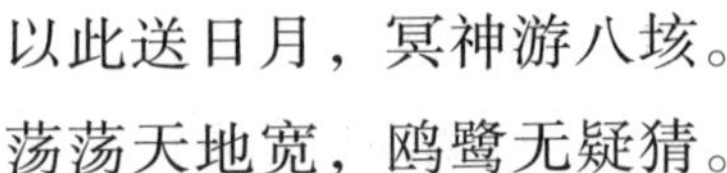

以此送日月，冥神游八垓。
荡荡天地宽，鸥鹭无疑猜。

（二）

困穷生道心，恐惧发深省。
古之忧患人，幽独恒凛凛。
利器见盘错，进德在灾眚。
读君辽海诗，知君能自警。
风度归静穆，气概馀骨鲠。
一片忠爱心，写出孤臣影。
其音亦变徵，其语则温谨。
乃知百炼钢①，磨砺得新颖。

（三）

穷达固有命，行藏亦有道。
岂无青云志，自视非官料。
麋鹿只在山，蟪蛄只在草。
常见大鹏飞，受絷不如鸟。
曩登太华山，羡彼云中峤。
又过西子湖，爱煞波光好。
烟霞契寤寐，卜一以终老。
俟君乘兴来，与君共幽讨。

（四）

大道苦不闻，小技爱雕虫。
青天远茫茫，攀跻途路穷。

① 编者按：“钢”，原误作“刚”，径改。

鼎鼎笑尘世，适西而足东。
谁知三神山，乃在高云中。
君才擅绝代，著作归浑雄。
逸响来大荒，一啸生悲风。
晓梦亦已觉，春光复和融。
持此冰雪心，湛然还太空。

黄海同学弟吴启元青霞拜手稿

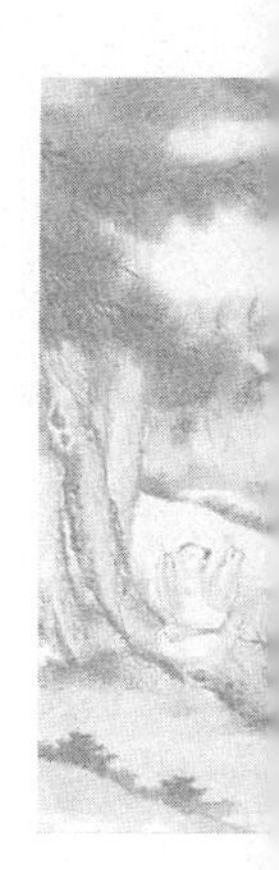

雪堂集

南行集

序

山川靈淑之氣萃爲賢哲其人之生未嘗
矜奇標異必循循于倫常之實理凡君臣
師友間皆以至性相感通故不獨見諸行
事即形爲詩言亦非可以尋常著述例之
也余丁卯之役于閩中得濟菴傳子峇激

五言古诗

滟　滪　堆

漭漭长江来，谁敢冲其波。
奇哉滟滪堆，乃欲吞全河。
白盐为犄角，赤甲为长戈。
象马战无休，蛟龙哀乞和。
涓滴不与海，吾意亦难过。
川流能几许，昼夜去如梭。

感此障百灵，匪直忧潜沱。
瀼溪双铁柱，风雨今如何。

舟过百丈梁

明季无驱除，乃生张与李。
流毒三十年，纵横八千里。
虎豹入庭除，丘园生棘杞。
华屋昼无烟，春城夜多鬼。
太平未百年，小丑复群起。
青青涪万江，旌旗蔽葭苇。
月峡高宠岚，蚕滩石齿齿。
怒涛千尺堆，盘涡难正视。
倚山结连营，傍河筑高垒。
当其鸱鹗张，自与尉陀拟。
一朝官军来，巢穴净如洗。
白骨哭穷秋，青磷照寒水。
我行百丈梁，叹惜不能已。
皇威播无外，绝域归上理。
何况禹甸中，区区一游蚁。
千秋万古名，空令后人耻。

子　夜　歌

（一）

晓起怯春寒，双眉犹未扫。
翻怜青镜中，容华空自好。

何以散春愁，终朝斗百草。

（二）

相约向莲塘，相将取嫩凉。
如何发中夜，爱此星月光。
月照合欢梦，切莫惊鸳鸯。

（三）

梧月印空阶，寒蛩声唧唧。
愁人应未眠，相思渺无极。
锦字岂辞劳，霜寒不停织。

（四）

门前雪已深，空床照华烛。
明知欢不来，浓香熏绣褥。
鹦哥冷唤人，梅花自幽独。

焦山望海

放船下京口，遂上焦先寺。
波涛分两桨，云路入苍翠。
山里石田荒，山外藤萝秡。
谁知杳霭中，竹房自幽邃。
逶迤陟后坡，碧天扫新霁。
雪浪生海门，仿佛玉峰积。
噌吰蜃市高，喷薄鼍龙戏。
心胸忽鼓荡，眉睫霎亏蔽。

往矜巫峡深，今骇沧溟异。
江风吹月上，萧然自高寄。

赠太守胡大元，方归里守制四首

（一）

瑶池诸女娣，玉颜明月光。
春花香满衣，依依王母旁。
独有董双成，乘风归故乡。
岂不念离索，仙人意深长。

（二）

我昔东海去，亲见蓬莱山。
上有大丹台，岩峣不可攀。
卓哉学道人，风骨何珊珊。
振衣千仞峰，俯视哀尘寰。

（三）

圣贤重名教，君子重天伦。
方寸既已乱，功名何足云。
孤舟辞锦水，西风吹白云。
猿声三峡哀，珍重夜来闻。

（四）

秋霖如吾心，秋水如吾情。
缠绵两迟迟，意恐使君行。
别来未忍酌，别言凄复清。

东山无久留，还来忧苍生。

土木怀古

总发受诗书，十五学剑术。
上马挽强弓，下马弄纸笔。
仰面射紫雕，回身控玉勒。
儇捷武人惊，芳誉流四国。
中年奉明诏，弹琴宰冲邑。
才名最娱人，鞅掌不遑息。
行役度狼关，驻马看山色。
伤心土木城，一片愁云黑。
衰草不禁风，黄沙渺无极。
题诗吊国殇，徘徊泪沾臆。

五言排律

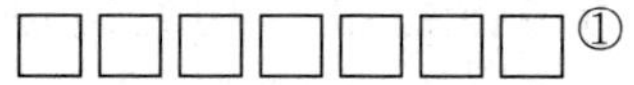[1]

宇宙清宁日，贞元会合时。
八荒歌顺则，万类洽重熙。
长白钟灵远，同江毓秀奇。

① 编者按：此诗诗题约七字，均漫漶不清，无法辨识。

中丞开□野，公子奋鸿逵[①]。
博雅耽词赋，声光灿陆离。
联魁乡会榜，高踞凤凰池。
戴月趋纶阁，乘槎泛海涯。
九重怀蜀道，使相出龙墀。
忠作王遵孝，严成诸葛慈。
忘餐忧国是，虚席访时宜。
谈笑戎机辑，艰贞介节持。
两川供亿力，十载相公贻。
薄伐卑周弱，西征陋汉疲。
计程擒善鄯，屈指灭龟兹。
路马酬勋爵，丹弓畀首揆。
仍兼开府秩，特进上公仪。
华诞三春届，耆英四国驰。
道惟东最远，爱以笃难辞。
忆昔龙门侍，曾聆凤哕迟。
见时愁若晚，别后杳无追。
圣主恩如海，孤臣鬓已丝。
为怜西塞役，赐转曲江湄。
燕子归残垒，稊杨发旧枝。
野花风灼灼，春水绿弥弥。
十二峰前望，三千里外思。
美人如霁月，芳树隔江篱。
感此深为念，乘春往介眉。
长风飞滟滪，万浪破峨嵋。

① 编者按："野"前之字，原书不清。

曝负茅檐日，芹将涧水松。
青山无好物，黄绢亦新词。
桃让东方窃，笙凭子晋吹。
双成讴羽曲，萼绿奉金卮。
问我云何乐，言人未及窥。
不曾微管仲，落得卧希夷。
老兴闲云适，春愁旧梦痴。
贤公能好善，古道敢忘规。
澹远三公度，风流百世师。
寒光余积雪，清影彻连漪。
叔度功名近，文饶识趣卑。
永言崇令德，振古式西陲。

圣泉书院二十韵

江县分夔北，山斋接楚南。
岭头行虎迹，峡底蛰龙潭。
地险三巴扼，民风九郡参。
包茅同楚贡，火布入齐谈。
木石居犹近，金银气不贪。
一毡仍苜蓿，千树种楩楠。
近浦开明镜，遥峰上郁蓝。
谷疑青灌口，地似绿天庵。
倚竹常清啸，当杯独醉酣。
兴来携绿绮，春到载黄柑。
牧唱无冬夏，奚童有二三。
叟常寻角里，仙或访苏耽。

花径长吟咏，松根任剧谈。
白鸥随钓艇，红叶压樵担。
翠鸟鸣衣桁，青芝满药篮。
有时欣自赏，无事只闲探。
瀑水当阶溅，山窗宿雾含。
文心贞大快，幽梦亦何惭。
桃李滋春雨，烟云扫石岚。
每从飞翠落，频眺碧毵毵。

赠章可亭明府

帝运三阳泰，卿云五色连。
麟振赓瑞物，葭茁咏春田。
间气钟名世，维嵩产大贤。
元公营北洛，召叔驻幽燕。
簪笏遥相望，勋名孰可前。
中丞耽绿野，公子壮筹边。
驭吒王尊后，鞭催祖逖先。
劳心同制锦，学道只鸣弦。
正直民无讼，熏陶士有甄。
黔黎方佩犊，倍水借烹鲜。
雅化人皆悦，清操鹤与联。
江城遣寂寞，几席共周旋。
慷慨芙蓉剑，风流鸾凤笺。
黄金养壮士，绛帐设华筵。
坐拥三千客，盘罗十万钱。
红儿歌白雪，玉叶漾银船。

醉后情犹切，狂来兴逾牵。
平生多意气，对此益缠绵。
把酒为君舞，低头还自怜。
荐雄应有愧，不敢负华年。

和赵给谏恒夫《月张园》，用袁中郎韵

吏隐金门日，园居玉阙前。
山岚通上苑，水脉接甘泉。
绕砌三珠树，环池十丈莲。
百花迎晓日，众鸟弄晴烟。
阁密流云细，窗虚得月全。
游飏看柳絮，飘洒下榆钱。
旧是中郎宅，今为给谏廛。
风流人未远，诗酒兴犹偏。
独踞先生座，群趋弟子员。
奇思探月窟，逸想擘霞笺。
金谷非为胜，兰亭可再传。
此中能避俗，不必赋归田。

从　军　行

倒马雄关峻，卢龙古塞高。
大荒余落照，寒色上征袍。
北极风云壮，东山将士劳。
昨闻擒鄯善，今喜渡临洮。
壁垒清原野，军容盛节旄。

令严刁斗肃，机捷鬼神号。
杨仆初临阵，王祥久佩刀。
健儿都似虎，穷寇敢如毛。
誓扫天山雪，长清瀚海涛。
龙骧胜苜蓿，羔酒醉葡萄。
碣石铭须勒，彤弓咏载櫜。
小臣时珥笔，下马一挥毫。

元宵后一日雪中漫赋

残灯烘曙色，瑞雪变春心。
暗舞惊眠鹤，晴飘点壁琴。
空庭宜静对，幽思自相寻。
百里同云合，千山朔气阴。
柴门无过客，清夜有闲吟。
日晏呼童子，阶前几尺深。

五言律诗

巫　　山

奇峰高十二，一叶下巴东。
冷碧出云上，空青落镜中。
江声疏密雨，树色往来风。
峡路苍茫里，寒猿听不穷。

八　阵　图

连宵金鼓震，殷殷出河干。
峡卷愁云黑，天沉落日寒。
雷霆司石垒，神鬼获烟滩。
遗憾无须辨，君王自永安。

峡　　雨

芙蓉三万朵，飞翠晓蒙蒙。
一过隔山雨，横生众壑风。
苍龙飞郡北，紫电掣巴东。
叶叶渔舟去，高堆白浪中。

江　　声

横流吞阵石，怒折吼江渍。
两岸声相薄，秋风送入云。
雷霆惊百里，鼓角起三军。
独有悲秋客，深宵不可闻。

客　　夜

夜寒愁不寐，拥絮对孤檠。
老屋随风入，空窗任月明。
莫愁新落魄，孤负旧知名。

明日山塘路，梅花伴客程。

和海昌夫子壁间《双三月》韵

春光怜上巳，不忍别江城。
两度尚书府，双称介寿觥。
好花迟弄影，幽鸟更求声。
留得东风久，还吹万卉生。

次韵和学使廖若村《闰中秋南楼客兴》四首

（一）

多情一片月，恋恋固陵秋。
不惜分清影，还来照白头。
江空残雾尽，树静晚香留。
有客耽遐瞩，含凄暗倚楼。

（二）

好节偏宜闰，清光迥异常。
芙蓉千万树，隔浦映垂杨。
良会迟残漏，高城动早霜。
相携凝眺处，云水正悠长。

（三）

花鸟随新意，溪山适旧缘。
草堂重醉后，诗兴益穷坚。
秋水何时落，遥峰未可攀。

酬思双泪重，歌舞漫蹁跹。

（四）

八月瞿塘水，秋风万里身。
高楼逢旧雨，意气晚愈亲。
捧檄宁辞险，多文未是贫。
吾衰清啸懒，珍重玉堂人。

汉阳晤信国公孙文大宾门有赠

不识文丞相，徒劳太息声。
当年非苦节，何处得佳名。
华胄三湘起，雄才四国惊。
莫愁天监远，终始估台衡。

九日登高唐

不是龙山会，翩然侧帽来。
峰环巴子国，云出楚王台。
胜地耽诗思，怀人托酒杯。
遥知兄与弟，笑对菊花开。

楚　王　宫

四望荒烟里，苍茫野色齐。
山犹开踯躅，春自发棠梨。
乱石江云卷，藤萝夜雨迷。

一从亡国后，空有鹧鸪啼。

田家杂兴

（一）

社鼓前村急，田家事事宜。
燕归春酿熟，鸡唱午炊迟。
斜日穿松径，云间护竹篱。
荷薪时去晚，灯火映茅茨。

（二）

地偏无客至，枯坐对斜阳。
烟柳藏书屋，云萝荫笔床。
名应惭入洛，赋漫拟游梁。
且尽归来意，田园尚未荒。

（三）

万树攒峰上，烟江动夕曛。
行歌招漫叟，晏坐忆同群。
屋小鸡栖月，村荒犬吠云。
回看深竹里，人语隔溪闻。

晚　　归

雨后冲寒出，山行意转浓。
林藏云寺火，风渡雪溪钟。
谷静窥猿饮，村喧警虎踪。

此时归路溟，烟树郁重重。

送同学吴青霞归新安

（一）

两年巫峡路，千里独归心。
君向乱山去，我知秋水深。
荆门寒日薄，楚泽暮云阴。
酒醒怀人处，哀猿寂寂吟。

（二）

鸟道青天上，留题遍蜀江。
文心花欲舞，愁垒酒难降。
独卧支琴枕，高吟拥雪窗。
只今栖宿处，橙橘覆香幢。

（三）

摇落秋江上，无人识子山。
意贞同水澹，心独与鸥闲。
末世轻文字，相知重往还。
他时怀旧侣，一片楚云间。

（四）

万里惊秋夜，同生宋玉悲。
寂寥江郭路，潇洒酒人词。
此意可终古，流风况昔时。
澧沅芳杜在，公子不胜思。

春初晓发章台，同杨紫宸太守南行二首

（一）

杨柳依然绿，章台成古丘。
可怜临眺客，惆怅楚江头。
细草萦高岸，长湖走浊流。
茫茫鸥与鹭，何处寄离忧。

（二）

有客逢江上，连舟共远征。
偶闻经世语，深见读书情。
汉水春初发，江花气复清。
新诗行处有，不必问逢迎。

登黔邑羊头山望诸番

青羊何处去，白石乱纷纷。
一叶悬朝翠，诸番没晓云。
豚鱼如可格，忠信乐为群。
那用羁縻术，都知论蜀文。

风　　柳

怯怯风前柳，低回最可人。
欲飞犹少力，不动又伤春。
远黛遥山蹙，新钿翠色匀。

谁怜江上女，瘦尽小腰身。

小　筑

小筑依林麓，云萝路几层。
荷风醒宿酒，松雨洒寒灯。
旧事闲堪记，新诗病未能。
翠屏山色好，还拟入秋灯。

江城夜坐

高城清漏永，霜叶下危楼。
酒力难通夜，诗情易感秋。
流萤穿幕冷，旅雁渡江愁。
有客思今古，迢迢望斗牛。

雪霁望武陵山

雪后溪山好，江亭爱晚登。
峰高悬积翠，涧水泻残冰。
衰草封樵径，寒梅醮佛灯。
白云钟断处，闲杀一孤僧。

下江陵作

荆门满烟树，萧萧秋色来。
滩鸣乱石峡，云恋昭丘台。
古人吾不见，别路首重回。
作客逢归雁，遥生故国哀。

扬　州

（一）

扬州佳丽地，日日上红桥。
暮雨销桃靥，春风换柳腰。
高城初罢角，明月又吹箫。
歌舞雷塘胜，金钗买画桡。

（二）

长江频失险，落日孰挥戈。
一片孤臣泪，千秋大海波。
蛾眉金不赎，玉骨马常驮。
几日旌旗偃，春城遍绮罗。

秋　霁

帘拥秋云湿，晴看乍卷西。
晚禾经雨熟，新燕趁风低。
处处残流动，山山翠色齐。
农人邀社饮，扶醉过前溪。

小龙窝覆舟

正有穷途渴，龙宫折柬招。
主人杯似海，不住往来潮。
洛女筵方近，灵均座不遥。

知吾无好醉，挟送出金焦。

别小龙窝

沟壑吾无惧，平生厌浊流。
茫茫一片黑，千古为谁愁。
便有明珠赐，难宽百髮忧。
朝廷西顾切，不敢漫淹留。

七言古诗

子阳城歌

上有子阳，下有瞿唐。
阴幽杳霭，天高日荒。
虎豹嗥叫，蛟龙昂张。
其山莫极，其水莫测。
艻峛万仞，盘涡千尺。
凌霄跃马台，游人心虩虩。
河山美且雄，割据无嘉德。
王师一至，关门夜辟。
长江失其险，高城失其隘。
白盐赤甲空插天，十万降旗下岩壁。
兔葵犹发隔江红，杜宇闲啼春水碧。
吁嗟乎！井底蛙，公孙述。

纪　梦

满阶红雨绿新添，清昼闲眠到黑甜。
一枕春风开气象，半生旧梦忆齑盐。
可怜兵燹惊风木，饥走荒山复穷谷。
冻雪寒侵薜荔裳，悲风怒卷梅花屋。
二十成人气岸然，便携好句问青天。
蠹穿屡忘高家麦，虎视频挥祖逖鞭。
青骢骄踏长杨路，裤褶新装目争注。
月夜鸟飞剑舞中，秋原鹿死弧弯处。
西陵北里夜寻花，翠袖擎觞脸映霞。
带绾同心苏小宅，香熏宝鸭莫愁家。
平生结客多豪气，剧孟为兄灌夫弟。
千金纵博贫不知，一诺应人危岂避。
姓字何期蕊榜先，闲曹催送孝廉船。
海棠溪畔春沽酒，苜蓿斋中夜草玄。
绛帐生徒列珠玉，巴山细雨烧红烛。
正学微窥濂洛诠，高文雅步王唐躅。
梅花手种一千株，蕙草环栽百亩余[1]。
制就新诗呼老妪，填成小令授花奴。
几载寒毡空碌碌，静观万事同蕉鹿。
五斗何心更折腰，三山那许轻投足。
英雄壮志未全消，好梦无端乐事饶。
列戟南柯新拜郡，鸣鞭北阙旧趋朝。
依稀记得银河小，双飘紫袖炉烟杳。

① 编者按：“栽”，底本作“裁”，误，径改。

殿上衣冠瑞靄龙，骀前灯火疏星皎。
仙仗门开旭日明，宾僚济济珮环声。
阶骈燕颔三千士，帐拥龙骧十万兵。
猎猎牙旗飞赤羽，雁领秋水寒光吐。
玉勒桃花一路红，钿车艾叶千衫妩。
绮疏日映光曈曨，身在蓬莱缥缈中。
绣阁重重开菡萏，珠帘面面见芙蓉。
华筵召客夸殊绝，抵掌恢谐尽英杰。
馔玉炊金不论钱，紫驼翠釜明如雪。
锦屏玉帐簇花丛，象板银筝小院东。
绿孱侍儿工度曲，红牙小妓解弯弓。
酒尽云鬟□掠削，合欢枝上双飞乐①。
天鸡忽唱曙星明，犹剩余香在罗幕。
吁嗟乎！人世茫茫比弄丸，当场须作梦时看。
韩琦日自天边捧，丁固松曾腹上蟠。
梦往梦来何处好，憧憧底事空缭绕。
不如推枕卷龙须，啜茗吟诗坐清晓。

阿莲吟　有序

邻居卖花张叟为余言，城东某姓女名阿莲者，年二十，貌极妍，风致极淡雅，居平焚香读书，往有题咏苦不令外人见耳。标梅愆期，郁郁成疾，近有吉士之求，复为诸昆所误，乃泣数日，不食而死。余闻而哀之，为之赋此。

咄咄悲从何处来，人间天上两徘徊。

① 编者按：□，据其残笔，当为“纵”字。

断肠尽是如花女，落魄偏多绣虎才。
偶向邻园舒积忾，卖花老叟留髡醉。
酒酣耳热恣雄谈，停杯为说酸心事。
城东有女最妖娆，一念春风豆蔻梢①。
顾影自怜羞语燕，倚栏无力怯生绡。
销魂最是芙蓉面，门前静掩班姬扇。
结绮楼中不敢窥，避风台上曾相见。
东施豪富西施贫，荏苒韶华二十春。
茅屋牵萝悬夜雨，梨花深院锁芳尘。
红丝听说崔卢裔，合粉奁香生意气。
谁料诸昆不我□，蹉跎又失于归计。
一病支床不忍□，伤心紫玉化烟焚。
儿家才貌无婚媾，行路悠悠有涕零。
听罢此言心恻恻，天阍欲叩惭无力。
我亦风尘憔悴人，对此茫茫百端集。
由来造物忌红颜，况复才名非偶然。
佴海飘零苏学士，夜郎流落李青莲。
男儿坎壈多如此，无怪佳人今尔尔。
一曲新词吊阿奴，天高室远情无已。

弧矢篇奉赠总□□□督师出塞

万里桥东水汤汤，万里桥西云苍苍。
使相出师军威扬②，何以赠之申慨慷。

① 编者按：“梢”，底本作“稍”，径改。
② 编者按：“扬”，底本作“杨”，径改。

左顾绿沉雕弧桑，右顾大羽青篔筜。
狼牙百炼梅花钢，蛮蛇毒药涂锋芒。
少年驰射西山旁，风毛雨血谁禁当。
解之赠君君无忘，临机发纵须安详。
十步射泽旺，五步射藏王。
功成大漠喜洋洋，龙旗鹊印生辉光。
途中寄语燕支娘，车城宴上老昂邦。
英名三箭马驼羊①，如今长揖归田庄。

题学使者翰编廖若村先生《望云图》

一片白云天外集，英英露掩遥山湿。
当年第一斗南人，倚树怀亲尝独立。
游子西川赋远征，朝来东望默无声。
知君不为思莼脍，双鬓高堂万里情。

题廖若村先生《椿萱图》

东海灵椿秋未老，北堂满砌忘忧草。
缠绵一段绘图心，指似旁人殊不晓。
于役归程远莫期，闲来展玩寄遐思。
谁怜屺岵青天上，不住骓骓四牡驰。

杖雄鸦

园翁怒坐枯杨下，手指雄鸦口嫚骂。

① 原注："魏鲁峰京兆赠余《车城校射》诗，有'英名留绝塞，三箭马驼羊'之句。"

过而问伊胡为乎，老翁欲语先长吁。
当年此鸟将一雌，来我园东树上居。
岁久无端雌竟去，巢中黄口声呱呱。
两人独一心，两鸟不如人。
异哉不知何处一雌鸟，
庐其庐，夫其夫，雏其雏。
已矣哉！
泉流花落勿复怀，那知旧雌复能来。
两雌一见斗不住，此时此鸟茫无措。
鸪鸪鸪，呜呜呜，晨昏聒耳无时无。
不如杖杀免喧呼，好图清梦到华胥。
园翁园翁汝不情，可以鸟而不如人。
人间若要图清静，除是山僧不睹闻。

七言律诗

花朝后四日次戎州，偕樊昆来先生祝同门王会川明府

淑气初回字水滨，喜逢佳日正生申。
便邀旧里同心客，来祝仙舟百岁人。
梅柳阴浓春未半，盘餐市远味逾真。
不辞今夜江干醉，曼倩蟠桃自苦辛。

绿　萼　葵

应是前身萼绿华，一枝清影玉无瑕。
偶因雨骤曾伤蕊，不道秋来又吐花。
惜艳暂教栖小阁，避尘还与护轻纱。
池边柳絮空情态，爱尔依依傍日斜。

赋得“白帝城高急暮砧”

他乡梦断黄龙月，故国愁添白帝砧。
一片高城秋漠漠，两题清响暮森森。
郎衣未向金微寄，妾貌何辞玉露侵。
早晚边亭将罢燧，卢家海燕不孤吟。

读李陵答苏武书

绝塞悲笳秋气横，一声吹尽李陵兵。
祸延蚕室阉司马，泪染鸿书谢子卿。
霜早寒生无定水，月明凄断受降城。
汉家总有通侯印，谁向君王再请缨。

驿　路　梅

东风迢递到天涯，驿路寒梅尽吐花。
蜀道暮云笼白石，秦川晓月照黄沙。
一鞭马去香尘细，千里人归雪□□。

欲折南枝烦寄与，垄头春色在谁家。

南楼即事

台枕长江势接天，高楼暇日肆宾筵。
大梁公子三千客，东晋司徒十万钱。
酒近山池开夜色，花催乐部舞华年。
追陪爱月闻清啸，绝胜依刘老仲宣。

闲居独酌

老去身闲意气舒，昼长无事乐庭除。
小妻弄笔鸦为字，稚子投怀口授书。
枝上莺妨人睡美，水边鸥与世情疏。
兴来浊酒频斟酌，俯仰乾坤得自如。

黄　牛　峡

黄牛峡口石粼粼，黄陵庙前愁杀人。
涡盘渍掣若飞电，天黑日昏疑有神。
阴壑寒猿叫木杪，孤舟夜雨悬江津。
十年羁客厌风浪，还向春洲搴白蘋。

荆州怀古

孤帆千里下金门，细雨霏霏断客魂。
流水夕阳何代□，深林啼鸟几家村。

舳舻不见沉江锁，壁垒空余绕岸屯。
自古战争多楚泽，青蘋红蓼独黄昏。

赤壁怀古即席呈同学沈青仙

薄暮晴光怀赤壁，寒空烟雾锁黄州。
当年百战人何在，今日三江水自流。
作赋无才堪酹月，吹箫有客尚同舟。
明朝又向东吴去，一夜西风起竹楼。

榴　　花

博望春回满路花，涂林旧价重京华。
却愁一点丹心露，尽把千层绛幄遮。
烂漫朱光明眼角，飘零血色妒裙叉。
更饶历尽繁英久，风雨秋来兴转赊。

天中即事呈太守胡大元方

到处榴花色可怜，谁家燕子不蹁跹。
共言此日生民乐，须信吾乡太守贤。
峡水萦回舟泛泛，些声和畅鼓渊渊。
老夫病后疏慵甚，特为明公一往还。

送程子云之楚

春江花落叹蹉跎，南浦伤心咏碧波。

白苎词中魂欲断，红牙曲里恨偏多。
天连汉水通巴国，云锁巫山吊楚娥。
到日春风芳草歇，鹧鸪啼去奈愁何。

燕台市马

曾闻骏骨重燕台，汗血生从蜀道来。
一顾可曾邀伯乐，千金空自许龙媒。
春寒苜蓿身犹健，志在沙场老不灰。
何处骄嘶珠勒骑，汉家新赐踏花回。

黔中南楼夕望

新秋过雨夕阳西，此际登楼望五溪。
汉表风云天地合，黔边烟瘴古今迷。
砧声入暮飞鸿鹄，霜叶惊寒走鹿麛。
极目平川时看剑，不堪铜柱等闲题。

午日有怀

满镜霜华人已老，未须对景不舒怀。
仙蒲满泛黄金爵，彩胜低悬白玉钗。
到处榴花曾照眼，谁家萱草不盈阶。
关情更爱芙蓉水，夺锦龙舟次第排。

月夜闻笛

谁家夜半吹龙笛？明月清音迥不群。

杨柳影从云外落，梅花香雪中分。
胡床有兴邀名士，雒客何年遇使君？
莫怪天涯漫留恋，南征佳韵几回闻？

七言绝句

长信春词

当年草偃绿成行，隔岸花明春路长。
记得往时陪辇过，夜阑灯火接昭阳。

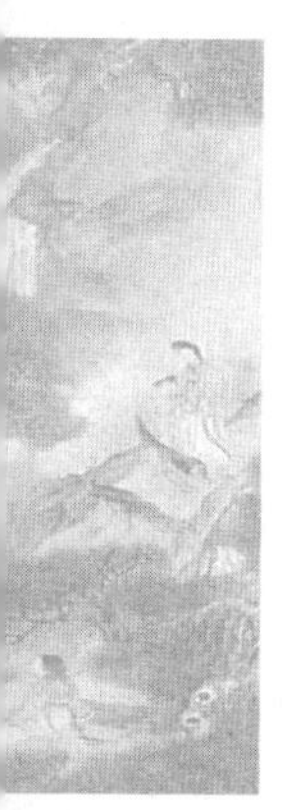

长信秋词

明河历历晓风寒，一枕秋声入梦难。
闻道君王还念妾，只因消瘦不宜看。

悼亡 戊戌秋

（一）

巫峡霜寒落木稀，固陵西望草萋萋。
孤舟不及南来雁，万里云霄比翼飞。

（二）

老梦秋来记不明，兰花楼上见飞琼。
觉时尚有余香在，一息蓬山几万程。

（三）

硖口浓阴接大荒，晚凉归燕语双双。
断肠今夜天边月，昨岁明明照玉窗。

（四）

昨宵酒兴太颠狂，自分如泥死醉乡。
却笑此身偏不死，秋江留只病鸳鸯。

（五）

酒醒闻鸡夜未阑，谁家明月照窗寒。
回身却向孤帏坐，半被郎当不忍看。

（六）

翠晓□□□□□，□□□□□□□。
□□妾死□□托，南□劳君□七年。

（七）

万里辽□□信稀，□年女伴哭□□。
桃花不合如红泪，也傍□□故□□。

（八）

闻道□□不可跻，百年愁病楚天西。
朝云已死东坡老，好句谁怜自品□。

□□□中观□儿试马

晴江春岸□菲菲，老骥蹒跚踏翠微。

可惜壮年君不见，交河千里白云□。

客城与老友王□兹订游邛州不果

闻说临邛花□□，□边春酒好扶头。
不知误听何人语？只到如今梦□游。

解　　嘲

琵琶不肯尽君欢，留得君门独自弹。
笑语侍儿非此谓，梅花清□在孤寒。

雪堂诗集跋（一）

章藻功

销魂言别，望铁岭以神飞；执手涕零，喜玉门之生入。千万里皆衔君命，虽艰难险阻奚辞；十七年未报师恩，岂聚散升沉有数。忝窃科名之盛，得遇合于欧苏；谬参文学之林，勿追随乎陈蔡。伊昔甲申岁暮，拜送行旌；于今戊戌春残，恭迎函丈。乍见犹疑梦寐，但有悲凉；相看不用寒暄，唯闻慰藉。嗟乎！门中桃李，零落都非；海上蓬莱，溯洄莫及。乐虽知我，奈颜子其堪忧；壮不如人，况冯唐之易老。著书以销岁月，那解乞怜；食德而辱泥途，（末）〔当作未〕由仰报。斗筲何算，高厚难酬。今兹或者未能，他生岂其可卜。用是茫茫而交集，遑云愦愦之无征也。嗟乎！阻天路之星辰，休言畴昔；陪客窗于风雨。且话中宵。夫子才返瞿唐，展祖墓春秋之祭；急趋峡石，就师门月旦之评【海昌许大宗伯为夫子座主】。等诸天地君亲，理无或异；矧若东西南北，事未可知。赭山偕风舞而游，武水促星言之驾。递传衣钵，由座主以及门生；环侍弦歌，异众人而均国士。所幸者笑谈往事，兴（兴趋）〔此词不通，考章氏文集作“兴趣”，当得其实〕依然；所难者忧患馀生，神情自若。本和平之气，发温厚之音。出示一编，分为三集。自其雉于桑止，乌以柏栖。丕振士风，特借主司之鉴；洊升卿月，式崇亚相之班。官一月而屡迁，河千里兮偶曲。殊乡别井，地属飞龙；给饷馈粮，人夸流马。帝都所建，燕山原系名场；王气攸钟，辽海真成乐土。讵比梁鸿之窜，解组而来；方当（崇）〔袁〕虎之侵，请缨以出。刍以飞而粟以挽，行将并日

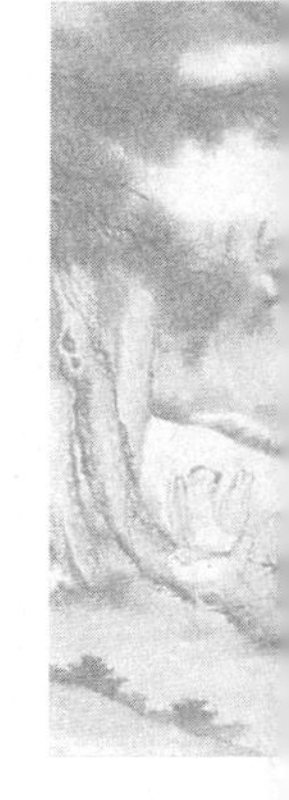

西征；电则掣而雷则轰，务令众星北拱。盖贤劳莫非王事，而去留总是君恩。寓以啸歌，登诸讽咏。适来绝域，何曾骂鬼祝邪；同在普天，不过怀人赋物。唐唯初盛，非晚而亦非中；诗只兴观，可群而无可怨。此则老于律细，七始为缘；要其情以文生，八荒所寄者矣。藻功陪六侍以何由，赞一辞而莫必。每称好学，愧以前言；不忌擅名，责之后序。私揣雪堂之义，敬窥日牖之微。意者振求礼之直声，瑞宁肯贺；访苏卿之遗迹，啮亦为甘。暂尔投闲，十月接坡公之步；倘容请业，三尺深程子之门。顾执鞭未服其劳，而捧土何加于誉。虽然猥蒙奖拔，鹏化于冥；附列校雠，鱼知其鲁。仲尼之教弟子，大都礼乐诗书；摩诘之示文殊，不在语言文字①。

钱唐受业章藻功顿首谨跋。

---

① 编者按：章氏此序后又收入其文集《思绮堂文集》卷九。该集之序每句所涉及之典故，作者均注明出处。另外，与此序个别字句略异，估计为章氏略加润色与改动所致，故本书附录同时收录。

雪堂诗集跋（二）

俞兆晟

雪堂夫子裒其生平所作古近体诗，厘为三卷，计如千首，刻于武林寓斋，门人章藻功以骈体跋卷末。夫子语兆晟曰：“子能已于言乎？”兆晟不文，何能言。虽然，窃尝闻夫子之教矣。曩癸未、甲申间，侍夫子于京师。于时夫子方持宪纪，辨色而出，薄暮归，一童子抱案牍，一童子秉烛，或披览食顷而毕，或沉思至夜分，明日复如是也。偶一休暇，辄援毫赋诗，命兆晟仰和。兆晟从容请曰：“夫子皇皇国是，而尤耽吟咏，不亦劳乎？”夫子曰：“否否！夫诗者立言之一端也，言为心声，心之所发，笔斯传焉。虽千载而下，读是诗者，如见其人，如历其境，不自知其鼓舞而唱叹之。是故忠厚质直上也，妥帖排奡次之，奇峭波折又次之。要其大者有关于世道人心，下亦不失为性情之陶写。若夫筹花斗酒，拈红拾紫，雕琢字句以为新颖，虽劳其心以求工，而无当于三百篇之旨，是安得为诗哉。予蜀人也，瀼水之上，浣花草堂在焉，少陵之诗坚苍深厚，而浑然天成，若探喉而出。及反覆寻味，只字半句，皆非无为。无他，意有所主，故言出而成文。当其下笔时，已作千载之想。此亦大愉快事，何云劳苦哉。”噫！即夫子之言，可以见夫子之诗，并可以得夫子之生平矣。处盛满而不事藻缋，履忧患而不生怨悱，其三百之用心乎？群弟子能诗者多矣，公幹升堂，陈思入室，晟也冀如景阳潘陆坐于廊庑之间，夫子其许我否？

康熙戊戌四月朔有二日，海盐受业俞兆晟敬识。

雪堂诗集跋（三）

姚　钟

伏读大篇，涵漾数过，古风则沉浸汉魏，歌行则颉颃高岑，五七律知以浣花一叟自命，然皆得其神髓，非中郎虎贲之似也。七绝唯近王龙标，靡不酝深酿厚，含英咀华，百川凭此回澜，他人罕能津逮矣。

桐城后学姚钟谨识。

傅氏佚文

《思绮堂文集》序

傅作楫

戊戌春，予偶过武林，及门章子岂绩仓皇来叩，相顾喜甚，已而复悲甚，执手涕洟，至不能出一语。呜呼！章子情何深也。予维古今来圣贤豪杰、文人才子未有不深于情者，苟情之不深，发为语言文字，如膝痒搔背，又如借面吊丧，郛廓粗略而已，而乌乎必传。时予《雪堂诗》成，属章子为序。缠绵往复，或泣或歌，无一字一句得许人假借者。呜呼！章子情何深，文何至也。因索所为自注《思绮堂集》读之，中有祖母高太孺人传，有尊大人遗集后序，不知李令伯《陈情表》、欧阳永叔《泷冈阡表》，千载后何以使人低徊於邑而不能已，则知章子捉笔时是血是墨，早已泪落盈把矣。他若赠友赋物诸篇，率皆至性流露，好语动人，非泛泛铺叙夸工斗丽之比。世尝谓散行排偶两体判不相类，甚或左排偶而右散文，似不谙个中三昧者。试观章子是集，措词雅，对仗工，而其开合顿宕，起伏照应，盘旋空际，一气折行，何尝不可作韩欧大家读耶？顾章子日夕过予，言词慷爽，意思高迈，绝不谈及曩昔旧事。虽藜藿弗充，壹意著书为乐，予益叹服章子所见之大，而自有可以千古者在。忆壬午榜下得士凡八十三人，今忽忽十有七年，存殁升沉不堪指屈，予又身经险阻，出九死一生，而其间竭蹶襄事者正复无几。设章子腾达天衢际，得为之日，

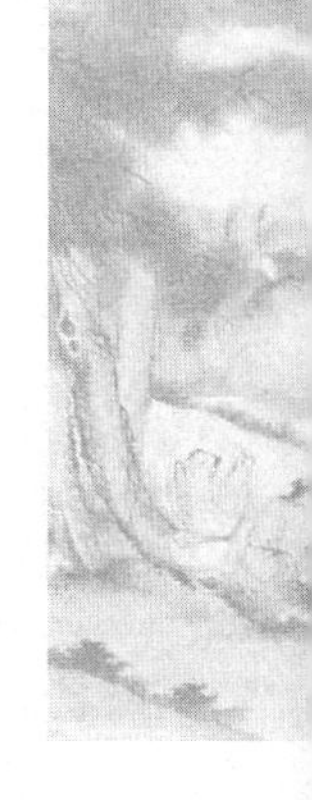

一往情深，吾知其必有以为我地也。予今归且老矣，将来后会与否，都未可期。但冀是集刊竣，流布于瞿唐、巴蜀中，予亟购而读之，当与三峡啼猿声声响答。呜呼！此情此景，可复为他人道哉。聊附弁言，因以志别。

西川友人傅作楫拜题

（据章藻功《思绮堂文集》迻录）

峨山伏虎寺藏经楼碑记

傅作楫①

峨眉山麓，有刹曰伏虎，盖以山形得名也。余雅慕其名胜，适癸亥年有采木之役，偕抚军、藩臬诸公，于倥偬中入寺一游，未遑流览也。

至甲子夏，又奉檄履绘川西南一带舆图，叱驭峨眉，在所必登。及攀蹑巉岩，舍篮舆而徒步者十之七。至峰顶，则见大地山河，一望收之。言旋，途复经伏虎寺，可闻禅师迟余憩兰若。时维宿雨初晴，苔青石涩，著屐徐登，山门内外，徘徊久之。陟殿谒普贤大士，历禅堂，造方丈，观其殿宇庄严自在。岑楼远眺，苍翠纷来，飘飘然不啻置身兜率天也。师谓余曰："此先师贯之和尚所创修，而山衲竭蹶以终乃事。开堂会讲有年矣，皆诸檀越之德。今寺中所缺唯全经一藏，已使徒与峨之金陵购取，会至，则如愿矣。"遂饱伊蒲，卧禅榻，翌晨始就道。

洎事竣归署，拜家慈太淑人前，询游状，余举以此。因命余曰："吾有素愿，汝知之乎？"盖从兵戈抢攘而默有所期许也。于焉卜期办香供，往叩愿王。至则见殿之西偏有若经营始基者，知为谋构藏经楼也。家慈即命捐俸以玉其成。值与峨自金陵负经至

① 编者按：原文此后有注曰："四川巡道三韩。"

矣，楼工已竣，即以贮之。噫！寺此楼何异石室金柜也哉。余因之有感云。

（据蒋超、释印光《峨眉山志》卷六迻录）

郡司马毛公书院记

傅作楫

江自岷山而东，历冉庬趋锦城，循僰道过涪陵，奔腾纡折，凡数千里而达于夔。其间吐纳众流，涵负天地，汪洋澎湃，莫可制束。而西陵滟滪之下，神输鬼凿，绵亘七百余里。重峦复岫，幽峻险怪，江流逼仄，互相荡潏，山川灵异之气，于此遂一聚焉。迤城而南，为武侯八阵图故址。昔杜少陵于瀼水东西，诛茅卜宅，吟览兴衰，寄怀今古，兹地胜概大可知矣。有明季世盗魁，窃据疮痍之民，芟薙略尽。自先大夫救十三营灾黎于巫山，罄家财，殚心力，滋培教养，延两邑之民脉。数十年来，人材辈出，亦既彬彬郁郁矣。维是绮纨望族，出有师儒之亲，内无衣食之虑，优游涵育，玉汝于成，殊易易耳。若棞门寒酸，徒欲啖字为饱，往往中道废置，迄无成就，非才之不逮，所处之地异也。

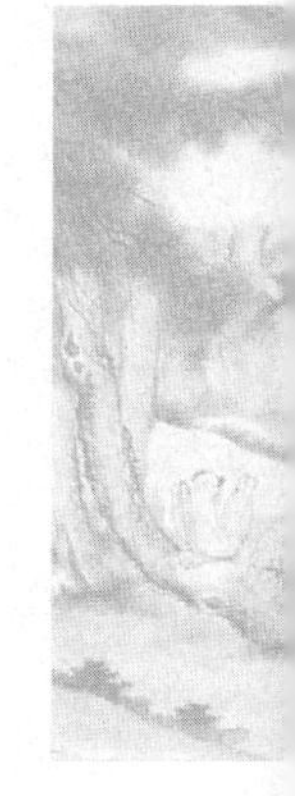

三韩毛公来佐是郡，新猷敏妙，人称贤侯。览兹胜区，聿兴书院。当其虑材用，程土物，量工力，计徒佣，实劳且瘁矣。学庐既成，德造咸集，观者惊叹，佥谓公之贤而夔士之幸。予惟广轮之气，散于平原旷野，而聚于名山大川。山之回环高下，川之漩洑锁结，皆地脉所融贯也。居是土者，必有清英宿德，才行高秀之彦，出为邦家光，即寒肤嗛腹，苟以翰墨为勋绩，则澡雪垢滓，浮英华而湛道德，亦如顺倾转圆之易。不然，则终于褊陋顽顿而已。公既觇此意，而反复重望于夔之士，且士之入其室者，绛纱请业，无羸滕履屩之劳；鸡坛求友，有金声玉色之助。丹崖翠壁，供吟啸于目前；雪浪银涛，扩襟期于天外。真可以俯仰千秋，遐观万里者矣。由是而（杨）〔当作扬〕芳飞采，增荣改价，嶓然为世法程。他日问蜀士，以为有能通张宽之七经，讲谯周之六籍者乎？有能继相如之赋笔，试（杨）〔扬〕雄之奇字者乎？有能擅敬夫、尧叟之学，效景仁、伯雨之忠，拟子美、子瞻之才者乎？必且为之解曰："古今人，何遽不相及也？"吾于夔之山川，信之实，于是举期耳。方今圣天子湛恩汪涉，覃被万族，罗天下多闻之士，以阐实学。一时东[illegible]西杞莫不蔚为国华，则今之翱翔书院者，俱俨然备廊庙之用。公之禆益于夔，岂浅鲜哉！公行矣，青符画轼，移节浔江。浔之山川灵异，不知较夔何如？予固知公之必以教夔者教浔也。抑闻紫泉之水，为贤守令及才人之应，则公之随地立教，将皆必有合焉。予夔人也，志公之德，诚为夔幸者，公之化行于浔，而浔之士又且德公，当更有起而记之者也。

（据光绪《奉节县志》迻录）

传记资料

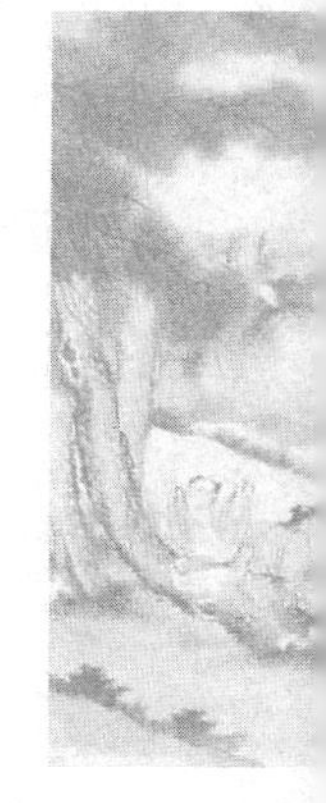

都宪傅公享堂记

方　旭

夔州府中学堂既成，吏请祀故都察院右副都御史傅公于礼堂之侧，予不可。吏曰："此公之故宅也，灵爽所依，三百年于兹，茅屋数间，拆迁之日，裔孙以寄公神位请，前太守既许之矣。"予曰："学堂祀孔子一尊，功令也，不可紊，其别筹所以妥公之灵者。"

既而杜同年翰藩以监督学堂事来会，告予曰："公知去此里许，白马寺西偏，有圣泉书院，为乡先达傅御史之墓乎？"予心动，问所自。杜翰藩曰："圣泉者，巫山十二峰之一，公生其间，因以为字。公入奉节籍，康熙丁卯举于乡，官良乡知县。内监驰马躏禾稼，公杖之。圣祖以为有御史风骨，改内用，宠眷日□，(莫)〔暮〕年告休归，乐育后进，自建书院，殁葬于此。方谋与邑绅潘树嘉、王良槐辈修葺之，敢请命于公，曷往观乎？"予曰："可。"

乃与蒯丈德桐、高生象森、黄生玉章偕至墓所。展焉，荒土一抔，背山面河，石马倒卧，华表倾圮，神道墓碑皆剥蚀不可卒读，唯圣泉书院额字隐见。颓垣□□中时有叟方灌园，见长官来，辍耝而下拜。问之，即公十世孙梅松，年六十矣。问所居处，以步外一草棚对，问家何人，有子已取(娶)妇，有孙方襁褓。问何业？曰："种菜。"鲍忠壮以田□□□石易故宅，地契在纯阳观道士手，靳不与也。"问公遗书，曰："无有，有御赐诗一轴"。请□□之，则圣祖御笔二十四字诗，曰："危石才通鸟道，青山更有人家，桃源意在深处，涧水浮来落花。"纸端有两小玺，曰"康熙宸翰"、曰"敕几清晏。"右上方为"渊鉴斋"章记。左下方庄书"赐巡视北城河南道监察御史加三级臣傅作楫。"公子孙星散，守墓一支不绝如缕，家道衰落，两遭水，一被火，什物荡然，独此诗轴历劫不灰，世守勿失，类有神物呵护，异哉！

圣泉书院，不知毁于何年，今公之故宅，又为郡学校，天亦若隐隐成公之志者。嗟乎！故家零落，华屋山邱，俯仰古今，有心同慨。学校之设，所以牖民向善，位其忠爱之忱。顾使直臣之后，贫无立锥；宸翰遗留，几至湮没，亦守土之羞也。乃追田契而界之，谋于蒯丈，以学堂工程之余，就墓前建享堂三间，以栖神主。杜同年为之双勾御书，摸勒上石，特建碑亭。工未毕，予□代将去，爰志其梗概，以告后之君子。

按《府志》傅公甚略，不纪杖内监邀特赏，而曰"以军功授御史"，盖误矣。公以举人典试浙江，又尝直谏遣戍，上寻悟召还。然则异数轶事可记以风世者尚多，固当别作佳传，以补志乘之阙。予不敏，则以属之杜翰藩。

光绪三十有一年六月上浣调署夔州府事邛州直隶州知州桐城方旭记。

（据《傅公享堂记碑》文迻录）

按：《都宪傅公享堂记》碑，现存白帝城西碑林。碑高1.64米，宽1.02米，碑文为署夔州知府方旭撰书。内容是记述在奉节西坪白马寺西侧建都宪傅公享堂三间的经过和将傅作楫十世孙傅梅松所藏康熙帝赐傅作楫手书24字诗轴，由夔州府学务综核所总理杜翰藩双勾勒碑，立于傅作楫墓前之事。

傅作楫

张邦伸

傅作楫，字济庵，号雪堂，奉节人。康熙丁卯举人，海盐许时庵所得士也。由广文选直隶良乡县知县，以军功保举御史，典试浙江，历升至都察院副都御史。缘事出戍辽阳。嗣因征厄鲁特，督办粮饷数年，奏凯后以军功议叙归。生平于书无所不读，诗尤悲壮雄浑，直逼少陵。尝讲言为心声，忠厚质直上也，妥帖排奡次之，奇峭波折又次之。其大者有关于世道人心，下亦不失为性情之陶写。若夫筹花斗酒，拈红拾紫，雕琢字句以为新颖，虽劳其心以求工，而无当于三百篇之旨。

时庵序其集云：傅子济庵，一代人豪，两川俊望，文锋清丽，夺锦波峨雪之华；品格端凝，挟紫电青霜之气。忆余卯岁，校士益州，虽藻鉴空群，惭非永叔；而英雄入彀，喜得南丰。疑义当裁，对短檠而商榷；奇文共赏，终午夜以雌黄。事竣东归，道经西瀼。涛飞千尺，山过万重。则有连枝太守，兴访丹霞；犹子元戎，幽寻白帝。高峰啸傲，弥日流连。君复携厥酒尊，饯于江浒。共搜赤甲白盐之胜，凭吊阵图鱼浦之踪。觞咏尽欢，倡酬交作。于胥乐矣，何日忘之。嗣是秉铎芹宫，继即奏刀花县。时苦兵兴之役，群忧飞挽之艰。君独出库藏以给军需，免追呼而苏民瘁。遂声驰于上国，用表正乎南台。霜飞白简之花，露上皂囊之草。鼠狐屏息，鸟雀无喧。特奉抡材，恩垂两浙；旋膺简擢，威凛三枢。颁弘议于政事之堂，尽是廊岩谟略；镌谠言于金石之录，皆成忠爱文章。斯时也，过从无间于晨昏，来往兼多夫赠答。要岂吟风弄月，同词客之掉头；配白俪青，效诗人之叉手也欤。顾乃贞如白璧，忽遇缁尘；直似朱丝，见嫌曲木。余既负薪河畔，君亦漂梗边方。共此羁怀，能无浩叹。于焉南冠琴韵，凄凉铁岭峰头；西陆蝉声，惕息银州境内。此蛮溪椰暗，深卫公过岭之愁；而小圃雀翔，起苏子居黎之祝也。迩因寇犯西陲，自干薄伐；君遂书陈北阙，愿效前驱。维时公子王孙，闻声者愿随櫜鞬；驼酭骆米，接迹者争馈壶浆。紫塞晓风，时写激昂之志；黄沙秋月，常摅忠愤之怀。武侯转粟筹边，勋名卓绝；王粲饶歌入塞，气度沉雄。乃蒙温旨以还乡，遂践昔言而过舍。出一编以相质，辄三复而兴思。回首曩时，眷言此日，不无菀枯之异致，而今昔之殊途矣。然而把盏剧谈，掀髯共笑；挑灯晤对，披卷长吟。又何减纵游宴于瞿塘，极绸缪于京邸也哉。因以综其梗概，序之简端。庶知弱翰书残，悉属悯忧之意；唾壶缺尽，终非愁苦之言云尔。

读之亦可得济庵之概矣。著有《雪堂》（《南行》、《西征》、《燕山》、《辽海》）等集行世。

（据《锦里新编》卷五迻录）

傅作楫

孙桐生

傅作楫，字济庵，奉节人。康熙丁卯举人，官都察院左副都御史。著有《雪堂》（《燕山》、《西征》、《南征〔行〕》）等集。济庵由广文起家，保举授良乡令，能于其职，行取御史，颇著直声，渐陟副宪。壬午典浙闱试，所拔多知名士，章岂绩藻功其最著也。诗宗少陵，格高气爽，一气浑成，集中佳句《大同》云“三山盘塞出，二水夹河来”，《蓟门》云“寒雕惊月落，阵马刷云来”，《得雨》云“风清驼益健，水足马无嘶”，《秋云》云“晚树阴从天外合，寒江色向雨中分”，《出塞》云“营迷苦雾旗犹湿，阵压阴雷鼓不鸣”，高健雄浑，李于鳞不足多也。

（据《国朝全蜀诗钞》小传迻录）

傅作楫诗传①

李调元

作楫字济庵，奉节人，康熙丁卯举人，官至都察院副都御史，有《雪堂》（《燕山》、《辽海》、《西征》、《南征〔行〕》）等集。济庵诗，余从农部唐港处觅得。其诗如老将临戎，步伐森严，不事攻撼，而气自夺人。

（据《蜀雅》卷十四迻录）

傅作楫遣戍途中见辱解役事宜②

臣王鸿绪谨密奏：

京师人传言，傅作楫出口子，解役八人，向他讨赏，每人要银十两。傅作楫不唯无赏，大生嗔怒，反加辱骂一路，解役怀恨。后至前途，夜间，忽有人至将傅作楫绑缚，所有盘缠银两及细软物件尽行取去等语。据副都御史汪晋徵亦说此事是真的。谨密奏。

（据《康熙朝汉文朱批奏折汇编》迻录）

傅作楫参通仓亏空九十余万事宜③

臣王鸿绪谨密奏：

通仓粮米，去年四月间奉旨，着傅作楫查明。傅作楫参亏空九十余万等语。奉旨：该部严察议奏，钦此。户部传问各监督，供称是浥烂，不是亏空，现在折给仓役脚价等语。至今年二月间，

① 编者按：此题为编者所拟。

② 编者按：此题为编者所拟。

③ 编者按：此题为编者所拟。

仓场总督奏称，经纪车户人等呈称，借库银四十万两，将此银先除四万两，作为节省，止发银三十六万两，于应给脚价内八年扣清。再于此数内扣银六万两，以浥烂之米折给之。俟烂米放完之日停止。将此交与都察院堂官御史查看放给等语。奉旨：交与九卿。钦此。户部主稿会议，照仓场总督所题而行。其折给浥烂米石照四十一年之例，老米一石作银四钱，稜米一石作银三钱，粟米一石作银二钱折给。此折给米石，老米搭放五分，稜米搭放三分，粟米搭放二分，限六个月放完。若不给浥烂之米，将好米给发，或被旁人出首，或被科道纠参，照偷盗米石例从重治罪，浥烂米石放完之日停止等语。已奉旨依议，行令仓场遵行矣。据外面看来，傅作楫查参亏空，仓场说是浥烂。今将浥烂之米搭放，似乎与国储无损也，孰知其中弊窦甚大。谨据所闻，为我皇上密陈之。

先经会议之时，傅作楫在班上说那里有什么烂米？总是亏空罢了等语。臣问侍郎张睿，烂米如此之多，车户人等如何肯支领？张睿说，我昔年出过仓差，算来烂米不得有如此之多，大约米之上面一层有热气冲上，以致变色者有之等语。后臣又闻户部侍郎王绅说，烂米并无数十万之事。今照烂米折给定例，老米每石作银四钱，稜米作银三钱，粟米作银二钱。此折给之米作十分算，老米折给五分，稜米折给三分，粟米折给二分。每石牵算三钱二分以扣帑六万两之银，应折给烂米十八万七千五百石。然烂米谁人肯要，不过将好米折给之。现今通州好老米时价一两八钱以至二两外不等，将好米一石发与经纪车户人等。彼情愿出烂米六石领状，是止须私发好米三万五六千石便可销去烂米十八万七千余石，亏空可以立清等语。臣又访之书办人等，据说仓中烂米留在仓作样，从来不领，领来吃不得用不得，何苦费脚价，势必将好米一石给之，算作烂米几石，彼方肯出领状。当日户部复稿上止说放完烂米之日停止，原不定数目，原不定限期。譬如将好米三十万作为烂米，每年放出，便可销傅作楫所参九十万亏空之数，再将六十万好米作为烂米放出，则仓上官吏便可白白侵用，总在九十万浥烂数内等语。

臣思亏空变而为浥烂，浥烂变而为搭放，搭放之好米与烂米何从而查。前仓场总督奏折，原请都察院堂官御史查看放给烂米等语。会议之时，都察院怕担干系，将堂官御史查看放给之语删去，改稿云若将好米给放，或被科道纠参，从重治罪等语。然此是虚话，放给在监督之手，有何凭据可以纠参耶？仓粮关系重大，京、通二仓报称烂米数十余万，必须都察院堂官御史查看放给烂米，庶几好米不致偷放。好米既不致偷放，则亏空之弊自然水落石出，仓上各官怕得重罪，势必将自己每年所得羡余赔补，然后与公家无损。此事关系国计甚大，圣明留心体察，自然洞鉴。

（据《康熙朝汉文朱批奏折汇编》迻录）

其父傅汝和诗三首

汝和字梅之，奉节人。

欸乃曲

瞿塘春水绿，摇橹前溪曲。
郎住瀼西头，妾在瀼东麓。
三月桃花红，歌声暗相续。
暗相续，妾摇船，郎濯足。

集老友人中作

为卜幽栖处，闲寻仙石偏。
名应埋野草，老不厌林泉。
鹤唳空巢月，蛩吟败壁烟。

寥寥清夜里，欹枕未成眠。

山　居

小阁临江日正斜，淡山好共野人家。
昼长无事棋堪遣，老去消愁酒便赊。
萝径雨深苔易滑，茅堂月出柳难遮。
北窗一树新凉起，半缕茶烟飏落花。

（据李调元《蜀雅》卷十一迻录）

送傅座主归西川，兼以兕觥志别，谨序

章藻功

覆我同天，十四日亲陪亟丈【《礼·曲礼》：席间函丈】；追师异地【谢承《后汉书》：苏章负笈追师，不远千里】，五千里复送征程。比来忧患之余，头真欲白【魏文帝《与吴质书》：已成老翁，但未白头耳】；屡诏文章之役，眼故常青【《晋·阮籍传》：籍能作青白眼，见俗士以白眼对之。嵇康赍酒挟琴造焉，乃见青眼】。实切感惶，炙非曾脍【见《孟子》】；猥邀奖誉，嗜等刘痂【《刘穆之传》：刘邕性嗜食疮痂，以为味似鳆鱼】。得与语而见知，死何足恨【《吴·虞翻传注》：当长没海隅，生无可与语，死以青蝇为吊客，使天下一人知己者足以不恨】；徒读书而失业，生亦为狂【《前汉·郦食其传》：好读书，家贫，落魄无衣食，业县中贤豪皆谓之狂生】。

藻功弘景头颅【《摭遗》：陶弘景与从弟书云：昔仕宦期四十左右作尚书郎，即投簪高迈，今三十六方作奉朝请，头颅可知，不如早去】，虞翻骨相【《虞翻传注》：翻放弃南方，云自恨疏节，骨体不媚，犯上获罪。《韩昌黎诗》：久钦江总文才妙，自叹虞翻

骨相屯】。金门迥隔【扬雄《解嘲》：历金门，上玉堂】，弃菅蒯以如遗【《逸诗》：虽有丝麻，无弃菅蒯】；土室卑栖【《后汉·（哀）〔袁〕闳传》：闳筑土室，四周于庭，不为户，自牖中以纳饮食而已】，收桑榆而已晚【《后汉·冯异传》：降玺书劳异曰：赤眉破平，士吏劳苦，始虽垂翅回溪，终能奋翼黾池，可谓失之东隅，收之桑榆。王勃《滕王阁序》：东隅已逝，桑榆非晚】。讵盈为鬼害【《易·谦》：鬼神害盈而福谦】，三黜非辜【见《论语》】；而才得人怜【《杜子美诗》：世人皆欲杀，吾意独怜才】，一钱可直【《前汉·灌夫传》：夫骂贤曰：平生毁程不识不直一钱，今日长者为寿，乃效女儿呫嗫耳语】。徒立相如之壁【《史·司马相如传》：相如乃驰归成都，家徒四壁立】，窭以终而且贫【《诗·邶风》：终窭且贫，莫知我艰】。遽荒陆氏之庄【《唐馀录》：崔群自中书舍人知举归，其妻劝树庄田为子孙业。群曰：予有美庄良田，遍在天下。妻曰：不闻君有此业。群曰：吾前岁放春榜三十人，非良田耶？妻曰：若然者，君非陆贽相门生乎？往年君掌文柄，使人约其子简札不令就试，如君以为良田即陆氏一庄，荒矣】，报虽无而不辱【苏东坡《祭韩忠献文》虽无以报，不辱其门】。愿将铩翮【颜延之《五君咏》：鸾翮有时铩。】，随蜀鸟以高飞【师旷《禽经》：江介曰：子规蜀右曰杜宇，或云杜宇非子规，春夏有鸟，若云不如归去，乃子规也】；讶许回肠【司马迁《报任安书》：肠一日而九回】，等峡猿而中断【《世说》：桓温入蜀，至三峡中，部伍中有得猿子者，其母缘岸哀号，行百余里不去，遂跳船上，至便即绝，破视其腹中，肠寸寸皆断】。尔乃摩松而至【《玄奘法师传》：西域取经，手摩灵山寺石松曰：吾西去汝可西向，若归即东向。及去，果西向。一年，忽东向，弟子曰：吾师归矣。果然，号摩顶松】，直过西泠【《杭州府志》：杭州，亦称西泠】；若其行李之供，难为东道【《左·僖》：若舍郑以为东道主，行李之往来，供其乏困】。幸周旋乎杖履，获晋接夫杯盘。蜡炬销红，蚁醪浮绿【张衡《南都

赋》：醪敷径寸，浮蚁若萍】看乾坤之如许，问泉石以能容。要知吾道之非【《家语》：楚昭王聘孔子，孔子路出于陈蔡，陈蔡使徒兵拒孔子，不得行，绝粮七日，从者皆病，孔子召子路而问焉。曰：匪兕匪虎，率彼旷野。吾道非乎？奚为至于此】，莫使人生也直【见《论语》】。仲尼已老，偏迟凤鸟之来【《论语》：凤鸟不至，河不出图，吾已矣夫】；王式言旋，便唱骊驹而去【《前汉·王式传》：江公著《孝经说》，心嫉式，谓歌吹诸生曰：歌骊驹。注：逸诗，篇名也，见《大戴礼》。客欲去歌之。其辞云：骊驹在门，仆夫具存。骊驹在路，仆夫整驾】。斯时也，陈方兴叹夫归与【见《论语》】，宋且致辞于行者【见《孟子》】。礼当北面【《郑元传》：时汝南应劭因自赞曰：故太山太守应仲远北面称弟子何如】，敢说送言【《孔子世家》：孔子辞去，而老子送之曰：吾闻富贵者送以财，仁人者送人以言】；愧出中心，于何馈贶【见《孟子》】。非无玉瓒【《诗·大雅》：瑟彼玉瓒，黄流在中】，或同鹊杓而呼【《朝野佥载》：陈思王有鹊尾杓，柄长而直，置之酒樽，王欲劝者，呼之，鹊尾指其人】；纵有金罍【《诗·周南》：我姑酌彼金罍】，不若兕觥之献【（诗·周颂》：兕觥其觩，旨酒思柔。原注：万历五年，辅臣张居正父死夺情，编修吴中行、检讨赵用贤疏劾之，廷杖，即日驱出。庶子许（国）〔文穆〕镌杯二，玉以赠吴，兕以赠赵，各有铭。铭兕曰：文羊一角，其理沉黝，不惜剖心，宁辞碎首。黄流在中，为君子寿。颍阳生许国，为定宇馆丈，题赠后，赵传之门人黄端伯，黄又传之门人陈潜夫。两贤皆殉国难，余陈婿也，受而藏之，今敢以是献】。盖以正色立朝，直声去位。情胡可夺，挽已死之人心；丧若不奔，灭所生于天性。张居正光依日月【《史·萧曹传赞》：汉兴，依日月之未光】，那肯凭棺；赵检讨字挟风霜【《西京杂记》：淮南王安著《鸿烈》二十一篇，自云字中皆挟风霜】，辄甘受杖。维时庶子，为念同官【《左·文》：同官为寮】。镌二十四字之铭，即碎首剖心亦可【俱见上原注】；终二十七月而吉【《仪礼》：郑元注：三年之丧，二十七月而禫。《南史·王淮之传》：郑元注：服三年之丧，二十七月而吉，古今学者多谓得礼之宜】，于属毛离里斯安【诗《小雅》：不属于毛，不离于里】。赠之者感此友朋，闻之者知为父母。黄流斟酌，满引壶觞【陶潜《归去来辞》：引壶觞以自酌】；碧血模糊【《庄子》：苌弘死于蜀，藏其血三年而化为碧。《杜子美诗》：子章髑髅血模糊，手提掷还崔大夫】，递传衣钵。人言口泽比箕，却似三仁【见《论语》】；我信胸襟沆瀣，浑同一气【见《跋傅》注】。私淑则庾公孺子【见《孟子》】，抗节则许远张巡【《唐·忠义传赞》：张巡、许远可谓烈丈夫矣，巡先死不为遽，远后死不为屈】。黄海岸先生义重君臣，捐躯殉国；陈元倩先生出偕妻妾，携手沉渊【原注：事详七卷《藏兕觥》注】。彼其师友相承，既死而名留犀角；此乃妇翁所赐，虽生而命等鸿毛【司马迁《报任安书》：人固有一死，死或重于泰山，或轻于鸿毛】。聊复收藏，原非长物；还将慎重，用待全人【《庄子》：夫工乎天而佷乎人者，唯全人能之】。伏遇老夫子掷地作声【见《八哀》注】，回天有力【《唐·张元素传》：贞观四年，诏发卒治洛阳宫乾阳殿，元素上书，即诏罢役。魏徵叹曰：张公论事有回天之力，可谓仁人之言哉】。蒲当伏处【《前汉·史丹传》：丹直入卧内，顿首伏青蒲上涕泣，言又切至，上意大感】，胆落且以寒心【《唐·温造传》：李祐拜大金吾，违诏进马。造正衙抨劾。祐曰：吾夜入蔡州擒吴元济，未尝心动，今日胆落于温御史】；草自焚余【《晋·羊祜传》：其嘉谋谠议，皆焚其草】，项强由于热血。忠臣亦易，只是忘身；迁客何知【《李太白诗》：一为迁客去长沙】，无非报主。望边关而歌出塞【按：杜子美有《前出塞》、《后出塞》诗】，拚将马革而还【《后汉·马援传》：援谓孟冀曰：男儿要当死于边野，以马革裹尸还葬耳】；返巴蜀而赋归田【按：张衡有《归田赋》】，竟著鹿皮以退【《南史·何尚之传》：致仕于方山，著《退居赋》以明所守，在家尝著鹿皮帽】。是则景星凤凰之睹【《韩昌黎文》：朝廷之上引领东望，若景星凤凰之始见也，争先睹之为快】，莫不仰其光仪；文霞鹦鹉之珍【《刘孝绰诗》：共摘云气藻，同举霞文杯。谢氏《诗源》：金母召群仙宴于赤水，坐有碧玉鹦鹉杯、白玉鸬鹚杯】，未足方其品格者也。

藻功气负纲常，祸缘激烈【原注事见六卷《石门》注】。身后名乎莫必【《晋张翰传》：翰任心自适，不求当世。或谓之曰：卿乃何纵适一时，独不为身后名耶？答曰：使我有身后名，不如即时一杯酒】，道先醒者为谁【《韩诗外传》：问者曰：古之谓知道者曰先生，何也？犹言先圣也。不知道术之人则冥于得失，不知乱之所由。眊眊乎，其犹醉也】。顾倒树朽根【《易林》：朽根倒树，花叶落去】，念栽培之有自；而迎梅折柳【《风土记》：江南三月雨为迎梅，五月雨为送梅。《三辅黄图》：霸桥在长安东，跨水作桥，汉人送客至此桥，折柳赠别】，欲饯送以无因。享以之成仪多亦得【见《孟子》】，德惟其称礼少何嫌【《礼·礼器》：礼之以少为贵者，以其内心者也。德产之致也精微，观天下之物，无可以称其德者。如此则得不以少为贵乎】。谨将忠孝之遗，用当别离之贶。伊昔师传于弟，同心同德为难【《书·泰誓》：同心同德】；于今弟奉之师，以实以名克副【《唐·百官志》：号以表功为先，名以副实为重】。漫说圣清贤浊【《魏·徐邈传》：时科禁酒，而邈私饮沉醉。校事赵达问以曹事，邈曰中圣人。达白之太祖，太祖怒，鲜于辅进曰：平日醉客，谓酒清者为圣人，浊者为贤人。邈性修慎，偶醉言耳】，得渡者不使鸥惊【《高僧传》：晋杯渡者，不如其姓名，常乘大杯渡河，因名焉。杜子美诗：杯渡不惊鸥】；倘教众醉独醒【《楚辞·渔父》：举世皆浊我独清，众人皆醉我独醒】，顾影者将毋蛇误【《晋·乐广传》：广为河南尹，尝有亲客久阔不复来，广问其故，答曰：前在坐赐酒，方欲饮，见杯中有蛇，心甚恶之。既饮而病。于时，河南听事壁上有角漆画作蛇，广意杯中蛇即角影也。复置酒于前处，谓客曰：酒中复有所见否？答曰：所见如初。广乃告其所以，豁然意解，沉疴顿愈】。摩挲未厌，百年之臭味斯同；酩酊休辞，三世之馨香如在。

（据《思绮堂文集》卷九迻录）

谢乡试座主侍御傅公启

公讳作楫，号济庵，四川奉节人。

章藻功

进贤受赏【《前汉·萧何传》上曰：吾闻进贤受上赏】，原非易与之才【《韩信传》：龙且曰：吾平生知韩信为人，易与耳】；知己感恩【《韩昌黎书》：虽日受千金之赐，一岁九迁其官，感恩则有之矣，将以称于天下曰知己，知己则未也】，要亦难兼之数。岂云无益，以选举为烦【《宋·选举志》：前后恩科命官几千人矣，何有一人能自奋厉有闻于时？以此知其无益有损】；唯在有司，必公明是主【韩昌黎《进学解》：诸生业患不能精，无患有司之不明，行患不能成，无患有司之不公】。而况青袍白纻【苏东坡《送李方叔下第诗》：青袍白纻五千人，知子无怨亦无德】，数四倍于三千【《原注》：浙江赴省试者计万三千余人】；黄纸紫泥【《唐年小录》：太宗用麻纸写诏，高宗以白纸多蛀，命用黄纸。《李太白诗》：天书降紫泥】，恩再加其十二【原注：浙省中式举人五十四名，丙子科加至七十一，壬午科又加十二】争听云门之乐【《周礼·春官》：大司乐以乐舞教国子，舞云门、大卷、大咸、大磬、大夏、大濩、大武】，并登天府之书【《周礼·地官》：乡老及乡大夫群吏献贤能之书于王，王再拜受之，登于天府】。是宝不迷【《论语》：怀其宝而迷其邦】，有珍必待【《礼·儒行》：儒有席上之珍以待聘】。歌呦鸣而来也【见《何母》注】，乐际观光【《易·观》：观国之光，利用宾于王】；览德辉而下之【贾谊《吊屈原赋》：凤凰翔于千仞兮，览德辉而下之】，喜逢泰运【《何承天诗》：幸遇开泰，沐浴嘉运】。

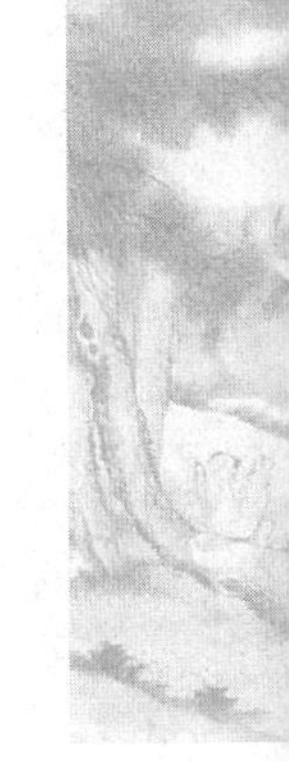

藻功羊腔厌后【《说文》：腔肉空也。《黄山谷诗》：野人甘芹味，敢馈厌羊腔】，鸡肋弃馀【《杨彪传》：操自平汉中，欲因讨刘备而不得进，欲守之又难为功，于是出教唯曰鸡肋而已。外曹莫能晓。杨修独曰：夫鸡肋食之则无所得，弃之则如可惜。公归计决矣】。五岁措文【韩休《苏颋集序》：公神秀颖发，自然生知，五岁便措意于文】，颇亦小时了了【《世说》：孔文举年十岁，随父到洛，时李元礼有盛名。文举至门，谓吏曰：我是李府君亲。既通，前坐。元礼问曰：君与仆有何亲？对曰：昔先君仲尼与君先人伯阳有师资之尊，是仆与君奕世通好也。元礼及宾客莫不奇之，大中大夫陈韪后至，人以其语语之。韪曰：小时了了，大未必佳。文举曰：想君小时必当了了】；一经遗教【《前汉·韦贤传》：遗子黄金满籯，不如教子一经】，那曾后福容容【《后汉·左雄传》白壁不可为，容容多后福】。虽斩岸而拆舟【《说苑》：过隧斩岸，过水拆舟】，徒然勇决；乃执鬼而缚魅【《中论》：犹教人执鬼缚魅，而怨人之不得也，惑亦甚矣】，终属虚无。莫酬铁砚之劳【《五代·桑维翰传》：初举进士，主司恶其姓，以为桑丧同音，人有劝其不必举进士，可以从他求仕者。维翰慨然，乃著《日出扶桑赋》以见志。又铸铁砚以示人，曰：砚弊则改而他仕。卒以进士及第】，谁信铅刀之用【《班超传》：上疏请兵曰：况臣奉大汉之威，而无铅刀一割之用乎】。守青箱于累世【《南史·王准之传》：家世相传并谙江左旧事，缄之青箱，世谓之王氏青箱学】，荒岂破天【《北梦琐言》：荆州衣冠薮泽，每岁解送举人多不成名，号曰天荒。解刘蜕舍人，以荆解及第，号为破天荒】；恃白战于数科【《苏东坡诗》：白战不许持寸铁。原注：藻功自辛酉入场，至壬午已八试矣】，败真涂地【《史·高祖本纪》：今置将不善，壹败涂地】。其间甲子受知，庚午与荐【原注：甲子同考万，庚午同考辛，以藻功卷呈荐，竟不得售】。得而复失，气已竭于再三【《左·庄》：一鼓作气，再而衰，三而竭】；蓄而不通，年且恶夫四十【见《论语》】。为怜去日烧尾无缘【《闻见录》：鱼跃龙门化为龙时，必雷烧其尾乃得化】，又待来科，点睛莫必【《木衡记》：张僧繇于金陵安乐寺画四龙，不点睛，每云点之即飞去，人以为妄诞。因点其二，须臾雷霆破壁，二龙腾云上天】。将欲谋新舍旧【《左·僖》：原田每每舍其旧而新是谋】，徒乱我心【《诗·秦风》：乱我心曲】；总之就蓼去辛【《易林》：去辛就蓼，毒愈酷甚】，且存吾舌【《史·张仪传》：楚相亡璧，门下意张仪，共执张仪，掠笞数百，不服，醳之。其妻曰：嘻！子毋读书游说，安得此辱乎？仪曰：视吾舌尚在否？其妻笑曰：舌在也。仪曰：足矣】；依然献璞【见《秋声》注】，未遽更刀【《庄子》：良庖岁更刀割也，族庖月更刀折也】。漫说楚人能穿杨叶【见《秋谷》注】，聊同举子再踏槐花【《苏东坡诗》：强随举子踏槐花】。贱工可复为良【见《孟子》】，中驷何妨与下【《史·孙吴列传》：今以君之下驷与彼上驷，取君上驷与彼中驷，取君中驷与彼下驷。既驰三辈毕，而田忌一不胜而再胜】。嗟乎倍曹沫之三北【《齐策》：曹沫为鲁君将，三战三北，而丧地千里】，等孟获之七擒【《诸葛亮传注》：亮在南中，所在战捷，闻孟获者，募生致之。既得，使观于营阵之间，问曰：此军何如？获对曰：向者不知虚实，故败。今蒙赐观看营阵，若只如此，即定易胜耳。亮笑，纵使更战，七纵七擒，而亮犹遣获，获止不去。曰：公天威也，南人不复反矣】。遇以众人，而后报以众人【《赵策》：豫让曰：臣事范中行氏，范中行氏以众人遇臣，臣故众人报之。智伯以国士遇臣，臣故国士报之】，莫望空群之顾【见《十省》注】；信于知己而先诎于知己【《管晏列传》：石父曰：吾闻君子诎于不知己而信于知己者。原注：藻功卷业为房考抹去，公于落卷中拔之】，良由特达之难【《礼·聘义》：圭璋特达，德也】。

恭惟傅老夫子铁且为冠【《汉官仪》：侍御史周官也，为柱下史。冠，法冠，一名柱后，以铁为柱】，水将作镜【《晋·乐广传》：

卫瓘与诸名士谈论，见广而奇之，命诸子造焉，曰：此人之水镜，见之莹然，若披云雾而睹青天也】。式惊胆落【《唐·温造传》：李祐拜大金吾，违诏进马，造正衙抨劾。祐曰：吾夜入蔡州擒吴元济，未尝心动，今日胆落于温御史】，指朱博之栖乌【《前汉·朱博传》：御史府中列柏树，常有野乌数千栖其上，晨去暮来，号曰朝夕乌】。特简头衔【《谈苑》：官衔之名，当时选曹补授，须存资历。开奏之时，先具旧官名品于前，次书拟官于后，使新旧相衔不断，故曰官衔，亦曰头衔】，出方皋而相马【《列子》：秦穆公谓伯乐曰：子之年长矣，子姓有可使求马者乎？对曰：臣有所与共担缠薪菜者有九方皋，此其于马，非臣之下也。请见之。穆公见之，使行求马】。廷臣循其例，主考非监察之司；天子重其名，侍御寄衡文之任【《柳子厚文》：观文章宜若悬衡，然增之铢两则俯，反是则仰，无可私者。原注：御史典试自公始】。为修圣术【《前汉·公孙弘传》：子大夫修先圣之术，明君臣之义】，讵博科名；不宿君言【《礼·曲礼》：凡为君使者，已受命君言，不宿于家】，特防请托【《前汉·何武传》：武欲除吏，先为科条，以防请托】。广路触红尘之热【班固《西都赋》：红尘四合，烟云相连】，长江寻白水之盟【《左·僖》：所不与舅氏同心者，有如白水】。据文章则福命无凭，任去取则鬼神斯在。十六房搜罗未厌【原注：是科增聘房考共十六人】，是真满腹精神【《晋·温峤传》：欲深结钱凤为之声誉，每曰钱世仪精神满腹】；千万卷点定无讹，能令通身手眼【《法智语录》：到处相逢到处乐，通身是眼通身手】。虚衷以定阅荐者，恐多误璞之嫌【见《十省》注】；刻意而求摈斥者，或有遗珠之叹【《狄仁杰传》：仁杰为吏诬诉，阎立本召讯，异其才，曰：仲尼称观过知仁，君可谓沧海遗珠矣】。嗟乎鼎沦泗水【《汉·郊祀志》：周鼎亡在泗水中，今河决通于泗，臣望东北汾阴直有金宝气，意周鼎其出乎】，剑没丰城【《张华传》：华闻豫章人雷焕妙达纬象，乃要焕宿，因登楼，仰观。焕曰：仆察之久矣，唯斗牛之间颇有异气。华曰：是何祥也？焕曰：宝剑之精，上彻于天耳。华问在何郡。焕曰：在豫章丰城。即补焕为丰城令。焕到县，抽狱屋基，入地四丈余，得一石函，光气非常，中有双剑，并刻题，一曰龙泉，一曰太阿。其夕斗牛间气不复见焉】；光彻斗牛，气干金宝【并见上注】。而壶醯酱瓿之不若【《周策》：夫鼎者非效壶醯酱瓿耳，可怀挟提挈以至齐者】，吴鸿扈稽之不如【《吴越春秋》：钩师向钩而呼二子之名：吴鸿、扈稽，我在于此，王不知汝之神也。声绝于口，两钩俱飞，著父之胸】。从此沉埋，于何振拔？上累千茎白发，望父望夫望子，而始愿全虚；俯怜一寸丹心【《杜子美诗》：白发千茎雪，丹心一寸灰】，问天问人问己，而卒难取信。平生已矣，时命为之。夫子怪说弗称【见《秋谷》注】，陈言务去【《韩昌黎文》：惟陈言之务去】。惟归真以返朴【《齐策》：归真返朴，则终身不辱】，宁是古而非今【《汉·元帝纪》：俗儒不达时宜，好是古非今，使人眩于名实】。不图红勒之馀【《笔谈》：嘉祐中，刘几程试累为第一，骤为怪险之语，欧阳公深恶之。会公主司，有一举人论曰：天地轧，万物茁，圣人发。公曰：此必刘几也。以大朱笔横抹之，谓红勒帛】，束诸高阁；谬谓丹还之候【见《无题》注】，浑似大家。果是镆铘，休信不祥于冶【见《秋声》注】；可真琬琰，定应弗释于泥【《淮南子》：琬琰之玉在污泥之中，虽廉者弗释】。四目能明【《书·舜典》辟四门，明四目，达四聪】，闱中共赏；一头且放【欧阳公《与梅圣俞书》：读苏轼文不觉汗出，快哉！快哉！老夫当避此人，放出一头地也】，榜下齐呼。嗟乎灰或死而不燃，敢仇田甲【《前汉·韩安国传》：狱吏田甲辱安国，安国曰：死灰独不复燃乎】；桐适焦于方爨，特感中郎【《后汉·蔡邕传》：吴人有烧桐以爨者，邕闻火烈声，知其良木，请裁为琴，果有美音，而其尾犹焦，故名曰焦尾琴】。树桃李以及时【《说苑》：树桃李者，夏得休息，秋得食焉。树蒺藜者，夏不得休息，秋得其刺焉】，收桑榆而未晚【《冯异传》：降玺书劳异曰：赤

眉破平，士吏劳苦，始虽垂翅回溪，终能奋翼黾池，可谓失之东隅，收之桑榆。王勃《滕王阁序》：东隅已逝，桑榆非晚】。合三百五篇之六义，指归未睹其全【卜商《毛诗序》：故诗有六义焉，一曰风，二曰赋，三曰比，四曰兴，五曰雅，六曰颂。原注：藻功以《诗经》中式第三十六名】；聚七十二人于一堂，名次适当其半【《孔子世家》：孔子以诗书礼乐教弟子，盖三千焉，身通六艺者七十二人，余见上原注】。岂非宾兴有礼【《周礼·地官》：以乡三物教万民而宾兴之】，同谢恩于高厚之中；师道攸存【韩昌黎《师说》：吾师道也，夫庸知其年之先后生于吾乎？是故无贵无贱，无长无少，道之所存，师之所存也】，独矢报于寻常之外者乎。嗟乎！鱼因弃食，化者其馀【《博物志》：吴王江行，食鲙有余，弃于中流，化为鱼。今鱼中有名吴王鲙余者，长数寸，大者如箸，犹有鲙形】；枭可更鸣，徙而不恶【《说苑》：枭不更鸣，东徙犹恶其声】。第处士之虚声无补【见《辨伪》注】，而书生之习气未除【《苏东坡诗》：书生习气未能无】。倘作和梅【见《盆梅》注】，愿调五味【《史·礼书》：口甘五味，为之庶羞，酸咸以致其美】；请观焚草【晋《羊祜传》：祜历职二朝，其嘉谋谠议皆焚其草】，欲赞一辞【《孔子世家》：孔子作《春秋》，笔则笔，削则削，子夏之徒不能赞一辞】。佐帝尧帝舜之勋华【《书·尧典》：曰若稽古帝尧，曰放勋。又《舜典》：曰若稽古帝舜，曰重华协于帝】，出子夏子游之文学【见《论语》】。则从龟觅印【《会稽后贤传》：孔瑜见笼龟，买放之，龟反顾者三。比封侯铸印，龟首回屈，似昔反顾之状】，就雀求环【见《逐雀》注】。总属虚谈，难酬实德。用将四六羔跪乳以为资【《白虎通》：卿大夫贽，古以麑鹿，今以羔雁。何以为？古者质取其内，谓得美草鸣相呼。今文取其外，谓羔跪乳雁有行列也】，待写万千兔秃毫而莫罄【《李太白诗》：书秃千兔毫，诗裁两牛腰】

（据《思绮堂文集》卷五迻录）

康熙赐诗傅作楫[①]（摘录）

李 江

白帝城东碑林有一通康熙帝御题六言诗碑，高2.33米，宽1.02米，顶端呈半圆，周边饰龙纹。碑上有六言诗一首，书法行草，圆熟自然。碑上有跋文说明此碑乃按康熙御书诗轴双钩上石而成。兹就有关问题略述如下。

诗轴的发现和立碑经过

光绪三十一年（1905年），署夔州知府方旭、夔州学务综核所总理杜翰藩，在奉节老县城西坪建成夔州府中学堂之后，走访该校西侧一里许的故都察院右副都御史傅作楫之墓，在墓旁傅作楫十世孙傅梅松家见到康熙帝赐傅作楫诗轴一幅……

方旭遂以学堂工程之余款就墓前建傅公享堂三间，由杜翰藩将御书六言诗双钩摹勒上石，特建碑亭于前。杜翰藩在诗后题跋曰：

仁□圣祖御书六言诗廿四字，盖当日赐御史臣傅作楫者。光绪三十一年，知夔州府臣方旭□臣楫修治享堂，属臣藩终始其役，并从傅氏破屋中求得此幅，盖二百年于兹矣，神龙显晦有时欤？敬谨双钩勒碑墓前以志。

道旌直节云岁十二月万县举人江西知县杜翰藩恭跋

奉邑候选训导臣高象森监刻

杜翰藩在双钩上石时，六言诗和印鉴位置基本未变，只将诗

① 编者按：此文系傅寒先生提供，特此致谢。

轴左下方“赐巡视北城河南道监察史加三级臣傅作楫”一行字移往右端章记之下。经比较，康熙六言诗碑的跋文与《傅公享堂记》碑文书法酷似，可以认定皆为杜翰藩所书。

民国年间，傅公享堂和碑亭皆废，唯六言诗碑和《傅公享堂记》碑迁置白帝城。诗轴则由傅家后代傅相贤（原人民路小学教师，极有可能就是傅梅松所指的“尚在襁褓”的孙子，即傅作楫的十二代孙）捐献给国家，至今珍藏在白帝城博物馆。

康熙赐诗的时间

康熙赐傅作楫诗的时间有两种说法：一种认为是傅作楫初升御史时所赐；一种认为是傅作楫告老还乡时所赐（下略）。

书跋题诗

跋傅座主《雪堂诗集》后

章藻功

《雪堂诗》有三集，一曰《燕山》，一曰《辽海》，一曰《西征》。

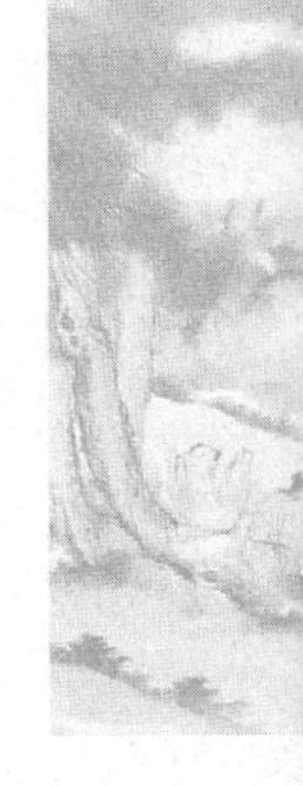

销魂言别【江淹《别赋》：黯然销魂者，唯别而已矣】，望铁岭以神飞【《舆志》：铁岭县属奉天府】；执手涕零，喜玉门之生入【《后汉·班超传》：臣不敢望到酒泉郡，但愿生入玉门关】。千万里皆衔君命，虽艰难险阻奚辞；十七年未报师恩，岂聚散升沉有数。忝窃科名之盛，得遇合于欧苏【《宋·苏轼传》：嘉祐二年试礼部，欧阳修置第二】；谬参文学之林，勿追随乎陈蔡【见《论语》】。伊昔甲申岁暮，拜送鸾铃【《诗·义疏》：和鸾雍雍，和在轼之铃，鸾在镳之铃。原注：壬午科，夫子典试浙江正主考，甲申十一月奉命来浙，审理某案】；于今戊戌春残，恭迎马帐【《后汉·马融传》：融扶风人，尝坐高堂，施绛纱帐，前授生徒，后列女乐】。乍见犹疑梦寐，但有悲凉；相看不用寒温【《王献之传》：尝与兄徽之、操之俱诣谢安，二兄多言俗事，献之寒温而已】，唯闻慰藉。嗟乎门中桃李，零落都非【《谈丛》：狄仁杰荐张柬之、姚崇、桓彦范数人，率为名臣。或谓仁杰曰：天下桃李尽在公门。仁杰曰：荐贤为国，非为私也】；海上蓬莱，溯洄莫及【《史·封禅书》：蓬莱、方丈、瀛洲三神山者在渤海中，诸仙人及不死药在焉。未至，望之如云。及到，三神山反居水下，风辄引去，终莫能及】。乐虽知我【《庄子》：庄子与惠子游于濠梁之上，庄子曰：儵鱼出游从容，是鱼乐〔之〕也。惠子曰：子非鱼，安知鱼之乐？庄子曰：子非我，安知我不知鱼之乐】，奈颜子其堪忧【见《论语》】；壮不如人【《左·僖》：臣之壮也，犹不如人。今老矣，无能为也已】，况冯唐之易老【《前汉·冯唐传》：唐以孝著，为郎中署长，事文帝。帝问唐曰：父老，何自为郎？王勃《滕王阁序》：冯唐易老，李广难封】。著书以销岁月，那解乞怜【《韩昌黎书》：若俯首帖耳，摇尾而乞怜者，非我之志也】；食德而辱泥涂【《左·襄》：以晋国之多虞，不能由吾子，使吾子辱在泥涂久矣】，未由仰报。斗筲何算【见《论语》】，高厚难酬。今兹或者未能【《孟子》：今兹未能】，他生岂其可卜【《李义山诗》：他生未卜此生休】。用是茫茫而交集【《世说》：卫洗马初欲渡江，形神惨悴，语左右云：见此茫茫，不觉百端交集】，遑云愦愦之无征也【庾翼《与兄冰书》：天公愦愦，无皂白之征也】。嗟乎阻天路之星辰，休言畴昔；陪客窗于风雨，且话中宵。夫子才返瞿唐【《夔州府志》：瞿唐峡府城东，旧名西陵峡，两崖对峙，中贯一江，滟滪堆当其口，乃三峡之门】，展祖墓春秋之祭【《礼·檀弓》：展墓而入】；急趋峡石【《海宁县志》：紫微泉中分一涧，通崃石湖】，就师门月旦之评【《后汉·许劭传》：邵好论乡党人物，每月辄更其品题，故汝南俗有月旦评焉。原注：海宁许大宗伯，讳汝霖，为夫子座主也】。等诸天地君亲，理无或异【《史·礼书》：天地者，生之本也。先祖者，类之本也。君师者，治之本也。《从祀景行录序》：域中有大恩五，曰天，曰地，曰君，曰亲，曰师】；矧若期颐老耄，事未可知【《礼·曲礼》：七十曰老。而《传》：八十九十曰耄，百年曰期颐。原注：时许宗伯年七十九，夫子年六十有二】。赭山偕风舞而游【《杭州府志》：海宁赭山与绍兴龛山相对，是为海门。余见《论语》】，武水促星言之驾【《杭州府志》：杭州称武林，亦称武水。《诗·鄘风》：星言夙驾】。递传衣钵【《摭言》：放榜后，状元以下到主司庭谢，名曰谢衣钵。衣钵者，谓得主司名第。其或主司先人同名第，即谢大衣钵也】，由座主以及门生【《南部新旧》：崔沆放卢澄，谈者称座主、门生沆瀣一气】；环侍弦歌，异众人而均国士【《赵策·豫让》：曰：臣事范中行氏，范中行氏以众人遇臣，臣故众人报之。智伯以国士遇臣，臣故国士报之】。所幸者，笑谈往事，兴趣依然；所难者，忧患馀生，神情自若。本和平之气，发忠厚之音。出示一编，分为三集。自其雉于桑止【见《四湖》注】，乌以柏栖【《前汉·朱博传》：御史府中列柏树，常有野乌数千栖宿其上，晨去暮来，号曰朝夕乌】。丕振士风，特借主司之鉴【原注：夫子以监察御史，出典浙江乡试】；洊升卿月【《书·洪范》：玉省惟岁，卿士惟月】，式崇副相之班【《通典》：汉御史大夫，副丞相事。唐中宗《授苏珦右台大夫制》：诚副相之荣级，实次卿之通任】。计十旬以被征【《后汉·荀爽传》：爽自被征命及登台司九十五日，任昉表于秋之一月九选，荀爽之十旬远至】，逆千里而偶曲【《物理论》：河色黄者，众川之流，盖浊之也。百里一小曲，千里一大曲，一直一曲，九曲以达于海】。殊乡别井【黄山谷《赠黄成之序》：殊乡别井，六十岁而后相识，亦可悲也】，地属飞龙【《易·乾》：龙飞在天。按奉天府为本朝发祥重地】；给饷馈粮【《汉·高帝纪》：填国家，抚百姓，给饷馈，不绝粮道，吾不如萧何】，人夸流马【《蜀·诸葛亮传》：亮悉大众由斜谷出，以流马运】。帝都所建，燕山原系名场；王气攸钟，辽海真成乐土。讵比梁鸿之窜【《滕王阁序》：窜梁鸿于海曲，岂乏明时】，解组而来【曹植《求通表》：解朱组，佩青绶】；会从袁虎之征【《世说》：桓宣武北征，袁虎时从，会须露布文，唤袁倚马前，令作，手不辍笔，俄得七纸】，请缨以出【《前汉·终军传》：军自请，愿受长缨，必羁南越王而致之阙下。原注：时遣大将军征西，夫子上请运粮，奔驰万里】。刍以飞而粟以挽【《前汉·主父偃传》：又使天下飞刍挽粟】，行将并日

西驰；才则适而力则堪【《韩昌黎文》：凡适于用之谓才，堪其事之谓力】，务令众星北拱【见《论语》】。盖贤劳莫非王事【见《孟子》】，而去留总是君恩。寓以啸歌，登诸讽咏。适来绝域【《李陵答苏武书》：昔先帝授陵步卒五千，出征绝域】，何曾骂鬼祝邪；同在溥天【《诗·小雅》：溥天之下，莫非王上】，不过怀人赋物。唐唯初盛，非晚而亦非中【《唐诗品汇·总论》：略而言之，则有初唐、盛唐、中唐、晚唐之不同】；诗只兴观，可群而无可怨【见《论语》】。此则老于律细【《杜子美诗》：老去渐于诗律细】，七始为缘【《文心雕龙》：故能情感七始，化动八风。注：十二律各有七，曰宫、商、角、徵、羽、变宫、变徵，为七始也】。要其情以文生【《晋·孙楚传》：楚除妇服，作诗示王济，济曰：未知文生于情，情生于文】，八荒所寄者矣【《诗品》：言在耳目之内，情寄八荒之表】。藻功陪六侍以何由【陶潜《群辅录》：颜回、冉仲弓、子路、宰我、子贡、公西华右六侍仲尼，志意不立。子路侍仪服不修，公西华侍礼不习，子贡侍辞不辨，宰我侍亡忽古今，颜回侍节小物，冉伯牛侍曰：吾以夫六子自厉也。见《尸子》】，赞一辞而莫必【《孔子世家》：孔子作《春秋》，笔则笔，削则削，子夏之徒不能赞一辞】。每称好学【《论语》：哀公问弟子孰为好学？孔子对曰：有颜回者好学】，愧以前言；不忌擅名【《世说》：郑元在马融门下，业成辞归，融恐擅名而心忌焉】，责之后序。私揣雪堂之义，敬窥日牖之微【《世说》：北人看书如显处视月，南人学问如牖中窥日】。意者振求礼之直声，瑞宁肯贺【《唐·王求礼传》：三月大雨雪，苏味道以为瑞，率群臣入贺。王求礼让曰：三月雪为瑞雪，腊月雷为瑞雷乎】；访苏卿之遗迹，啮亦为甘【《前汉·苏武传》：乃幽武置大窖中，绝不饮食，天雨雪，武卧啮雪，与旃毛并咽之，数日不死】。暂尔投闲【韩昌黎《进学解》：投闲置散，乃分之宜】，十月接坡公之步【苏东坡《后赤壁赋》：是岁十月之望，步自雪堂，将归于临皋】；倘容请业【《礼·曲礼》：请业则起，

请益则起】，三尺深程子之门【《宋·杨时传》：时一日见颐，颐偶瞑坐。时与游酢侍立不去。颐既觉，则门外雪深已三尺矣】。顾执鞭未服其劳【《管晏列传》赞：假令晏子而在，余虽为之执鞭，所欣慕焉】，而捧土何加于誉【《韩诗外传》：臣誉仲尼，譬犹两手捧土而附太山，其无益亦明矣】。行从骥显【《史·伯夷传》：颜渊虽笃学，附骥尾而行益显】，窃附校雠【《后汉·蔡伦传》：帝以经传之文多不正定，乃选通儒谒者刘珍及博士良史诣东观，各雠校汉家法】。鲁为鱼讹【《抱朴子》：书三写，以鱼为鲁，以帝为虎】，敢辞参订。仲尼之教，弟子大抵诗书礼乐之常【《孔子世家》：孔子以诗书礼乐教弟子，盖三千焉，身通六艺者七十有二人】；维摩之示，文殊应在文字语言之外【见《遗翰》注】。

（据《思绮堂文集》卷九迻录）

读济庵《雪堂诗集》有感

吕履恒

剑门才子早能诗，晚节高吟句更奇。
雪霁峨嵋清入骨，秋澄江汉渺凝思。
久忘丁固曾占梦，不向严平更决疑。
我亦疏狂旧朋侣，敢将鞭弭角旌麾。

（据《梦月岩集》卷十八迻录）

《雪堂集》叙录 康熙间刻本

袁行云

傅作楫撰。作楫字济庵，号雪堂，四川奉节人。康熙二十六年举人，官良乡知县。行使御史，颇著直声。三十五年，奉檄征厄鲁特制办军需。四十一年，典试浙江。至左都御史。四十四年，罢归。撰《雪堂诗》四卷，为《燕山集》、《西征集》、《辽海集》、《南行集》，各卷分体，共四百首。有门弟子章藻功跋。据《乙酉四十九生日诗》计之，生当顺治十四年。作楫与王士禛、陈廷敬、熊赐履唱酬，诗具唐音。《燕山集》咏《霍源墓》、《吊望诸君墓》、《题张篴若侍御请平魏忠贤墓碑疏后》，有雄亢之气。《西征集》咏八达岭、居庸关、李陵台、昭君冢，《脱脱城怀古》、《阴山》、《夜发瀚海》、《毡庐》、《磨笄山》、《青大目阿罗海》，状写边塞风光，皆亲身经历。《乌克勒空克勒绝粮四首》、《西里哈昭观喇嘛寺遗址》、《观厄鲁特喀尔喀尔战场》、《白达喇河晤李大伊山有赠》、《布朗河朔观喀尔喀营内鏖鹰》、《乌塔河望丹吉喇部落》，于康熙间用兵情事，可得以闻。《辽海集》中《骏马行》、《瑶编行》、《奉天学堂告成》、《饮马长城窟行》、《澄海楼》、《辽都春兴八首》、《锦江秋怀八首》，记关外实况，非目睹者莫能津逮矣。《南行集》中《滟滪堆》、《子阳城歌》、《黄牛峡》、《焦山望海》诸诗，亦较雅健。清初蜀中诗人，首推费密、锡璜父子。作楫可端其亚，王恕继之，百余年罕有名家。乾隆间李调元撰《雨村诗话》，谓其诗："如老将临戎，步伐森严，不事攻战，而气自夺人。近体高朗谐适，尤擅胜场。"推崇备至。

（据《清人诗集叙录》卷十六迻录）

《雪堂集》提要

柯愈春

傅作楫撰。作楫生于顺治十四年（1657年），卒年不详。字济庵，号雪堂，四川奉节人。康熙二十六年进士，官至都察院副都御史，四十四年革职。此《雪堂诗集》四卷，分《燕山》、《西征》、《辽海》、《南行》四集，集各一卷，钱塘受业章藻功跋其尾，康熙间刻于武林，复旦大学图书馆藏。诸集略依年代编次，集中再以体分排。起康熙三十八年，止康熙五十七年。《乙酉生日》诗云，“胡来四十九，默坐悔前非”，据此则刻集时年已六十二。诗多慷慨之作。《赠人出塞》云：“读书万卷不报国，浮生百岁无颜色。”其师礼部尚书许汝霖于康熙五十七年两序其集，谓其诗“可以薄日月而泣鬼神”。此集又有民国九年守墨斋刻本，中国国家图书馆藏。奉节刘贞安题识云：“其《辽海》一集，当是建言获谴、荷戈出塞时作，与吴汉槎（兆骞）《秋笳集》先后同时，事正相类，而词气较吴和平。”别本《雪堂燕山集》一卷，录古今体诗一百三十余首，居京都时作，前有康熙五十七年许汝霖序，有佚名眉批，清钞本，重庆图书馆藏。李调元编《蜀雅》选其诗独多，谓“其诗如老将临戎，步伐森严，不事攻撼而气势夺人”。其文未见有集传世，门人章藻功《思绮堂文集》有所作序。

（据《清人诗文集总目提要》迻录）

焚椒录

（辽）王 鼎　著

焚椒录序

鼎于咸太之际方侍禁近，会有懿德皇后之变，一时南北面官悉以异说赴权，互为证足，遂使懿德蒙被淫丑，不可湔浣。嗟，嗟！大黑蔽天，白日不照，其能户说以相白乎？鼎妇乳媪之女蒙哥，为耶律乙辛宠婢，知其奸构最详，而萧司徒复为鼎道其始末，更有加于媪者，因相与执手，叹其冤诬，至为涕淫淫下也。观变已来，忽复数载，顷以待罪可敦城，去乡数千里，视日如岁，触景兴怀，旧感来集，乃直书其事，用俟后之良史。若夫少海翻波变为险陆，则有司徒公之实录在。

大安五年春三月，前观书殿学士臣王鼎谨序。

焚椒錄

焚椒录

大辽观书殿学士臣王鼎谨述

上在青宮進封燕趙國王慕后賢淑聘納爲妃后婉順善承上意復能歌詩而彈箏琵琶尤爲當時第一由是愛幸遂傾後宮及上卽位以清寧元年十二月戊子册爲皇后后方出閤升坐扇開簾捲忽有白練一段自空吹至后褥位前上有三十六三字后問此何也左右曰此天書命可敦領三十六宮也后大喜宮中爲語曰孤穩壓帕女古鞾菩薩喚作耕斡麽盖以王飾首以金飾足以觀音作皇后也二年八月上獵秋山后率嬪妃從行在所

懿德皇后萧氏为北面官南院枢密使惠之少女，母耶律氏梦月坠怀，已复东升，光辉照烂，不可仰视，渐升中天，忽为天狗所食，惊寤而后生。时重熙九年五月己未也。母以语惠，惠曰："此女必大贵而不得令终，且五日生女，古人所忌，命已定矣。将复奈何?"后幼能诵诗，旁及经子。及长姿容端丽，为萧氏称首，皆以观音目之，因小字观音。二十二年，今上在青宫，进封燕赵国王，慕后贤淑，聘纳为妃。后婉顺善承上意，复能歌诗，而弹筝、琵琶尤为当时第一，由是爱幸，遂倾后宫。

及上即位，以清宁元年十二月戊子册为皇后。后方出阁升坐，扇开帘卷，忽有白练一段，自空吹至后褥位前，上有"三十六"三字，后问："此何也?"左右曰："此天书，命可敦领三十六宫也。"后大喜。宫中为语曰："孤稳压帕女古靴，菩萨唤作（耕斡）〔耨斡〕么。"盖以玉饰首，以金饰足，以观音作皇后也。

二年八月，上猎秋山，后率嫔妃从行在所。至伏虎林，命后赋诗，后应声曰："威风万里压南邦，东去能翻鸭绿江。灵怪大千俱破胆，那教猛虎不投降。"上大喜，出示群臣曰："皇后可谓女中才子。"次日上亲御弓矢射猎，有虎突林而出，上曰："朕射得此虎，可谓不愧后诗。"一发而殪，群臣皆呼万岁。是岁十一月，群臣上皇帝尊号曰天祐皇帝，后曰懿德皇后。

三年秋，上作《君臣同志华夷同风》诗，后应制属和曰："虞庭开盛轨，王会合奇琛。到处承天意，皆同捧日心。文章通鹿蠡，声教薄鸡林。大宇看交泰，应知无古今。"

明年，后生皇子濬。皇太叔重元妃入贺，每顾影自矜，流目送媚。后语之曰："贵家妇宜以庄临下，何必如此。"妃衔之，归骂重元曰："汝是圣宗儿，岂虎斯不若，使教坊奴得以可敦加我，汝若有志，当除此帐笞挞此婢。"于是重元父子合定叛谋，于九年七月驾幸滦水，聚兵作逆，须臾军溃，父子伏诛而讨平此乱，则知北枢密院事赵王耶律乙辛与有功焉。寻进南院枢密使，威权震灼，倾动一时，唯后家不肯相下，乙辛每为怏怏。及咸雍初，皇子濬册为皇太子，益复蓄奸为图后计矣。

后（常）〔当作尝〕慕唐徐贤妃行事，每于当御之夕，进谏得失。国俗君臣尚猎，故有四时捺钵。上既擅圣藻而尤长弓马，往往以国服先驱，所乘马号飞电，瞬息百里，常驰入深林邃谷，扈从求之不得。后患之，乃上疏谏曰："妾闻穆王远驾，周德用衰。太康佚豫，夏社几屋。此游佃之往戒，帝王之龟鉴也。顷见驾幸秋山，不闲六御，特以单骑从禽深入不测，此虽威神所届，万灵自为拥护，倘有绝群之兽，果如东方所言，则沟中之豕必败简子之驾矣。妾虽愚暗，窃为社稷忧之。惟陛下尊老氏驰骋之戒，用汉文吉行之旨，不以其言为牝鸡之晨而纳之。"上虽嘉纳，心颇厌远，故咸雍之末，遂稀幸御。后因作词曰《回心院》，被之管弦，以寓望幸之意：

扫深殿，闭久金铺暗。
游丝络网尘作堆，积岁青苔厚阶面。
扫深殿，待君宴。

拂象床，凭梦借高唐。
敲坏半边知妾卧，恰当天处少辉光。
拂象床，待君王。

换香枕，一半无云锦。
为是秋来转辗多，更有双双泪痕渗。
换香枕，待君寝。

铺翠被，羞杀鸳鸯对。
犹忆当时叫合欢，而今独覆相思块。
铺翠被，待君睡。

装绣帐，金钩未敢上。
解却四角夜光珠，不教照见愁模样。
装绣帐，待君贶。

叠锦茵，重重空自陈。
只愿身当出玉体，不愿伊当薄命人。
叠锦茵，待君临。

展瑶席，花笑三韩碧。
笑妾新铺玉一床，从来妇欢不终夕。
展瑶席，待君息。

剔银灯，须知一样明。
偏是君来生彩晕，对妾故作青荧荧。
剔银灯，待君行。

爇薰炉，能将孤闷苏。
若道妾身多秽贱，自沾御香香彻肤。
爇熏炉，待君娱。

张鸣筝，恰恰语娇莺。
一从弹作房中曲，常和窗前风雨声。
张鸣筝，待君听。

时诸伶无能奏演此曲者，独伶官赵惟一能之。而宫婢单登故重元家婢，亦善筝及琵琶，每与惟一争能，怨后不知己。后乃召登对弹四旦二十八调，皆不及后，单愧耻拜服。于时上常召登弹筝，后谏曰："此叛家婢女中，独无豫让乎？安得轻近御前。"因遣直外别院，登深怨嫉之。而登妹清子嫁为教坊朱顶鹤妻，方为耶律乙辛所昵，登每向清子诬后与惟一淫通，乙辛俱知之，欲乘此害后，以为不足证实，更命他人作《十香》淫词，用为诬案。云：

青丝七尺长，挽出内家装。
不知眠枕上，倍觉绿云香。

红绡一幅强，轻阑白玉光。
试开胸探取，尤比颤酥香。

芙蓉失新艳，莲花落故妆。
两般总堪比，可似粉腮香。

蝤蛴那足并，长须学凤凰。
昨宵欢臂上，应惹领边香。

和羹好滋味，送语出宫商。
定知郎口内，含有暖甘香。

非关兼酒气，不是口脂芳。
却疑花解语，风送过来香。

既摘上林蕊，还亲御苑桑。
归来便携手，纤纤春笋香。

凤靴抛合缝，罗袜卸轻霜。
谁将暖白玉，雕出软钩香。

解带色已战，触手心愈忙。
那识罗裙内，消魂别有香。

咳唾千花酿，肌肤百和装。
元非啖沉水，生得满身香。

乙辛阴属清子使登乞后手书。登时虽外直，常得见后，后善书，登给后曰："此宋国忒里蹇所作，更得御书，便称二绝。"后读而喜之，即为手书一纸，纸尾复书己所作《怀古》诗一绝云：

宫中只数赵家妆，败雨残云误汉王。
唯有知情一片月，曾窥飞燕入昭阳。

登得后手书，持出与清子云："老婢淫案已得，况可汗性忌，早晚见其白练挂粉脰也。"乙辛已得书，遂构词，命登与朱顶鹤赴北院，陈首伶官赵惟一私侍懿德皇后，有《十香》淫词为证。乙辛乃密奏上曰："太康元年十月二十三日，据外直别院宫婢单登及教坊朱顶鹤陈首，本坊伶官赵惟一向要结本坊入内承直高长命，以弹筝、琵琶得召入内，沐上恩宠。乃辄干冒禁典，谋侍懿德皇后御前。忽于咸雍六年九月驾幸木叶山，惟一公称有懿德皇后旨，召入弹筝。于时皇后以御制《回心院曲》十首付惟一入调，自辰至酉调成。皇后向帘下目之，遂隔帘与惟一对弹。及昏，命烛，传命惟一去官服，着绿巾金抹额窄袖紫罗衫、珠带乌靴，皇后亦着紫金百凤衫、杏黄金缕裙，上戴百宝花髻，下穿红凤花靴，召惟一更入内帐，对弹琵琶，命酒对饮，或饮或弹。至院鼓三下，敕内侍出帐。登时当直帐，不复闻帐内弹饮，但闻笑声，登亦心动，密从帐外听之，闻后言曰：'可封有用郎君。'惟一低声言曰：'奴具虽健，小蛇耳，自不敌可汗真龙。'后曰：'小猛蛇却赛真懒龙。'此后但闻惺惺若小儿梦中啼。而已院鼓四下，后唤登揭帐曰：'惟一醉不起，可为我叫醒。'登叫惟一百通，始为醒状，乃起拜辞，后赐金帛一箧，谢恩而出。其后驾还虽时召见，不敢入帐，后深怀思，因作《十香词》赐惟一。惟一持出，夸示同官朱顶鹤。朱顶鹤遂手夺其词，使妇清子问登，登惧事发连坐，乘暇泣谏，后怒痛笞，遂斥外直。但朱顶鹤与登共悉此事，使含忍不言，一朝败坏，安免株坐，故敢首陈，乞为转奏，以正刑诛。臣惟皇帝以至德统天，化及无外，寡妻匹妇，莫不刑于。今宫帐深密，忽有异言，其有关治化良非渺小，故不忍隐讳，辄据词并手书《十香词》一纸密奏以闻。"

上览奏大怒，即召后对诘。后痛哭转辩曰："妾托体国家，已造妇人之极。况诞育储贰，近且生孙，儿女满前，岂忍更作淫奔失行之人乎？”上出《十香词》曰：“此非汝作手书，更复何辞？”后曰：“此宋国忒里蹇所作，妾即从单登得而书赐之耳。且国家无亲蚕事，妾作那得有亲桑语。”上曰：“诗正不妨以无为有，如词中合缝靴，亦非汝所着，为宋国服耶？”上怒甚，因以铁骨朵击后，后几至殒，即下其事，使参知政事张孝杰与乙辛躬治之。

乙辛乃系械惟一、长命等讯鞫，加以钉、灼、烫、错等刑，皆为诬服。狱成将奏，枢密使萧惟信驰语乙辛、孝杰曰：“懿德贤明端重，化行宫帐，且诞育储君，为国大本，此天下母也，而可以叛家仇婢一语动摇之乎？公等身为大臣，方当烛照奸宄，洗雪冤诬，烹灭此辈，以报国家，以正国体，奈何欣然以为得其情也。公等幸更为思之。”不听，遂具狱上之。

上犹未决，指后《怀古》一诗曰：“此是皇后骂飞燕也，如何更作十词？”孝杰进曰：“此正皇后怀赵惟一耳。”上曰：“何以见之？”孝杰曰：“宫中只数赵家妆，唯有知情一片月。是二句中包含赵惟一三字也。”上意遂决，即日族诛惟一，并斩长命，敕后自尽。时皇太子及齐国诸宫主咸被发流涕，乞代母死。上曰：“朕亲临天下，臣妾亿兆，而不能防闲一妇，更何施眉目腼然南面乎？”后乞更面可汗一言而死，不许。后乃望帝所而拜，作《绝命词》曰：

嗟薄祐兮多幸，羌作俪兮皇家。
承昊穹兮下覆，近日月兮分华。
托后钩兮凝位，忽前星兮启耀。
虽衅累兮黄床，庶无罪兮宗庙。
欲贯鱼兮上进，乘阳德兮天飞。
岂祸生兮无朕，蒙秽恶兮宫闱。
将剖心兮自陈，冀回照兮白日。
宁庶女兮多惭，遏飞霜兮下击。

顾子女兮哀顿，对左右兮摧伤。

共西曜兮将坠，忽吾去兮椒房。

呼天地兮惨悴，恨今古兮安极。

知吾生兮必死，又焉爱兮旦夕。

遂闭宫以白练自经。上怒犹未解，命裸后尸以苇席裹还其家。春秋三十有六，正符白练之语，闻者莫不冤之。皇太子投地大叫曰："杀吾母者耶律乙辛也，他日不门诛此贼，不为人子！"乙辛遂谋害太子无虚日矣。

嗟嗟自古国家之祸，未尝不起于纤纤也。鼎观懿德之变，固皆成于乙辛。然其始也，由于伶官得入宫帐，其次则叛家之婢使得近左右，此祸之所由生也。第乙辛凶惨无匹固无论，而孝杰以儒业起家，必明于大义者，使如唯信直言，毅然诤之，后必不死。后不死则太子可保无恙，而上亦何惭于少恩骨肉哉？乃亦昧心同声，自保禄位，卒使母后储君与诸老成一旦皆死于非辜，此史册所书未有之祸也，二人者可谓罪通于天者乎？然懿德所以取祸者有三，曰：好音乐，与能诗、善书耳。假令不作《回心院》，则《十香词》安得诬出后手乎？至于《怀古》一诗则天实为之，而月食飞练先命之矣。

焚椒录跋

（一）

余读《焚椒录》乃知元人修史之谬也，即如宣懿皇后谏道宗单骑驰猎仅百二十余言，其辞意并到，有宋人所不及者。其他若阴属单登索后书及证《怀古》诗于帝前，此乙辛、孝杰罪案也，可削而不载乎？一书去取如此，其他挂漏可知矣。唯此《录》言皇后生于五月五日，而《道宗本纪》称坤宁节在十二月。又云重元父子伏诛，则重元走出大漠自杀耳，岂别有所据耶？至于《录》中所载诗词，虽淫靡不足道，如"解却四角夜光珠，不教照见愁模样"；"只愿身当白玉体，不愿伊当薄命人"；"偏是君来生彩晕，对妾故作青荧荧"；"若道妾身多秽贱，自沾御香香彻肤"。此等皆有唐人遗意，恐有宋英、神之际诸大家无此匹对也，并识于此，以俟博雅君子。西园归老题。

（二）

余得《焚椒录》读之，何谗人罔极戕害天伦一至于此？亦宇宙一大变也。然与汉武前后一辙，唯道宗因妻以及其子，汉武因子以及其妻，而两孙亦皆嗣位，第天祚不敢望孝宣耳。荀卿氏曰："虽有亲父，安知其不为虎？"予于此而益信矣。吴宽记。

（三）

此《录》有西园归老跋，不知为谁，当是国初儒旧，其品鉴亦当，但谓坤宁节在十二月，则彼不详考。清宁八年十二月行道宗母仁懿皇太后再生礼耳，且历象朔日，考重熙九年五月乙卯朔，则五日正己未也。至若后疏以绝群之兽为东方朔所言，此乃后误以相如为东方朔也，不可不一正之。更按王鼎传云，清宁五年擢进士第，乃八年放进士王鼎等，则五年为误矣。不然岂有两王鼎耶？又按鼎作此《录》在谪居镇州时，时乙辛已囚策州，孝杰亦死，故敢实录其事。但天祚时鼎尚在，如懿德皇后第二女赵国公主以匡救天祚竟诛乙辛，及乙辛、孝杰剖棺戮尸以家属分赐群臣事，并不补录，一快观者，亦此《录》一不了公案也。海盐姚士粦叔祥跋。

（四）

读《焚椒》者，辄酸鼻切齿，为萧氏惜。余窃为萧氏幸，凡古来才貌女子多不克令终，倘萧氏不有乙辛、单登辈奸构《十香》淫案词，则《回心》、《怀古》诸篇，亦泯没无传，而绝命二十余言又何自发咏耶？此不过终身受幸，而史臣笔之，曰懿德皇后云，尔何以使后之骚人韵士钦其德美其才悲其遇啧啧不去口哉？人曰乙辛、单登后之罪人，余曰乙辛、单登后之功臣云。湖南毛晋识。

王鼎传

脱脱 等

王鼎，字虚中，涿州人。幼好学，居太宁山数年，博通经史。时马唐俊有文名燕、蓟间，适上巳，与同志祓禊水滨，酌酒赋诗。鼎偶造席，唐俊见鼎朴野，置下坐。欲以诗困之，先出所作索赋，鼎援笔立成。唐俊惊其敏妙，因与定交。清宁五年，擢进士第。调易州观察判官，改涞水县令，累迁翰林学士。当代典章多出其手。上书言治道十事，帝以鼎达政体，事多咨访。鼎正直不阿，人有过，必面诋之。寿隆初，升观书殿学士。一日宴主第，醉与客忤，怨上不知己，坐是下吏。状闻，上大怒，杖黥夺官，流镇州。居数岁，有赦，鼎独不免。会守臣召鼎为贺表，因以诗贻使者，有“谁知天雨露，独不到孤寒”之句。上闻而怜之，即召还，复其职。乾统六年卒。

鼎宰县时，憩于庭，俄有暴风举卧榻空中。鼎无惧色，但觉枕榻俱高，乃曰：“吾中朝端士，邪无干正，可徐置之。”须臾，榻复故处，风遂止。

（脱脱等《辽史》）

题《焚椒录》

王士禛

《契丹国志·后妃传·道宗萧皇后本传》云，性恬寡欲。鲁王宗元之乱，道宗同猎，未知音耗，后勒兵镇帖中外，甚有声称，崩葬祖州云云而已。《焚椒录》所纪耶律乙辛、张孝杰辈谗构赐死之事，《纪》无一字及之。又《录》称后为南院枢密使惠之少女。而《志》云赠同平章事显然之女。《志》言勒兵，似娴武略者。而《录》言幼能诵诗，旁及经子。《录》中所载射虎、应制诸诗及《回心院》词皆极工，而无一语及武事。且《本纪》道宗在位四十七年，改元者三，清宁、咸雍、寿昌，初无太康之号。而《录》载乙辛密奏太康元年十月据宫婢单登及教坊朱顶鹤陈首云云，已皆抵牾不合，不可解也。按《辽史》宣懿传虽略，而与《焚椒录》所纪同。盖《契丹志》之疏耳。《志》唯载天祚文妃善歌诗，其咏史云“丞相朝来剑佩鸣，千官侧目寂无声”云云。按史亦载此诗，是骚体，非律也。

（王士禛《重辑渔洋书跋》）

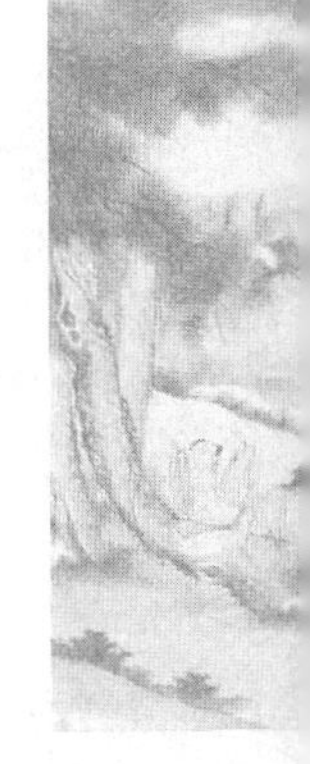

附录三

以语言与文字获罪之流人王鼎

李兴盛

辽代因语言、文字获罪而被流放，典型者有王鼎。

王鼎（？—1106），字虚中，涿州（今河北涿县）人，幼好学，“博通经史”。当时，马唐俊之文，名于燕、蓟，某一年的上巳日，与许多文人到水滨酌酒赋诗。王鼎也偶然参与此次聚会。唐俊“见鼎朴野”，没有予以重视，就将他安排在下座，并还想以诗困辱他。于是，唐俊拿出自己事先作好之诗，叫他唱和。王鼎“援笔立成”，有如宿构。唐俊“惊其敏妙，因与定交”。

清宁五年（1059），擢进士第。调易州观察判官，改涞水县令，累迁翰林学士。“当代典章，多出其手。”辽道宗见他通达政体，“事多咨访”。王鼎正直不阿，见人有过错，必然当面指出，因此得罪了很多人。

大安（1085—1094）初，升观书殿学士。一次，喝醉了酒，在酒席上与人发生了矛盾，“怨上不知己”，被人告发。皇上大怒，杖黥夺官，流于镇州。

在流所居住数年，有过一次大赦，但唯独没有赦鼎。后来当地守臣召鼎写贺表，王鼎乘机写诗赠使者。其诗有句云：

谁知天雨露，独不到孤寒？

道宗见到此诗“怜之”，将他召还，并复其职。乾统六年（1106）卒。有《焚椒录》，写于流所，成书于大安五年（1089），记载耶律乙辛构陷道宗宣懿皇后始末[①]。

(李兴盛《中国流人史》)

① 参见《辽史》卷一百四“王鼎传”；另见陈衍《辽诗纪事》卷四“王鼎”。

鄱阳集

（宋）洪 皓 著

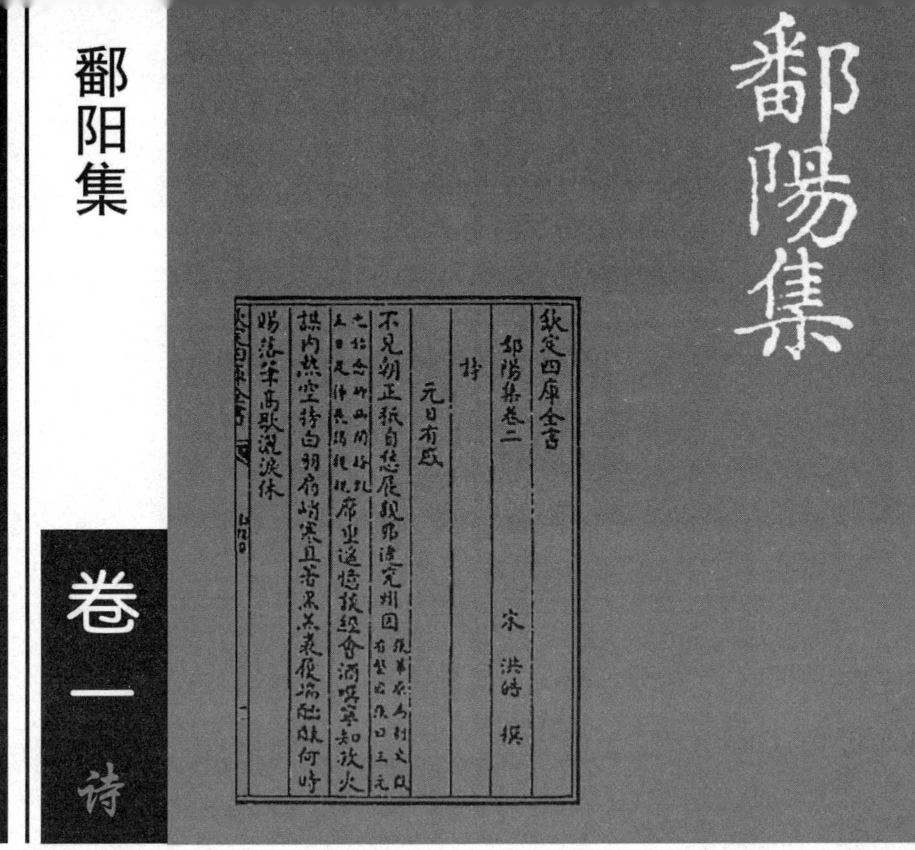

欽定四庫全書
鄱陽集卷二　　宋　洪皓　撰
詩
元日有感

次《大风》韵

按：集中次韵诗，于原作姓名往往不载。岂当时龚璹之流后皆降仕，故削而不录，抑诗散佚者多，或详彼略此？今无可考，姑仍旧文。

飞廉薄怒意云何？肆暴伤春气不和。
可但扬沙迷白昼，也应震海涌沧波。
终霾卷地将飘屋，阴噎惊林定折柯。
便欲奋飞联六鹢，宋都未过且悲歌①。

---

① 原《四库全书》编者（后略称原编者）按：此诗至《汶河石桥》，疑皆皓奉使时途中作。

都亭驿诗

都邑荒凉尚邃深，息肩藉庇有余阴。
故宫今已生禾黍，翻作行人倍痛心。

羑里庙

羑河依旧羑城空，十亩颓基象四墉。
重易待更三圣备，诸侯那得七年从？
斯文未丧今犹在，遗像虽存祭不供。
尚有神灵能济旱，往来拜谒日憧憧。

讲武城

长笑袁本初，妄意清君侧。
垂头返官渡，奇祸怜幕客。
曹公走熙尚，气欲陵韩白。
欺孤计已成，军容漫辉赫。
跨漳筑大城，劳民屈群策。
北虽破乌丸，南亦困赤壁。
八荒思并吞，二国尽勍敌。
西陵寄遗恨，讲武存陈迹。
雉堞逐尘飞，浊流深莫测。
回首铜雀台，鼓吹喧龟蝈。

夜渡沙河

秋声已策策，行役敢迟迟。

潦涨流偏急，舟横岸自移。
披襟从露浥，揽辔觉神疲。
晓入邯郸道，黄粱熟未知。

望蓬鹊山诗

内丘应有越人踪，血食依山近邑中。
前代医流兼咒法，上池水饮获神功。
假真昔叹多卢异，生死今惭少虢同。
秦技嫉能遭横逆，停车吊尔意潜通。

洨河石桥

按：洨水出常山石邑井陉东南，入于泜，见《说文》及前汉《地理志》。据皓本传，至太原留几一年，此其经涉之地也。

洨河建石桥，可但驴马渡。
长耳留蹄涔，嗟我来何暮。
四隅柱干霄，停骖俯一顾。
上镂过客名，旁镌海怪怖。
开元双折柱，隶画尚坚固。
神物久护持，赵人速惊嫭。
泉南应伯仲，松江说无处。
引领渺烟波，恨不奋飞去。

次韵《春日即事》六首

按：此诗当是在云中作。皓前后两至云中，未知诗作于何时。

暮春百卉未舒红，尽日寻芳溯晚风。

谁道倦游鞍马上，且投佳句锦囊中。

远访夭桃映面红，俯临寒食困和风。
幽燕在昔多佳丽，应有留题外户中。

恨无六翮不能飞，一见慈颜戏彩衣。
跃马问鞍惊被执，式微空赋未容归。

如膏细雨沐轻红，更有催花少女风。
薄暮浓云横汉外，西山数点有无中。

何须百鸟献花红，懒似吾师有祖风。
儒释自来曾结社，不妨俱隐小堂中。

禁烟未睹燕子飞，料峭寒生透寝衣。
欲去踟蹰情味恶，春归底事不同归？

过穷头岭

驱车陟峻阪，牛嗁辙亦败。
羊肠虽云险，兹险最奇怪。
千里无爨烟，四顾多障碍。
烟草何茫茫，信是要荒外。
平生尝险阻，已负垂裳戒。
今兹有此行，其又谁怨憝。
上天实为之，于我无可奈。
死生安之命，靡靡咏行迈。

致命为见危，委质复何悔。
我躬既不阅，我后恤不逮。

所居三章，二章章八句，一章章十句

一　章

昔我所居，巨室高门。
或出或处，笑傲乾坤。
终日熙熙，省定晨昏。
致君泽民，兹志常存。

二　章

今我所居，圭窦筚门。
俯首折腰，如坐覆盆。
终日譊譊，形弊神昏。
死所未知，旧事谁论？

三　章

人亦有言，祸福无门。
忠孝弗著，淫侈实繁。
天其罚我，我又奚怨。
倘谨言行，或反丘园。
作为此诗，以告同阍。

次《三月望日出游》

无马假犊车，岂必朱丹毂。

驾言暂出游，写忧慰穷独。
寻芳不见花，宿莽埋槲樕。
区区十里间，良友始追逐。
晤语得正人，颇欣富方谷。
书斋大萧条，四面少林麓。
欲作纳凉亭，因兹出求木。
履桥虽云安，攲柱恐颠覆。
临深念垂堂，徒行漫扪腹。
道险能摧轮，畏闻声辘辘。
形骸久衰惫，摇几屡颦戚。
五方民杂居，濒泽非广谷。
鸡犬或相闻，要知是荒服。
跋涉频问津，引领主人屋。
老稚俱迎门，击鲜馈豚肉。
日暮途修阻，还辕不辞速。
吻燥藉醇醪，糊口资饘粥。
翌日睹新诗，珠玑圆且熟。
可追宝剑篇，高诵素灵哭。

次韵《小亭》

昔叔孙穆子使于晋，晋人执之。叔孙所馆者，一日必葺墙屋。去之日，如始至。宋子罕云：吾济小人，皆有阖庐，以避燥湿寒暑。因感其事，用韵见情。

岂敢效叔孙，所至馆必葺。
吾济有阖庐，第欲避燥湿。
旧居非爽垲，方暑讵可入。

尚幸屋西偏，升墟下临隰。
揆日遂诛茅，土木颇难集。
面南创小亭，聊纾九夏急。
不妨种花蔬，未免抱瓮汲。
犹恐地势卑，版筑加一级。
恍如到会稽，山川获顾揖。
云雨出高峰，燕坐观吐噏。
我来已二年，苟活匪成邑。
将命负何辜，胡为久见执？
除馆至于三，块然形独立。
今兹喜卜邻，风猷朝暮挹。
对酒有良朋，邀月饮无及。
新斋跬步间，乘兴袂宜袭。

小亭落成，都官有诗，次韵以谢

我被儒冠误此身，公缘何事作流人？
琼葩乍折香胜雪，玉版初尝暖似春。
月桂他年应独折，琼林今日遂重新。
披襟散发无妨醉，况有红妆二八陈。

小亭逼仄仅容身，开宴添樽有主人。
爽垲何妨当九夏，芳菲可惜过三春。
休嗟芍药随风陨，待看葵花向日新。
万里远来逢一饱，粗胜夫子厄于陈。

赠 彦 清

（一）

好生恶杀号苍天，天悯斯民欲息肩。
自是大邦兵不戢，在于南国使无愆。
论功弗用矜三捷，持胜何如保万全。
愿早结成修旧好，名垂史策画凌烟。

（二）

门下栖迟近一年，郎君高义薄云天。
倘能一语宁三国，应有嘉名万古传。

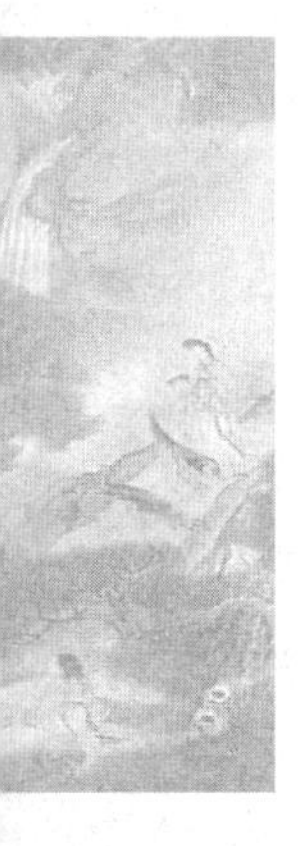

彦清弹琵琶有感

彦清者，金相陈王固新长子。固新原本作悟室，今依《金国语解》改正。

黄金捍拨紫檀槽，推引柔荑品调高。
妃子和亲瞻马首，乐天送客驻江皋。
一时听罢嗟流落，千古声存诉切嘈。
青冢青衫芜没久，宁知孤旅更萧骚。

山顶花　有序

方苞类海棠，既舒似梨花，工部赋海棠则无心，都官咏山顶仍率意。此间花品绝少，岂非遐想故园，见近似者而喜乎？窗前数株烂漫，比遭风雨摧残，飘陨过半。乃蒙仁慈，怜仆幽独，乘兴清赏，冒雨宠临，光之以四韵，重之以一樽，速客携孥，弗惮泥泞，浅斟低唱，遂至夜阑。待月南窗，乃克分袂，佩服勤腆，何可弭忘？因次韵以谢，简学士同赋。

万片随风正可嗟，残枝带雨认梨花。

胭脂洗尽余香雪，翠幄光生散绮霞。
品类海棠无杰句，方言山顶更雄夸。
题诗载酒同清赏，月上梢头始到家。

中　　秋

旧时相识唯明月，三五而盈盈又缺。
盈时常少缺常多，恰似人间足离别。
我今一别已三年，中秋三见望舒圆。
乌衣燕子尚得返，鸿雁正尔翔幽燕。
此时蟋蟀犹在宇，声声悲吟正独处。
耿耿不寐梦难成，翩翩蝴蝶亦辞去。
寒螀韵咽草木黄，金风恻恻奏清商。
援琴拟操明月吹，调高曲古转凄凉。
母曰嗟予久行役，宁知万里为羁客。
乌鹊南飞飞不高，愿为黄鹄无羽翼。
潇湘水阔影沉沉，鄂渚楼高兴又深。
明年此际知何处，再睹婵娟照客心。

重九彦清出猎，独处无聊

独上层楼意已阑，栏干倚遍悄无言。
白衣不至黄花少，怅望庭闱涕泪繁。
秋节堪悲唯暮节，牛山独叹异龙山。
解嘲不见狂从事，落帽风流作等闲①。

① 原编者按：此宜作两首，原本作一首，疑误。

彦清生辰　十一月一日

传闻公子降生时，庆罢周正继诞弥。
谁识止戈方黩武，独知好学务求师。
少年已见磁基好，他日应为将相期。
仁者自然天锡寿，若修阴德更何疑。

老母亦以是月生，行年七十有三矣，有感而作

息肩弛担未多时，便祝郎君愿德弥。
念母年高班绛老，为儒学浅愧萧师。
三年不问交邻道，万里宁知复命期。
南国人情都不远，赋诗怀远莫相疑。

念　　母

复命无由责在身，可堪甘旨误慈亲。
飘零殊异三年宦，遗肉知存愧饿人。

寄　阑　干

出疆三载已三迁，跋履修途又八千。
山近迷回宁有是？铺经幸脱岂其然。
乐饥饘粥姑安命，养拙茅斋且任缘。
若也故人高义重，暂来江畔唁张骞①。

① 原编者按：迷回山、幸脱铺，皆所过地方。

次韵寄兴祖广德

南归不获却东迁，险阻艰难遍大千。
母老三年难见止，途穷一恸忽潸然。
愁同暴虎冯河悔，灾甚求鱼用木缘。
行府相将释老马，故人赠策助腾骞。

又和《春日即事》

淹留逢地僻，将老惜韶光。
齿与青春暮，愁随白日长。
寻芳无处问，对酒有时狂。
漫学樊迟圃，空登子反床。
霏霏观雪集，冉冉望云翔。
念母歌零雨，忧君诵履霜。
系书思雁足，看剑忆鱼肠。
驽马先骐骥，鸱枭笑凤凰。
一身缠疾病，四载废烝尝。
作个头风愈，陈琳檄在旁。

次《观表文》韵

求成虐执四三年，一木难支大厦颠。
致死存孤思杵臼，恃强轻敌笑苻坚。
国家未免中衰者，日月何妨薄食焉。
今日一成终祀夏，艰难启圣赖皇天。

岁云暮矣厌三余，岂不怀归畏简书。
昔日卑辞刚不听，今冬继请谅难虚。
贾生施饵非良策，陈子哦诗或起予。
江左四年无信息，欲传尺素羡双鱼。

思　　归

缓颊难支大厦倾，单车久税阻归程。
慈颜万里音书绝，忍看东风动紫荆。

垂翅东隅四五年，不知何日遂鸿骞①？
传书燕足徒虚语，强学山公醉举鞭。

节至思亲泪下，赋呈都官，兼简监军②

节至思亲，不觉泪下，因记杜子美诗云："无家对寒食，有泪如金波。"又云："佳辰强饮食犹寒，隐几萧条带鹖冠。"清明诗云："风水春来洞庭阔，白蘋愁杀白头翁。"王元之诗云："无花无酒过清明，兴味都来似野僧。"二公佳句正为我设也。将命求成五年矣，去秋和议，王侍郎南去③，我独淹留，命也如何！感时述怀，赋四韵呈都官，兼简监军④。

寒食无家泪满巾，清明无酒更愁人。

---

① 原编者按："遂"，当作"逐"。

② 编者按：由于本诗诗题过长，故拟此题，而将原题改为诗序置下。

③ 原书编者按：王侍郎即王伦，《宋史》伦与朱弁同使金见留，绍兴二年，因和议伦先归。皓奉使在建炎己酉，至是适五年。以时考之，正合。

④ 原书编者按：监军即陈王固新。

不闻东道开东阁，空叹白头歌白蘋。
日永萧条徒隐几，雪埋苍莽阻寻春。
王郎归去我留滞，始信儒冠解误身。

小王亲迎，赋此赠行，卒章聊遣鄙怀

混同江水秀可掬，李氏太师女如玉。
妇德妇功应夙成，施鞶施衽亦初熟。
舜华美艳年逾笄，未遭良匹求名族。
风流儒雅王家郎，燕食东床袒其腹。
纳币委禽六礼成，送车百辆皆丹毂。
三星在天四月中，今夕何夕会花烛。
绸缪谨始待如宾，伉俪要终贵和睦。
且闻祁祁多娣媵，将见诜诜众似续。
我来乞盟阅八千，除馆又经融火六。
老母八十漫嗟予，男女有九赋采绿。
固知我后恤不遑，人岂无情捐骨肉。
万里一身只自怜，其谁高义哀茕独。
况复恶疾屡缠绵，呼天耻作穷途哭。
因子告行遂赠言，勿忘旧学膺天禄。

小王仲冬望置酒，学士赋诗，次韵

三冬适半成高宴，初筵更速金闺彦。
王氏三珠少愈奇，昔也闻名今见面。
虽无丝竹侑清歌，赖有雪月争曳练。
乃兄登朝立要路，黑头入侍瑶泉殿。

一时壮气饮如虹，千仞威棱迅俾电。
谏父休兵已可嘉，延儒教子尤堪羡。
学士例能怜麴糵，拟追乃祖存训传。
折冲樽俎败垂成，敷演佛乘超锻炼。
都官惊坐肖孟公，一醉逃禅俄侧弁。
不妨草檄愈头风，何用能文获天砚。
杞梓奇材当显庸，圭璋重器且明荐。
大夫醉墨称三昧，钟王欧褚欣一眄。
下马疲观索靖碑，画牛误落桓温扇。
仲氏弯弧过铁枪，骁勇临机解乘便。
酒行军法慕朱虚，幼赌摴蒱惭奉倩。
叔也居然赋常棣，且招师友尝异馔。
鹡鸰风紧思急难，堂堂笔阵曾酣战。
少年须折一枝桂，要职休辞五府椽。
我来修好阅六年，薄命未许回哀眷。
穆生初为设醴留，臧坚岂受刑臣唁。
三沐三熏听所为，一觞一咏情忘倦。
强哦拙句若砖抛，枉寻长篇同玉衒。
求成未结心如醉，况乃光阴疾于箭。
天涯久旅漫思家，引领庭闱徒眷恋。

次彦深韵

德星堂上排家宴，埙篪合奏延群彦。
彦清好士虚左迎，遂拉友朋来会面。
新礼将行要讨论，旧章欲举须淹练。
乃公功业世无有，剑履应须尊上殿。

冢嗣风流迈阿戎，眸子烂如岩下电。
纱笼名姓鬼护持，阁画形容人健羡。
先几顷献万言书，壮岁曾看百将传。
济世雄图任屈伸，穷途绨句殊精炼。
彦亨俊逸筵鲍昭，辞藻摛华如会弁。
升平方议戢干戈，粉泽岂宜焚笔砚。
大虑终蒙王凤招，奇谋靡仗无知荐。
子适挥毫八体具，怒猊渴骥获再晒。
但当宝惜比兰亭，未可捐去同秋扇。
彦隆能挽两石弓，丁字不识櫜鞬便。
冲冠遥忆蔺相如，衣绣莫夸江次倩。
彦深和粹贵公子，醍醐味美夸珍馔。
一善拳拳早服膺，射策君门尝决战。
起家正可二千石，筮仕宁希百六掾。
坐中我是江南客，万里寻盟负恩眷。
下齐弗免田横烹，奔楚漫劳吴子唁。
藉酒破愁兹不胜，凭诗遣兴何曾倦。
匠巧旁观只汗颜，椟藏待贾宁沽衒。
可堪僵仆雪填门，无奈裂肤风劲箭。
范叔绨袍也自寒，须贾故人空恋恋。

次彦深韵

日长漏永滴铜壶，酒冽杯深困腐儒。
公子殷勤歌舞劝，献酬交错屡传呼。

虽遇严冬喜气和，开筵出妓骋婆娑。

折腰翘袖为公寿，愿赞监军早戢戈。

祝寿开樽象乐和，傞傞态度屡婆娑。
动容咏德终宵乐，从此修文定止戈。

彦清打球

三伏击球暴气和，汗马良劳戛玉珂。
残形伤目未尝虑，裸颠垢面服皮靴。
列骑骎骎有中下，王孙上驷金盘陀。
矫如跳丸升碧汉，坠若流星落素波。
分明较胜各驰逐，雷奔电掣肩相摩。
天下固自有至乐，但知此乐无以过。
有时雌雄久不决，载渴载饥日忽磋。
或胜或败何所竞，屈膝进酒方骈罗。
击鼓横笛歌且舞，观音如堵环青娥。
抑尊礼卑浑不顾，一时快意遑恤它。
景云贵戚尤好此，贞元方镇亦同科。
柳泽韩愈犹进谏，况乃名高欲戢戈。
莫言得之自马上，连朝肆习恐伤多。
韩柳二书戒驰骋，愿置左右日吟哦。
留心经史修远业，黑头侍宴朱颜酡。

彦清生日

朔旦得天正，王孙庆始生。
北溟鹏已化，东国凤先鸣。

卓尔神峰秀，昭然冰鉴清。
谋谟曾启沃，议论复纵横。
棣棣威仪富，汪汪轨度宏。
古今书并览，辽汉字兼行。
折狱严无讼，齐家肃有声。
从军依玉斧，教子胜金籯。
筑馆勤延客，趋庭诤戢兵。
坐桑观政异，飞舄入朝轻。
避乱迎文若，闻歌戏武城。
妙龄聊制锦，强仕且和羹。
可谓田门相，宁讥尹世卿。
青云应速致，绿绶谅垂荣。
正是颇劳止，何当早太平。
七年淹伴读，万里阻求成。
报主心虽切，思亲骨亦惊。
自嗟同陟屺，谁与共班荆？
冬日凌晨至，祥星际晓明。
老彭知易比，五福不难并。

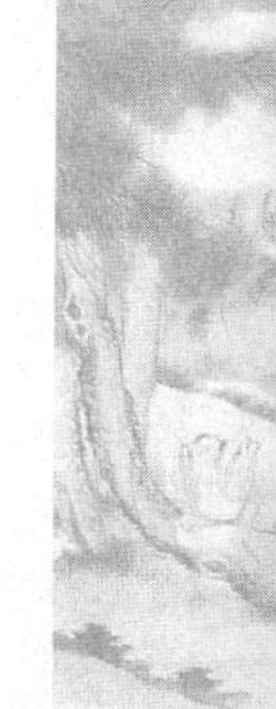

次韵学士《重阳雪中见招不赴》前后十六首

西邻樽俎比星陈，强欲携筇虑损神。
得句挥毫须会友，缓声振木解娱宾。
献酬杂坐欺三白，服饵单栖忘五辛。
重九闲居真可惜，销忧思引万家春。

萸房觅得惜其陈，拟学宗王问鬼神。

不放黄花资献寿，故飞白雪恼留宾。
一身抱病蹒跚苦，万里思亲况味辛。
正是悲秋增感慨，诗翁摛藻与为春。

二君气概继雷陈，九日哦诗妙入神。
季友凌霄方草赋，孟公惊坐正延宾。
难陪凤岭登高宴，且放牛山出涕辛。
独卧荐蒙思橘赠，数篇潜发洞庭春。

支离已久懒申陈，枕上赓歌暂释神。
在户厌闻蛩咽韵，随阳空羡雁来宾。
交情中绝惭张耳，国步方艰忆鬬辛。
七载南冠犹未税，尚期肆眚九年春。

忆孟怀陶迹已陈，杖藜吊影召魂神。
假书岂料狸为士，带箭宁思鹤是宾。
臂上垂囊灾可代，江边锡宴食多辛。
典衣本欲作重九，冒雪难寻石冻春①。

天涯憔悴向谁陈？不死由来是谷神。
蒲柳衰姿依术士，桑榆晚景属谈宾。
言存赵氏唯韩厥，力定周邦赖贾辛。
尚论古人犹未足，投闲更欲讲王春。

凌霜高洁试敷陈，采采通灵可养神。

① 原注：富平酒名。

流水尚能延寿考，落英端可荐尸宾。
千株芜没堪嗟咏，一束蒙茸弗忌辛。
愿学楚人栽九畹，重阳已过待来春。

出疆许久岂当陈，患难频经赖至神。
敢觊路通驰一乘，遥思乡饮立三宾。
陵蘋翠减犹能泛，岸寥红衰不变辛。
秋尽交游无陆凯，江梅谁赠一枝春？

七稔艰难不敢陈，行藏且问蓐收神。
远来岂为谋身事，久执无缘厕国宾。
妄意合成同晋楚，羞言著节继苏辛。
哀哉庾信江南赋，闷读频移玉座春。

怪怪奇奇不可陈，搜奇抉怪殆穷神。
曾编金钥李商隐，屡赐银棔胡楚宾。
丽服靓妆皆可玩，大羹玄酒并忘辛。
文章三变公为伯，自愧蠢愚冬复春。

六朝旧事欲条陈，正恐招忧又怆神。
玄豹成文须隐雾，嘉鱼式燕且邀宾。
方归晋事同韩起，敢望燕台致剧辛。
回首天南佳丽地，时时引领九江春。

一介蹉跎略叙陈，转喉触讳听于神。
正愁平子将除馆，强学申公亦谢宾。
厚貌深情非易察，磨肌戛骨不胜辛。

傍人门户休争气，唯愿归耕向富春。

韦编懒读厌窥陈，习气难除但耗神。
岂敢为师同颖士，从初作吏慕君宾。
数奇尝遇辰冲戌，运背难逢丙合辛。
居士于今称耐辱，天边斗柄又移春。

公幹沉绵自懒陈，黄熊入梦是何神？
眼前散帙看盈几，肘后名方或问宾。
衾枕频移滋转困，盘餐少异强加辛。
小人有母何时见？梦系江南戏彩春。

咫尺书来弗获陈，深虞衅鼓祃于神。
行人久执缘何罪？凡伯还归为弗宾。
聘鲁未能希季札，奔齐安敢效先辛。
或行或止关天命，岂是臧仓沮子春。

胸中耿耿向谁陈？舌在形羸强集神。
佩印已惭苏季子，埋名谁志李元宾。
乞粮倘死呼庚癸，贵格何须足乙辛。
只恐数穷为鬼录，扁舟阻泛五湖春。

药名一绝

独活他乡已九秋，刚肠续断更淹留。
宁知老母相思子，没药医治白尽头。

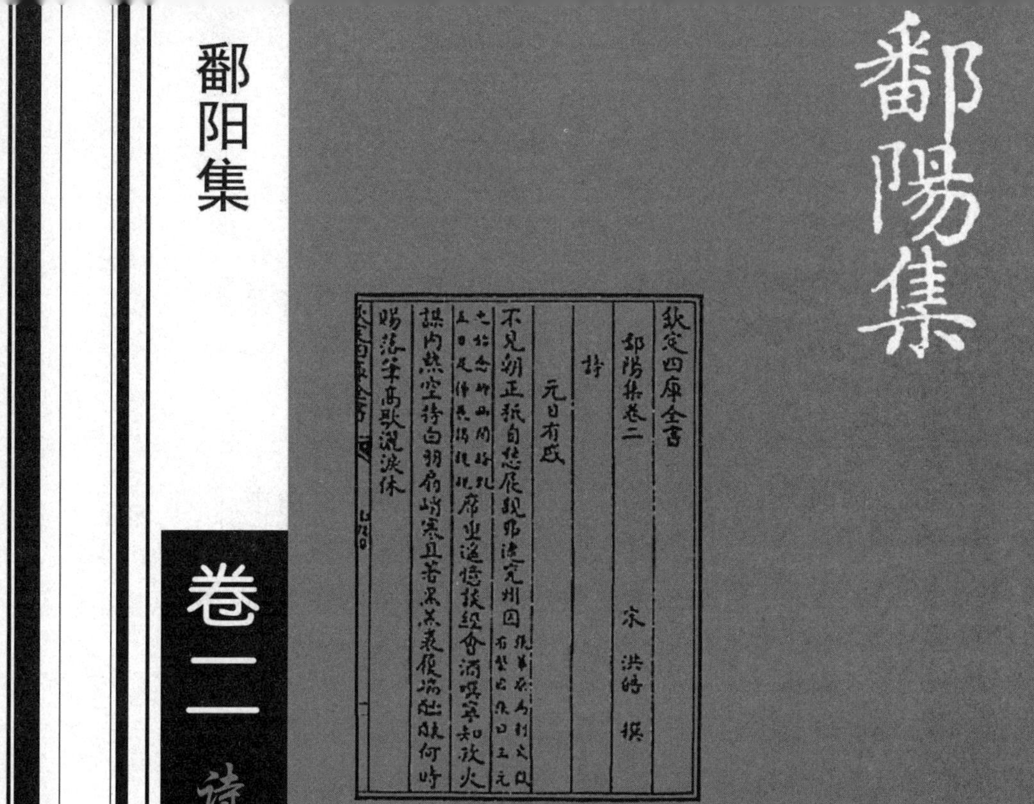

元日有感

不见朝正只自愁，展亲弗逮兖州囚[①]。
席重遥忆谈经会，酒噀宁知救火谋。
内热空持白羽扇，峭寒且著黑羔裘。
履端醽醁何时赐？落笔高歌洒泪休。

和吴英叔《寒食》

枥驹久縶已难禁，冷节来临且强吟。

---

① 原注：张华原为刺史，狱有系囚，张曰：“三元之始，念卿幽闭，给假五日，足得展谒亲亲。”

断火任逾三日限，伤时唯恐二毛侵。
思亲忽作楚囚泣，恋主空存魏阙心。
世变风移多野祭，一声杜宇又春深。

次《迁居见忆》韵

异域相逢臭味同，高谈剧论尽由中。
情如兄弟坚胶漆，义薄云天压华嵩。
半岁连床忘尔汝，一朝改馆任王公。
过从莫惮途泥泞，六艺遗文要折衷。

和《送双鸭》

可惜双凫脱氄毛，猎师飞放岂辞劳。
养贤曾食三千客，待使徒加十一牢。
燔炙不须歌兔首，膳羞何必用牛膏。
庖人继肉充禽献，贪冒安能免饕餮。

鹜落春洲整翮毛，呼鹰搏击自忘劳。
充庖岂为食三鼎，改馆何须馈七牢。
漫咏续弦求凤髓，休夸辟谷献龙膏。
今朝禊饮尝嘉味，贪食宁知不是饕①。

次《上巳微雨》韵

览镜伤春叹二毛，诜诜终日愧贤劳。

① 原注：是日上巳。

追思束晳讥同列，未信卢充忆共牢。
天气困人浓似酒，雨丝及物润如膏。
兰亭修禊今何在？且学东坡赋老饕。

次李通奉韵《见招》

万里流离只一身，东西南北与谁亲？
登高且伴高僧话，揖孟怀陶任世人。

未税南冠为有身，忘形尔汝见情亲。
我诗速客酬嘉节，倾盖从前有几人？

次　李　韵

见危致命欲时清，万里祈通两国情。
尝尽艰难徒自苦，著成纪咏待谁明？
瑶琴漫鼓思归引，玉笛休吹逐舞声。
遥夜肯来同晤语，消忧岂待赐宣城。

次赵民瞻韵

假馆连墙数见过，宗英年少俊才多。
设科不倦来群彦，教学无他伏众魔。
草赋未曾师屈宋，哦诗岂复慕阴何。
后生可畏吾将老，终养心违愧蓼莪。

立春有感

强拟登台豁旅愁，五行今日到金囚。

土牛始正农祥候，彩胜初衔鬼隐谋。
司启空传青鸟氏，迎春不见翠云裘。
一卮寿酒何缘受，觅纸题诗死不休①。

食羊次韵

肮脏无聊但独愁，未甘降服作秦囚。
分羹正值偿私憾，食肉安能有远谋。
祈死难沽千日酒，苦寒谁赠五云裘？
包羞忍耻随缘分，深愧空餐自讼休。

次韵《集三杯事》

百拜三行愧且愁，聊通大道税予囚。
味醨且作回榄计，得趣将为蓝尾谋。
草圣欲传仍脱帽，宝刀应弄未投裘。
缦歌六代兴亡国，小阮客来夜艾休。

灵　棋　卜

按：《隋经籍志》有《十二灵棋卜经》一卷。

苦乐迎春咏四愁，诏书未暇蔽要囚。
已知行止关天命，暂卜穷通听鬼谋。
移监窖幽餐鼠草，奉春械系易羊裘。
何时放我南归便，抱瓮躬耕死即休。

① 原注：杜子美诗云：“群公苍玉佩，天子翠云裘。”

次《种野花》韵诗

强移野卉对残春，深恐焦枯向日熏。
种止一行非贵少，高才三寸岂超群。
既无艳色堪观赏，又乏幽香漫吐芬。
却忆故园都谢了，卖花声断几时闻。

次督洗泥韵

阴山趺坐匪逃秦，杖锡聊充观国宾。
君已无家携爱子，我虽有室别慈亲。
顷年共试同文馆，今日俱为异域人。
千里远来当洗拂，松醪未熟且休嗔。

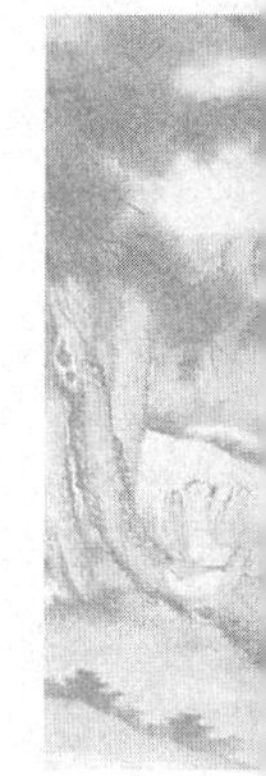

寄范郎中

才闻家世便心倾，何况通经古是程。
范叔青云能自致，不须河朔寄柴荆。

相门有相未多年，德行双全亚子骞。
匪晚南归施有政，也应示辱用蒲鞭。

寄孙修撰，顷尝同舍，讶予多忘，有见过之意

未见古人心已倾，扬鞭何惜一朝程。
自惭病忘非多忘，倘逐班荆即负荆。

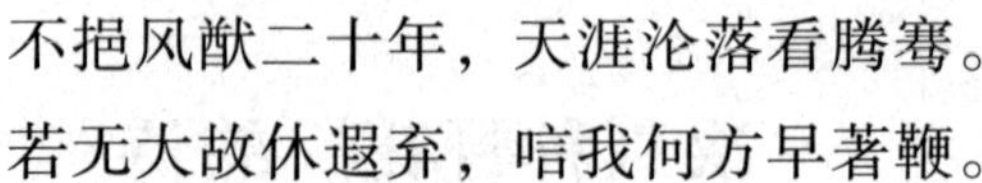

不挹风猷二十年，天涯沦落看腾骞。
若无大故休遐弃，唁我何方早著鞭。

再　寄

樽酒遥期共细倾，孙郎假道莫贪程。
科名虽已追何仅，隐语尤当继子荆。

馆阁飞声强仕年，胸中藻思若云骞。
驽骀失主无光彩，遐想骐驎受玉鞭。

愆　期

久留家酿待公倾，引领东望屡问程。
新作小亭堪小宴，几时低唱进南荆？

日长岑寂度如年，然诺胡为我辈骞。
渐入清和宜枉驾，坐邀勿讶亟挥鞭。

再寄孙文

中原分裂似天倾，公带群英世作程。
我坐儒冠稽复命，王郎代贾已之荆。

见危讵敢惜馀年，若欲全生义则骞。

久困盐车思仰首，如蒙赠策胜金鞭①。

重　九

马鞍山会异龙山，暮节登高作等闲。
不逐游人存静观，唯依达士叩玄关。
箭穿化鹤君何在？书寄宾鸿使未还。
引领庭闱方寸乱，倚松对菊涕潸潸。

程待制以黄居寀《芦鹭》易燕穆之《雪满群山图》，次韵以赠 燕画遂成对

雪满群山景甚清，燕公乘兴绘娱情。
通灵妙绝徒夸诞，真迹曾传可辨明。
御府多藏无足惜，边庭罕见叹连声。
天教待制成双轴，好挂高堂作画城。

用韵赠傅学士兼述怀思古

新诗警策速如神，又见关中出舜民。
正是稠云方积雪，俄蒙摛藻便为春。
蜂拥鹤膝音虽婉，金埒铜山句未贫。
故将风骚方入选，少卿同是陇西人。

万里求成质鬼神，频年虐执误斯民。
忘忧每藉杯中物，积闰频迎塞外春。
顾我蹒跚仍久困，观君慷慨岂长贫。

① 原注：后汉赞云："专为生则骞义。"

如闻近献升平录，应述修和勉主人。

欲话艰难虑损神，可怜无告一穷民。
诙谐好比卢思道，喜怒忘同杜子春。
去国登楼聊自遣，越乡怀璧不如贫。
范雎为魏归须贾，不是绨袍恋故人。

次韵《夜闻鹅鸭声》，二物自淮甸至

传闻二物出三洲，万里笼来地僻幽。
岂为写经求厚味，且图牵眼逐轻沤。
眠沙若得房公馈，见弹须防陆子谋。
已戒儿童莫相恼，比邻容得夜鸣不？

次《雨中暖房》韵

首夏霖淫似早秋，坐邀车马愧无由。
提壶见就倾三爵，具馔何尝选百羞。
刚道暖房排旅闷，实图求友慰幽囚。
言归倒载冲泥怯，继捧新诗胜赵讴。

次信文《早春》韵

一星终后尚磋跎，四壁如悬已化梭。
方殢圣贤排旅闷，忽惊天地应人和。
春风乍扇融冰雪，佛火初收散绮罗。
遐想故园桃李下，旧蹊好在有谁过？

丘壑幽怀日已蹉，宁论邻女戏投梭[①]。
干戈未戢贪修怨，玉帛还留误讲和。
恩许养疴徒受粟，老来便静任张罗。
春回又起江湖念，愿致山翁一叶过。

次韵朱少章《潭园马上口占》

燕国由来士女都，家家行乐集城隅。
岂无鱼鸟如灵沼，若有莼鲈似太湖。
我絷南冠尝独到，君邀北使欲相呼。
驱车宵济卢河去，十里荷花待入吴。

幽都风俗慕成都，可待遨头指路隅。
杨柳垂阴连北道，芙蕖舒艳亚西湖。
客思剧饮逃三伏，人患苛留阻一呼。
回首未忘忧墨吏，渡江应不怕天吴。

发池潭至卢沟河

燕山除馆俯池潭，逾月羁孤苦吏贪。
遥望卢河一舍阻，著鞭信宿次关南。

次高待制韵，登真珠山采白石子

下马登山不厌高，疑穷石壁望松寥。

① 编者按："蹉"，当为"跎"之讹。

如珠可玩俄盈掬，似米仍圆屡折腰。
何异宋都星陨璞，实连燕地玉生苗。
牛羊践履真堪惜，绝恨当年纵采樵。

送刘善长归北安省亲

其父守北安，九岁为质子。

九龄颖悟已惊人，乃父分茅善抚民。
郑忽身为周室质，贾生议屈汉庭臣。
行攀郄桂荣三釜，暂著莱衣省二亲。
勿讶班荆歌陟屺，小人有母在江滨。

次韵《重九登慈恩雁塔》，帅漕见邀

秋高裘马正轻肥，节制身兼被召时。
邂逅贵人争献寿，逢迎嘉节竞题诗。
心危雁塔劳君咏，家近龙沙感我思。
泛菊佩萸今已矣，长安不见转凄悲。

寄宇文相公二首

秦师围已急，楚国救人阑。
食客腹空饱，先生心独寒。
奉盘从遽定，按剑叱难安。
存赵舌三寸，何须折镆干。

罗娑因应释，鸡林厄洊阑。

途无埋鼻热，地有裂肤寒。
返国公复相，还家我问安。
如容陪骥尾，匪晚到馀干。

邺　都

自燕至相，方休一日。

流离万里偶生还，暂得安阳一日闲。
飞盖曳裾何处去？西园不见见青山。

白　马　渡

国步日多事，霜露任沾衣。
留落十五年，至今方北归。
缭绕一万里，人物大半非。
昔时渡盟津，宾从争扶持。
兹辰渡白马，阴曀日无辉。
一酎祈利涉，冯夷莫予违。
惊秋感叶脱，况乃思鲈肥。
父老行叹息，风雨仍霏微。
夜投胙城宿，百里即王畿。
遥望一惆怅，何当拜天威。

车行大雨中

折巾咨暑雨，持节栉回风。
马惜障泥锦，农披护背篷。

摧轮方觤旄，痛仆且牢笼。
途曲休辞辱，行将与夏通。

过封丘见熊主簿

封丘封父国，繁弱大弓良。
人器今安在？兴衰古不常。
画旗连卫滑，绘句得高张。
里闬黎元少，兵戈畎亩荒。
蓬深饶雉兔，日夕下牛羊。
富庶思畿甸，衣冠迩帝乡。
故人忧濩落，新令喜商量。
失意惩□□①，销愁痛引觞。
离家多岁月，去国几星霜。
种种心俱短，悠悠道且长。
何须论出处，只合谨行藏。
俟命宜居易，安时强激昂。
勾稽迷簿领，陶写赖篇章。
后嗣从渠分，前程问彼苍。
君无须贾恋，我乏陆生装。
衅鼓囚方释，班荆语未忘。
前身愧苏武，异县识仇香。
话别伤怀地，潸然出数行。

① 原编者按："原缺二字。"

戏用迈韵，呈吴傅朋，兼简梁宏父、向巨原

忧患二毛侵，目睫亦毵毵。
篇什弃置久，遑暇阅龙龛。
吴侯主诗盟，欲从靳如骖。
古风风格老，叙事若绮谈。
宦情既淡薄，世故应饱谙。
置驿复郑庄，好奇过岑参。
优游聊卒岁，俯仰自无惭。
近取忘年友，得一乃分三。
梁向竞爽姿，迈也恐不堪。
辄持水中蒲，拟并浦上楠。
诸公不鄙夷，细流纳江潭。
有酒必唤饮，分题许同探。
向子忽话别，寒霜万岭含。
千里足勿惮，一行心亦甘。
青冥定特达，高贤上所贪。
江头春色回，和气已醺酣。
伊郁思陶写，故人居巷南。

洪庆善、韩美成观所藏宣和殿书画，庆善有诗，次韵 已下在饶州作

晋唐尺牍丹青古，老眼贪看眩欲花。
二使星临增倍价，一篇语妙属诗家。
当年宝阏藏书殿，留落宁知松漠见。

万里怀归为公出，往事宜和空历历。

过 曹 溪

六十之年入瘴乡，灵台未了热非常。
锡泉一饮根尘净，重到清凉礼梵王。

一宿南华暂息机，未知五十九年非。
应身虽在问无应，漫上层楼看信衣。

半世囚拘愧牧羊，生还四载却投荒。
危机未履已如此，欲效前贤问上苍。

浈阳寓居

按：浈阳见汉《地志》属桂阳郡。原本作真，盖宋时避仁宗讳，今改正。

地瘠久荒芜，驱童且荷锄。
诛茅仍遗瘴，汲水旋栽蔬。
爬酱调应晚，纯羹兴渐疏。
秋高宜日涉，不必问丹书①。

芭 蕉

芭蕉非一种，南粤竞成丛。

① 原注：南齐高帝，四时爬酱，调和菜白。

结实联房绿，舒花焰火红。
象蹄形甚伟，筒葛纴尤工。
羁旅牵愁思，秋窗夜雨中。

题尘外亭

千岁归来化鹤仙，作亭犹是旧山川。
登临迥出红尘外，笑傲仍居碧海边。
坐想三清元不远，回观五浊只堪怜。
鹏抟九万吾何羡，安用蒙庄第一篇。

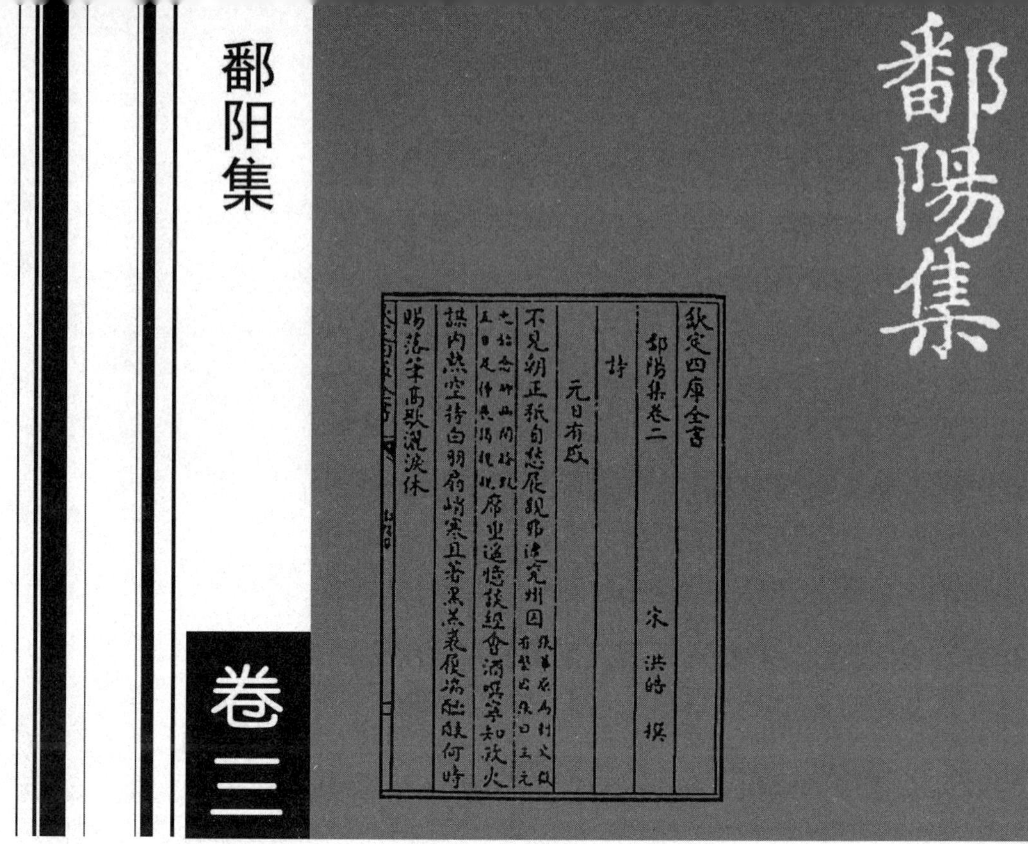

诗

题张侍郎松菊堂

松青抱正性，菊黄得正色。
蔚在卉木间，厥异存简策。
流膏贯众壤，千岁名虎魄。
落英通鼻观，服饵供楚客。
安神制颓龄，坐使生羽翼。
乃知独也正，二物孰能测。

渊明宇宙心，五斗讵可易。
归来薙三径，去草甚蟊贼。
嘉此松菊友，相视犹夙昔。
浮云世态薄，改变在顷刻。
张公廊庙具，胸中有泉石。
缅怀松与菊，昼夜忘寝食。
筑堂坐相对，论契过三益。
可见达人心，绅笏等徽纆。
功名倘入手，脱屣谅匪夕。
此言吾不谀，为我书堂壁。

聚道斋

古人以道寓诸器，今人谓器与道异。
不知器存道亦存，制器尚象皆其类。
张公榜斋为聚道，古器仍居三代宝。
鼎彝雕镂出神怪，篆籀文章资探讨。
虬螭怒目肆攫拿，犀兕顿足纷交加。
云雷华花靡不有，巧妙肯使毫厘差。
词严义密见款识，传之万祀期不坠。
仲淹著书非著论，侍郎独识先公意。
见说侍郎才更优，牙签插架如邺侯。
从来器宝待人宝，此器此人今罕俦。

题黄氏所居

环翠五六里，深藏三四家。

风高鸣雁序，春暖茁兰芽。
门巷分楠直，溪流带竹斜。
我来风雪晓，倚杖看梅花。

题苏公济所居

山绕孤村水绕家，传经载酒有侯芭。
眼前十亩无多地，只种桑榆不种花。

题谭秀才所居

眼见云林百虑消，人间静处即云霄。
时时醉卧听流水，低拂垂杨欠小桥。

题赵知德所居

黄柑压树酒浮蚁，红叶满林梅放花。
三叠青山老竹杖，十年明月故人家。

次韵宇文《赠赵宿州》

尹京便可继翁归，暂向符离一把麾。
善抚新边千里肃，复还旧治九重知。
策勋久矣推多算，琢句飘然泯小疵。
三事古由高第入，才兼二器莫忧迟。

次韵宇文《白云山》

天际正英英，排空忽上升。

苍梧何处出？岱岳自封兴。
但见奇峰耸，宁知嘉气凝。
秋风殊未起，勿用遽飞腾。

不用沉河起，非关触石升。
舒张如鹤出，变化似龙兴。
仿佛玉山峙，依稀雪岭凝。
帝乡乘可至，未易便超腾。

咏　　槐

弛担披襟岸帻斜，庭阴雅称酌流霞。
三槐只许三公面，作记名堂有几家？

谒先祖并外祖殡所

长堤荆棘不能前，间道逻荒思惨然。
三冢一排黄草合，寸心千里白云连。
旅坟拜罢知无恙，先祖阴功结有缘。
牧竖亦能循义礼，牛羊踪迹过堤边。

次韵《同出祓殡》

弭节于今涉四年，扬鞭同出岂徒然。
临丧弗用先桃茢，跃马宁思惜锦鞯。
勿讶廉颇羞蔺下，自知杨炯愧卢前。
归来病体殊饥倦，亟遣庖人起爨烟。

次《谒茶假寐》之句

僻陋虽无车马喧，支颐时复抱愁眠。
我思蝶梦为园吏，君继云封作地仙。
茶碗捧来休怨后，诗坛哦罢敢争先。
形如槁木追南郭，隐几何妨效嗒然。

点绛唇 咏梅

不假施朱，鹤翎初试轻红亚。为栽堂下，更咏樵人画。

绿叶青枝，辨认诗亏价。休催也，忍寒郊野，留待东坡马。

点绛唇 蜡梅

耐久芳馨，拟将绛蜡龙涎亚。化工裁下，风韵胜如画。

鼻观先通，顿减沉檀价。思量也，梦游吴野，凭仗神为马。

减字木兰花 和蜡梅

蜂房余液，写旧南枝凌正色。折榦垂芳，点缀如生秘暗香。　　寿阳妆样，纤手拈来簪髻上。恍若还家，暂睹真花压百花。

蓦山溪　和赵粹文《元宵》

鳌山风阙，多少飞琼侣。颙俟翠华临，庆新春，金波盈五。莲灯开遍，侍从尽登楼，簪花赴。传柑处，咫尺聆天语。　　厌厌欲罢，宣劝犹旁午。扶上玉花骢，更踟蹰，梨园四部。追思往事，一夕九回肠，皇恩溥。归期阻，引领江南路。

木兰花〔慢〕[1]　中秋

属三秋正半，暮云敛，月舒圆。误警鹤鸣皋，栖乌绕树，魑魅惊旋。寻常对三五夜，纵清光皎洁未精妍。须是风高气爽，一轮绝后光前。　　无偏故国迢迢，千万里，共婵娟。但陟屺瞻驰，高楼念远，宁不凄然。天涯更，新雁过，〔□〕哀嗷，出塞影联翩。空俾骚人叹羡，向隅耿耿无眠。

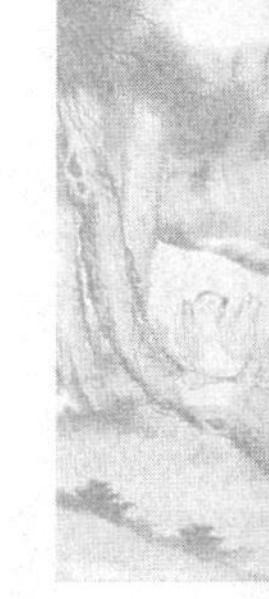

木兰花慢　重阳

对金商暮节，此时客，意难忘。正卉木凋零，蛩螀韵切，宾雁南翔。东篱有黄蕊绽，是幽人最爱折浮觞。须信

① 编者按："慢"字系据《彊村丛书》本《鄱阳词》校补，此后数词，凡改补者，均据该本，不另出注。

凌霜可赏，任他落帽清狂。　　茫茫去国三年，行万里，遇重阳。奈（贪）〔眷〕恋庭闱，矜怜幼稚，堕泪回肠。凭栏处，空引领，望江南，不见转凄凉。羁旅登高易感，况于留滞殊方。

浣溪纱　排闷

丧乱佳辰不易攀，四逢寒食尽投闲，踏青无处想家山。麟殿阻趋陪内宴，萱堂遥忆侍慈颜，感时双泪滴潺潺。

浣溪纱　闻王侍郎复命

南北渝盟久未和，斯民涂炭死亡多，不知何日戢干戈？赖有兴王如世祖，况闻谋帅得廉颇，蔺卿全璧我蹉跎。

临江仙　怀归

冷落天涯今一纪，谁怜万里无家？三间憔悴赋怀沙。思亲增怅望，吊影觉欹斜。　　兀坐书（空）〔堂〕真可怪，销忧殢酒难赊。因人成事耻矜夸。何时还使节，踏雪看梅花？

江　梅　引

顷留金国，四经除馆，十有四年，后馆于燕。岁在壬戌，甫临长至，张总侍御邀饮。众宾皆退，独留少款。侍婢歌《江梅引》，有“念此情，家万里”之句。仆曰：“此词殆为我作也。”又闻本朝使命将至，感慨久之。既归，不寝，追和四章，多用古人

诗赋，各有一“笑”字，聊以自宽。如暗香、疏影、相思等语，虽（甚奇绝，前人）〔甚奇，经前人〕用者众，嫌其一律，故辄略之，卒押“吹”字，非风即笛，不可易也。北方无梅花，士人罕有知梅事者，故皆注所出，北人谓之《四笑江梅引》。①

天涯除馆，忆江梅。几枝开，使南来，还带馀杭春信到燕台②。准拟寒英聊慰远，隔山水，应销落，赴诉谁？③

空恁遐想笑摘蕊，断回肠，思故里④。（强弹绿绮引三叠，恍若魂飞）〔漫弹绿绮引三弄，不觉魂飞〕，更听胡笳哀怨泪沾衣⑤。乱插繁花须异日，待孤讽，怕东风一夜吹⑥。

渔家傲

重九良辰，翻成感怆，因用前韵，少豁旅情。

臂上茰囊悬已满，杯中菊蕊浮无限。纵使登高宁忍看？

---

① 原本此后有双行小注：“缺一首。此录示乡人者。原缺一首，今缺三首。”

② 原注：杜诗云：“忽忆两京梅发时。”白乐天有《忆杭州梅花诗》云：“三年闲闷在馀杭，曾为梅花醉几场。”车驾时在临安。

③ 原注：柳子厚诗云：“欲为万里赠，杳杳山水隔。寒英坐销落，何用慰远客。”

④ 原注：江总诗云：“桃李佳人欲相照，摘蕊牵花来并笑。”高适诗云：“遥怜故人思故乡，梅花满枝空断肠。”

⑤ 原注：卢同诗云：“含愁更奏绿绮琴，调高弦绝无知音。相思一夜梅花发，忽到窗前疑是君。”琴心三叠，琴曲有大小《梅花引》。太白诗云：“早服还丹无世情，琴心三叠道初成。”杜诗云：“胡笳在楼上，哀怨不堪听。”

⑥ 原注：杜诗云：“安得健步移远梅，乱插繁花向晴昊。”刘方平诗云：“晚岁芳梅树，繁花四面同。东风吹渐落，一夜几枝空。”东坡诗云：“忽见早梅讽。”又云：“一夜东风吹石裂，半随飞雪度关山。”

昏复旦，心肠似铁还须断。　　岁月川流难把玩，平生万事思量遍。但对割愁山似剑。聊自劝，东坡海岛犹三见。

圃蕙庭桐凋大半，西风不借行人便。不用留题明月观。西园宴，颜酡浪说觞无算。　　万斛羁愁推不远，千杯鲁酒何曾见。却羡南宾凫与雁。行不乱，哀鸣直到（鄱）〔翻〕江岸。

【前半阕原缺】正念当筵人已换，疏砧又捣谁家练。独坐愁吟搔首乱。肠欲断，凭高不见吴宫殿。

侍宴乐游游赏惯，今兹吊影难呼伴。欲上望乡台复倦。愁满眼，琵琶莫写昭君怨。　　满目平芜无足玩，南冠未税徒增叹。万里庭（帏）〔闱〕安否断？形魄散，此身何暇穷游观。

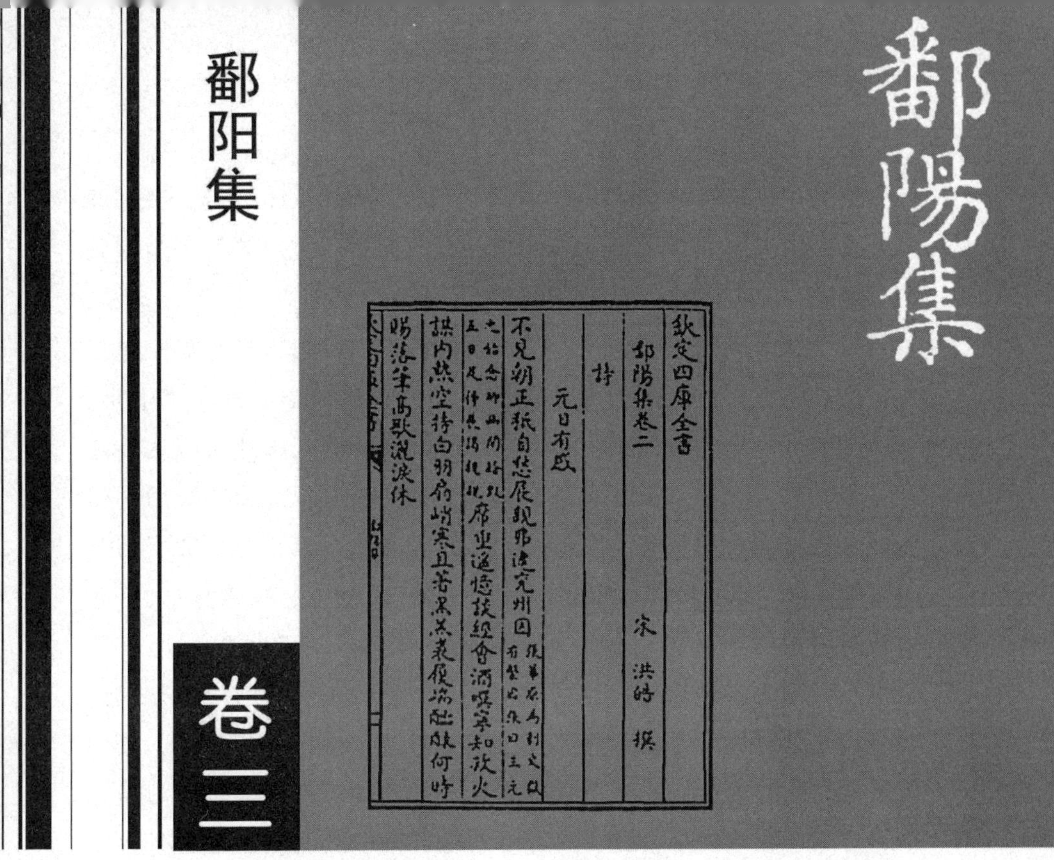

札子

乞不发遣赵彬等家属札子

臣闻昔韩起相晋，谒环于郑伯，子产弗与。子太叔曰：“韩子亦无几求，晋国未可以贰，何爱一环以取憎于大国？”子产曰：“大国之求无礼以斥之，何餍之有？吾且为鄙邑，则失位矣。”起虽买诸商人，子产终不肯献。臣又闻之郑驷偃娶于晋大夫，生丝、弱，其父兄立其叔〔驷〕乞。晋人使问〔驷〕乞之立故，驷乞欲逃，子产弗遣，对其客曰：“寡君之二三臣，其即世者，晋大夫而专制其位，是晋之县鄙也，何国之有?”夫以一环之微，子产弗与；一大夫之立，子产不易，非故欲取怒于晋也。盖君子为国张其纲纪，作事谋始，始之不图，克终者鲜。

臣窃闻泗州移牒扬州，以行台符札根刷赵彬、杨宪等家属三十家，朝廷将欲从之。事干国体，不敢不论。如赵彬与张中孚、中彦顷当割地之时，阴为逆谋，不愿归朝。故元帅达赉【达赉原本作挞辣，今依《金国语解》改正】不从，其议遂塞。厥后不得已入觐，臣尝累状乞不发遣。此二人者既至东京，尝附文字与今元帅乌珠【乌珠原本作兀术，今依《金国语解》改正】，大有怨言。将来乌珠必付以陕西兵权，恐为国患，则赵彬家属岂可遣也？杨宪为张邵之副，虽已换官，尝过燕山密语臣有来归之意。今若遣其家属，是绝其归路。王伦等数家，金国又将取之，援例移文，其将何辞以拒？臣近过封丘，见主簿熊叔阮，言前为路允迪官属，再取河南，已有宣命云应缘江南差到官属，并令行台发遣归南。行台沮格，各与差遣，不肯放归。又金人发遣臣等三人，而三节人从虽系淮以南者，皆不肯遣。陈过庭以下官属人从南人甚多，更不根刷。自古两国通和，使人即合发遣，如匈奴之无知，苏武之归，犹召会其官属，常惠等九人，亦在遣中。金人既限以淮之南北，虽在南者亦不肯发，非有所惜也，虑其间久在北地，知其虚实情伪，故靳吝不遣。朝廷今以赵彬等家属为不紧要，其间多知朝廷虚实，如宇文虚中以儒术进，尝为近臣，犹且卖国图利，靡所不为，况其下者乎？兼此三十家，自经兵火之后，几二十年，虽流落异乡，而求田问舍，姻亚亲戚，率皆眷恋东南，岂肯转徙北地？昔汉文帝强遣中行说，卒为汉患，不可不鉴。誓书虽有自淮以北发还之文，朝廷不问南北，已徇所求，而金人未尝还自淮以南者。今再有所请，乃出行台之意，非金主之命。朝廷何惧，遽欲从之？

臣愚，辄有二策：寝而不报，则策之上者。倘已许可，第用刷会为解，或令扬州移牒对境备申，行台能发遣拘留使人及其官属人从，并已得旨挥许放而擅留，若刘彦适、熊叔阮等辈，此亦当如所请。以此拒之，保无后悔。或作刘彦适等及奉使人家属陈乞团聚为辞，亦可也。昔齐人惧孔子为政，将致地于鲁，犁钼请先尝沮之，乃遗以女乐、文马，而孔子遂行。金国已为蒙古所败【蒙古原本作蒙兀，今依《金国语解》改正】，屯田拒守，进退不可，姑欲示强，以试中国，若速从之，彼将谓秦无人而见轻矣。

臣絷留之久，粗得要领，辄敢陈其梗概，万一缘此渝盟，致寻干戈，误国之诛，不避斧钺。伏望陛下不以臣人微言轻，特赐留神，则天下幸甚。

进《金国文具录》札子

臣所编金国行事，以其仿中国之制，而不能力行，徒为文具，故号为《文具录》。谨缮写成二册，本欲今日朝见进呈，为臣连日抱病，不曾前期投下榜子，不获俯伏阙庭投进，干冒宸严。臣无任战栗俟命之至。

辞免直学士院状

伏准尚书省札子，奉圣旨，除臣徽猷阁直学士，提举万寿观，兼权直学士院。臣闻命震惊，罔知所措。伏念臣学问文采，靡有寸长，衔命被留，涓埃无补，有辜任使，方幸生还。而臣顷以夺哀未毕襄事，慈亲耋至，甘旨久违，人子之心，不遑朝夕，已祈外补，尚阏俞音。岂意误恩，躐跻华贯。况禁林之妙选，极儒者之至荣，内阁清高，珍台优逸，皆非谫薄所可胜任。伏望睿慈收还成命，检会臣前奏，改授臣乡郡差遣，庶安愚分，得遂私情。

启

贺左相封陈王启 时诛兖、鲁等诸王。

伏审显奉制书，进封王爵，天台增重，海宇均欢。窃以太皞旧墟，胡公故国，星分寿域，郡占淮阳。汉章帝敦友于之情，唐文宗笃犹子之爱，皆胙兹土，各私其亲。伟前事之有光，乃元勋而是建。某人五京耆旧，一代豪英，智略辐辏于帝前，名声藉甚于朝右，属有非常之事，遂成不世之功。管叔流言，周公犹且致辟；燕王长恶，子孟未免行诛。内难既平，中台不圻，愈协赤乌之瑞，肇开白马之盟。邑食万家，位超九等。亚夫之破吴楚，仍旧条侯；尉迟之擒隐巢，终于鄂国。至于官崇上相，爵作真王，在古罕闻，于今希见。某将命万里，待报九年，喜虽倍于稠人，贺独迟于下客。其为欣惧，曷胜敷陈。

答彦清谢昭武启

伏审祗受涣恩，躐升昭武，除目初至，欢声遂驰。阁下才高气清，谋宏识远，一命已跻于四品，三师何待于九迁。更新名以拜新官，仍旧贯而兼旧职。增光史院，益大相门。凡在交游，无不欣惬。未遑修庆，先辱腾缄，感愧惟深，敷叙奚既。

贺宇文正旦启

伏以献岁发春，元正首祚，属三微之底慎，宜一介之言还。执事学考渊源，辞润金石，早贰几微之密，遄膺遣送之华。一星告终有功，宜歌于四牡；五善思获授位，即面于三槐。臭味既同，善言非溢。

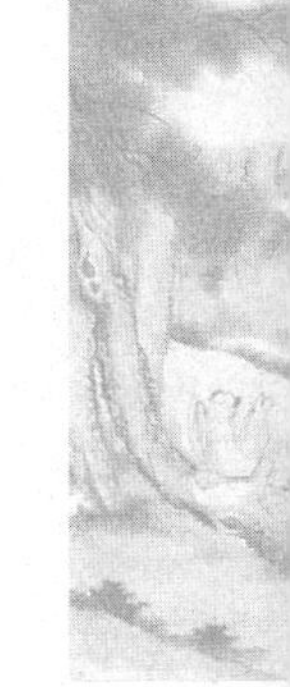

上韩相昉辞换官书

事亲孝，故忠可移于君。求忠臣，必于孝子之门。而以孝治天下者，不绝人之亲也。徐庶从蜀先主，母为曹孟德所获，以方寸乱而遂辞，孔明相善亦不止。乌震归唐庄宗，母为张文礼所执，虽手鼻断而不顾，永叔以为大不孝。天下岂有无母之人哉？颍谷封人，职之卑者也，犹爱母而舍肉。翳桑饿人，士之困者也，犹念母而舍食。乌有反哺之慈，谯子作训，以称其孝；枭有返噬之逆，汉帝作羹，欲绝其类。伏惟执事少赐详察，度其心而处某焉。重念某逾越险阻，万里寻盟，备尝艰难，一终听命。既更成而不结，遂怀怒以相侵。使在其间，礼不当执。后车驾省方而至，遇雷雨作解而苏，矜其困穷，俾之换授。德虽至厚，然日月不照覆盆；情固可哀，彼禽兽犹知有母。恐负终堂之痛，长怀陟屺之思。忧极肠回，泣尽目肿。于亲有害，在义当辞。湛恩虽等于丘山，丹恳敢控于廊庙。愿推恻隐，藉报劬劳。终养有违，已愧乌之不若；贪饕不顾，兹比枭以何殊？倘辱台慈，特垂锡类，则百岁老母不虞被戮之亡，而一介行人得申来稔之告。为亲而屈，何惮乞怜；惟命之从，岂敢逃死。

清慧师偈序

目击道存者已离文字，门开方便者必应机缘，非述谒言，莫明心要。自衣法传暨五祖，致顿渐分为二宗，四句置符，三乘迥出，不拘声律，香岩成二百篇，遂著《源铨圭峰集》一百卷，偈之不可已也如此。

清慧师者，神姿秀彻，德宇宽宏。妙龄心出家，亟受戒具；壮岁身出世，尤善总持。居镇府之洪济者十年，嗣金台之延圣者七稔。夙具道眼，久振真风。行解相应，遐迩归向。由佛祖之觉路，向上流通；救道俗之迷情，个中误人。异寻文之狂慧，非守默之痴禅。聊示五言七言，不劳一捆三捆，体兼骚雅，辞备颂诗。凡四百章，仅二万字。拟闲老则加倍，视密公则浑成。得自胸中，求非纸上。宜燕人之镂板，欲传无穷；属楚客之抽毫，将托不朽。然磨砖作镜，莫辨妍媸；若握土成金，岂容踊跃。冠于篇首，愧以谬愆。

记

中和堂记

自宣室《鹿鸣》之诗不作，千有余岁矣，时与人相背驰而然。今天子绍开中兴，远轶孝宣，而郑侯元任之治博罗，复与王益州

相埒。乃能推圣德之中和，施于有政，又作堂以名之，追配前人，固无愧色。

夫为政之道二，宽与猛而已。二者相济，如芼羹之有盐梅，防民之以礼乐。王褒所谓中和，即夫子之忠恕，子思之中庸也。近世猛者以鹰击毛挚为治，刑人若刈草芥，下皆重足立，其失也刻。宽则姑息巽懦，视吏如子，如其谁何？鞭扑生尘，事不一办，其失也懦。唯精于吏治者不尔。

元任丁年，以片言悟主，不数岁分虎符，其蕴必有过人者。岭表吏具见，谓苟且〔此处疑有脱误〕。博罗南际海，东与江右接壤。异时他盗肆剽，野无爨烟。元任居浈阳，独能不鄙夷其俗，既至，示以中州约束。凡有设施，知所先后，首修泮宫，以厉多士，礼行乡饮，孝弟移风。兢緑之弊两亡，而循良近民，不为骇俗钓名之事。吏知其不薄此官也，相率束手奉法，民亦洗心向化，天报屡丰，上下赡足。山行海宿，如在东阡北陌中。棠阴讼简，乃扩丰湖，以衍吾君好生之德。一亭一榭，丕变埃陋。

郡治之西有废圃，遂培基建堂，规恢轩豁，不侈不隘。役始于去秋之仲，工讫于冬之季，民莫有知者。既成，以享宾客，以合寮类，以接士民，以折狱讼，朝夕从事于斯，上下和悦。州之父老杂袭来观，曰吾侯为慈祥平易之政，以字我三年。今将去斯而羽仪天朝，且名斯堂，以不我忘。使后之二千石循名以为治，则惠流此邦，渠有已耶！

予谪居仁里久矣，元任以书来，需记甚勤，弗敢虚其请，于是乎书。若乃湖山之秀，风物之盛，予虽老且病，倘遂登斯堂，尚能搦管以赋，使邦人歌之。

祭文

代张遥郡祭妻韩氏文

自供蘋蘩，弗狃门地。钟礼复行，郝法仍备。持身温恭，临事明慧。睦姻交修，臧获兼济。不入外言，唯主中馈。家道游心，空门垂意。十有八年，和鸣伉俪。伏暑方阑，秋商荐至。匪天降灾，何物为厉？遽婴沉痾，俄叹夭逝。下寿非长，犹亏五岁。吊者满堂，孰不欷歔。偕老弗谐，如宾且置。我痛悼亡，儿号失恃。二毛已侵，四德畴继。永遂鳏居，终捐雁币。用慰孤魂，聊伸独志。潘诗可哦，庄歌莫缀。未免抚矜，宁忘陨泪。欲遣哀情，为陈薄祭。

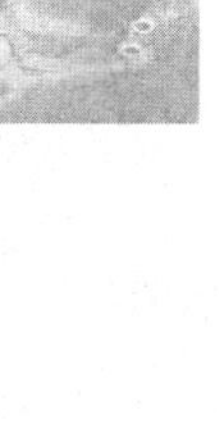

跋

又跋《金国文具录》札子

臣拘挚绝域，十有五年，凡所见闻，亦尝计录。比闻孟庾南还，发箧得其状稿，几沮归计，应有书籍悉被夺留。臣之所编，若紧切者，惩艾焚毁，独存此书。其官制、禄格、封荫、谥讳，皆出宇文虚中，参用国朝及唐法制，而增损之。臣辄举其废置施设之略。近岁左右司侍郎不除，却置外郎各一人。六部初置吏、户、礼三侍郎，位正四品。后置三尚书，仍兼兵、刑、工，位正三品。又增三侍郎，升诸司郎中，为从五品。添置外郎。其后六部皆置尚书，国史院置监修，以宰相兼领。御史大夫、翰林承旨，皆阙不除。国子监旧在燕，官亦不设。秘书省今在燕，洪法寺监少丞郎皆备。中丞唯（堂）〔当作掌〕讼牍，若断狱会法，或春水秋山【谓去国数百里，逐水草而居处】，从驾在外，卫兵物故，则掌其骸骼，至国则归其家。谏官并以他官兼之，与台官皆备员，不弹击，鲜有论事者。外道虽有漕使，亦不刺举。故官吏赃秽，略无忌惮。其恃权势者，恣情公行，民不堪命。左右丞相以现有人，故以侍中中令居其下，仍为兼职。两省侍郎亦虚位，以左右丞皆有现任，仍列其上。参政初亦阙官，故在从二品。后虽置二员，却称参知执政。明安穆昆【按明安原作猛安，穆昆原作谋克，今并依《金国语解》改正】以管女真户为上，杂以汉人为下。都事、令史多以登进士者为之，预其选者，人以为荣。凡丁家难者，不以文武高下，未满百日，皆差监关税、州商税、院盐铁场，一年为任，谓之优饶。其税课倍增者，谓之得筹。每一筹转一官，有岁中八九迁者。近始有止法，不得过三官。富者择课额少处受之，或以家财贴纳，只图迁转。其不欲迁者，于课利多处，除岁额外公然分之。每岁轮差参知一员，至燕集注，五品以下升陟，皆由都事、令史好恶。其有负犯者，不责降，只差监盐场，课额虽登，出卖甚迟，虽任满去官，非卖尽不得仕，至有十年不调者。无【原本缺】与转一官，以二十五月为任，将满即改除，并不待阙，亦无选人【原本缺】。南州县选人，初用举官升改，近以举者受赂，遂废不行。本朝士人有带职自大观，文至直秘阁，皆谓之贴职。若换授者，不问高下，于阶官上只加一资，既无职名，唯重阶官，以三品为高。六曹郎官旧依辽例，皆称尚书，故以侍郎为重。今则自侍郎以下，只呼阶官，而不称其职。明经、童子两科，仕止于州司侯县主簿。任子之法，一品于閤门承应，三品内供奉，五品供奉班，不限人数，亦无年限，并补右职，皆与监当。本朝人换官以进士为上，奏荫次之，军功与他出身最下，皆入杂班傔使。初三品以上俸不分正从，虚中既在翰林，乃诱后舅都（检点）

〔当作点检〕乞增正品，俸比从品增三分之一。点检既出，复仍旧制。近闻一品、二品复增正俸，则三品亦例增矣。麹每秤折钱三千。直省官主供过笔札，皆用明经、童子登科者为之。引接用衙校牵栊，傔从多用燕卒当职，官多取其直而蠲其役。一卒役一岁，往来六七千里，贫者甚苦之，出钱七八千乃免。庙讳尤严，不许人犯。尝有一武弁经西元帅投牒，误斥其讳，杖背流递。武元初只讳旻，后有申请云：旻，闵也。遂并闵而讳之。自泗至会宁驿舍地里，谩具于后。其他不可缕陈，聊述梗概，以备一览。臣无任昧死。

跋天章待制刘公随墓志

昔子产相郑，有君子之道四，厥爱存于民，仲尼曰古之遗爱。叔向佐晋，数叔鱼之恶三，其直闻于国，仲尼曰古之遗直。待制刘公，其补外也，兴利除害，蠢若蛮夷，犹知去思，非爱而何？其入庙也，献可去否，尊如太后，犹受谠言，非直而何？其直其爱，有古人之遗风，亦可谓难得矣。其告终也，《实录》载之。其襄事也，志铭宠之，斯可谓不朽矣。然历年逾百，遗风将泯，丧乱未平，后嗣不振，非宇文公重为润色，何以取信于当今，且将传疑于厥后？裔孙宣子乃能属大手笔以显扬其先祖，是可嘉也。虽沦落遐方，假折肱以糊口，搢绅见之，当为改观。

跋李利涉《命氏编》

姓氏族谱，古人甚重。以辨昭穆，俾之不乱；以别婚姻，俾之不犯。古有史官，汉有官谱，晋有谱局，以助选举。又有谱学，以明传受。宋因晋制，齐梁亦然。元魏迁洛，妄赐逾百，虽别姓族以为选格，谱系乱华，稽考惟艰。唐兴赐姓多及裔夷，厥后乱离，尤乖古制，屡撰志录，荐肆纷更，路、韦、萧、孔、两柳、二李、殷林之徒，谱学皆明，著书亦众，各据状承，莫能谙究，因生祚土，浸失其本。谓僖以谥为氏，鲁僖公之后。不知黄帝之子十有二姓，而僖姓居其一焉。僖十八年，晋文公过曹，僖负羁馈餐置璧。后十年入曹，令无入僖负羁之宫而免其族。称族则非一家。又五年，僖公卒。岂有僖公在位前十五年子孙以谥为氏乎？则僖姓也，非氏也。谓胡以谥为氏，陈胡公之后。不知胡乃国也，在汝阴之南，鲁襄公娶其二女，屡见于《春秋》。则胡以国氏，非以谥也。二百四十二年之间，诸侯以僖公为谥者数人，岂独鲁乎？春秋之前，诸侯以胡为谥者有齐，岂独陈乎？不知诸家何据而言。仆作《姓氏指南》，每规其失。昔在云中，因申繻之对，作诗十四篇，粗论赐命之旨，尝为仲坚工部言，仲坚欲得之，会予有疾，未能如约。姑书此以见梗概云。

跋王右军帖

此帖墨色剥淡，纸理碎裂，石刻所无。唐贞观间藏于洪文馆，太平公主得之，后归明皇。后为李德裕所有，终归江南李氏。予顷在幽都，见王汭家，有宣和旧物曹子建真迹并像。其印记及静华等字，与此正同。特此本无文皇书名耳，似非近世所能临拓，第跋尾自米芾以前皆出一手，盖为好事者所易云。

杂著

恳婚朱氏书

周徙洛阳，匹莫高于秦晋；梁都江左，婚必取于朱张。自视衰门，敢攀右姓？某人夙聆妇训，德议归人。某粗读儒书，年当授室。顾蒸尝之重，或可亢宗；惟币帛之微，聊充言定。

纳币婚书

风不相及，遂疏寓于书邮；秋以为期，兹略陈于币物。伉俪将庇，室家是宜。想蒙眷私，弗以菲废。

传戒大师建舍利塔疏

舍利秘藏，将建无缝之塔；檀那追念，必开大施之门。已鸠启土之工，尚缺合尖之费。须资众力，共结良缘。短疏奉呈，悭囊随破。

洪适原跋

先君以建炎己酉出疆，时年四十有二矣。平生著书多，悉留槜李。庚戌之春，厄于兵烬，无一存者。绍兴癸亥还朝，入直玉堂。不旬日，领乡郡去。明年而遭祖母之丧，服除未几，有岭表之谪。杜门避谤，不敢复为文章。谪九年而即世，故手泽之藏于家者，唯北方所作诗文数百篇。谨位而叙之，以为十卷，刻诸新安郡。未汇次者，犹有《春秋纪咏》千篇云。

鄱阳集拾遗

晦木斋辑存

鄱陽集

欽定四庫全書　鄱陽集

洪适原跋

先君以建炎己酉出疆時年四十有二矣平生著書多悉留檇李庚戌之春厄於兵燼無一存者紹興癸亥還朝入直玉堂不旬日領鄉郡去明年而遭祖母之喪服除未幾有嶺表之謫杜門避謗不敢復為文章謫九年而即世故手澤之藏於家者唯北方所作詩文數百篇謹位而叙之以為十卷刻諸新安郡未彙次者猶有春秋紀詠千篇云

诗

和宇文叔通《假山》

《鄱阳县志》。

我生江东菰芦中，名山应接无时穷。
曾上会稽探禹穴，屡入天台寻葛洪。
雁荡平生看不足，峻极无过天柱峰。
水滨耸拔如卓笔，独立万仞参高穹。
金书四字非草隶，仿佛可睹如乔松。

鼎湖龙去朝碧落，第闻坠下乌号弓。
别来倏忽虽数载，神游俯仰能潜通。
岂知今朝慰两眼，见此小巧僧窗中。
千岩竞秀堪绘画，万窍无踪谁磨砻。
蹊幽蔑有乘樏迹，径细难寻著屐踪。
凄凄芳草渐滋蔓，郁郁青螺傅色浓。
未许出云呈郁郁，终朝兴雨沛濛濛。
徙置不须资力士，惩迂未必用愚公。
面墙崒嵂气象远，去地咫尺规模雄。
孰云匠者只办此，我公指顾成凿空。
筑岩真有傅说肖，爱山元有晋公风。
胸中磊落吞云梦，聊复尔尔参化工。
丈夫盖棺事始定，嗟我匏落无所容。
家山好在未得见，似山者喜足以跫。
傥遂结成过宋野，我公之归宜请从。

望 江 南

《鄱阳县志》，又见《清塘支谱》。

登高引领望江南，家在江南杳霭间。
满目烽烟归路远，萱亲不见泪潸潸。

使事无成，频年囚絷，用韵以怀

同上，按题有脱文。

行年已是老衰秋，复命稽迟为絷留。
恋主思亲归未得，梦魂长绕大江头。

呈悟室　同上

久持旌节傍门庭，薄命犹赊五鼎烹。
羝乳几时归北海，雁书何日到西京。
莫夸地广频修怨，须念民劳早戢兵。
国宝善邻君若悟，坐膺难老见升平①。

石碏大义灭亲

《宾退录》引《春秋纪咏》②。

恶吁及厚笃忠纯，大义无私遂灭亲。
后代奸邪残骨肉，屡援斯语陷良臣。

郑人来渝平　同上

郑人来鲁请渝平，姑欲修和不结盟。
使宛归祊平可验，二家何误作隳成。

奉使燕山回早行即事

祝渊《事文类聚》遗集③。

露满中庭月满天，秋来怀抱转凄然。

---

① 原编者（洪氏）按：《御选宋诗》“旌节”作“使节”，“几时归”作“何心占”，“何日”作“随梦”，“若悟”作“宝信”。

② 原编者按：《宾退录》称《春秋纪咏》三十卷，凡六百余篇。《景定建康志》称《春秋纪咏》四百九十三版，参核篇数版数，疑每诗之前，当别有《纪述》，今不传尔。

③ 原编者按：《类聚》引为洪忠文公《咨夔》诗，今考忠文无奉使至燕之事，玩此诗语意，极合忠宣当年使还情事，诗亦与《鄱阳集》笔墨相类，疑《类聚》署名误也，俟考。

客程恨不日千里，归思乱如云一川。
故国伤心那忍说，遗民望眼几回穿。
当家旧事堪垂泪，海上看羊十五年。

词

江梅引 二阕。《容斋五笔》。

访寒梅

春还消息，访寒梅。赏初开，梦吟来，映雪衔霜清绝绕风台。可怕长洲桃李妒，度香远，惊愁眼，欲媚谁。

曾动诗兴笑冷蕊，效少陵，惭下里。万株连绮叹金谷，人坠莺飞，引领罗浮翠羽幻青衣。月下花神言极丽，且同醉，休先愁，玉笛吹。

《五笔》引原注云：李太白："闻道春还未相识，走傍寒梅访消息。""绿珠楼下梅花满，今日曾无一枝在。"江总："金谷万株连绮甍，梅花隐处藏娇莺。"何逊："衔霜当路发，映雪拟寒开。枝横却月观，花绕凌风台。"杜公："东阁官梅动诗兴，还如何逊在扬州。""未将梅蕊惊愁眼，要取椒花媚远天。""巡檐索共梅花笑，冷蕊疏枝半不禁。"乐天："赏自初开直至落。""莫怕长洲桃李妒，明年好为使君开。"王昌龄梦中作《梅花诗》，梁简文赋"香随风而远度"，及赵师雄《罗浮见美人在梅花下有翠羽啾嘈相顾》诗云："学妆欲待问花神。"崔橹："初开已入雕梁画，未落先愁玉笛吹。"

怜落梅

重闺佳丽，最怜梅，牖春开，学妆来，争粉翻光何遽落梳台。笑坐雕鞍歌古曲，催玉柱，金卮满，劝阿谁。

贪为结子藏暗蕊，敛蛾眉，隔千里。旧时罗绮已零散，沈谢双飞，不见娇姿真悔著单衣。若作和羹休讶晚，堕烟雨，任春风，片片吹。

《五笔》引原注云：梁简文赋："重闺佳丽，貌婉心娴，怜早花之惊节，讶春光之遣寒。""顾影丹墀，弄此娇姿，洞开春牖，四卷罗帷。春风吹梅畏落尽，贱妾为此敛蛾眉。"又："争楼上之落粉，夺机中之织素。"梁王诗："翻光同雪舞。"鲍泉："萦窗落梳台。"江总："满酌金卮催玉柱，落梅树下宜歌舞。"太白："千金骏马邀少妾，笑坐雕鞍歌落梅。"古曲有《落梅花》。又："片片吹落春风香。"谢庄赋："隔千里兮共明月。"庾信："早知觅不见，真悔著衣单。"东坡："抱丛暗蕊初含子，玉妃谪堕烟雨村。"王建："自是桃花贪结子。"

上书

谏移跸疏

《盘洲集·忠宣公行状》，又见《宋史本传》、《三朝北盟会编》、《咸淳临安志》、《宋名臣言行续录》①。

今内难甫平，外敌方炽，若轻至建康，恐金人乘虚侵轶。宜

① 原编者按：《本传》云：建炎三年五月，帝将如金陵，晧上书云云，时朝议已定，不从，既而悔之。

遣近臣先往经营，庶事告办，鸣【《本传》作回】銮未晚也。

请抚恤李成疏

《行状》，又见《本传》。

李成以朝廷不抚恤稽军饷【《本传》作朝廷馈饷不继】，有引众纳命建康之语。今靳赛据扬州，薛庆据高邮，万一三叛连衡，何以待之？方含垢养晦之时，宜选辩士谕意，忧进官秩，畀以京口纲运，如晋明帝待王敦可也①。

密奏机事书

《宋史·刘锜传》，又见《行状》、《本传》、《言行续录》②。

顺昌之捷，金人震恐丧魄，燕之重宝珍器悉徙而北，意欲捐燕以南弃之。故议者谓是时诸将协心，分路追讨，则兀术可擒，汴京可复，而王师亟还，自失机会，良可惜也③。

又密奏书

《行状》，又见《本传》、《言行续录》。

虏已厌兵，势不能久，异时以妇女随军，今不敢携。朝廷不知虚实，卑辞厚币，未有成约，不若乘胜进击，再造犹反掌尔。

---

① 原编者按：《行状》云：疏奏，上遣閤门宣赞舍人贺子仪抚谕成，给米五万石，令第将士名䞋恩。

② 原编者按：《行状》云：先君间行廛市，物色谍者，得赵德，书机事数万言，藏故絮中以归，曰云云，具以悟室问答语，并两宫诸王主所居报上。是岁绍兴十年也。

③ 原编者按：《行状》、《本传》皆无此句，“机会”下《行状》有“虽再躏河南，后必更成”九字，《本传》有“今再举尚可”五字。

所取投附人，只欲保江南，归之可也。独不监侯景之祸乎？若欲复故疆，报世仇，不宜与。胡铨封事，此或有之，知中国有人，益生惧心。张丞相名动殊方，可惜置之散地①。

蜡书 《宋史·岳飞传》②。

金人所畏服者，唯飞，至以父呼之。诸酋闻其死，酌酒相贺。

到阙上书 《行状》，又见本传。

王伦、郭元迈辈以身徇国，弃之不取，缓急何以使人？

札子

改定《谢赐物札子》③

已为死别，偶遂生还。

---

① 原编者按：《行状》此下云：并问李赵二相安否？献六朝御容、徽宗御书，其后和定，祐陵及太后归音，皆先报。

② 原编者按：《宋史·高宗纪》：绍兴十一年十二月癸巳，赐岳飞死于大理寺。《岳飞传》云：时洪皓在金国中，蜡书驰奏云云。

③ 原编者按：《容斋五笔》《五笔》云：忠宣公初归国到阙，命迈作《谢赐物札子》，窜定两句云云。谓迈曰：“此虽不必泥出处，然有所本更佳。”东坡《海外表》云：“子孙恸哭于江边，已为死别。”杜老《羌村诗》云：“世乱遭飘荡，生还偶然遂。”

经筵故事

楚平王止子旗伐吴 《行状》

吴取州来，楚弗与校，抚民治国，五年而后用师。今淮右之民，劳罢流散，宜时使薄敛，勿令转徙无告，中兴急务也。

疏文

开泰寺功德疏

《容斋三笔》，又见《行状》、《言行续录》①。

千岁厌世，莫遂乘云之仙；四海遏音，同深丧考之戚。况故宫为禾黍，改馆徒馈于秦牢；新庙游衣冠，招魂漫歌于楚些。虽置河东之赋，莫止江南之哀。遗民失望而痛心，孤臣久絷惟呕血。伏愿盛德之祀，传百世以弥昌；在天之灵，继三后而不朽。

---

① 原编者按：《三笔》云：徽宗以绍兴乙卯岁升遐，时忠宣公奉使未反命，滞留冷山，遣使臣沈珍往燕山建道场于开泰寺，作《功德疏》曰云云，北人读之亦堕泪，争相传诵。其后梓宫南还，公已徙燕，率故臣之不忘国恩者，出迎于城北，搏膺大恸。虏俗最重忠义，不以为罪也。

书

使金上母书

《鄱阳县志》，又见《清塘支谱》。

皓远违膝下，忽忽十二年。中间两大病，天怜羁苦，偶幸再生，日夜忧愁，娘娘年高，恐不及一见慈颜，以此痛心，殆不堪处。

皓自酉年闰八月至太原，明年十二月至云中，两处供给幸不缺。又明年五月，元帅晋王驱皓诣冷山悟室监军家，监军使皓教其子昭武。是行在途两月，跋涉四千里。冷山距金都二百五十里【按《松漠纪闻》云冷山去燕都百余里，皆不毛之地】，其地苦寒，九月而雪，四月草始生，十年中受尽艰辛，不可胜说。衣著更不与，盛夏服粗布，随行使臣沈珍，兵士邱德、党超幸在，张福、柯辛已死。皓至冷山之明年春，元帅尝许南还，将行，监军父子坚不肯。比至草地，元帅虽怒，已无及，乃遣王侍郎回。三二年来，监军稍相信。前此见问南中事，皓不识其意，每每烦恼。戊年金军过江，有虏到秀州人，后却到冷山，皓以秀事问之，虽知此州官吏并前期往华亭免遭俘掠，终不得端确，缘此忧恼成病。监军后除右丞相，不主和议。前年七月罢知兴中府，故宋、兖、鲁三王内外用事，欲割地以和。去年正月复召悟室入，专权益甚，三王不胜忿，谋共除之，为二吏所告。七月三日遂诛三王。九月，王侍郎来，留肇州，遣其副，因索进奉及取投附人，朝廷既无素备，其银绢礼数，合入商量，乃一切峻却，遂至交锋。虽顺昌军捷，岳帅众集，忽报班还，何补？何补？

使臣履危受辱，不足惜。当念上皇神柩久寓遐荒，太后年高，宁不思国，宗室困辱不忍说，生灵转徙何时休息，谓宜权以济事，况为亲屈，所当容忍。悟室尝问岁币，皓答云：契丹景德中虽有此例，缘山东、河北产丝蚕，其地今属金国，责之东南，恐不如数，金三千两，景德无之；又问正朔，皓答云：年号本朝所自有。悟室云南朝欲自用其年号，若表书来，当用此间年号；又问封册，皓答云：此自虚名，不必较；又问投附人还可得。皓答云：昔东魏侯景以十三州投梁，有众十万，后败于寿春，才存四百。武帝欲以景易其侄渊明，景遂作乱，陷台城，弑二帝，景虽即灭，梁祚亦亡，监戒甚明，恐不许必须许，亦不肯来就死，徒成祸乱。悟室曰：我亦道不可得，大人云须得投附人至，若不至，自坏尔国家。久之谓皓曰：随我到济州看春水，尔是直性人，言语朴实，与我言合得。尔去与大人商议，我约蓝公佐，四月间到来，若三两桩事从得，使尔归国商量。遂以三月半到济州。四月四日回冷山。居八日，悟室又云：更随我到燕京。以二十三日起□，五月初到草地。及闻莫将来，所请皆不从，大怒，起兵向河南。及【《县志》脱“及”，依《支谱》补】顺昌之败，岳帅之来，此间震恐。未几而岳帅军回，吴璘兵大败，河南关西故地一朝复尽得。

八月十八日皓与宇文相公先入燕，至九月七日车驾入。宇文去冬教悟室子孙，因此遂为谋划，每屏人私【《县志》脱“私”，依《支谱》补】语至夜分。悟室问江南如何可取？宇文云先取四川。宇文前此已知贡举，及充规划三省使，遣官制礼，凡百与议，今有男女二人，自云南中一子是过房，一女是庶出，老年无亲，唯此二子。自与悟室商议，换授光禄大夫，翰林学士兼太常卿，修国史，详定礼仪。欲得皓亦换官，庶几朝廷知得例换。九月二十二日，悟室父子八人同右丞相萧庆父子四人皆绞死，城外焚之，谓其跋扈擅命也。

皓虽失倚托，幸免换官，亦未敢理会。请且授教【《支谱》无“且”字，“教”下有“其”字】一童，为饘粥之资。近又闻例有换授，拟皓朝散郎【按《金史·百官志》从五品上曰朝请大夫，中曰朝散大夫，正七品以下称郎，无朝散郎一阶，此"郎"字疑"大夫"之误】、翰林院直学士。皓自闻此议，日夜号恸，有昭烈大将军者，晋国之弟，从前相爱，闻此见怜，遂同晋国之子见平章相公，诉老母累重，乞免换授。虽已见许，未知其他宰执如何，更旬日间可决矣。娘娘年高，宁不因皓重添忧恼，然为国亡身，自古有之，无可奈何。所愿免得换授，将来和定，须可图归。万一不免，老小长诀矣。临纸抆泪，悲不自胜。

申年十一月晦日皓百拜【以上十字《清塘支谱》阙】。

谨案：忠宣公诗文，旁见他书，为阁本所未收者，汇为拾遗，以类相次如右。考《容斋随笔》卷七《檀弓》载吴侵陈事曰：陈太宰嚭使于师，夫差谓行人仪曰：是夫也多言，盍尝问焉，师必有名，人之称斯师也者，则谓之何？太宰嚭曰：其不谓之杀厉之师与！按：嚭乃吴夫差之宰，陈遣使者正用行人，则仪乃陈臣也。记礼者简策差互，故更错其名，当云"陈行人仪使于师，夫差使太宰嚭问之"乃善。忠宣公作《春秋诗》引斯事，亦尝辨正云。此系《春秋纪咏》逸义。又《盘洲集》卷二有《大龙山五咏》，用家君所和胡别驾韵，今集中亦无《大龙山》诗，附识于此，俟检得续编。

洪氏佚文

《江梅引》

其四《□□□》

去年湖上，雪欺梅。片云开，月飞来〔《阳春白雪》二句误倒〕。雪月光中无处认楼台。今岁梅开依旧雪，人如月，对花笑，还有谁？　　一枝两枝三四蕊，想西湖，今帝里。彩盏烂绮孤山外，目断云飞，坐久花寒，香露湿人衣。谁作叫云横，短玉弄彻对东风，和泪吹。

（此词据《彊村丛书》本《鄱阳词》补）

鄱阳集提要

纪昀 等

臣等谨案《鄱阳集》四卷，宋洪皓撰。皓字光弼，鄱阳人。登政和五年进士第。建炎中擢徽猷阁待制，假礼部尚书，为大金通问使，龚琦副之。后琦仕刘豫，皓独不屈节，遂流递冷山，居雪窖中。陈王固新【按：固新《宋史》作悟室，今据《金国语解》改正】甚敬礼之，使教诸子八人。集中所称彦清、彦亨、彦隆、彦深者，皆固新子也。皓所作诗亦于此时为多。及乌珠【按：乌珠《宋史》作兀朮，今据《金国语解》改正】杀固新，皓迁云中。至绍兴十二年始归国，留金首尾凡十五年。后为秦桧所嫉，安置英州，皓诗所谓“六十之年入瘴乡”是也。居九年，始内徙，行至南雄州卒，谥忠宣。《宋史本传》称皓有文集五十卷，而《书录解题》作十卷。考皓子适《盘洲集》中载有皓集跋语一篇。称裒其在北方诗文为十卷，刻之新安郡，则《宋史》误矣。其集久不传，今从《永乐大典》所载裒辑编次，共为四卷。凡其始奉使时途次所经，及迁居冷山，以及归国后南窜之作，有年月可考者，悉以年月排比。或年月不可考，而确知其为奉使后作、南迁后作者，亦皆以类相从。其不知作于何时者，则别缀于后，而以适跋语冠于卷端焉。皓大节凛然，照映今古，虽不必文章为重，然其子适、迈、遵承藉家学，并掇词科，著述纷纶，蜚声一代，渊源有自，皓实开之。迄今年代迢遥，篇章散佚，幸得遭逢圣世，搜

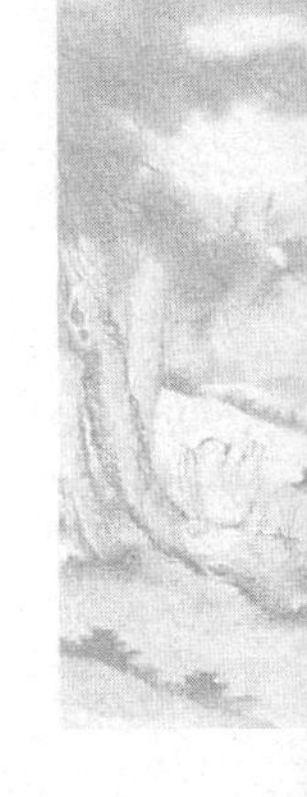

罗遗逸，复光辉于蠹蚀之余，斯亦其忠义之气不可泯没，待昌期而自发其光者矣。

（据《四库全书总目提要》迻录）

松漠纪闻

（宋）洪 皓 著

松漠纪闻

宋 鄱阳洪皓 撰

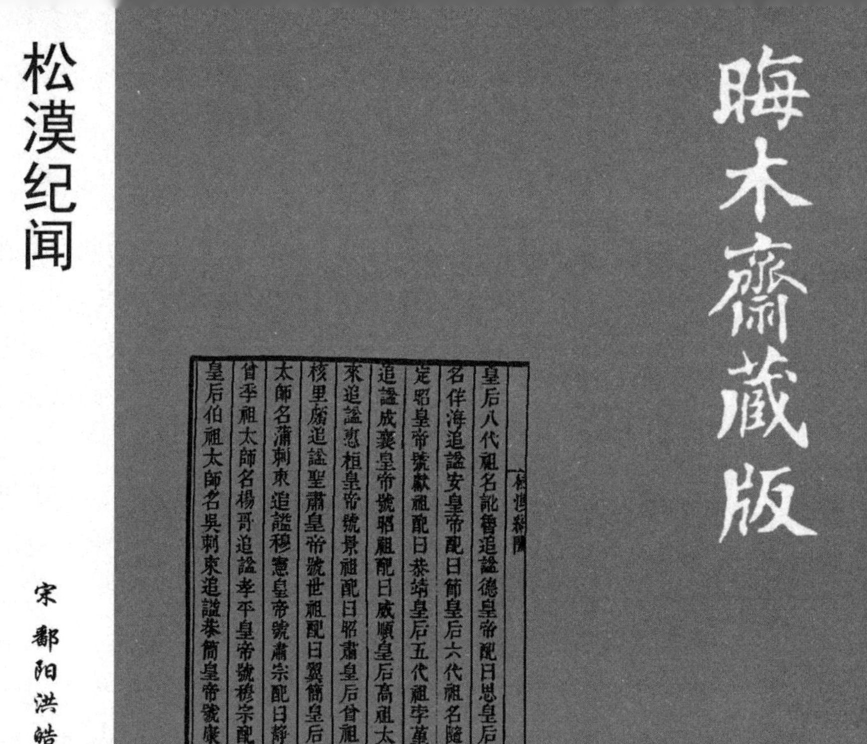

松漠紀聞

皇后八代祖名訛魯追謚德皇帝配曰思皇后七代祖
名佯海追謚安皇帝配曰節皇后六代祖名隨闊追謚
定昭皇帝號獻祖配曰恭靖皇后五代祖孛堇名實魯
追謚成襄皇帝號昭祖配曰威順皇后高祖太師名胡
來追謚惠桓皇帝號景祖配曰昭肅皇后曾祖太師名
核里鉢追謚聖肅皇帝號世祖配曰翼簡皇后曾叔祖
太師名蒲剌束追謚穆憲皇帝號肅宗配曰靜宣皇后
曾季祖太師名楊哥追謚孝平皇帝號穆宗配曰貞惠
皇后伯祖太師名吳剌束追謚恭簡皇帝號康宗配曰

女真，即古肃慎国也。东汉谓之挹娄，元魏谓之勿吉，隋唐谓之靺鞨。开皇中，遣使贡献，文帝因宴劳之。使者及其徒起舞于前，曲折皆为战斗之状。上谓侍臣曰："天地间乃有此物，常作用兵意。"其属分六部，有黑水部，即今之女真。其水掬之则色微黑，契丹目为混同江。其江甚深，狭处可六七十步，阔处百余步。唐太宗征高丽，靺鞨佐之，战甚力。驻跸之败，高延寿、高惠真以众及靺鞨兵十余万来降，太宗悉纵之，独坑靺鞨三千人。开元中，其酋来朝，拜为勃利州刺史，遂置黑水府，以部长为都督、刺史，朝廷为置长史监之。赐府都督姓李氏。讫唐世，朝献不绝。五代时，始称女真。后唐明宗时，尝寇登州，渤海击走之。其后避契丹讳，更为女直，俗讹为女质。居混同江之南者，谓之熟女真，以其服属契丹也。江之北为生女真，亦臣于契丹，后有酋豪受其宣命为首领者，号太师。契丹自宾州、混同江北八十余里建寨以守。予尝自宾州涉江过其寨，守御已废，所存者，数十家耳。

女真酋长乃新罗人，号完颜氏。完颜，犹汉言“王”也。女真以其练事，后随以首领让之。兄弟三人：一为熟女真酋长，号万户。其一适他国。完颜年六十余，女真妻之以女，亦六十余，生二子，其长即胡来也。自此传三人，至杨哥太师，无子，以其侄阿骨打之弟、谥曰文烈者为子。其后杨哥生子闼辣，乃令文烈归宗。

金主九代祖名龛福，追谥景元皇帝，号始祖，配曰明懿皇后。八代祖名讹鲁，追谥德皇帝，配曰思皇后。七代祖名佯海，追谥安皇帝，配曰节皇后。六代祖名随阔，追谥定昭皇帝，号献祖，配曰恭靖皇后。五代祖孛堇名实鲁，追谥成襄皇帝，号昭祖，配曰威顺皇后。高祖太师名胡来，追谥惠桓皇帝，号景祖，配曰昭肃皇后。曾祖太师名核里颇，追谥圣肃皇帝，号世祖，配曰翼简皇后。曾叔祖太师名蒲剌束，追谥穆宪皇帝，号肃宗，配曰静宣皇后。曾季祖太师名杨哥，追谥孝平皇帝，号穆宗，配曰贞惠皇后。伯祖太师名吴剌束，追谥恭简皇帝，号康宗，配曰敬僖皇后。祖名旻，世祖第二子，咸雍四年岁在戊申生，即阿骨打也，灭契丹，谥大圣武元皇帝，号太祖。同母弟二人，长曰吴乞买，次曰撒也。阿骨打卒，吴乞买立，更名晟，谥文烈皇帝，号太宗，配曰明德皇后。今主名亶，阿骨打之孙、绳果之子。绳果追谥景宣皇帝。亶之配曰屠姑坦氏。

阿骨打八子。正室生绳果，于次为第五。又生第七子，乃燕京留守易王之父。正室卒，其继室立，亦生二子，长曰二太子，为东元帅，封许王，南归至燕而卒。次生第六子曰蒲路虎，为兖王、太傅、领尚书省事。长子固 砼【力本切】，侧室所生，为太师、凉国王、领尚书省事。第三曰三太子，为左元帅，与四太子同母。四太子即兀朮，为越王、行台、尚书令。第八子曰邢王，为燕京留守，打球坠马死。自固砼以下皆为奴婢，绳果死，其妻为固砼所收，故今主养于固砼家。及吴乞买卒，其子宋国王与固砼、粘罕争立，以今主为嫡，遂立之。

吴乞买，乙卯年卒。长子曰宗磐，为宋王、太傅、领尚书省事，与滕王、虞王皆为悟室所诛。次曰贤，为沂王、燕京留守。次曰滕王、虞王、袁王。撒也，称揞【邬感切】板【揞板，彼云大也】孛极烈，吴乞买时为储君，尝谋尽诛南人。

闼辣封鲁王，为都元帅，后被诛。其子太拽马亦被囚，因赦得出。庶子乌拽马，名勖，字勉道，今为平章。

粘罕者，吴乞买三从兄弟，名宗幹，小名乌家奴，本曰粘汉，言其貌类汉儿也。其父即阿卢里移赍。粘罕为西元帅，后虽贵亦袭父官，称曰阿卢里移赍孛极烈、都元帅。孛极烈，彼云大官人也。其庶弟名宗宪，字吉甫，好读书，甚贤。

悟室者，女真人，悟作“邬”音，或云悟失，名希尹，封陈王。为左相，诛宋、兖、滕、虞凡七十二王，后为兀术族诛。

回鹘，自唐末浸微，本朝盛时有入居秦川为熟户者，女真破陕，悉徙之燕山。甘、凉、瓜、沙旧皆有族帐，后悉羁縻于西夏，唯居四郡外地者颇自为国，有君长。其人卷发，深目，眉修而浓，自眼睫而下多虬髯。土多瑟瑟珠玉。帛有兜罗绵、毛氎绒、锦注丝、熟绫、斜褐。药有腽肭脐、硇砂。香有乳香、安息。笃耨，善造宾铁刀剑、乌金银器，多为商贾于燕。载以橐驼过夏地，夏人率十而指一，必得其最上品者，贾人苦之。后以物美恶杂贮毛连中【毛连，以羊毛缉之，单其中，两头为袋，以毛绳或线封之。有甚粗者，有间以杂色毛者，则轻细】，然所征亦不赀。其来浸熟，始厚赂税吏，密识其中下品，俾指之。尤能别珍宝。蕃汉为市者，非其人为侩，则不能售价。奉释氏最甚，共为一堂，塑佛像其中。每斋必刲羊，或酒酣以指染血涂佛口，或捧其足而鸣之，谓为亲敬。诵经，则衣袈裟，作西竺语。燕人或俾之祈祷，多验。妇人类男子，白皙，著青衣，如中国道服，然以薄青纱幂首而见其面。其居秦川时，女未嫁者，先与汉人通。有生数子、年近三十始能配其种类。媒妁来议者，父母则曰：吾女尝与某人某人昵。以多为胜，风俗皆然。其在燕者，皆久居业成。能以金相瑟瑟为首饰，如钗头形而曲一二寸，如古之笄状。又善结金线，相瑟瑟为珥及巾环。织熟锦、熟绫、注丝、线罗等物。又以五色线织成袍，名曰"克丝"，甚华丽。又善撚金线，别作一等背织花树，用粉缴，经岁则不佳，唯以打换达靼。辛酉岁，金国肆眚，皆许西归，多留不反。今亦有目微深而鬌不虬者，盖与汉儿通而生也。

嗢热者，国最小，不知其始所居，后为契丹徙置黄龙府南百余里曰宾州。州近混同江，即古之粟末河、黑水也。部落杂处，以其族类之长为千户统之。契丹、女真贵游子弟及富家儿月夕被酒，则相率携尊驰马戏饮其地。妇女闻其至，多聚观之。间令侍坐，与之酒则饮，亦有起舞歌讴以侑觞者。邂逅相契，调谑往反，即载以归。不为所顾者，至追逐马足不远数里。其携去者，父母皆不问。留数岁，有子，始具茶、食、酒数车归宁，谓之拜门，因执子婿之礼。其俗谓男女自媒胜于纳币而婚者。饮食皆以木器。好置蛊他人，欲其不验者，乃三弹指于器上，则其毒自解，亦间有遇毒而毙者。族多李姓，予顷与其千户李靖相知。靖二子，亦习进士举。其侄女嫁为悟室子归。靖之妹曰金哥，为金主之伯固碖侧室。其嫡无子，而金哥所生今年约二十余，颇好延接儒士，亦读儒书，以光禄大夫为吏部尚书。其父死，托宇文虚中、高士谈、赵伯璘为志。高、宇以赵贫，命赵为之，而二人书篆其文额。所濡甚厚，曾在燕识之。亦学弈、象戏、点茶。靖以光禄知同州，冒墨有素，今亡矣。其论议亦可听，衣制皆如汉儿。

渤海国去燕京、女真所都皆千五百里，以石累城足，东并海。其王旧以大为姓，右姓曰高、张、杨、窦、乌、李，不过数种。部曲、奴婢无姓者，皆从其主。妇人皆悍妒，大氏与他姓相结为十姊妹，迭稽察其夫，不容侧室及他游，闻则必谋置毒，死其所爱。一夫有所犯而妻不之觉者，九人则群聚而诟之，争以忌嫉相夸。故契丹、女真诸国皆有女倡，而其良人皆有小妇、侍婢，唯渤海无之。男子多智谋，骁勇出他国右，至有“三人渤海当一虎”之语。契丹阿保机灭其王大諲譔，徙其名帐千余户于燕，给以田畴，捐其赋入，往来贸易关市皆不征，有战则用为前驱。天祚之乱，其聚族立姓大者于旧国为王，金人讨之，军未至，其贵族高氏弃家来降，言其虚实，城后陷。契丹所迁民益蕃，至五千余户，胜兵可三万。金人虑其难制，频年转戍山东，每徙不过数百家。至辛酉岁，尽驱以行，其人大怨。富室安居逾二百年，往往为园池，植牡丹多至三二百本，有数十干丛生者，皆燕地所无，才以十数千或五千贱贸而去。其居故地者，今仍契丹旧，为东京，置留守。有苏、扶等州，苏与中国登州、青州相直，每大风顺，隐隐闻鸡犬声。阿保机长子东丹王赞华封于此，谓之人皇王。不得立，鞅鞅，尝赋诗曰：“小山压大山，大山全无力。羞见当乡人，从此投外国。”遂自苏乘筏浮海归唐明宗。善画马，好经籍，犹以筏载行。其国初仿唐置官司，国少浮图氏。有赵崇德者，为燕都运，未六十余休致为僧，自为大院，请燕竹林寺慧日师住持，约供众僧三年费。竹林乃四明人，赵与予相识颇久。

古肃慎城，四面约五里余，遗堞尚在，在渤海国都外三十里，亦以石累城脚。

黄头女真者，皆山居，号“合苏馆女真”【合苏馆，河西亦有之。有八馆在黄河东，今皆属金人。与金粟城、五花城隔河相近。二城八馆旧属契丹，今属夏人。金人约以兵取关中，以三城八馆报之，后背约，再取八馆，而三城在河南，屡争不得。其一城忘其名】。其人戆朴勇鸷，不能别死生。金人每出战，皆被以重札，令前驱，谓之硬军。后役之益苛，廪给既少，遇卤掠所得，复夺之，不胜忿。天会十一年遂叛。兴师讨之，但守遏山下，不敢登其巢穴。经二年，出斗而败，复降。疑即黄头室韦也。金国谓之黄头生女真，髭发皆黄，目睛多绿，亦黄而白多。因避契丹讳，遂称黄头女直。

盲骨子，《契丹事迹》谓之朦骨国，即《唐书》所谓蒙兀部。

大辽道宗朝，有汉人讲《论语》，至“北辰居所而众星拱之”，道宗曰：“吾闻北极之下为中国，此岂其地邪?”至“夷狄之有君”，疾读不敢讲。则又曰：“上世獯鬻、猃狁荡无礼法，故谓之夷。吾修文物彬彬，不异中华，何嫌之有?”卒令讲之。道宗末年，阿骨打来朝，以悟室从。与辽贵人双陆，贵人投琼不胜，妄行马，阿骨打愤甚，拔小佩刀欲剚之。悟室急以手握鞘，阿骨打止得其柄，杙其胸，不死。道宗怒。侍臣以其强悍，咸劝诛之。道宗曰：“吾方示信以待远人，不可杀。”或以王衍纵石勒、张守珪赦安禄山终致后害为言，亦不听，卒归之。至叛辽，用悟室为谋主。阿骨打且死，属其子固碖善待之。

大辽盛时，银牌天使至女真，每夕必欲荐枕者。其国旧轮中下户作止宿处，以未出适女待之。后求海东青使者络绎，恃大国使命，唯择美好妇人，不问其有夫及阀阅高者。女真浸忿，遂叛。初，女真有戎器而无甲，辽之近亲有以众叛，间入其境上，为女真一酋说而擒之，得甲首五百。女真赏其酋为阿卢里移赉【彼云第三个官人，亦呼为相公】。既起师，才有千骑，用其五百甲攻破宁江州。辽众五万御之不胜，复倍遣之，亦折北，遂益至二十万。女真以众寡不敌，谋降。大酋粘罕、悟室、娄宿等曰：“我杀辽人已多，降必见剿，不若以死拒之。”时胜兵至三千，既连败辽师，器甲益备，与战复克。天祚乃发蕃汉五十万亲征。大将余都姑谋废之，立其庶长子赵王。谋泄，以前军十万降，辽军大震。天祚怒国人叛己，命汉儿遇契丹则杀之。初，辽制：契丹人杀汉儿者皆不加刑。至是摅其宿愤，见者必死，国中骇乱，皆莫为用。女真乘胜入黄龙府五十余州，浸逼中京【中京，古曰白霫城】。天祚惧，遣使立阿骨打为国王，阿骨打留之。遣人邀请十事，欲册帝为兄弟国及尚主。使数往返，天祚不得已，欲帝之，而他请益坚。

天祚怒曰："小夷乃欲偶吾女邪！"囚其使，不报。已而中京被围，逃至上京，过燕遂投西夏。夏人虽舅甥国，畏女真之强，不果纳。初，大观中，本朝遣林摅使辽，辽人命习仪，摅恶其屑屑，以蕃狗诋伴使，天祚曰："大宋，兄弟之邦；臣，吾臣也。今辱吾左右，与辱我同。"欲致之死。在廷恐兆衅，皆泣谏。止杖半百而释之。时天祚穷，将来归，以是故恐不加礼，乃走小勃律，复不纳，乃夜回，欲之云中。未明，遇谍者言娄宿军且至。天祚大惊。时从骑尚千余，有精金铸佛长丈有六尺者，他宝货称是，皆委之而遁。值天微雪，车马皆有辙迹，为敌所及，先遣近贵谕降，未复。娄宿下马，跽于天祚前，曰："奴婢不佞，乃以介胄犯皇帝天威，死有余罪。"因捧觞而进，遂俘以还。封海滨王，处之东海上。其初走河西也，国人立其季父于燕。俄死，以其妻代，后与郭药师来降，所谓萧太后者。

宁江州去冷山百七十里，地苦寒，多草木。如桃李之类，皆成园，至八月，则倒置地中，封土数尺，覆其枝干，季春出之。厚培其根，否则冻死。每春冰始泮，辽主必至其地，凿冰钓鱼，放弋为乐。女真率来献方物，若貂鼠之属。各以所产，量轻重而打博，谓之"打女真"，后多强取，女真始怨。暨阿骨打起兵，首破此州，驯至亡国。

辽亡，大实林牙亦降【大实，小名。林牙，犹翰林学士。虏俗大概以小名居官上】，后与粘罕双陆争道，粘罕心欲杀之而口不言。大实惧，及既归帐，即弃其妻，携五子宵遁。诘旦，粘罕怪其日高不来，使召之。其妻曰："昨夕以酒忤大人【大音柁】，畏罪而窜。"询其所之，不以告。粘罕大怒，以配部落之最贱者。妻不肯屈，强之，极口谩骂，遂射杀之。大实深入沙子，立天祚之子梁王为帝而相之。女真遣故辽将余都姑帅兵经略屯田于合董城【城去上京三千里】，大实游骑数十出入军前，余都姑遣使打话，遂退。沙子者，盖不毛之地，皆平沙广漠，风起扬尘至不能辨色，或平地顷刻高数丈。绝无水泉，人多渴死。大实之走，凡三昼夜始得度，故女真不敢穷追。辽御马数十万牧于碛外，女真以绝远未之取，皆为大实所得。今梁王、大实皆亡，余党犹居其地。

合董之役，令山西、河北运粮给军。予过河阴县，令以病解，独簿出迎，以线系槐枝垂绿袍上。命之坐，恳辞。叩其故，以实言曰："县馈饷失期，令被挞柳条百，惭不敢出。某亦罹此罚，痛楚特甚，故不可坐。创未愈，惧为腋气所侵，故带槐以辟之。"余都姑之降金人，以为西军大监军。久不迁，常鞅鞅。其军合董也，失其金牌，金人疑其与林牙暗合，遂质其妻子，余都姑有叛心。明年九月，约燕京统军反，统军之兵皆契丹人。余都姑谋诛西军之在云中者，尽约云中、河东、河北、燕京郡守之契丹、汉儿，令诛女真之在官、在军者。天德知军伪许之，遣其妻来告。时悟室为西监军，自云中来燕，微闻其事而未信。与通事汉儿那也回行数百里，那也见二骑驰甚遽，问之曰："曾见监军否?"以不识对。问为谁？曰："余都姑下人。"那也追及悟室，曰："适两契丹云余都姑下人，既在西京，何故不识监军【北人称云中为西京】?恐有奸谋。"遂回马，追获之。搜其靴中，得余都姑书曰："事已泄，宜便下手。"复驰告悟室。即回燕，统军来谒，缚而诛之。又二日至云中。余都姑微觉，父子以游猎为名，遁入夏国。夏人问有兵几何，云亲兵三二百。遂不纳。投达靼。达靼先受悟室之命，其首领诈出迎，具食帐中，潜以兵围之。达靼善射，无衣甲，余都姑出敌不胜，父子皆死。凡预谋者悉诛。契丹之黠、汉儿之有声者，皆不免。

金国旧俗，多指腹为婚姻。既长，虽贵贱殊隔必不可渝。婿纳币，皆先期拜门，戚属偕行，以酒馔往，少者十余车，多至十倍。饮客佳酒，则以金银杭贮之；其次，以瓦杭列于前，以百数。宾退，则分饷焉。男女异行而坐。先以乌金、银杯酌饮【贫者以木】。酒三行，进大软脂、小软脂【如中国寒具】、蜜糕【以松实、胡桃肉渍蜜和糯粉为之。形或方或圆，或为柿蒂花，大略类浙中宝阶糕】，人一盘，曰茶食。宴罢，富者瀹建茗，留上客数人啜之，或以粗者煎乳酪。妇家无大小，皆坐炕上。婿党罗拜其下，谓之男下女。礼毕，婿牵马百匹，少者十匹，陈其前。妇翁选子姓之别马者视之，塞痕则留【好也】，辣辣则退【不好也】，留者不过什二三。或皆不中选，虽婿所乘亦以充数，大抵以留马少为耻。女家亦视其数而厚薄之，一马则报衣一袭。婿皆亲迎。既成婚，留妇氏执仆隶役，虽行酒进食，皆躬亲之。三年，然后以妇归。妇氏用奴婢数十户【奴曰亚海，婢曰亚海轸】，牛马十数群，每群九牸一牡，以资遣之。夫谓妻为“萨那罕”，妻谓夫为“爱根”。

契丹男女拜皆同，其一足跪，一足著地，以手动为节，数止于三。彼言“捏骨地”者，即跪也。

女真旧绝小，正朔所不及，其民皆不知纪年。问之则曰：我见草青几度矣。盖以草一青为一岁也。自兴兵以后，浸染华风，酋长生朝，皆自择佳辰。粘罕以正旦，悟室以元夕，乌拽马以上巳。其他如重午、七夕、重九、中秋、中下元、四月八日皆然。亦有用十一月旦者，谓之周正。金主生于七月七日，以国忌，用次日。今朝廷遣贺使以正月至彼，盖循契丹故事，不欲使人两至也。

金国治盗甚严。每捕获，论罪外，皆七倍责偿。唯正月十六日则纵偷一日以为戏，妻女、宝货、车马为人所窃，皆不加刑。是日，人皆严备，遇偷至，则笑遣之。既无所获，虽畚镢微物亦携去。妇人至显（入）〔?〕人家，伺主者出接客，则纵其婢妾盗饮器。他日知其主名，或偷者自言，大则具茶食以赎【谓羊酒肴馔之类】，次则携壶，小亦打糕取之。亦有先与室女私约至期而窃去者，女愿留则听之，自契丹以来皆然，今燕亦如此。

女真旧不知岁月，如灯夕皆不晓。己酉岁，有中华僧被掠至其阙，遇上元，以长竿引灯球表而出之以为戏。女真主吴乞买见之大骇，问左右曰：得非星邪？左右以实对。时有南人谋变，事泄而诛，故乞买疑之曰："是人欲啸聚为乱，克日时立此以为信耳!"命杀之。后数年至燕，颇识之。至今遂盛。

胡俗奉佛尤谨。帝后见像设，皆梵拜。公卿诣寺，则僧坐上座。燕京兰若相望，大者三十有六，然皆建院。自南僧至，始立四禅，曰太平、招提、竹林、瑞像。贵游之家多为僧衣盂【衣钵也】，甚厚。延寿院主有质坊二十八所，僧职有正副判录，或呼司空【辽代僧有兼官至检校司空者，故名称尚存】，出则乘马佩印，街司、五伯各二人前导。凡僧事无所不统，有罪者则挞之，其徒以为荣。出家者，无买牒之费。金主以生子肆赦，令燕、云、汴三台普度，凡有师者，皆落发。奴婢欲脱隶役者，才以数千属请即得之。得度者，无虑三十万。旧俗，奸者不禁。近法益严，立赏三百千，它人得以告捕。尝有家室，则许之归俗。通平民者，杖背流递。僧尼自相通及犯品官家者，皆死。

蒲路虎，性爱民。所居官必复租薄征，得蕃汉间心。但时有酒过，后除东京留守【治渤海城】，敕令止饮。行未抵治所，有一僧以榇柃瘿盂遮道而献【榇柃，木名，有文缕可爱，多用为碗】，曰：可以酌酒。蒲路虎曰："皇帝临遣时，宣戒我勿得饮，尔何人，乃欲以此器导我耶!"顾左右，令洼勃辣骇【彼云敲杀也】，即引去。行刑者哀其无辜，击其脑不力，欲令宵遁，而以死告。未毕，复呼。使前，僧被血淋漓。蒲路虎曰："所以献我者意安在?"对曰："大王仁慈正直，百姓喜幸，故敢奉此为寿，无它志也。"蒲路虎意解，欲释之。询其乡，以渤海对。蒲路虎笑曰："汝闻我来，用此相鹘突耳！岂可赦也?"卒杀之。又于道遇僧尼五辈共辇而载，召而责之曰："汝曹群游已冒法，而乃敢显行吾前耶!"皆射杀之。

金国之法，夷人官汉地者，皆置通事【即译语官也，或以有官人为之】。上下重轻皆出其手，得以舞文招贿，三二年皆致富，民俗苦之。有银珠哥大王者【银珠者，行第六十也】，以战多贵显，而不熟民事。尝留守燕京，有民数十家，负富僧金六七万缗，不肯偿。僧诵言欲申诉，逋者大恐，相率赂通事，祈缓之。通事曰："汝辈所负不赀，今虽稍迁延，终不能免，苟能厚谢我，为汝致其死。"皆欣然许诺。僧既陈牒，跪听命。通事潜易它纸，译言曰："久旱不雨，僧欲焚身动天，以苏百姓。"银珠笑，即书牒尾，称塞痕者再。庭下已有牵拢官二十辈驱之出，僧莫测所以。扣之，则曰："塞痕，好也，状行矣。"须臾出郛，则逋者已先期积薪，拥僧于上，四面举火。号呼称冤，不能脱，竟以焚死。

胡俗，旧无仪法。君民同川而浴，肩相摩于道。民虽杀鸡，亦召其君同食。炙股烹蒲【音蒲，脾肉也】，以余肉和蘼菜捣臼中糜烂而进，率以为常。吴乞买称帝，亦循故态。今主方革之。

金国新制，大抵依仿中朝法律。至皇统三年颁行其法，有创立者，率皆自便。如殴妻至死，非用器刃者，不加刑，以其侧室多，恐正室妒忌。汉儿妇莫不唾骂，以为古无此法，曾臧获不若也。

北人重赦，无郊霈。予衔命十五年才两见赦：一为余都姑叛，一为皇子生。

盲骨子，其人长七八尺，捕生麋鹿食之。金人尝获数辈至燕。其目能视数十里，秋毫皆见，盖不食烟火，故眼明。与金人隔一江，常渡江之南为寇。御之则返，无如之何。

金国天会十四年四月，中京小雨，大雷震，群犬数十争赴土河而死。所可救者，才二三尔。

晦木齋藏版

松漠紀聞

皇后八代祖名訛魯追謚德皇帝配曰思皇后七代祖名佯海追謚安皇帝配曰節皇后六代祖名隨闊追謚定昭皇帝號獻祖配曰恭靖皇后五代祖李董名實魯追謚成襄皇帝號昭祖配曰威順皇后高祖太師名胡來追謚惠桓皇帝號景祖配曰昭肅皇后曾祖太師名核里頗追謚聖肅皇帝號世祖配曰翼簡皇后曾叔祖太師名蒲剌束追謚穆憲皇帝號肅宗配曰靖宣皇后曾季祖太師名楊哥追謚孝平皇帝號穆宗配曰貞惠皇后伯祖太師名吳剌束追謚恭簡皇帝號康宗配曰

松漠纪闻续

宋 鄱阳洪皓 撰

冷山去燕山三千里，去金国所都二百余里，皆不毛之地。乙卯岁，有二龙不辨名色，身高丈余，相去数步而死，冷气腥焰袭人，不可近。一已无角，如截去；一额有窍，大若当三钱，如斧凿痕。悟室欲遣人截其角，或以为不祥，乃止。

戊午夏，熙州野外泺水有龙见三日。初，于水面见苍龙一条，良久即没。次日，见金龙以爪托一婴儿，儿虽为龙所戏弄，略无惧色。三日，金龙如故，见一帝者乘白马，红衫玉带，如少年中官状，马前有六蟾蜍，凡三时方没。郡人竞往观之，相去甚近，而无风涛之害。熙州尝以图示刘豫，刘不悦，赵伯璘曾见之。

是年五月，汴都太康县，一夕大雷雨，下冰龟亘数十里，龟大小不等，首、足卦文皆具。

阿保机居西楼，宿毡帐中。晨起见黑龙长十余丈，蜿蜒其上。引弓射之，即腾空夭矫而逝，坠于黄龙府之西，相去已千五百里，才长数尺。其骸尚在金国内库，悟室长子源尝见之。尾鬣（肢）

体皆全，双角已为人所截，与予所藏董羽画出水龙绝相似，盖其背上鬣不作鱼鬣也。

悟室第三子挞挞，劲勇有智，力兼百人，悟室常与之谋国。蒲路虎之死，挞挞承诏召入，自后执其手而杀之，为明威将军。正月十六，挟奴仆十辈入寡婶家烝焉。悟室在阙下【虏都也】，其长子以告，命械系于家。悟室至，问其故，曰："放偷敢尔。"悟室命缚，杖其背百余释之，体无伤。虏法：缚者必死。挞挞始谓必杖，闻缚而惊，遂失心，归室不能坐，呼曰："我将去。"人问之，曰："适蒲路虎来。"后旬日死，悟室哭之恸，曰："折我左手。"是年九月，悟室亦坐诛。

己未年五月，客星守鲁。悟室占之，太史曰："不在我分野，外方小灾，无伤。"至七月，鲁、兖、宋、滕、虞诸王同日诛。庚申年，星守陈。太史以告宇文，宇文语悟室【悟室时为陈王】，悟室不以为怪，至九月而诛。虏亦应天道如此。

金人科举，先于诸州分县赴试，诗赋者兼论，作一日；经义者兼论策，作三日，号为"乡试"。悉以本县令为试官。预试之士，唯杂犯者黜。榜首曰"乡元"，亦曰"解元"。次年春，分三路类试：自河以北至女真，皆就燕，关西及河东就云中，河以南就汴，谓之"府试"。试诗、赋，论时务策。经义则试五道、三策、一论、一律义。凡二人取一，榜首曰"府元"。至秋，尽集诸路举人于燕，名曰"会试"。凡六人取一，榜首曰"敕头"，亦曰"状元"。分三甲：曰上甲、中甲、下甲。敕头补承德郎，视中朝之承议。上甲皆赐绯，七年即至奉直大夫，谓之正郎。第二、第三人，八年或九年。中甲十二年，下甲十三年。不以所居官高卑，皆迁大夫。中下甲服绿，例赐银带。府试，差官取旨，尚书省降札，知举一人，同知二人，又有弥封、誊录、监门之类。试闱用四柱，揭彩其上，目曰"至公楼"，主文登之以观试。或有私者，停官不叙，仍决沙袋，亲戚不回避，尤重书法，凡作字有点画偏旁微误者，皆曰“杂犯”。先是考校毕，知举即唱名。近岁上、中、下甲杂取十名，纳之国中，下翰林院重考，实欲私取权贵也。考校时，不合格者，日榜其名，试院欲开，余人方知中选【后又置御试。已会试中选者，皆当至其国都，不复试文，只以会试榜殿廷唱第而已。士人颇以为苦，多不愿往，则就燕径官之，御试之制遂绝】。又有明经、明法、童子科，然不擢用，止于簿尉。明经至于为直省官，事宰执，持笔砚。童子科止有赵宪甫，位至三品。

省部有令史，以进士及第者为之。又有译史，或以练事，或以关节。凡递敕或除州太守，告令史、译史送之，大州三数百千，帅府千缗。若兀术诸贵人除授，则令宰执子弟送之，获数万缗。

北方苦塞，故多衣皮，虽得一鼠，亦褫皮藏去。妇人以羔皮帽为饰，至直十数千，敌三犬羊之价。不贵貂鼠，以其见日及火，则剥落无色也。

初，汉儿至曲阜，方发宣圣陵，粘罕闻之，问高庆绪【渤海人】曰：“孔子何人?”对曰：“古之大圣人。”曰：“大圣人墓岂可发?”皆杀之，故阙里得全。

燕京茶肆，设双陆局，或五或六，多至十博者，蹴局如南人茶肆中置棋具也。

女真多白芍药，花皆野生，绝无红者，好事之家，采其芽为菜，以面煎之，凡待宾斋素则用，其味脆美，可以久留。无生姜，至燕方有之。每两价至千二百金，人珍甚，不肯妄设。遇大宾至，缕切数丝置碟中以为异品，不以杂之饮食中也。

西瓜形如匾蒲而圆，色极青翠，经岁则变黄。其瓞类甜瓜，味甘脆，中有汁，尤冷。《五代史·四夷附录》云以牛粪覆棚种之。予携以归，今禁圃、乡囿皆有。亦可留数月，但不能经岁仍不变黄色。鄱阳有久苦目疾者，曝干服之而愈，盖其性冷故也。

长白山在冷山东南千余里，盖白衣观音所居。其山禽兽皆白，人不敢入，恐秽其间，以致蛇虺之害。黑水发源于此，旧云粟末河，契丹德光破晋，改为混同江。其俗刳木为舟，长可八尺，形如梭，曰“梭船”，上施一桨，止以捕鱼。至渡车，则方舟或三舟。后悟室得南人，始造船如中国运粮者，多自国都往五国头城载鱼。

西楼有蒲，濒水丛生。一干，叶如柳，长不盈寻丈。用以作箭，不矫揉而坚，左氏所谓“董泽之蒲”是也。

关西羊，出同州、沙苑，大角虬上盘至耳。最佳者，为卧沙细肋北羊。皆长面、多髯，有角者百无二三，大仅如指，长不过四寸，皆目为白羊，其实亦多浑黑。亦有肋细如箸者，味极珍。性畏怯，不觝触，不越沟堑。善牧者，每群必置羖羺羊数头【羖羺音古力，北人讹呼羖为骨】，仗其勇狠，行必居前，遇水则先涉，群羊皆随其后，以羖羺发风，故不食。生达靼者，大如驴，尾巨而厚，类扇，自脊至尾或重五斤，皆背脂，以为假熊白。食饼饵，诸国人以它物易之。羊顺风而行，每大风起，至举群万计皆失亡。牧者驰马寻逐，有至数百里外方得者。三月、八月两剪毛，当剪时如欲落絮，不剪则为草绊落。可撚为线。春毛不值钱，为毡则蠹，唯秋毛最佳。皮皆用为裘。凡宰羊，但食其肉。贵人享重客，间兼皮以进，必指而夸曰：“此潜羊也。”

回鹘豆，高二尺许，直干，有叶，无旁枝。角长二寸，每角止两豆，一根才六七角。色黄，味如栗。

渤海螃蟹，红色，大如碗。螯巨而厚，其跪如中国蟹螯。石举、鮀鱼之属皆有之。

自上京至燕二千七百五十里。上京即西楼也。三十里至会宁头铺，四十五里至第二铺，三十五里至阿萨铺，四十里至来流河，四十里至报打孛堇铺，七十里至宾州，渡混同江七十里至北易州，五十里至济州东铺，二十里至济州，四十里至胜州铺，五十里至小寺铺，五十里至威州，四十里至信州北，五十里至木阿铺，五

十里至没瓦铺，五十里至奚营西，四十五里至杨相店，四十五里至夹道店，五十里至安州南铺，四十里至宿州北铺，四十里至咸州南铺，四十里至铜州南铺，四十里至银州南铺，五十里至兴州，四十里至蒲河，四十里至沈州，六十里至广州，七十里至大口，六十里至梁鱼务，三十五里至兔儿埚，五十里至沙河，五十里至显州，五十里至军官寨，四十里至惕隐寨，四十里至茂州，四十里至新城，四十里至麻吉步落，四十里至胡家务，四十里至童家庄，四十里至桃花岛，四十里至杨家馆，五十里至隰州，四十里至石家店，四十里至来州，四十里至南新寨，四十里至千州，四十里至润州，三十里至旧榆关，三十里至新安，四十里至双望店，四十里至平州，四十里至赤峰口，四十里至七个岭，四十里至榛子店，四十里至永济务，四十里至沙流河，四十里至玉田县，四十里至罗山铺，三十里至蓟州，三十里至邦军店，三十五里至下店，四十里至三河县，三十里至潞县，三十里至交亭，三十里至燕。自燕至东京，一千三百十五里。自东京至泗州，一千三十四里。自云中至燕山，数百里，皆下坡。其地形极高，去天甚近。

虏之待中朝使者、使副，日给细酒二十量罐，羊肉八斤，果子钱五百，杂使钱五百，白面三斤，油半斤，醋二斤，盐半斤，粉一斤，细白米三升，面酱半斤，大柴三束。上节，细酒六量罐，羊肉五斤，面三斤，杂使钱二百，白米二升。中节，常供酒五量罐，羊肉三斤，面二斤，杂使钱一百，白米一升半。下节，常供酒三量罐，羊肉二斤，面一斤，杂使钱一百，白米一升半。

天眷二年，奏请定官制札子：窃以设官、分职，创制、立法者，乃帝王之能事，而不可阙者也。在昔制治之主靡不皆然。及世之衰也，侵冒放〔纷〕纷，官无常守，事与言戾，实由名丧，至于不可复振。逮圣人之作也，铲弊救失，乘时变通，致治之具，然后焕然一新。九变复贯，知言之选，其此之谓矣。太祖皇帝圣武经略，文物度数，曾不遑暇。太宗皇帝嗣位之十二载也，威德畅洽，万里同风，聪明自民，不凝于物。始下明诏，建官正名，欲垂范于将来，以为民极。圣谟弘远，可举而行，克成厥终，正在今日。伏惟皇帝陛下，天性孝德，钦奉先猷，爰命有司，用精详订。臣等谨按，当唐之治朝“品位”、“爵秩”、“考核”、“选举”，其法号为精密，尚虑拘牵，故远自开元所记，降及辽宋之传，参用讲求。有便于今者，不必泥古；取正于法者，亦无徇习。今先定到官号、品次、职守，上进御府，以尘乙览，恭俟圣断，曲加是正。言顺事成，名宾实举，兴化阜民，于是乎在。凡新书未载，并乞姑仍旧贯，徐用讨论，继此奏请。臣等顾惟虚薄，讲究不能及远，以塞明命是惧。倘涓埃有取，伏乞先赐颁降施行。

答诏曰：朕闻“可则循，否则革，事不惮于改”。为言之易，行之难。政或讥于欲速，审以后举，示将不刊。爰自先皇，已颁明命，顺考古道，作新斯人。欲端本于朝廷，首建官于台省。岂止百司之职守，必也正名；是将一代之典章，无乎不在。能事未毕，眇躬嗣承，惧坠先猷，惕增夕厉，勉图继述，申命讲求。虽曰法唐，宜后先之一揆；至于因夏，固损益之殊途。务折衷以适时，肆于今而累岁。庶同乃绎，仅至有成。掇所先行，用敷众听。作室肯构，第遵底法之良；若网在纲，庶弭有条之紊。自余款备，继此施陈。已革乃孚，行取四时之信；所由适治，揭为万世之常。凡在见闻，共思遵守。

翰林学士韩昉撰诏书曰：皇祖有训，非继体者所敢忘；圣人无心，每立事于不得已。朕丕承洪绪，一纪于兹；祇遹先猷，百为不越。故在朝廷之上，其犹草昧之初。比以大臣力陈恳奏，谓纲纪之未举，在国家以何观？且名可言，而言可行。所由集事，盖变则通，而通则久。故用裕民，宜法古官，以开政府，正号以责实效，著仪而辨等威。天有雷风，辞命安得不作；人绵颜闵，印符然后可捐。凡此数条，皆今急务。礼乐之备，源流在兹。祈以必行，断宜有定，仰惟先帝，亦鉴微衷。神岂可诬，方在天而对越；时由偶异，若易地则皆然。是用载惟，殆非相反，何必改作。盖尝三复于斯言，皆曰可行；庶将一变而至道，乃从所议。用创新规，维兹故土之风，颇尚先民之质。性成于习，遽易为难；政有所因，姑宜仍旧。渐祈胥效，翕致大同。凡在迩遐，当体朕意。其所改创事件，宜令尚书省就便从宜施行。

宋、兖诸王之诛，韩昉作诏曰：周行管叔之诛，汉致燕王之辟。兹维无赦，古不为非。岂亲亲之道有所未敦，以恶恶之心是不可忍。朕自惟冲昧，猬嗣统临，盖由文烈之公，欲大武元之后。德虽为否，义亦当然。不图骨肉之间，有怀蜂虿之毒。皇伯、太师、宋国王宗磐，族联诸父，位冠三师，始朕承祧，乃系协力。肆登极品，兼绾剧权，何为失图，以底不类？谓为先帝之元子，常蓄无君之祸心。昵信宵人，煽为奸党，坐图问鼎，行将弄兵。皇叔、太傅、领三省事、兖国王宗隽，为国至亲，与朕同体，内怀悖德，外纵虚骄。肆己之怒，专杀以取威；擅公之财，市恩而惑众。力摈勋旧，欲孤朝廷，即其所疏，济以同恶。皇叔、虞王宗英，滕王宗伟，殿前左副点检浑睹，会宁少尹胡实剌，郎君石家奴，千户述离古楚等，竞为祸始。举奸乱，从逞躁，欲以无厌助逆谋之妄作。意所非冀，获其必成。先将贼其大臣，次欲危其宗庙。造端累岁，举事有期，早露端倪，每存含覆。第严禁卫，载肃礼文。庶见君亲之威，少安臣子之分。蔑然不顾，狂甚自如。尚赖神明之灵，克开社稷之福。日者，叛人吴十，稔心称乱，授首底亡。爰致克奔之徒，乃穷相与之党，得厥情状，孚于见闻，皆由左验以质成，莫敢诡辞而抵谰。欲申三宥，公议岂容；不烦一兵，群凶悉殄。于今月三日，已各伏辜，并令有司除属籍讫。自余诖误，更不蹑寻，庶示宽容，用安反侧。民画衣而有犯，古犹钦哉；予素服以如丧，情可知也。

陈王悟室加恩制词曰：贵贵尊贤，式重仪刑之望；亲亲尚齿，亦优宗族之恩。朕俯迫群情，祗膺显号，爰第景风之赏，孰居台曜之先。凡尔在廷，听予作命。具官属为诸父，身相累朝，蹈五常九德之规，为四辅三公之冠。当艰难创业之际，藉左右宅师之勤。如献兆之信蓍龟，如济川之待舟楫。迪我高后，格于皇天，属正统之有归，赖嘉谋之先定。缉熙百度，董正六官，雍容以折肘腋之奸，指顾以定朔南之地。德业并茂，古今罕伦。迨兹庆赐之颁，询及佥谐之论。谓上公之加命有九，而天下之达尊者三。既已兼全，无可增益，乃敷求于载籍，仍自断于朕心。杖以造朝，前已加于异数；坐而论道，今复举于旧章。萧相国赐诏不名，安平王肩舆升殿。并兹优渥，以奖耆英。於戏！建无穷之基，则必享无穷之福；锡非常之礼，所以报非常之功。钦承体貌之隆，共对邦家之祉。

皇后裴摩申氏谢表曰：龙兖珠旒，端临云陛；玉书金玺，荣畀椒房。恭受以还，凌兢罔措。恭惟道兼天覆，明并日升。诚意正心，基周王之风化；制礼作乐，焕尧帝之文章。俯矜奉事之劳，饬遣光华之使。温言奖饰，美号重仍。顾拜命之甚优，惭省躬而莫称。谨当恪遵睿训，益励肃心。庶几妇道之修，仰助人文之化【后父小名胡搭】。

渤海贺正表曰：三阳应律，载肇于岁华；万寿称觞，欣逢于元会。恭惟受天之祜，如日之升。布治惟新，顺夏时而谨始；卜年方永，迈周历以垂休。臣幸际明昌，良深抃颂。远驰信币，用申祝圣之诚；仰冀清躬，茂集履端之庆。

夏国贺正表曰：斗柄建寅，当帝历更新之旦；葭灰飞管，属皇图正始之辰。四序推先，一人履庆。恭惟化流中外，德被迩遐，方熙律之载阳，应令候而布惠。克凝神于窔奥，务行政于要荒。四表无虞，群黎至治。爰风阙届春之早，协龙廷展贺之初。百辟称觞，用尽输诚之意；万邦荐祉，克坚献岁之心。臣无任云云。大使武功郎没细好德、副使宣德郎李膺等赍表诣阙以闻。

高丽贺正表曰：帝出乎震，方当遂三阳之生；王次于春，所以大一统之始。覆帱之内，欢庆皆均。恭惟中孚应天，大有得位。所过者化，阅众甫以常新；不怒而威，观庶邦之率服。茂对佳辰之复，备膺诸福之休。臣幸遘昌期，远居外服。上千万岁寿，曾莫预于胪传；同亿兆人心，但窃深于善祝云云。使朝散大夫、卫尉少卿、轻车都尉、赐紫金鱼袋李仲衍奉表称贺以闻。

右《松漠纪闻》二卷。先君衔使十五年，深厄穷漠，耳目所接，随笔纂录。闻孟公庾发箧汴都，危变归计，创艾而火其书。秃节来归，因语言得罪柄臣，诸子佩三缄之戒，循陔侍膝，不敢以北方事置齿牙间。及南徙炎荒，视膳余日，稍亦谈及远事。凡不涉今日强弱利害者，因操牍记其一二。未几，复有私史之禁，先君亦枕末疾，遂废不录。及柄臣盖棺，弛语言之律，而先君已赍恨泉下。鸠拾残稿，仅得数十事，反袂拭面，著为一编。绍兴丙子夏，长男适谨书。

晦木斋藏版

松漠纪闻续补遗

松漠紀聞

皇后八代祖名訛魯追謚德皇帝配曰思皇后七代祖
名佯海追謚安皇帝配曰節皇后六代祖名隨闊追謚
定昭皇帝號獻祖配曰恭靖皇后五代祖孛堇名實[illegible]
追謚成襄皇帝號昭祖配曰威順皇后高祖太師名胡
來追謚惠桓皇帝號景祖配曰昭肅皇后曾祖太師名
核里頗追謚聖肅皇帝號世祖配曰翼簡皇后曾叔祖
太師名蒲剌束追謚穆憲皇帝號肅宗配曰靖宣皇后
曾[illegible]祖太師名楊哥追謚孝平皇帝號穆宗配曰貞惠
皇后伯祖太師名吳剌束追謚恭簡皇帝號康宗配曰

虏中庙讳尤严，不许人犯。尝有一武弁，经西元帅投牒，误斥其讳，杖背流涕。武元初，只讳“旻”，后有申请云：旻，“闵”也。遂并闵讳之。

虏中中丞唯掌讼牒，若断狱会法，或春山秋水【谓去国数百里逐水草而居处】，从驾在外。卫兵物故，则掌其骸骼，至国则归其家。谏官并以他官兼之，与台官皆备员，不弹击。外道虽有漕使，亦不刺举。故官吏赃秽，略无所惮。

虏法，文武官不以高下，凡丁家难未满百日，皆差监关税、州商税、院盐铁场，一年为任，谓之“优饶”。其税课倍增者，谓之“得筹”。每一筹，转一官，有岁中八九迁者。近有止法，不得过三官。富者择课额少处受之，或以家财贴纳，只图迁转。其不欲迁者，于课利多处，除岁额外，公然分之。

虏中有负犯者，不责降，只差监盐场。课额虽登，出卖甚迟。虽任满去官，非卖尽不得仕，至有十年不调者。无磨勘之法，每一任转一官，以二十五月为任。将满，即改除，并不待阙。

北地汉儿张献甫作太原都军【都监也】，其姊夫刘思与侍郎高庆裔为十友之数。张有一犀带，国初钱王所献者，号镇国宝带。是正透，中间龙形。

契丹重骨咄犀。犀不大，万株犀无一不曾作带。纹如象牙，带黄色。止是作刀把，已为无价。天祚以此作兔鹘【中国谓之腰条皮】，插垂头者。

鹿顶合，燕以北者方可车，须是未解角之前，才解角，血脉通，冬至方解。顶之上为合，正须亦作合。好者有人字，不好者成八字，有髓眼，不实。北人谓角为鹿角合，顶为鹿顶合【南中止有鹿角合】。南鹿不实，定有髓眼，不可车。北地角未老，不至秋时不中。

麋角与鹿角不同。麋角如驼骨，通身可车，却无纹。生枝不比鹿，皆小。鹿顶骨有纹，上下无之，亦可熏成纹。

犀有三种：重透，外黑，有一晕，白中又黑，世艰得之。正透，又曰通犀。倒透，亦曰花犀或班犀，有游鱼形。诸犀中，水犀最贵【秀州周通直家有正透犀带，其中一点白，以纸灯近之，即时灭，有湿气，疑是水犀】。

耀段，褐色。泾段，白色。生丝为经，羊毛为纬，好而不耐。丰段，有白有褐，最佳。驼毛段，出河西，有褐有白。

秋毛最佳，不蛀。冬间毛落，去毛上之粗者，取其茸。毛皆关西羊为之，蕃语谓之（羯劫）〔当作羯羖〕。北羊，止作粗毛。

先忠宣《松漠纪闻》，伯兄镂板歙越。遵来守建业，又刻之。暇日搜阅故牍，得北方十有一事，皆曩岁侍旁亲闻之者，目曰“补遗”，附载于此。乾道九年六月二日，第二男、资政殿大学士、左中大夫、知建康府、江南东路安抚使兼行宫留守遵谨书。

松漠纪闻续考异

晦木齋藏版

松漠紀聞

皇后八代祖名能魯追諡德皇帝配曰思皇后七代祖名伴海追諡安皇帝配曰節皇后六代祖名隨闕追諡定昭皇帝號獻祖配曰恭靖皇后五代祖孛革名實魯追諡成襄皇帝號昭祖配曰威順皇后高祖太師名胡來追諡惠桓皇帝號景祖配曰昭肅皇后曾祖太師名核里鉢追諡聖肅皇帝號世祖配曰翼簡皇后曾叔祖太師名蒲剌束追諡穆憲皇帝號肅宗配曰靜宣皇后曾季祖太師名楊哥追諡孝平皇帝號穆宗配曰貞惠皇后伯祖太師名吳剌束追諡恭簡皇帝號康宗配曰

松漠纪闻　鄱阳本题“松漠纪闻卷上”六字，照旷阁本遵《四库全书提要》题“松漠纪闻”四字，今从之。影宋建康本作“松漠记闻上”。案:《宋史·艺文志》、《洪皓传》、《盘洲文集·先君述》均作“松漠纪闻”。尤袤《遂初堂书目·地理类》有“松漠记闻”。周应合《景定建康志·书版类》载“松漠记闻四十五版”。尤、周所见与影宋建康本合。影宋建康本分上下二卷。上卷十九版，版心题“记闻上”三字。下卷并补遗共十八版，版心题“记闻下”三字。每版二十行，每行十八字。

东汉谓之挹娄　照旷阁本、鄱阳本同。影宋建康本“挹”误“把”。案：挹娄见《魏书》。

其属分六部　影宋建康本、照旷阁本同。鄱阳本脱“分”字。

阔处百余步　照旷阁本“至百步”，鄱阳本同。从影宋建康本改。

更为女直　照旷阁本“直”下注“契丹之讳曰宗真”七字。

鄱阳本同。影宋建康本无。

予尝自宾州涉江 照旷阁脱“州”字。鄱阳本同。从影宋建康本补。

数十家耳 照旷阁本“耳”下注“生女真即金国也”。影宋建康本、鄱阳本并无。

女真酋长 影宋建康本、照旷阁本同。鄱阳本“酋长”作“之主”。

号完颜氏，完颜犹汉言王也 鄱阳本“完”误“定”。影宋建康本无“氏完颜”三字。从照旷阁本改补。

熟女真酋长 影宋建康本、照旷阁本同。鄱阳本“酋”作“之”。

八代祖名讹鲁 影宋建康本、照旷阁本同。鄱阳本“讹”作“谥”。

追谥惠桓皇帝号景祖，配曰昭肃皇后 照旷阁本、鄱阳本并同。影宋建康本“惠”下无“桓”字，“昭”下无“肃”字。

吴乞买立，更名晟 影宋建康本脱“更”字。照旷阁本同。从鄱阳本补。

屠姑坦氏 影宋建康本、鄱阳本同。照旷阁本“姑”误“始”。

邬感切 影宋建康本、照旷阁本同。鄱阳本无。

揞板，彼云大也 影宋建康本、照旷阁本同。鄱阳本无。

本曰粘汉至儿也 影宋建康本、照旷阁本同。鄱阳本脱。

悟作邬音，或云悟失 影宋建康本、照旷阁本同。鄱阳本脱。案：八字疑小注。

回鹘自唐末浸微 案：此条疑有错简。

密识其中下品 影宋建康本、照旷阁本同。鄱阳本“品”下有“者”字。

非其人为侩 影宋建康本、照旷阁本同。鄱阳本“侩”误

"僧"。

如古之笄状 影宋建康本、照旷阁本同。鄱阳本"状"作"形"。

唯以打换达靼 影宋建康本、照旷阁本同。鄱阳本脱。

亦有起舞歌讴以侑觞者 影宋建康本、照旷阁本同。鄱阳本"讴"作"谣"。

乃三弹指于器上 影宋建康本"乃"误"云"。照旷阁本同。从鄱阳本改。

衣制皆如汉儿 影宋建本、照旷阁本同。鄱阳本脱。

贱贸而去 影宋建康本、照旷阁本同。鄱阳本"贸"下有"易"字。

未六十余休致为僧 案:"未"疑"年"误。

在渤海国都外三十里 影宋建康本脱"外"字。照旷阁本同。从鄱阳本补。

后役之益苛 影宋建康本、照旷阁本同。鄱阳本"苛"作"苦"。

盲骨子至**卒令讲之** 影宋建康本、照旷阁本同。鄱阳本脱此二条。

阿骨打愤甚 影宋建康本此及下并脱"阿"字。照旷阁本同。从鄱阳本补。

杙其胸不死 影宋建康本、照旷阁本同。鄱阳本"杙"误"戕"。

遇谍者 鄱阳本"谍"误"谋"。从影宋建康本、照旷阁本改。

跽于天祚前 影宋建康本、照旷阁本同。鄱阳本"跽"作"跪"。

其初走河西也 影宋建康本、旷阁本同。鄱阳本"走"误"是"。

量轻重而打博 影宋建康本、照旷阁本同。鄱阳本作“博”易“之”。

大概以小名居官上 影宋建康本、照旷阁本同。鄱阳本“大”误“人”。

日高不来 影宋建康本、照旷阁本同。鄱阳本“高”下有“而”字。

大音柁 影宋康本、照旷阁本同。鄱阳本脱。

以配部落之最贱者 影宋建康本、照旷阁本同，与《三朝北盟会编》合。鄱阳本作“无娶者”。

余都姑遣使打话 影宋建康本脱“余”字。照旷阁本同。从鄱阳本补。

余都姑谋诛西军 影宋建康本此及下并脱“姑”字。照旷阁本同。从鄱阳本补。

则以金银毤贮之，其次以瓦毤 影宋建康本、照旷阁本同。鄱阳本“毤”作“器”。

酒三行 影宋建康本、照旷阁本同。鄱阳本“行”、“三”倒。

进大软脂、小软脂 影宋建康本、照旷阁本同。鄱阳本脱“小软脂”。

奴曰亚海，婢曰亚海轸 影宋建康本、照旷阁本同。鄱阳本脱。

牛马十数群 影宋建康本、照旷阁本同。鄱阳本作“数十群”。

夫谓妻为萨那罕，妻谓夫为爱根 影宋建康本、照旷阁本同。鄱阳本脱。

女真旧绝小至谓之周正 影宋建康本、照旷阁本同。鄱阳本此段脱。

每捕获论罪外 影宋建康本、照旷阁本同。鄱阳本“论”作“问”。

帝后见像设，皆梵拜 影宋建康本、照旷阁本同。鄱阳本脱。

然皆建院 影宋建康本“建”误“律”。照旷阁本同。从鄱阳本改。

有兼官至检校司空者 影宋建康本、照旷阁本同。鄱阳本“兼”作“累”。

蒲路虎曰皇帝临遣时 影宋建康本此及下并脱“蒲”字。照旷阁本同。从鄱阳本补。

共辇而载 影宋建康本、照旷阁本同。鄱阳本“共”误“其”。

上下重轻皆出其手 影宋建康本、照旷阁本同。鄱阳本作“轻重”。

须臾出郛 影宋建康本、照旷阁本同。鄱阳本“郛”作“郭”。

盲骨子，其人长七八尺 影宋建康本、照旷阁本同。鄱阳本“盲”误“育”。

松漠纪闻续 照旷阁本遵《四库全书提要》题“松漠纪闻续”五字。鄱阳本题“松漠纪闻卷下”。影宋建康本作“松漠记闻下”。

熙州野外泺水有龙见 案：此条见《金史·五行志》，“托”作“承”，“衫”作“袍”，“少年”下脱“中”字。

仍决沙袋 影宋建康本、照旷阁本同。鄱阳本“袋”误“汰”。案：《辽史·刑法志》：凡杖五十以上者，以沙袋决之。沙袋者，穆宗时制，其制，用熟皮合缝之，长六寸，广二寸，柄一尺许。

长白山至董泽之蒲是也 二段鄱阳本脱。从影宋建康本、照旷阁本补。

恐秽其间以致蛇虺之害 影宋建康本、照旷阁本同。《三朝北盟会编》“以”、“间”互倒。

多自国都 影宋建康本、照旷阁本同。《三朝北盟会编》脱“都”字。

亦有肋细如箸者味极珍 影宋建康本、照旷阁本同。鄱阳本

“珍”作“佳”。

回鹘豆至皆有之 二段鄱阳本脱。从影宋建康本、照旷阁本补。

其跪如中国蟹螯 案：荀子《劝学篇》：“蟹六跪而二螯”，注：跪，足也。

圣武经略 影宋建康本“略”作“启”。照旷阁本同。从鄱阳本改。

天性孝德 影宋建康本“天”作“上”。照旷阁本同。从鄱阳本改。

徐用讨论 影宋建康本、照旷阁本同。鄱阳本“徐”误“除”。

言之易行之难 影宋建康本“行”作“成”。照旷阁本同。从鄱阳本改。

作室肯构 照旷阁本、鄱阳本同。影宋建康本“肯”下注：“太上御名”，不出“构”。

时由偶异 影宋建康本“异”、“偶”互倒。照旷阁本同。从鄱阳本改。

有所未敦 照旷阁本、鄱阳本同。影宋建康本“未”下注：“字犯庙讳”，不出“敦”。

竞为祸始 照旷阁本、鄱阳本同。影宋建康本“竞”作“亲”。

莫敢诡辞而抵谰 影宋建康本、鄱阳本同。照旷阁本“抵”作“诋”。案：《汉书》文《三王传》“抵谰”置辞，师古注：抵，距也；谰，诬讳也。

身相累朝 影宋建康本、照旷阁本同。鄱阳本“累”作“两”。

德被迩遐 影宋建康本“被”误“视”。照旷阁本同。从鄱阳本改。

宣德郎李膺等 照旷阁本“李”作“季”。鄱阳本同。今从影宋建康本。

臣幸遘昌期　照旷阁本、鄱阳本同。影宋建康本“幸”下注：“太上御名”，不出“遘”。

跋

右松漠纪闻二卷　七字照旷阁本无。鄱阳本作“松漠纪闻正续二卷”，影宋建康本作“右松漠记闻二卷”，余并同。《盘洲集》第六十二卷载此跋作“右松漠纪闻一卷”，与各本异。

秃节来归　《盘洲集》“秃”作“握”。

凡不涉今日强弱　《盘洲集》“涉”作“关”。

著为一编　《盘洲集》无此四字，有“不复汇次，或可广史氏之异闻云尔”十四字。

绍兴丙子夏长男适谨书　《盘洲集》无此十字。

补遗

中国谓之腰条皮　照旷阁本、鄱阳本同。影宋建康本“条”误“修”。

后跋

乾道九年六月二日　影宋建康本、照旷阁本同。鄱阳本“九”误“五”。

松漠纪闻考异跋

《松漠纪闻》一书，昭文张氏刊入《学津讨原》中，世称照旷阁本，与乾隆庚戌鄱阳本互有异文。《遂初堂书目》、《景定建康志》并称“松漠记闻”，书名与《宋史·艺文志》、《盘洲文集》偶有未合。临川桂氏所藏影写宋本正作“记闻”，前后共三十七版。卷中于宋高宗庙讳注云：“太上御名。”于朝廷宫禁等字，皆上空一格。以文安跋语考之，似从乾道建康本影写者。然《景定建康志·书版类》载《松漠纪闻》四十五版，版数又偶未合。今参用三本校刻，而记其异文于后，书名一仍张本、鄱阳本之旧。近时鲍氏仿刻张本，宜黄仿刻鄱阳本，不足据。依前明吴琯《古今逸史》、李栻《历代小史》、顾元庆《文房小说》、袁褧《四十家小说》并收此书，亦称“纪闻”。俟续加校订，以质后之君子。

同治十二年癸酉秋七月　环芝洪佩声谨识于藤谿义学之时敏堂。

松漠纪闻校勘记

二页十行[①] “襄”，元本作“哀”。十一行“惠”，元本作“忠”。十七行“戊申”下，元本脱“生”字。三页一行“景”下，元本无“宣”字。十二行“磐”，元本误“磬”。四页三行“郛”，元本作“鄜”；“失”，元本作“夫”。九行元本脱一“瑟”字。十行“肭”上“膃”字，元本缺；“宾”，元本作“宝”；“乌”作“马”。五页七行“背”，元本作“皆”。十一行“末”，元本误“朱”。六页六行“濡”，元本作“需”。十七行“大”作“天”；“名”作“各”。十九行“其”，疑当作“共”。七面三行“怨”，元本作“多”。五行“数千”作“数本”。九行“立”，元本作“兵”。十五行“遗”，元本误“道”；“在”下不重，无“外”字。十七行“皆”，元本作“背”。八页二行“会”，元本误“曹”。六行“盲”，元本作“育”，下同。十三行“剩”，元本作“刺”； “栿”作“戕”。下行“胸”作“脑”。十页一行“兆”，疑当作“召”。十二行“圆”，元本作“围”。十一页一行“之最贱”三字，元本作“无娶”。十二行“垂”字，元本作“悬”。十五行“余都姑”，当跳行另为一段。十八行元本脱“人”字。十二页十四行“必”，元本作“亦”。十六行“抗”，元本作“杯”。十三页八行“数十”，元本作“数千”。十四页十七行“为”，疑当作“遗”。十八行小注“兼”，元本作“累”。末行“则”，元本作“得”。十六页三行

① 本校勘记所言页数、行数，均指《豫章丛书》本。

“诵”，当作“讼”。十九行“霈”，元本作“需”。

续一页十二行“近”，元本作“远”。三页九行“袋”，元本作“汰”。四页十八行“月”，元本作“日”。六页五行“举”，元本作“鲎是”。八行“报”，元本作“根”，十六行“蒲”下，元本有“州”字。十九行“隐”，元本作“忆”。九页十二行“用”，元本作“曰”。

补遗二页十七行，元本“白”下有“惟”字，秋毛不跳行。

此书用泾县洪氏三瑞堂本付刊。刊成之后，携至南京，用元本复校一过，颇多异同。元本极精工，初藏钱梦庐家，嗣归汪阆源，后又归丁松生，今存江南图书局。分上下两卷，首行作《松漠记闻》，次行题“宋徽猷阁学士、赠太师、魏国公、谥忠宣洪皓撰”。并弁国史传略一篇。校既讫，因逐条补记如右。丁巳四月胡思敬识。

题《輶轩唱和集》

洪 适

右《輶轩唱和集》三卷。绍兴癸亥六月庚戌，先君及张公邵、朱公弁自燕还，途中相倡酬者。中兴以来，出疆者几三十辈，或留或亡，得生度卢沟而南者三人而已。初，朔庭因赦宥，许使者归其乡，诸公惩久縶幸稍南，率占籍淮北，唯先君及二公以实告。既约和，于是淮以南者乃得归。八月戊戌先君至，辛丑张公至，乙巳朱公至。九月乙卯，先君以徽猷阁直学士入翰林，是月甲子出为乡州，后四年南迁，八年薨，又三年赐谥忠宣。张公以修撰秘阁，主佑神观，是年出居明州，后六年待制敷文阁，六年为池州，明年卒。朱公以直秘阁，亦主佑神观，明年卒。先君字光弼，饶州人。张公字才彦，和州人。朱公字少章，徽州人。

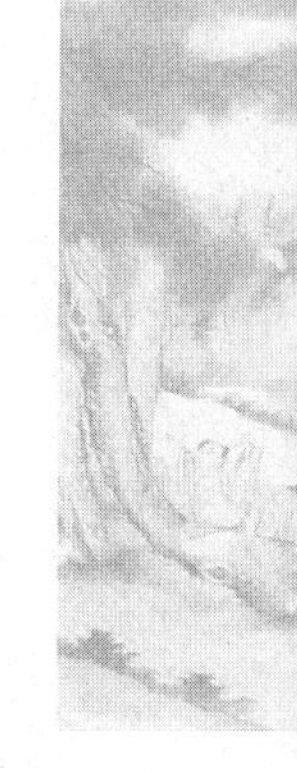

（录自《盘洲文集》卷六十二）

题《金国文具录》

洪 适

右《金国文具录》一卷。贾生《五饵》，昔云其疏。解编髮而被纯缋，用夏变夷，盖非人力之所能致。宇文氏既为蕝其书，力强先君同污新秩，初有翰林直学士之命，又有中京副留守之命，最后有承德郎留司判官之命。先君以死自誓，文书衔袖，至于再三，卒拒不受。王春二月，家弟遵、迈接踵召对，上谓先君与宇文虚中同时作使，宇文受伪命，先君独执节不屈，且道秦桧毁鬲之说，所以不得大用。呜呼！渊衷不忘，旧编具在，揽涕涉笔，存之左方。

（录自《盘洲文集》卷六十二）

先君述（摘录）

洪适

先君讳某，字光弼，饶州人。曾祖讳某，祖讳某，赠中大夫。皇考讳某，通直郎，赠右太中大夫。妣太硕人董氏。先君登政和五年进士第，主台州宁海簿，会令去，摄其事……迁宣教郎，为秀州司录……上将迁狩建康。先君上疏言："今内难甫平，外敌方炽，若轻至建康，恐金人乘虚侵轶。宜遣近臣先往经营，庶事告办，鸣鸾未晚也。"时庙谟已定，不能从，既而悔之，上问宰辅："近谏移跸者为谁，今安在?"丞相张和公时知枢密院以对。过秀，邀先君至平江，欲以为部使者招二凶，适捷书至，乃止。将辞归，和公曰："吕丞相欲见君。"即遣直吏介谒。俄有旨召见。时方墨衰绖，丞相脱巾服衣之。既对，上以国步艰难，两宫远狩为忧。先君极言："天道好还，裔夷安能久陵中夏，此正春秋邲郢之役，天其或者警晋训楚也。"所言反复，当上意。上曰："卿议论纵横，熟于史传，有专对之才，朕方择使，无以易卿。"先君以母老父丧恳辞，不许，擢徽猷阁待制，迁五官，假礼部尚书，为奉使大金军前使……先君间关至太原，留几一年，虏遇使人礼益削。及至云中，大酋粘罕迫遣与副使官伪齐。先君曰："万里衔命，不得御两宫以归，大国度不足以有中原，当还诸本朝，乃违天以奉逆豫，豫可磔万段，顾力不能，忍事之耶?今留亦死，不即豫亦死，偷生天地间，甘鼎镬不悔也!"粘罕怒，命壮士拥以下，执剑夹承之，先君不为动。旁贵人喈曰："此真忠臣也!"止剑士以目，为跽请。粘罕怒少霁，遂流递于冷山，与假吏沈珍，隶卒丘德、党超、张福、柯辛俱，副使至汴受豫命，知恩州。流递，犹中国编窜也。云中至冷山行两月程，距虏二百余里。地苦寒，四月草始生，八月而雪。土户不满百，皆陈王悟室聚落。悟室使诲其八子。或一年不给衣食，盛夏至衣粗布，番课四隶，采薪它山。尝久雪薪尽，至乞马矢煨面而食。绍兴二年，使者王公伦归，为上言之，即下秀州存问家属，赐银绢二百，适未冠得监南岳庙。先君辱于悟室十年，多为诗文以讽，皆忧国伤时语。悟室尝得献取蜀策，持以问先君，先君历陈古事梗之。悟室锐欲吞中国，曰："孰谓海大，我力可干，但不能使天地相拍尔。"先君曰："兵犹火也，弗戢将自焚，自古岂有四十年用兵不止者。"又数数为言，所以来为两国大事，今既不受使，乃令深入教小儿。兵交使在礼不当执。悟室或应或否，一日大怒曰："汝作和事官，却口硬，谓我不能杀汝耶?"先君曰："自分当死，顾大国无受杀行人之名。此去莲花泺三十里，使之乘舟，一人荡诸水，以坠渊为言可也。"悟室义而止。两宫蒙尘五国城，尝遣私人奏书，并献胡桃、梨、修粟、面诸物，两宫始知赵氏中兴。永祐陵讳闻，先君北向血泣，旦夕临，后遇讳日，即燕山开泰寺为文以荐。其略曰："故宫为禾黍，改馆徒馈于秦牢；新庙游衣冠，招魂但歌于楚些。虽置河东之赋，莫止江南之哀。遗民失望而痛心，孤臣久縶惟呕血。"又云："盛德之祀，传百世以无穷；在天之灵，继三后而不朽。"故臣读之，无不掩涕。虏已遣使约和，悟室问所议十事，先君条析之甚至，曰："封册是虚名，年号本朝自有，金三千两景德所无，东北宜丝蚕，大国有其地矣，绢不可增也。至于取淮北人，(摇)〔《四库全书》本作 猺〕民害计，本朝必不可。景德之盟，南北所得，人皆不取，载书犹在，可覆视也。"悟室曰："吾固欲取投附人诛之以惩后，何为不可?"先君曰："昔魏侯景举十三州地归梁，梁武帝欲以易

其侄萧明于魏，景遂作乱，陷台城，仆两帝。中国所监，决不相从。”悟室稍悟，乃曰：“汝性直，所言不诳我。我与汝如燕，遣汝归议。”遂行。所存沈珍、丘德、党超三人。既而莫公将北来，议不合，囚涿州，事复变。道达鞑帐，其帅闻洪尚书名，争邀入穹庐，出妻女胡舞，举浑脱酒以劝。到燕一月，越王兀术族悟室，党与坐死数百千人，独先君故与持论，身几死数矣。兀术知之，故得免。燕人重先君执节，争持酒食相劳苦。先君间行廛市，物色谍者，得赵德，书机事数万言，藏故絮中以归，曰：“顺昌之役，虏震惧丧魄，燕之珍器重宝悉徙以北，意欲捐燕以南弃之。王师亟还，自失机会，虽再蹦河南，后必更成。”具以悟室问答语，并两宫诸王主所居报上。是岁，绍兴十年也。明年夏，求得皇太后书，遣邵武男子李微来。上大喜，因御经筵，谓讲读官曰：“不知太母宁否几二十年，虽遣使百辈，不如此一书。”遂官李微。其冬复以书曰：“虏已厌兵，势不能久。异时以妇随军，今不敢携。朝廷不知虚实，卑辞厚币，未有成约。不若乘胜进击，再造犹反掌尔。所取投附人，只欲保守江南，归之可也。独不监侯景之祸乎？若欲复故疆，报世仇，不宜与。胡铨封事，此或有之，知中国有人，益生惧心。张丞相名动殊方，可惜置之散地。”并问李、赵二相安否？献六朝御容、徽宗御书。其后和定，祐陵及太后归音，皆先报。凡四年中，以文书至者九，数陈军国利疚，谓施行之则宗社生灵之福。留中，皆莫得闻。先君言无隐情，归国以此触罪，诸子惧深祸，过庭不敢一问北事，故忠谋秘策不详得，独系帛书所存大略如此……初，宇文虚中既换虏官，欲扳先君分谴，乃力荐于虏庭，换先君为翰林直学士，力辞获免。虚中为详定礼仪，使始造赦，其文复及换授。先君诉敌相韩昉，乞于真定或大名养济，图逃归计。昉怒，虚中赞其决，遂换中京副留守，复力辞。昉大怒，降留司判官为承德郎，趣行者屡矣，誓以死不就职。虏法，虽未换官，曾被任使者，永不可归。虏欲以计堕先君，令校云中进士试，使者监上道，先君日捐食，阳为有疾状。既至，谓院官曰："今取士以诗赋，吾故学经耳。"曰："岂不能出语策士乎？"考官孙九鼎者，有太学旧，为以疾闻，得回燕。虏议遣奉使人各还其乡，因赦及之，它使者幸稍徙，多占淮北，无敢言淮以南者。先君实以饶州闻，张公邵、朱公弁亦自言和州、徽州人。既议和，还淮以南使者，故先君三人在遣中。用事者多曰："此等人若放了，几时更有？今不留，后必为我患。"归计屡欲变，参知政事王公使至燕，先君得虏阴谋，从坡上与馆中人语，为留守易王所获，对吏将驰流星骑上其事。副留守渤海人高吉祥，素嘉先君忠，委曲护出之，且易以它牍，先君行月余，方以元牍奏。垂入境，追者七骑至，及诸淮，则在舟中矣。至盱（台）〔当作眙〕，以奉使无状自劾。上方以来归为喜，报无罪，可待日以御札趣觐。既至阙，登时见内殿，奏事罢，力求乡郡养老母。上曰："卿忠贯日月，志不忘君，虽苏武不能过，岂可舍朕去也。"赐内库金带鞍马……以二十五年十月二十日薨于南雄……懿节皇后之姨高氏，与其夫赵伯璘，隶悟室戏下，贫甚，先君屡赒之。范蜀公之孙祖平，虏不以为官，佣奴之，先君使以东坡所为《蜀公铭》白曰："我官人也。"虏曰："东坡书之不疑矣。"即释之。先君资以归装。贵族有流于黄龙府优籍者二人，先君嘱副留守赵伦除其籍。刘公光世之庶女小丑在虏豢豕，为赎以重价，求匹偶衣冠之家。略为人奴者，赎之数十人。张待制宇发自蔚州死云中，先君过荒寺，见其榇携之至燕山，授其仆钟禹功使葬。司马侍郎朴握节以死，居数年无有能明之者，先君为陈本末，诏以忠节显著，赠兵部尚书。其归也，北人治饯具几月。后使者至，虏多问先君今何官，居何地。先君天性强记，书无所不读，虽食不释卷，稗官小说亦暗诵连数千言。宣政间，《春秋》之学绝，先君独穷遗经，贯穿三传。在冷山，摘褒贬微旨，作诗千篇，北人抄传诵习，欲刻板于燕，先君弗之许……有文集十卷，《春秋纪咏》三十卷，

《輶轩唱和集》三卷，《帝王通要》五卷，《姓氏指南》十卷，《松漠纪闻》二卷，《金国文具录》一卷……

（录自《盘洲文集》卷七十四）

洪皓传（一）

洪皓，字光弼，鄱阳人。少有奇节，慷慨有经略四方志。登政和五年（1115年）进士第。

王黼、朱勔皆欲婚之，力辞。宣和中，为秀州司录。大水，民多失业，皓白郡守以拯荒自任，发廪损直以粜。民坌集，皓恐其纷竞，乃别以青白帜，涅其手以识之，令严而惠遍。浙东纲米过城下，皓白守邀留之，守不可，皓曰："愿以一身易十万人命。"人感之切骨，号"洪佛子"。其后秀军叛，纵掠郡民，无一得脱，唯过皓门曰："此洪佛子家也。"不敢犯。

建炎三年（1129年）五月，帝将如金陵，皓上书言："内患甫平，外敌方炽，若轻至建康，恐金人乘虚侵轶。宜先遣近臣往经营。俟告办，回銮未晚。"时朝议已定，不从，既而悔之。他日，常问宰辅近谏移跸者谓谁，张浚以皓对。时议遣使金国，浚又荐皓于吕颐浩，召与语，大悦。皓方居父丧，颐浩解衣巾，俾易墨衰绖入对。帝以国步艰难、两宫远播为忧。皓极言："天道好还，金人安能久陵中夏！此正春秋邲、郢之役，天其或者警晋训楚也。"帝悦，迁皓五官，擢徽猷阁待制，假礼部尚书，为大金通问使，龚璹副之。令与执政议国书，皓欲有所易，颐浩不乐，遂抑迁官之命。

时淮南盗贼踵起，李成甫就招，即命知泗州羁縻之。乃命皓兼淮南、京东等路抚谕使，俾成以所部卫皓至南京。比过淮南，成方与耿坚共围楚州，责权州事贾敦诗以降敌，实持叛心。皓先以书抵成，成以汴涸，虹有红巾贼，军食绝，不可往。皓闻坚起义兵，可撼以义，遣人密谕之曰：“君数千里赴国家急，山阳纵有罪，当禀命于朝。今擅攻围，名勤王，实作贼尔。”坚意动，遂强成敛兵。

皓至泗境，迎骑介而来，龚琇曰：“虎口不可入。”皓遂还。上疏言：“成以朝廷馈饷不继，有‘引众建康’之语。今靳赛据扬州，薛庆据高邮，万一三叛连衡，何以待之？此含垢之时，宜使人谕意，优进官秩，畀之以京口纲运，如晋明帝待王敦可也。”疏奏，帝即遣使抚成，给米五万石。颐浩恶其直达而不先白堂，奏皓托事稽留，贬二秩。皓遂请出滁阳路，自寿春由东京以行。至顺昌，闻群盗李阎罗、小张俊者梗颍上道。皓与其党遇，譬晓之曰：“自古无白头贼。”其党悔悟，皓使持书至贼巢，二渠魁听命，领兵入宿卫。

皓至太原，留几一年，金遇使人礼日薄。及至云中，粘罕迫二使仕刘豫，皓曰：“万里衔命，不得奉两宫南归，恨力不能磔逆豫，忍事之邪！留亦死，不即豫亦死，不愿偷生鼠狗间，愿就鼎镬无悔。”粘罕怒，将杀之。旁一酋嗜曰：“此真忠臣也。”目止剑士，为之跪请，得流递冷山。流递，犹编窜也。唯琇至汴受豫官。

云中至冷山行六十日，距金主所都仅百里，地苦寒，四月草生，八月已雪，穴居百家，陈王悟室聚落也。悟室敬皓，使教其八子。或二年不给食，盛夏衣粗布，尝大雪薪尽，以马矢燃火煨面食之。或献取蜀策，悟室持问皓，皓力折之。悟室锐欲南侵，曰：“孰渭海大，我力可干，但不能使天地相拍尔。”皓曰：“兵犹火也，弗戢将自焚，自古无四十年用兵不止者。”又数为言所以来为两国事，既不受使，乃令深入教小儿，非古者待使之礼也。悟室或答或默，忽发怒曰：“汝作和事官，而口硬如许，谓我不能杀汝耶？”皓曰：“自分当死，顾大国无受杀行人之名，愿投之水，以坠渊为名可也。”悟室义之而止。

和议将成，悟室问所议十事，皓条析甚至。大略谓封册乃虚名，年号本朝自有；金三千两景德所无，东南不宜蚕，绢不可增也；至于取淮北人，景德载书犹可覆视。悟室曰："诛投附人何为不可？"皓曰："昔魏侯景归梁，梁武帝欲以易其侄萧明于魏，景遂叛，陷台城，中国决不蹈其覆辙。"悟室悟曰："汝性直不诳我，吾与汝如燕，遣汝归议。"遂行。会莫将北来，议不合，事复中止。留燕甫一月，兀术杀悟室，党类株连者数千人，独皓与异论几死，故得免。

方二帝迁居五国城，皓在云中密遣人奏书，以桃、梨、粟、面献，二帝始知帝即位。皓闻祐陵讣，北向泣血，旦夕临，讳日操文以祭，其辞激烈，旧臣读之皆挥涕。绍兴十年（1140年），因谍者赵德，书机事数万言，藏故絮中，归达于帝。言："顺昌之役，金人震惧夺魄，燕山珍宝尽徙以北，意欲捐燕以南弃之。王师亟还，自失机会，今再举尚可。"十一年，又求得太后书，遣李微持归，帝大喜曰："朕不知太后宁否几二十年，虽遣使百辈，不如此一书。"是冬，又密奏书曰："金已厌兵，势不能久，异时以妇女随军，今不敢也。若和议未决，不若乘势进击，再造反掌尔。"又言："胡铨封事此或有之，金人知中国有人，益惧。张丞相名动异域，惜置之散地。"又问李纲、赵鼎安否，献六朝御容、徽宗御书。其后梓宫及太后归音，皓皆先报。

初，皓至燕，宇文虚中已受金官，因荐皓。金主闻其名，欲以为翰林直学士，力辞之。皓有逃归意，乃请于参政韩昉，乞于真定或大名以自养。昉怒，始易皓官为中京副留守，再降为留司判官，趣行屡矣，皓乞不就职，昉竟不能屈。金法，虽未易官而曾经任使者，永不可归，昉遂令皓校云中进士试，盖欲以计堕皓也。皓复以疾辞。未几，金主以生子大赦，许使人还乡，皓与张邵、朱弁三人在遣中。金人惧为患，犹遣人追之，七骑及淮，而皓已登舟。

十二年（1142年）七月，见于内殿，力求郡养母。帝曰："卿忠贯日月，志不忘君，虽苏武不能过，岂可舍朕去邪!”请见慈宁宫，帘人设帘，太后曰：“吾故识尚书。”命撤之。皓自建炎己酉（1129年）出使，至是还，留北中凡十五年。同时使者十三人，唯皓、邵、弁得生还，而忠义之声闻于天下者，独皓而已。皓既对，退见秦桧，语连日不止，曰：“张和公金人所惮，乃不得用。钱塘暂居，而景灵宫、太庙皆极土木之华，岂非示无中原意乎?”桧不怿，谓皓子适曰：“尊公信有忠节，得上眷。但官职如读书，速则易终而无味，须如黄钟、大吕乃可。”八月，除徽猷阁直学士，提举万寿观兼权直学士院。

金人来取赵彬等三十人家属，诏归之。皓曰：“昔韩起谒环于郑，郑，小国也，能引义不与。金既限淮，官属皆吴人，宜留不遣，盖虑知其虚实也。彼方困于蒙兀，姑示强以尝中国，若遽从之，谓秦无人，益轻我矣。”桧变色曰：“公无谓秦无人。”既而复上疏曰：“恐以不与之故，或致渝盟，宜告之曰：‘俟渊圣及皇族归，乃遣。’”又言：“王伦、郭元迈以身殉国，弃之不取，缓急何以使人?”桧大怒，又因言室撚寄声，桧怒益甚，语在桧传。翌日，侍御史李文会劾皓不省母，出知饶州。

明年，大水，中官白锷宣言：“燮理乖戾，洪尚书名闻天下，胡不用?”桧闻之愈怒，系锷大理狱，寻流岭表。谏官詹大方遂论皓与锷为刎颈交，更相称誉，罢皓提举江州太平观。锷初不识皓，特以从太后北归，在金国素知皓名尔。

寻居母丧，他言者犹谓皓睥睨钧衡。终丧，除饶州通判。李勤又附桧诬皓作欺世飞语，责濠州团练副使，安置英州。居九年，始复朝奉郎，徙袁州，至南雄州卒，年六十八。死后一日，桧亦死。帝闻皓卒，嗟惜之，复敷文阁直学士，赠四官。久之，复徽猷阁直学士，谥忠宣。

皓虽久在北廷，不堪其苦，然为金人所敬，所著诗文，争抄诵求锓梓。既归，后使者至，必问皓为何官、居何地。性急义，当艰危中不少变。懿节后之戚赵伯璘隶悟室戏下，贫甚，皓赒之。范镇之孙祖平为佣奴，皓言于金人而释之。刘光世庶女为人豢豕，赎而嫁之。他贵族流落贱微者，皆力拔以出。唯为桧所嫉，不死于敌国，乃死于谗慝。

皓博学强记，有文集五十卷及《帝王通要》、《姓氏指南》、《松漠纪闻》、《金国文具录》等书。子适、遵、迈。

（录自《宋史》卷三百七十三“洪皓传”）

洪皓传（二）

洪皓，字光弼，鄱阳人（按：《宋名臣言行续录》戴，皓其先徽人，唐末徙乐平之洪岩）。少慷慨有奇节，登政和五年（1115年）进士第（《续通鉴》）。建炎时，议遣使金国，张浚荐皓于吕颐浩，召与语，大悦。皓方居父丧，颐浩解衣巾，俾易衰绖。入对，帝以国步艰难，两宫远播为忧。皓极言天道好还，金人安能久陵中夏，此正《春秋》邲、郢之役，天其或者警晋训楚也。帝悦，迁皓五官，擢徽猷阁待制，假礼部尚书，为大金通问使（《宋史》三百七十三）。皓至太原，留几一年，金遇使人礼日薄。及至云中，尼雅满迫之使仕刘豫。皓曰：“万里衔命，不得两宫南归，恨力不能磔逆豫，忍事之邪？愿就鼎镬无悔！”（《续通志》）尼雅满怒，命壮士拥以下，执剑挟承之，皓不为动。旁贵人啃曰：“此真忠臣也。”止剑士以目，为跪请，遂流递于冷山，与假吏沈珍、隶卒邱德、党超、张福、柯莘俱（《北盟会编》二百二十一引《行状》）。冷山，距金主所都仅百里（《行状》作二百余里）。地苦寒，四月草生，八月已雪。穴居百家，陈王乌舍聚落也。乌舍敬皓，使教其八子（按：《宋名臣言行录》作教其二子）。或二年不给以食，盛夏衣粗布（《宋史》三百七十三）。番为四隶采薪他山，尝久雪，薪尽，至拾马矢煨面而食（《行状》）。或献取蜀策，乌舍持问皓，皓力折之。乌舍锐欲南侵，皓曰："兵犹火也，弗戢将自焚。自古无四十年用兵不止者。"又数为言："所以来，为两国事。既不受使，乃令深入教小儿，非古者待使之礼也。"乌舍或答或默，忽发怒曰："汝作和事官，而口硬如许，谓我不能杀汝耶?"皓曰："自分当死，顾大国无受杀行人之名。(《续通鉴》)北去莲花泺三十里，使之乘舟，一人荡诸水，以坠渊为言可也。"乌舍义而止之(《行状》)。方二帝迁居五国城，皓在冷山，密遣人奏书，以桃梨粟面献二帝，始知帝即位。皓闻祐陵讣，北向泣血，旦夕临讳，自撰文以祭。其辞激烈，旧臣读之皆挥涕。绍兴十年(1140年)，因牒者赵德书机事数万言，藏故絮中，归达于帝。十一年（1141年），又求得太后书，遣李微持归。是冬，又奏密书曰："金已厌兵，若和议未决，不若乘势进击，再造反掌耳。"献六朝御容、徽宗御书。其后，梓宫及太后归音，皓皆先报。金主闻其名，欲以为翰林直学士，力辞之。皓有逃归意，乃请于参政韩昉，乞于真定或大名以自养。昉怒，始易皓官为中京副留守，再降为留司判官。趣行屡矣。皓讫不就职，昉竟不能屈。金法，虽未易官，而曾经任使者，永不可归。昉遂令皓校云中进士试，盖欲以计堕皓也。皓复以疾辞。未几，金主以生子大赦，许使人还乡。皓与张邵、朱弁三人在遣中，金人惧为患，犹遣人追之。七骑及淮，而皓已登舟。皓自建炎己酉（1129年）出使，至是还，留北中凡十五年。同时使者十三人，唯皓、邵、弁得生还，而忠义之声闻于天下者，独皓而已（《通志》)。以忤秦桧贬官，安置英州而卒（《四库提要》五十一），年六十八。死后一日，桧亦死。帝闻皓卒，嗟惜之。复敷文阁学士，赠四官。久之，复徽猷阁学士，谥忠宣。皓虽久在北廷，不堪其苦，然为金人所敬，所著诗文争抄诵求锓梓。既归后，使者至，必问皓为何官，居何地。性急义，当艰危中，不少变。懿节后之戚赵伯璘隶乌舍麾下，贫甚，皓赒之。范镇之孙祖平为佣奴，皓言于金人而释之（《续通志》)。

贵族有流于黄龙府优籍者二人，皓属副留守赵伦除其籍。刘光世之庶女在金豢豕，赎以重价，求匹偶衣冠之家。略为人奴者，赎之数十人（《行状》）。唯为桧所忌，不死于敌，乃死于谗慝。博学强记（《续通鉴》），有《松漠纪闻》、《金国文具录》传于时（《北盟会编》二百二十一）。《松漠纪闻》乃其所记金国杂事，始于留金时随笔纂录。及归，惧为金人搜获，悉付诸火，后乃追述正续二卷（《四库提要》）。初，皓留金时，以教授自给，因无纸，则取桦叶写《论语》、《孟子》、《大学》、《中庸》传之，时谓之《桦叶四书》（《盛京通志》九十）。

（录自《吉林通志》卷一百十五“洪皓传”）

洪忠宣公年谱

（清）洪汝奎　著

年谱序

洪琴西都转笃于稽古，尤以表章先德为事，纂辑宋世洪忠宣暨三子文惠、文安、文敏《四公年谱》，搜采繁富，考核精详，藏诸缄滕，未及问世。嗣君翰香观察将付剞劂，属作霖复加校雠，读既毕作而言曰：自来外交之世，最重使职，至不得已而用兵，则封疆亦宜慎选，大节以立身，高文以华国，经济以匡时，三者固缺一不可也。

洪忠宣起家甲科，文章尔雅，拯民饥，谏移跸，请抚李成，其经济固已裕矣。奉使金廷，被留十五年，不为威劫，卒以忠节显名，高宗比之苏武无愧色也。三子皆以鸿词入选，耀采禁廷。文惠、文敏当绍兴、隆兴之交，寻盟报聘，后先持节，光照皇华。文安出守平江，供军无乏，领建康留钥，经营淮表，边鄙晏然。南宋人才并世而生者如虞允文、陈俊卿诸人已不多见，而洪氏乃以勋绩名烈世其家，何其懿欤!

都转公曩在金陵开致吾知斋以谈艺，作霖得侍游宴，于时海事初萌，朝议交讧，怅怀时局，辄景仰忠宣父子不置。时都转公方辑是谱，草创未定，莫由拜读。今事阅三十余年，幸与校字之役，得仰窥都转公忧时追远之深心，益非偶然已。校雠既竟，因追述前事，敬弁简端云。

时宣统二年春二月江宁陈作霖谨叙。

洪忠宣公年谱缘起

彭泽洪庥、浮梁洪声闻旧有《忠宣公年谱》之辑，疏略特甚，讹舛亦多。今取其信而有征者标云原编，俾览者知此谱滥觞之由。原编刊于嘉庆戊辰，江右洪族尚多传本，汝奎于道光戊申过鄱阳时曾及见之，并为手抄一过，讹舛之处，就其可知者逐一辨明，非欲争胜前人，深恐贻误后哲耳。

此谱自建炎三年使金以后，凡十五年，采用《金史》纪传甚多，特于每年下注云，是年为金某【庙号】宗某【年号】几年，庶览者参稽互证，开卷了然。

此谱以《宋史》纪传及文惠公所作《先君述》为主，其中偶有考订之处，仍散见各年下。

谱中引用《盘洲集》、《隶释》、《隶续》、《容斋随笔》诸书，凡有卷数可考者，每为注明。唯宋金二史以业经标明某纪某志某传，览者翻寻甚易，不复注明卷数。至《小隐》、《野处》二集久已亡佚，其文往往散见他书，谱中引用则称文安某篇，文敏某篇，异日或能复见《小隐》、《野处》完书，当为改订，如引用《盘洲集》诸书之例。

此谱将公生平事实概括入正文，书作大字，余悉入注，注有未晰者又为注中夹注，期于传信，不避烦复之嫌，览者谅之。

《宋史》帝纪于金既讲和之后，或称金人，或称大金，或称金国，此谱正文辄援为例。至注语所引诸书，有称金者，有称虏者，有称北人者，悉依原文编入，不敢擅改一字，盖正文与注语自不相承，不嫌称金称虏之异。

谱中正文于文惠兄弟并称名，礼父前子名也，注引诸书则亦悉依原文，按语则一律称谥。

《先君述》称秦国公曰太中公、称秦国夫人曰太硕人，于魏国夫人称硕人，《慈茔石表》又称太夫人。此谱注中所引，悉仍其旧。唯正文则谱首揭明考讳某赠太师秦国公，妣董氏赠秦国夫人。又于政和五年揭明娶魏国夫人沈氏。后凡正文悉以秦国、魏国入称，与注语亦不相承，不嫌歧异。

洪忠宣公年譜

洪忠宣公年谱

彭澤洪庥淨梁洪聲聞傳有忠宣公年譜之輯疏略特甚譌舛亦多今取其信而有徵者標云原編俾覽者知此譜濫觴之由原編刊於嘉慶戊辰江右洪族尚多傳本汝奎於道光戊申過鄱陽時曾及見之亟爲手鈔一過譌舛之處就其可知者逐一辨明非欲爭勝前人深恐貽誤後哲耳

此譜自建炎三年使金以後凡十五年采用金史紀傳甚多特於每年下注云是年爲金某廟號宗某年號幾年庶覽者參稽互證開卷了然

此譜以宋史紀傳及文惠公所作先君述爲主其中偶有考訂

宋哲宗元祐三年戊辰　公生

公讳晧，字光弼，饶州鄱阳人。

《宋史·地理志》：饶州鄱阳郡隶江南东路，建炎四年合江东西为江南路，绍兴初复分东西。

曾祖讳士良，妣章氏。祖讳炳，赠少保，妣何氏，赠纪国夫人。考讳彦先【《宗谱·世系表》作彦暹，字子深，此从周必大《洪文惠公神道碑》】，通直郎，赠太师秦国公，妣董氏，赠秦国夫人。

文惠公《盘洲集》卷七十五《叔父常平墓志》云：昔包羲氏既衰，共工氏以水纪伯九域，共氏其后也。后世避怨为洪氏，在吴有卢江太守矩，在唐有集贤学士考昌。五季乱，始自歙（《宋史·徽宗纪》：宣和三年五月改歙州为徽州）徙名数于饶州乐平。

又七世，始家鄱阳。魏了翁（《洪必之墓志》云：洪氏五季时，由歙徙饶之乐平，又七世徙鄱阳）。

又卷三十二《徽州先达题名记》云：予十一世祖（据《宗谱世系表》讳玉，唐昭宗时为监主簿）由歙之黄村徙番之乐平。

又卷三十三《盘洲老人小传》云：洪族本居徽州，唐末避乱徙乐平之东七十里，曰岩前，曰洪源，凡百余家，世世业耕桑。高祖府君志操不群，力教二孙，欲振起门户。自岩前常以幹至郡。

又卷七十四《先君述》云：洪氏始居乐平之金山，自曾祖府君种德重义，以气节闻，子中大夫（即少保公）早世，二孙幼，府君慨然思所以成立计，即挈诸城中，访先生之贤力教之，因占籍鄱阳。长孙讳彦昇（字仲达，《宋史》有传。又《盘洲老人小传》云：元丰乙丑，伯祖给事中，始以进士起家）起家遂给事中（魏了翁《洪必之墓志》云：至给事中彦昇以进士起家，洪氏益大），太中（即秦国公）虽不遇，至先君益显。据此，则自公之曾祖已迁鄱阳，今本《鄱阳志》列公寓贤，未得其实。《宋史》洪彦昇传，称饶州乐平人，从祖贯也。公传直称鄱阳人（王象之《舆地纪胜》饶州人物门，洪晧注云乐平人，盖亦从祖贯也）。

《宗谱世系表》：公兄弟七人，行第一，次曦，次晔，次暎，次晖，次曜，次杲。公讳，左旁从日，与诸弟命名为类，当非从白。今自《宋史》，下及诸书，皆从白作“皓”，此从《宗谱》。按：坊行诸书，又有误作“浩”，作“灏”，作“皎”者。《南宋书》高宗纪，起复朝散郎洪浩（明监本、武英殿本、《宋史》宇文虚中传，并作“洪浩”，明监本《宋史》高宗纪，金遣洪浩，亦作“浩”。赵彦卫《云麓漫钞》亦引作洪浩）；张氏九成之甥于恕所编《横浦心传录》洪忠宣灏；元好问《中州集》末附南冠五人诗，有朱少章弁，而不及收忠宣诗。又于朱诗前缀事略云：绍兴十二年，皇子生，大赦，宋使洪皎、张邵、朱弁南归。均宜订正。

原编：公诞生于六月十一日。今按《盘洲集》卷六十九《大人生朝设醮青词》全文见后。二篇，一云：自婴滞疾，再涉隆冬。一云：自缠绵于末疾，兹经涉于三冬。《宗谱世系表》谓公生于十一月己卯。孙莘老年谱：是年十一月丁卯朔，己卯系十一月十三日，与《青词》合，或当有据。

元祐四年己巳　二岁

元祐五年庚午　三岁

元祐六年辛未　四岁

元祐七年壬申　五岁

元祐八年癸酉　六岁

绍圣元年甲戌　七岁

绍圣二所乙亥　八岁

绍圣三年丙子　九岁

绍圣四年丁丑　十岁

元符元年戊寅　十一岁

元符二年己卯　十二岁

元符三年庚辰　十三岁

徽宗建中靖国元年辛巳　十四岁

崇宁元年壬午　十五岁

少英傥有奇节【《先君述》】。

《乐平县志》：少负奇节，有经略四方志。

《宋史·本传》少有奇节，慷慨有经略四方之志。

崇宁二年癸未　十六岁

崇宁三年甲申　十七岁

崇宁四年乙酉　十八岁

崇宁五年丙戌　十九岁

原编：公入太学（《宋史·选举志》：徽宗设辟雍于国郊，以待士之升贡者，临幸加恩博士弟子有差。然州郡犹以科举取士，不专学校。崇宁三年，遂诏天下取士，悉由学校升贡，其州郡发解及试礼部法并罢，自此岁试上舍，悉差知举如礼部试。宣和三年，诏罢天下三舍法，开封府及诸路并以科举取士，唯太学仍存三舍，以甄序课，试遇科举，仍自发解），王黼欲妻以女弟，给事公以同台故曲为平章公力辞不就。太中公有寄公诗，遂归。

按：婺源洪腾蛟，字鳞雨，乾隆间举人。《寿山丛录》云：蒋一葵《尧山堂外纪》宋熙宁中馀杭进士洪浩游太学，十年不归，其父作诗寄曰：太学何蕃且一归，十年甘旨误庭闱。休辞客路三千远，须念人生七十稀。腰下虽无苏子印，箧中幸有老莱衣。归时定约春前后，免使高堂赋式微。浩得诗即归养。或改首句作"太学何蕃去未归"，以为忠宣公晧诗，误矣。自洪侍御觉山修《统谱》，冒昧纪载，后来相沿，所宜刊正（已上并见原《丛录》原文）。原编据馀杭诗谓公留太学十年始归，而以是年初入太学下距乙未登第之岁为十年。考《宋史·徽宗纪》崇宁五年，无赐上舍及第之事，与《先君述》所谓以诸生待廷试京师者不合，其误可知。此后大观元年六月、二年三月、四年三月，政和三年三月、四年二月，皆尝上舍生及第，并见《徽宗纪》。窃意公游太学当在政和三四年间。又《先君述》云：考官孙九鼎者，有太学旧。则所云以诸生待试亦谓在太学耳。

大观元年丁亥　二十岁

大观二年戊子　二十一岁

大观三年己丑　二十二岁

大观四年庚寅　二十三岁

政和元年辛卯　二十四岁

政和二年壬辰　二十五岁

政和三年癸巳　二十六岁

政和四年甲午　二十七岁

公以诸生待廷试京师，王黼请婚，却之【《宋史·本传》】。

伯父给事公曲为平章公卒却之。

《先君述》云：以诸生待廷试京师，伯父给事位南床（唐杜佑《通典》：御史食座之南横设榻，谓之南床。例不出累月，迁登南省，故号南床百日）。王黼为中执法（按：《宋史·佞幸传》：黼以崇宁中进士第，何执中荐擢校书郎。蔡京复相，德其助己，除左谏议大夫给事中，御史中丞，自校书至是才两岁。考蔡京复相在政和二年五月，则黼为中执法亦当在政和二年后。《徽宗纪》：重和元年正月庚戌，以翰林学士承旨王黼为尚书左丞。《宰辅表》：重和元年四月庚戌，王黼自翰林学士承旨，以尚书左丞起复。九月庚寅，加中书侍郎。据王偁《东都事略·徽宗纪》：重和元年春正月甲申朔，庚戌王黼为尚书左丞。由甲申朔推之，则庚戌系正月二十七日，与《宋史》正合。其下文云：夏五月壬午朔，则四月内不得有庚戌，作四月者非也。又按：黼以宣和二年十一月入相，六年十一月致仕），慕先君为人，欲女以女弟。给事以同台故曲为平章先君恳拜曰：妇所以事舅姑也，家素壁立，今"暴得一官"，乃令鼎贵荐，女身得计矣，如父母何？

按《先君述》方云以诸生待试，而下即述公语云"暴得一官"，疑公未擢第时，或以给事恩泽入官欤？

政和五年乙未　二十八岁

登何㮚【《宋史·何㮚传》：㮚字文缜，仙井监人，政和五年进士第一】榜进士第。

《宋史·本传》：登政和五年进士第。

《徽宗纪》：政和五年三月己卯，御集英殿策进士。癸巳，赐礼部奏名进士出身（按：出身上当有及第二字）六百七十人。

王偁【《东都事略·朱勔传》：始广供备以媚上，舟舻相继，号曰花石纲，声焰熏灼，贿赂纷纭成市，邪人秽夫，争候门下，肆狎昵，因以求剧职要官，躐进至侍从者袂相属也】请婚，公复却之【《宋史·本传》】。

《先君述》云：暨擢第，朱勔复请婚，资送万计，且啖以显仕，拒尤力。朱不获命，卨榜中周审言婿之，及周直内阁，服金带为秀州守，先君乃在幕下，人为先君惜之，视之蔑如也。

娶魏国夫人沈氏【《盘洲集》卷七十七】。

《慈茔石表》（全文见后）云：政和五年，先君及进士第，太夫人之兄太学博士松年在京师，闻先君名，定婚焉。

政和六年丙申　二十九岁

官台州宁海县主簿。

是年十月，给事公以朝请郎迁徽猷阁待制【见文敏公《容斋四笔》卷十五】。

政和七年丁酉　三十岁

官宁海，作三瑞堂交翠亭。秋长子文惠公适生。

《盘洲集》卷二有《交翠亭诗》。自序云：政和丙申，家君主宁海簿。明年作交翠亭，是秋而某生。诗云：三十年中事，鸾栖筑小亭。寒声长新箨，清闷拂疏棂。水转前时绿，山浓远处青。重来勤问讯，此别记秋萤。

祝穆《方舆胜览》：三瑞堂，洪光弼为宁海主簿时建，适以荷花、桃实、竹干有连理之瑞，已而生适，故适以贰车行县题诗云：久矣驰魂梦，今登三瑞堂。故山有乔木，近事话甘棠。展骥惭充

位，占熊忆问祥。白云留未去，极望是吾乡。

《舆地纪胜》台州下：交翠亭在宁海簿厅，三瑞堂在宁海主簿厅西。

摄宁海县令【未详何年，附著于此】。

《先君述》云：主宁海簿，会令去，摄其事。民旧苦市绢不均，先君始令物力百千者赋一匹，大姓王隆多买田不受税，岁才五十匹，至是数增三倍，余以次定赋，蠲贫弱者四千人。百户李氏富而戆，家藏妖书，号《二宗三际经》，时节集邻曲，醵香火，祀神，元未尝习也。奸人诡入伍中，通其女，既泄，即告县逮送狱。先君入食，有小吏偶语，喜甚，诘之，曰：李氏辈赂钱五十万，故喜。先君曰：是下狱属耳，而赇吏若此，可缓乎？即呼囚立庭下，委曲问，情得，并告者平决之。吏骇，顾失色。

《盘洲集》卷二《过梁王寺书家君祠堂》诗云：生还未列麒麟画，旧德犹怀鸾凤栖。共问翰林今孰似？凛然眉宇染风墅。原注：旧有道流妄引地记，乞废寺为宫，外台下其事于州，州下之县。家君时摄邑事，力为辩明，乃寝。

给事公出知滁州。

《容斋四笔》卷十五：政和末，伯祖仲达在东省，以疾暂谒告两日。张天觉复官之，命过门下第四厅。给事方会论，为畏缴驳之故，所以托病，遂罢知滁洲。

《宋史·刘拯传》：张商英入相（《宰辅表》：张商英以大观四年六月入相），召为吏部尚书，拯已昏愦，吏乘为奸。又左转工部，以枢密直学士知同州。时商英去位，侍御史洪彦昇并劾之，削职，提举鸿庆宫。

重和元年戊戌　三十一岁

官宁海。

宣和元年己亥　三十二岁

官宁海。

宣和二年庚子　三十三岁

官宁海。

《先君述》云：方腊反，台之仙居民应之，踪捕反党及旁县。一日，驱菜食者数百人至县，丞、尉皆曰可杀，先君争不得。丞、尉用赏秩，不逾年相继死，皆见所杀为厉云。

按：《宋史·高宗纪》，宣和二年十月，建德、清溪妖贼方腊反，命谭稹讨之。据此，则踪捕反党当在是年。

除南京【南京今河南归德府，宋为南京应天府】国子博士，未就职。

据《先君述》：当在方腊陷杭州之前。

次子文安公遵生。

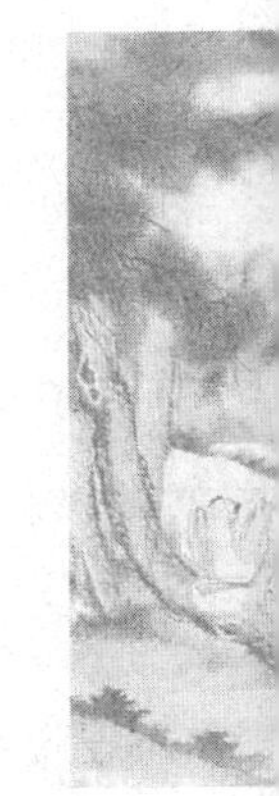

宣和三年辛丑　三十四岁

迁宣教郎，为秀州司录事。

《先君述》云：拜南京国子博士，未上，贼犯杭州，经制使陈公亨伯（《东都事略》陈遘传云：遘字亨伯，零陵人也。方腊起睦州，二浙用兵，以亨伯为龙图阁直学士经制使）檄主饷，奏功迁宣教郎，为秀州司录事。

按：秀州到任年分失考，当在方腊寇平之后。《宋史·徽宗纪》：宣和三年四月庚寅，中州防御使辛兴宗擒方腊于清溪。七月戊子，童贯等俘方腊以献。八月丙辰，方腊伏诛。又按：方腊党方七佛，以是年正月犯秀州。《宋史·徽宗纪》失书，详见《童贯传》。《传》云：方腊者，睦州青溪人也。宣和二年十二月，陷睦、歙二州，南陷衢，北掠新城、桐庐、富阳诸县，进逼杭州。郡守弃城走，州即陷。警奏至京师，王黼匿不以闻，于是凶焰日炽，东南大震，发运使陈亨伯请调京畿兵及鼎、澧枪牌手，兼程以来，使不至滋蔓。徽宗始大惊。三年正月，腊将方七佛引众六万攻秀州，统军王子武乘城固守，已而大军至，合击贼，斩首九千，筑京观五，贼还据杭。

宣和四年壬寅　三十五岁

官秀州。

宣和五年癸卯　三十六岁

官秀州。

三子文敏公迈生。

宣和六年甲辰　三十七岁

官秀州。

秋大水，公以荒政自任，所活九万五千余人，人呼为洪佛子。

《宋史·徽宗纪》：宣和六年，两河、京东西、浙西水。

《五行志》：宣和六年秋，京畿恒雨，河北、京东、两浙水灾，民多流移。

《先君述》云：宣和六年秋大水，田不没者什一，流民塞路，仓府空虚，无赈救策。先君白郡守，以荒政自任。悉籍境内粟，留一年食，发其余粜于城之四隅，升损市直钱五，戒米肆揭价于青白旗上，巡行无时，挟其旗靡者，皆无敢贵粜。不能自食者，官主之，立屋于东南两废寺，十人一室，男女异处，防其淆伪，涅黑子识其手，东五之，南三之，负爨樵汲，有职民羸不可杖，有侵牟斗嚣者，乱其手文逐之，皆帖帖畏服。借用所掌，发运名钱，钱且尽，会浙东纲常平米斛四万过城下，先君遣吏锁津栅，谕守使截留。守噤不肯曰：此御笔所起也，罪死不赦。先君曰：

民仰哺当至麦秋，今腊犹未尽，中道而止，则如勿救，宁以一身易十万人命。讫留之。居亡何，廉访使者王孝竭至郡，曰：平江哀号诉饥者旁午，此独无有，何也？守具以对，即延先君如两寺验视，民肃然，无出声。孝竭曰：吾尝行边军政不过是也。违制抵罪，得为君脱之，且厚赏。呼吏草奏。先君曰：免戾幸矣，安所赏？但食犹未足，公能终惠，复得二万石乃可。孝竭以闻，米如请而得。至麦秋，民相携以归，前后所活九万五千余人。州人既不死凶年，先君出，无不手加额，呼为洪佛子（事并见《舆地纪胜》嘉兴府官吏门，洪晧注所引《系年录》）。

又《宋史·本传》：宣和中为秀州司录，大水，民多失业。晧白郡守，以拯荒自任，发廪损直以粜。民坌集，晧恐其纷竞，乃别以青白帜，涅其手以识之，令严而惠遍。按：《本传》别以青白帜一语，与《先君述》所书语意微异。

宣和七年乙巳　三十八岁

官秀州。

钦宗靖康元年丙午　三十九岁

官秀州。

高宗建炎元年丁未　四十岁

是年三月，徽钦二帝北狩。五月，高宗即位于应天府。

官秀州。九月御营统制辛道宗率兵讨陈通，至嘉兴县【《宋·地理志》：秀州以政和七年赐名嘉禾郡，嘉兴县附郭】，兵溃。

《宋史·高宗纪》：建炎元年八月戊午朔，胜捷军校陈通作乱于杭州，执帅臣叶梦得，杀漕臣吴昉。壬申，命御营统制辛道宗讨陈通。九月甲午夜，辛道宗兵溃于嘉兴县。辛丑，陈通劫提点刑狱周格营，杀格，执提点刑狱高士曈。十月甲子，知秀州兼权浙西提点刑狱赵叔近入杭州，招抚陈通。丁卯，以王渊为杭州制置，盗贼使统制官张俊从行。十二月辛酉，王渊入杭州，执陈通等诛之。

十月，孝宗皇帝生于秀州杉青牐之官舍。

《宋史·孝宗纪》：王夫人张氏（《高宗纪》：绍兴三十二年六月甲戌，加赠兄子偁为太师中书令，追封秀王，谥安僖。妻张氏封王夫人）梦人拥一羊遗之曰：以此为识。已而有娠，以建炎元年十月戊寅生帝于秀州青杉（据《河渠志》当作杉青）牐之官舍，红光满室，如日正中。

十一月，王公伦、朱公弁使金。

《宋史·高宗纪》建炎元年十一月壬辰，遣王伦等为金国通问使。

《王伦传》：建炎元年，选能专对者使金，问两宫起居，迁朝奉郎，假刑部侍郎，充大金通问使。閤门舍人朱弁副之。

《朱弁传》：建炎初，议遣使问安两宫，弁奋身自献，诏补修武郎，借吉州团练使，为通问副使。

建炎二年戊申　四十一岁

累官朝散郎，丁父秦国公忧，奔丧归饶州。时秦国太夫人与诸孙在秀州，秀卒以城叛，相戒毋入洪佛子家。

《先君述》云：累官朝散郎，丁太中忧还乡奔丧。太硕人年七十矣，与弱孙在。秀诸卒以城叛，卤掠无一家免，过门皆曰：此洪佛子家也，毋得入。

《宋史·高宗纪》：建炎二年五月己酉，秀州卒徐明等作乱，执守臣朱芾，迎前守赵叔近复领州事。命御营中军统制张俊讨之。六月乙丑，张俊至秀州，杀赵叔近，执徐明斩之。

是年五月，宇文虚中使金。

《宋史·高宗纪》：建炎二年五月丙申，命宇文虚中为资政殿大学士，充金国祈请使。

《宇文虚中传》：二年，诏求使绝域者，虚中应诏，复资政殿大学士，为祈请使。杨可辅副之。寻又以刘诲为通问使，王贶为副。明年春，金人并遣归。虚中曰：奉命北来，祈请二帝。二帝未还，虚中不可归。于是独留。虚中有才艺，金人加以官爵，即受之，与韩昉辈俱掌词命。明年洪晧至上京，见而甚鄙之。

建炎三年己酉　四十二岁　是年为金太宗天会七年

自饶州还，四月至秀州。先是，上将移跸建康，公适过临安，疏谏不纳。五月，得旨召对，起复为徽猷阁待制，假礼部尚书，充大金通问使。

《先君述》云：贼平（承上秀卒叛言），先君还过临安。时苗傅、刘正彦出逃未伏诛，上将迁狩建康。先君上疏，言今内难甫平，外敌方炽，若轻至建康，恐金人乘虚侵轶，宜遣近臣先往经营，庶事告办鸣銮（鸣銮《宋史·本传》作回銮，误。潜说友《咸淳临安志》引此疏作鸣銮。徐梦莘《三朝北盟会编》亦作鸣銮）未晚也。时庙谟已定，不能从，既而悔之。上问宰辅近谏移跸者为谁，今安在？丞相张和公时知枢密院以对，过秀，邀先君至平江，欲以为部使者，招二凶。适捷书至（按捷书至，非谓苗、刘伏诛也，据《宋史·高宗纪》苗、刘以是年七月辛巳伏诛，在忠宣奉使后，此盖谓二凶就俘耳）乃止。将辞归，和公曰：吕丞相欲见君。即遣直吏介谒，俄有旨召见。时方墨衰绖，丞相脱巾服衣之。既对，上以国步艰难，两宫远狩（狩《宋史·本传》作播，误）为忧。先君极言天道好还，裔夷安能久陵中夏，此正《春秋》邲郢之役，天其或者警晋训楚也（此上郢字，盖谓吴入郢之役。按《左传》哀公元年，陈逢滑有“天其或者正训楚也”之语，确指郢事，与鄢无涉，《续通鉴》改郢为鄢，误）。所言反复，当上意。上曰：卿议论纵横，熟于史传，有专对之才。朕方择使，无以易卿。先君以母老父丧恳辞，不许，擢徽猷阁待制，迁五官，假礼部尚书，为奉使大金军前使，令与宰执议国书。先君欲有所易，辅臣（按：辅臣谓吕颐浩，见《宋史·本传》）护其文，不喜，遂抑迁官、赐告（《续通鉴》：帝遗左副元帅宗翰书，称宋康王构谨致书元帅阁下，愿用正朔，比于藩臣。上令晧与宰执议国书，晧欲有所易，颐浩不乐）。

《宋史·高宗纪》：建炎三年三月癸未，傅正彦等勒兵向阙。戊子，张俊部兵八千至平江，张浚谕以决策起兵问罪，约吕颐浩、刘光世招韩世忠来会（先是，上命朱胜非节制平江府秀州，控扼军马，礼部侍郎张浚副之，寻召胜非赴行在，留浚驻平江）。甲午，吕颐浩率勤王兵二万发江宁。辛丑，傅等遣军驻临平，拒勤王兵。四月庚戌，颐浩、浚军次临平，苗翊、马柔吉拒战，不胜，傅正彦引兵二千夜遁（《先君述》所云傅正彦出逃，即此）。辛亥，吕颐浩等入见。癸丑（《宋史》原文作癸未，误），以吕颐浩为尚书右仆射，兼中书侍郎。丁卯，帝发杭州（按此下帝次平江，《纪》失书）。五月戊寅朔，帝次常州，以张浚为宣抚处置使。辛巳，次镇江府。乙酉，至江宁府，驻跸神霄宫，改府名建康，起复朝散郎洪晧为大金通问使，（已上节录《宋史》原文并附小注）。

今以《本纪》月日考之，则公过临安疏谏移跸，当在四月辛亥后，丁卯前，寻即归秀。迨帝发杭州，吕张二相扈从过秀，是以有邀至平江之事，与《先君述》云云正合。唯《先君述》于邀至平江下即云将辞归，俄有旨召见。似当日公被使命在平江，非在建康也。按《本纪》特书起复洪晧于驻跸建康之下，则又似被命建康矣。今据《宋史·本纪》书作五月奉使，而详具《本纪》及《先君述》原文入注，以备参考。

按：公奉使至金一节，《金史·太宗纪》、《交聘表》并失书，使还年月则《熙宗纪》、《交聘表》皆书之，详后。

兼淮南、京东等路抚谕使。

《先君述》云：淮甸贼蜂起，乃命先君兼淮南、京东等路抚谕使，俾李成（时为宿泗州都大捉杀使）以兵护至南京。成乃方与耿坚（时为遥郡防御使）围楚州（今江苏山阳县，时贾敦诗以通判权州事），以责其降虏为名，实持叛心（《宋史·高宗纪》建炎三年二月庚戌朔，金人陷楚州，守臣朱琳降。《本传》云：时淮南盗贼踵起，李成甫就招，即命知泗州羁縻之，乃命晧兼淮南、京东等路抚谕使，俾成以所部卫晧至南京。比过淮南，成方与耿坚共围楚州，责权州事贾敦诗以降敌，实持叛心。据此，知李成时方知泗州，而权知楚州者为贾敦诗）。先君遣书抵成，成曰：汴（《乾隆府厅州县图志》灵壁县下，古汴水自河南永城县界流入，径宿州南，又东南入泗州界）泗（《宋史·河渠志》汴水下：靖康而后，汴河上流为盗所决者数处，决口有至百步者，塞久不合，干涸月余，纲运不通。又《盘洲集·过谷熟》诗云：汴水流干辙迹深），虹（《宋史·地理志》泗州虹下：绍兴九年，自宿州来隶。据此，则虹县当隶宿州）有红巾贼，非五千骑不可往，军食绝，不克唯命。先君闻坚可撼，阴遣说之曰：君越数千里赴国家急，山阳纵有罪，当禀于朝。今擅兵攻围，名勤王，实作贼尔。坚意动，遂强成敛兵。先君行未至泗境，谍云有迎骑介而来（《宋史·本传》：晧至泗境，迎骑介而来。与此微异），副龚琇曰：事叵测，虎口渠可入。送兵亦不肯前，先君不得已，遂返。即上疏言：李成以朝廷不抚恤，稽军饷，有引众纳命建康之语。今靳赛据扬州，薛庆据高邮，万一三叛连衡，何以待之？方含垢养晦之时，宜选辩士谕意，优进官秩，畀以京口纲运，如晋明帝待王敦可也。疏奏，上遣閤门宣赞舍人贺子仪抚谕成，给米五万石，令第将士名貤恩。初，先君戒所遣吏须疏从中出，乃诣政事堂白副封。时方禁直达，忤宰臣意（《宋史·本传》颐浩恶其直达，而不先白堂，以托事滞留），降承议郎（据《续通鉴》贬秩二等，在是年六月）。请出滁阳路（《宋史·本传》请出滁阳路，自寿春由东京以行）。张

守忠、李贵啸频上，道益梗，提举官范漠、张锐尝招慰之，旋复乱。先君至顺昌，闻贼有至近郊以牛驴市物者，约与相见谯门下。先君晓譬切至曰：自古无白头贼。贼竦寤，请归报其渠。乃为书至其窟穴，守忠、贵听命，率所领入宿卫。守忠初名俊，入朝赐今名。李贵即俗所谓李阎罗者。又云：抚谕京淮，降空名告身二十通，以便宜赏功，存其半，或求窜名，却弗应，封以还尚书。

仍寓家秀州。

《先君述》云：一日，归别，先君持太硕人拜且泣。时长子适甫十三岁，逖以下皆襁褓，呱呱省别，行路不能仰视，先君弗子也。又云：使虏得修职郎四人，时有六子，独适预名，三以官弟侄，且乞以一弟晔奉甘旨。晔起布衣，夺哀为秀州判官。

闰八月至太原。原编。

《宋史·高宗纪》靖康元年八月，金帅黏罕（《松漠纪闻》黏罕者，吴乞买三从兄弟，名宗幹。按《金史》作宗翰，恐“幹”字误。乞买，金太宗名也）复引兵深入，陷太原。《续通鉴》：晧至太原，金令其阳曲县主簿张维馆伴，留几岁。

是年七月，崔公纵使金。九月，张公邵使金。

《宋史·高宗纪》：建炎三年七月丁酉，遣崔纵使金军前。九月丙辰，遣张邵充金国军前通问使。

建炎四年庚戌　四十三岁　是年为金天会八年

在太原。十二月徙云中。原编。

按《先君述》云：间关至太原，留几一年(《宋史·本传》亦云：晧至太原，留几一年)。若以己酉闰八月至太原，今年十二月徙云中，则不止一年。疑由太原他徙，旋又徙云中耳。

《宋史·地理志》：宣和四年，诏山前收复州县合置监司，以燕山府路为名，山后别名云中府路。又云：云中府，唐云州大同军节度，石晋以赂契丹，契丹号为西京（《松漠纪闻》：西京原注：

北人称云中为西京。按云中今山西大同府)。宣和三年始得云中府、武、应、朔、蔚、奉圣、归化、儒、妫等州，所谓山后九州也。按宣和七年燕云诸郡复陷入金。

是年二月，金人陷秀州，长子适等奉秦国、魏国二夫人避乱归饶州。

按：避乱归饶，钱大昕《文惠公谱》叙于上年。盖秀州虽陷于是年，而上年十一月高宗已弃杭州，则秀州危迫，归饶当在上年。此特连类书之耳。

旋复还秀州。

《宋史·高宗纪》：建炎四年二月辛卯，金人陷秀州，许及之。《文惠公行状》云：值胡骑犯吴，间关奉秦国、魏国，挟五弟、三妹归鄱阳。又云：指众食贫，忠宣奉入在秀，复迎挈以往。

公所著书悉厄于兵烬。

《盘洲集》卷六十三《跋先忠宣公鄱阳集》全文见后，云：先君以建炎己酉出疆，平生著作多，悉留槜李（即秀州），庚戌之春，厄于兵烬。

九月，金人立刘豫为齐帝。

《宋史·高宗纪》：建炎四年九月，刘豫僭位于北京。

《金史·太宗纪》天会八年九月戊申，立刘豫为大齐皇帝，都大名府。

绍兴元年辛亥　四十四岁　是年为金天会九年

在云中。时徽钦二帝徙居五国城，公遣人奏书，并献胡桃、梨、修粟、面诸物。

《宋史·高宗纪》建炎四年七月乙卯，金人徙二帝自韩州之五国城。

《先君述》云：两宫蒙尘五国城，先君尝私遣人奏书，并献胡桃、梨、脩粟、面诸物，两宫始知赵氏中兴。

《宋史·王伦传》：有商人陈忠密告伦二帝在黄龙府，伦遂与弁及洪晧以金遗忠往黄龙府潜通意，由是两宫始知高宗已即位矣。

楼钥：《攻媿集·王公神道碑》云：金帅黏罕凶焰炽甚，公与之抗辩，旁若无人，金帅愤怒，留之云中，从行者多不堪，公谈笑自若，勉以节义。然尚未知两宫安否，日祷于天，以朝通夕死为言。有商人陈忠告使臣杨汝亨曰：二圣太后在黄龙府。公以语副使朱公弁及洪公晧曰：此天所赞也。即遗之金，使达上意。由是两宫始知本朝中兴，而江南之信通焉。

金人迫使仕刘豫，怵以剑，不为动。五月徙冷山。

《宋史·刘豫传》：洪晧久陷于金，黏罕劝晧仕豫，不从，窜晧冷山。

《先君述》云：先君间关至太原，留几一年，虏遇使人礼益薄。及至云中，大猷黏罕迫遣与副使官伪齐。先君曰：万里衔命，不得奉两宫南归，大国度不足以有中原，当还诸本朝，乃违天以奉逆豫，豫可磔万段，顾力不能，忍事之邪？今留亦死，不即豫亦死，偷生狗鼠间，甘鼎镬不悔也！黏罕怒，命壮士拥以下，执剑夹承之，先君不为动。旁贵人喈曰：此真忠臣也！止剑士以目，为跽请，黏罕怒少霁，遂流递于冷山。与假吏沈珍、隶卒邱德、党超、张福、柯辛俱。副使至汴，受豫命，知恩州。流递犹中国编窜也。

《松漠纪闻》：冷山去燕山三千里，去金国所都二百余里，皆不毛之地（按《纪闻》宁江州去冷山百七十里）。

又云：自上京至燕二千七百五十里，上京即西楼也。三十里至会宁头铺，四十五里至第二铺，三十五里至阿萨铺，四十里至来流河，四十里至报打孛堇铺，七十里至宾州，渡混同江（按《纪闻》契丹自宾州混同江北八十余里建寨以守，予尝自宾涉江过其寨，守御已废，所存者数十家耳），七十里至北易州，五十里至济州东铺，二十里至济州，四十里至胜州铺，五十里至小寺铺，五十里至威州，四十里至信州北，五十里至木阿铺，五十里至没瓦铺，五十里至奚营西，四十五里至杨相店，四十五里至夹道店，五十里至安州南铺，四十里至宿州北铺，四十里至咸州南铺，四十里至铜州南铺，四十里至银州南铺，五十里至兴州，四十里至蒲河，四十里至沈州，六十里至广州，七十里至大口，六十里至梁渔务，三十五里至兔儿埚，五十里至沙河，五十里至显州，五十里至军官寨，四十里至惕隐寨，四十里至茂州，四十里至新城，四十里至麻吉步落，四十里至胡家务，四十里至童家庄，四十里至桃花岛，四十里至杨家馆，五十里至隰州，四十里至石家店，四十里至来州，四十里至南新寨，四十里至千州，四十里至润州，三十里至旧榆关，三十里至新安，四十里至双望店，四十里至平州，四十里至赤峰口，四十里至七个岭，四十里至榛子店，四十里至永济务，四十里至沙流河，四十里至玉田县，四十里至罗山铺，三十里至蓟州，三十里至邦军店，三十五里至下店，四十里至三河县，三十里至潞县，三十里至交亭，三十里至燕。自燕至东京（此东京谓宋东京开封府，金初曰汴京，后改曰南京）一千三百十五里。自东京至泗州一千三十四里。自云中至燕山数百里。皆下坡。共地形极高，去天甚近。

冷山皆完颜希尹【《松漠纪闻》：悟室者，女真人，名希尹，封陈王，为左相，诛宋、兖、滕、虞凡七十二王，后为兀朮族诛】聚落。公至，希尹命其八子受学于公。

原编：悟室使诲其八子彦清等。今按：《松漠纪闻》悟室长子源，第三子挞挞，疑源即彦清也。挞挞劲勇有智，力兼百人。其死，悟室哭之恸曰：折我左手（亦见《松漠纪闻》）。

又按：《金史·完颜希尹传》二子把答（《熙宗纪》作把搭、漫带，与希尹同被诛）。

《先君述》云：云中至冷山行两月程，距虏二百余里（与《松漠纪闻》合。又按《宋史·本传》距金主所都仅百里，恐误），地苦寒，四月草始生，八月而雪，土庐不满百，皆陈王悟室聚落。悟室使诲其八子，或一年（《宋史本传》作二年）不给衣食，盛夏至衣粗布，番课四隶（谓隶卒邱德等四人），采薪他山。尝久雪薪尽，至乞马矢煨面而食。

绍兴二年壬子　四十五岁　是年为金天会十年

在冷山。

九月王伦自金还【《续通鉴》：晧得以家问附伦而归】，言公奉使不屈，诏下秀州存问家属，赐银绢二百。时长子适未冠，以修职郎得监南岳庙。

《宋史·高宗纪》：绍兴二年九月壬戌，王伦自金国使还入见。

《王伦传》：绍兴二年，黏罕忽自至馆中与伦议和云云。是秋，伦至临安入对，言金人情伪甚悉，帝优奖之。

《先君述》云：绍兴二年，使者王公伦归，为上言之（此承上黏罕迫仕伪齐及流递冷山言），即下秀州存问家属，赐银绢二百。适未冠，得监南岳庙。

原编：是年十一月作《太硕人七十三岁生辰》诗。

附考：

《先君述》云：尝有旨以先君母老赐钱百万。又与将仕郎恩泽五人，它赐予者三。按：当在绍兴壬子后。

绍兴三年癸丑　四十六岁　是年为金天会十一年

在冷山。

原编：是年有《寒食思亲》诗。

绍兴四年甲寅　四十七岁　是年为金天会十二年

在冷山。

原编：是年有《小（原阙，《鄱阳集》作小王）仲冬置酒次

韵》诗。

绍兴五年乙卯　四十八岁　是年为金熙宗天会十三年

在冷山。

是年永祐陵讳闻，公北向泣血，旦夕临，遣使臣沈珍往燕山开泰寺建道场，为文祭之。

《宋史·徽宗纪》：绍兴五年四月甲子（《金史·熙宗纪》在天会十三年四月丙寅）崩于五国城，七年九月甲子凶问至江南。十二年八月乙酉梓宫还临安。十月丙寅权攒于永祐陵。

《先君述》云：永祐陵讳闻，先君北向泣血，旦夕临，后遇讳日，即燕山开泰寺为文以荐云云。故臣读之，无不掩涕。

按：《容斋三笔》载，《开泰寺功德疏》较《先君述》为详，具录如左。《容斋三笔》卷八：徽宗以绍兴乙卯岁升遐，时忠宣公奉使未返，命滞留冷山，遣使臣沈珍往燕山建道场于开泰寺，作功德疏，曰：千年厌世，莫遂乘云之仙；四海遏音，同深丧考之戚。况（已上二十一字《先君述》无）故宫为禾黍，改馆徒馈于秦牢；新庙游衣冠，招魂漫（漫当从《先君述》作但）歌于楚些。虽置河东之赋，莫止江南之哀。遗民失望而痛心，孤臣久縶唯欧（《先君述》作呕〔古通〕）血。伏愿盛德之祀，传百世以弥昌（《先君述》作无穷）；在天之灵，继三后而不朽。北人读之亦堕泪，争相传诵。其后梓宫南还，公已徙燕，率故臣之不忘国恩者出迎于城北，搏膺大恸，北人最重忠义，不以为罪也。

岳珂《桯史》：徽宗上宾，洪忠宣盖尝于燕京悯忠寺肆筵以奠。是时方身縻异境，若于郡国礼制之外因心荐严，虽前无此，比亦不失臣子尽诚之谊云（按朱彝尊《日下旧闻》引王沂公《上契丹事》云：幽州悯忠寺，本唐太宗为征辽阵亡将士所造。又有开泰寺，魏王耶律汉宁造，皆遣朝使游观。又朱昆田《日下旧闻补遗》引屈大均《鸿雪录》云：燕旧有开泰寺，王沂公谓是辽魏王汉宁所建。元王恽《秋涧集》中载《重修开泰寺功德疏》，亦曰乃眷燕山，昔为辽府开泰禅寺者，爰因邸第建自枢臣。然《辽史》宗室初无魏王汉宁传也。据吴长元《宸垣识略》，悯忠寺唐贞观十九年建，明正统中改名景福，本朝雍正九年赐额曰法源寺，是悯忠寺未尝有开泰之名，《程史》作悯忠寺，疑传闻之讹耳）。

绍兴六年丙辰　四十九岁　是年为金天会十四年

在冷山。

绍兴七年丁巳　五十岁　是年为金天会十五年

在冷山。

原编：有“独活他乡已九秋”之句。

二月辛丑，诏存恤家属，赐钱三百缗【《续通鉴》】。

绍兴八年戊午　五十一岁　是年为金天眷元年

在冷山。

原编：闻金军过江，未得确耗，忧愤成疾，有《遣怀》诗云：老母八十漫嗟予。

十一月夫人沈氏薨于秀州。

绍兴九年己未　五十二岁　是年为金天眷二年

在冷山。

原编：有《贺左相封陈王启》。按：《松漠纪闻》载《陈王悟室加恩制词》，盖金相韩昉为翰林学士时所作。

绍兴十年庚申　五十三岁　是年为金天眷三年

自冷山徙燕，八月至燕。

是年金人诛完颜希尹，党与皆坐死，独公数与异议获免。

《金史·熙宗纪》：天眷三年九月癸亥，杀左丞相完颜希尹及希尹子昭武大将军把搭（《希尹传》作同修国史把荅）、符宝郎漫带。

又《完颜希尹传》：熙宗即位，为尚书左丞相，兼侍中，加开府仪同三司。天眷元年，乞致仕，不许，罢为兴中尹。二年，复为左丞相，兼侍中，俄封陈王，与宗幹共诛宗磐、宗隽。二年（二年当为三年）赐希尹诏曰：师臣密奏，奸状已萌，心在无君，言宣不道。逮燕居而窃议，语神器以何归。稔于听闻，遂致章败。遂赐死。是时熙宗未有皇子，故嫉希尹者以此言谮之。

《松漠纪闻》：庚申年，星守陈（承上客星守鲁言，亦谓客星也），太史以告宇文，宇文语悟室（原注悟室时为陈王），悟室不以为怪，至九月而诛。

《先君述》云：先君辱于悟室十年，多为诗文以讽，皆忧国伤时语。悟室尝得献取蜀策，持以问先君。先君历陈古事梗之。悟室锐欲吞中国，曰：孰谓海大，我力可干，但不能使天地相拍尔。先君曰：兵犹火也，弗戢将自焚，自古岂有四十年用兵不止者。又数数为言所以来，为两国大事，今既不受使，乃令深入教小儿，兵交使在礼不当执。悟室或应或否，一日大怒曰：汝作和事官，却口硬，谓我不能杀汝邪？先君曰：自分当死，顾大国无受杀行人之名。此去莲花泺三十里，使之乘舟，一人荡诸水，以坠渊为言可也。悟室义之而止。

又云：虏已遣使约和，悟室问所议十事，先君条（折）〔析〕之甚至，曰：封册是虚名，年号本朝自有。金三千两景德所无，东北宜丝蚕，大国有其地矣，绢不可增也。至于取淮北人，摇民害计，本朝必不可。景德之盟，南北所得，人皆不取，载书犹在，可覆视也。悟室曰：吾固欲取投附人诛之，以惩后，何为不可？先君曰：昔魏侯景举十三州地归梁，梁武帝欲以易其侄渊明于魏，景遂作乱，陷台城，仆两帝。中国所监，决不相从。悟室稍悟，乃曰：汝性直，所言不诳我，吾与汝如燕，遣汝归议。遂行，所存沈珍、邱德、党超三人。既而莫公将北来（《宋史·高宗纪》绍兴十年正月丙戌，遣莫将等充迎护梓宫奉迎两宫使），议不合，囚涿州，事复变。道达鞑帐，其酋闻洪尚书名，争邀入穹庐，出妻女胡舞，举浑脱酒以劝。到燕一月，越王兀术族悟室，党与坐死数百千人，独先君故与持论异，身几死数矣，兀术知之，故得免。

书机事数万言，藏故絮中，遣赵德归上之。

《先君述》云：燕人重先君执节，争持酒食相劳苦，先君间行廛市，物色谍者，得赵德，书机事数万言，藏故絮中以归，曰：顺昌之役，虏震惧丧魄，燕之珍器重宝悉徙以北，意欲捐燕以南弃之。王师亟还，自失机会，虽再蹦河南，后必更成（此二语《宋史·本传》作今再举尚可），具以悟室问答语并两宫诸王主所居报上。是岁绍兴十年也。

《宋史·刘锜传》：时洪晧在燕，密奏顺昌之捷，金人震恐丧魄，燕之重宝珍器悉徙而北，意欲捐燕以南弃之，故议者谓是时诸将协心分路追讨，则兀术可擒，汴京可复，而王师亟还，自失机会，良可惜也。

十一月有上母书。

书云：晧远违膝下，忽忽十二年，中间两大病，天怜羁苦，偶幸再生，日夜忧愁，娘娘年高，恐不及一见慈颜，以此痛心，殆不堪处。

晧自酉年闰八月至太原，明年十二月至云中，两处供给幸不缺。又明年五月，元帅晋王驱晧诣冷山悟室监军家，监军使晧教其子昭武。是行在途两月，跋涉四千里。冷山距金都二百五十里。其地苦寒，九月而雪，四月草始生，十年中受尽艰辛，不可胜说。衣著更不与，盛夏服粗布，随行使臣沈珍、兵士邱德、党超幸在，张福、柯辛已死。晧至冷山之明年春，元帅尝许南还，将行，监军父子坚不肯。比至草地，元帅虽怒，已无及，乃遣王侍郎回。三二年来，监军稍相信。前此见问南中事，晧不识其意，每每烦恼。戊年金军过江，有虏到秀州人，后却到冷山，晧以秀事问之，虽知此州官吏并前期往华亭免遭俘掠，终不得端确，缘此忧恼成病。

监军后除右丞相，不主和议。前年七月罢知兴中府，故宋、兖、鲁三王内外用事，欲割地以和。去年正月复召悟室入，专权益甚，三王不胜忿，谋共除之，为二吏所告。七月三日遂诛三王。九月，王侍郎来，留肇州，遣其副，因索进奉及取投附人，朝廷既无素备，其银绢礼数，合入商量，乃一切峻却，遂至交锋。虽顺昌军捷，岳帅众集，忽报班还，何补？何补？

使臣履危受辱，不足惜。当念上皇神柩久寓遐荒，太后年高，宁不思国，宗室困辱不忍说，生灵转徙何时休息，谓宜权以济事，况为亲屈，所当容忍。

悟室尝问岁币，晧答云：契丹景德中虽有此例，缘山东、河北产丝蚕，其地今属金国，责之东南，恐不如数，金三千两景德无之；又问正朔，晧答云：年号本朝所自有。悟室云南朝欲自用其年号，若表书来，当用此间年号；又问封册，晧答云：此自虚名，不必较；又问投附人还可得。晧答云：昔东魏侯景以十三州投梁，有众十万，后败于寿春，才存四百。武帝欲以景易其侄渊明，景遂作乱，陷台城，弑二帝，景虽即灭，梁祚亦亡，监戒甚明，恐不许必须许，亦不肯来就死，徒成祸乱。悟室曰：我亦道不可得，大人云须得投附人至，若不至，自坏尔国家。久之谓晧曰：随我到济州看春水，尔是直性人，言语朴实，与我言合得。尔去与大人商议，我约监公佐，四月间到来，若三两桩事从得，使尔归国商量。遂以三月半到济州。四月四日回冷山。居八日，悟室又云：更随我到燕京。以二十三日起，五月初到草地。及闻莫将来，所请皆不从，大怒，起兵向河南。及顺昌之败，岳帅之来，此间震恐。未几而岳帅军回，吴璘兵大败，河南关西故地一朝复尽得。

八月十八日晧与宇文相公先入燕，至九月七日车驾入。宇文去冬教悟室子孙，因此遂为谋划，每屏人私语至夜分。悟室问江南如何可取？宇文云先取四川。宇文前此已知贡举，及充规划三省使，遣官制礼，凡百与议，今有男女二人，自云南中一子是过房，一女是庶出，老年无亲，唯此二子。自与悟室商议，换授光禄大夫，翰林学士兼太常卿，修国史，详定礼仪。欲得晧亦换官，庶几朝廷知得例换。九月二十二日，悟室父子八人同右丞相萧庆父子四人皆绞死，城外焚之，谓其跋扈擅命也。

晧虽失倚托，幸免换官，亦未敢理会。请授教其一童，为饘粥之资。近又闻例有换授，拟晧朝散郎，翰林直学士。晧自闻此议，日夜号恸，有昭烈大将军者，晋国之弟，从前相爱，闻此见怜，遂同晋国之子见平章相公，诉老母累重，乞免换授。虽已见许，未知其他宰执如何，更旬日间可决矣。

娘娘年高，宁不因晧重添忧恼，然为国亡身，自古有之，无可奈何。所愿免得换授，将来和定，须可图归。万一不免，老小长诀矣。临纸抆泪，悲不自胜。

附考：

《先君述》云：懿节皇后（按高宗宪节邢皇后初谥懿节）之姨高氏与其夫赵伯璘隶悟室戏下，贫甚，先君屡赒之。范蜀公之孙祖平，虏不以为官，佣奴之，先君使以东坡所为《蜀公铭》白曰：我官人也。虏曰：东坡书之，不疑矣。即释之，先君资以归装。贵族有流于黄龙府优籍者二人，先君属副留守赵伦除其籍。刘公光世之庶女小丑，在虏豢豕，为赎以重价求匹偶。衣冠之家略为人奴者，赎之数十人（以上并互见《宋史·本传》）。张待制宇发自蔚州，死云中，先君过荒寺，见其梀，携之至燕山，授其仆钟禹功使葬。

《松漠纪闻》嗢热者，国最小，不知其始所居，后为契丹徙置黄龙府南百余里曰宾州。州近混同江，即古之粟末河、黑水也。

部落杂处，以其族类之长为千户统之。又云：族多李姓，予顷与其千户李靖相知。靖二子，亦习进士举。其侄女嫁为悟室子妇。靖之妹曰金哥，为金主伯固碖侧室。其嫡无子，而金哥所生今年约二十余，颇好延接儒士，亦读儒书，以光禄大夫为吏部尚书。其父死，托宇文虚中、高士谈、赵伯璘为志。高、宇文以赵贫，命赵为之，而二人书篆其文额，所濡甚厚，曾在燕识之。又云：勃海国去燕京、女真所都皆千五百里。

又云：国少浮图氏，有赵崇德者，为燕都运（都运疑是都军，见《松漠纪闻》补遗，原注都监也。又《金史》官名有中都路都转运使，此云都运殆省文与），未六十余休致为僧，自为大院，请燕竹林寺慧日师住持，约供众僧三年费，竹林乃四明人，赵与予相识颇久。

绍兴十一年辛酉　五十四岁　是年为金皇统元年

在燕。

夏求得皇太后书遣李微归上之。冬复以书奏上，并献六朝御容、徽宗御书。

《宋史·韦贤妃传》：洪晧在燕，求得后书，遣李微持归。帝大喜曰：遣使百辈，不如一书。遂加微官。

《先君述》云：明年（承上绍兴十年言）夏，求得皇太后书，遣邵武男子李微来归。上大喜，因御经筵，谓讲读官曰：不知太母宁否？几二十年，虽遣使百辈，不如此一书。遂官李微。其冬复以书曰：虏已厌兵，势不能久，异时以妇女随军，今不敢携。朝廷不知虚实，卑辞厚币，未有成约。不若乘胜进击，再造犹反掌尔。所取投附人，只欲保守江南，归之可也。独不监侯景之祸乎？若欲复故疆，报世仇，不宜与。胡铨封事（《宋史·高宗纪》绍兴八年十一月辛亥，以枢密院编修官胡铨上书直谏斥和议除名，昭州编管，壬子改差监广州都盐仓），此或有之，知中国有人，益

生惧心。张丞相名动殊方，可惜置之散地，并问李、赵二相安否？献六朝御容、徽宗御书。其后和定，祐陵〔祐陵上疑脱永字〕及太后归音，皆先报。凡四年中，以文书至者九，数陈军国利病，谓施行之则宗社生灵之福。留中，皆莫得闻。先君言无隐情，归国以此触罪，诸子惧深祸，过庭不敢一问北事，故忠谋秘策不详得，独系帛书所存，大略如此（《宋史·朱弁传》亦云：以金国所得六朝御容及宣和御书画为献）。

金人数及换授【《金史·太宗纪》：天会八年十月甲申天清节，诏辽宋官上本国诰命等第换授】，公皆力辞。

至是，上金相韩昉【《金史·熙宗纪》：皇统元年四月丙子，以济南尹韩昉参知政事】书，誓以死不就职。遂令校云中进士试，使者监上道，至云中以疾闻，复回燕。

《宋史·本传》：初晧至燕，宇文虚中已受金官，因荐晧，金主闻其名，欲以为翰林直学士。据此，则金人欲换授公官，乃由冷山徙燕之后。

《先君述》云：初宇文虚中既换虏官，欲扳先君分谴，乃力荐于虏廷，换先君为翰林直学士。力辞，获免。虚中为详定礼仪，使始造敕，其文复及换授。先君诉虏相韩昉，乞于真定或大名养济，图逃归计，昉怒（《宋史·本传》：昉有逃归意，乃请于参政韩昉，乞于真定或大名以自养，昉怒）。虚中赞其决，遂换中京副留守，复力辞，昉大怒，降留守司判官为承德郎，趣行者屡矣。誓以死不就职。虏法，虽未换官而曾被任使者，永不可归。虏欲以计堕先君，令校云中进士试，使者监上道，先君日损食，阳为有疾状。既至，谓院官曰：今取士以诗赋，吾故学经耳。曰：岂不能出语策士乎？考官孙九鼎（《三朝北盟会编》：天会十年，孙九鼎试经义第一人）者，有太学旧，为以疾闻，得回燕。

按：云中往还年月失详，今以《先君述》诉虏相韩昉一语，参考《金史》韩昉入相年月，附著于此。

《宋史·朱弁传》：金人欲易其官，弁移书耶律绍文曰：上国之威命，朝以至则使人夕以死，夕以至则朝以死。又以书诀后使洪皓曰：杀行人非细事，吾曹遭之命也，要当舍生以全义尔。

是年岳公飞死于大理狱。

《宋史·高宗纪》：绍兴十一年十二月癸巳，赐岳飞死于大理寺。

《岳飞传》：时洪皓在金国中，蜡书驰奏，以为金人所畏服者唯（明监本《宋史》作为，误）飞，至以父呼之。诸酋闻其死，酌酒相贺。

附考：

《松漠纪闻》：金人科举，先于诸州分县赴试。诗赋者兼论，作一日。经义者兼论策，作三日，号为乡试。悉以本县令为试官。预试之士，唯杂犯者黜。榜首曰乡元，亦曰解元。次年春，分三路类试，自河以北至女真皆就燕；关西及河东就云中；河以南就汴，谓之府试。试诗、赋，论时务策。经义则试五道、三策、一论、一律义。凡二人取一，榜首曰府元。至秋，尽集诸路举人于燕，名曰会试。凡六人取一，榜首曰敕头，亦曰状元云云。府试，差官取旨，尚书省降札，知举一人，同知二人。据此，则校云中进士试为府试耳，当在是年春。

绍兴十二年壬戌　五十五岁　是年为金皇统二年

在燕。

何铸、曹勋使至燕，请归皇太后，金人许诺，公遣人先报。

《宋史·韦贤妃传》：铸等至金国，首以后归为请。金主曰：先朝业已如此，岂可辄改？勋再三恳请，金主始允。铸等就馆，馆伴耶律绍文来，言金主许从所请。洪皓闻之，先遣人来报。铸等还，具言其实，遂命参政王次翁为奉迎使。

皇太后归，过燕，公冒禁朝于燕。

《先君述》云云见后。

《宋史·高宗纪》：绍兴十二年四月丁卯，皇太后偕梓宫发五国城。八月壬午，皇太后至，入居慈宁宫。

万俟卨等使至燕，特持赐金帛。

《宋史·高宗纪》：绍兴十二年八月甲戌，以万俟卨参知政事，充金国报谢使。

《先君述》云：参知政事万俟公出疆，上知先君急阙，命其副特持赐金帛（钱大昕《廿二史考异》、《金史·交聘表》：皇统二年十二月，宋使上表谢归三丧及母韦氏。是年，宋参知政事万俟卨为报谢使，荣州防御使邢孝扬副之，表失载。又云：表于宋使姓名多阙漏，《宋史》但有正使姓名，而不书官职，唯《系年录》所载甚备，今取以补表之阙。据此，知持金帛之副使当即邢孝扬也）。

日长至宴张总侍御家，归赋《江梅引》四阕【原编】。

《容斋五笔》卷三：绍兴丁巳，所在始歌《江梅引》词，不知为谁人所作。己未、庚申年，北庭亦传之。至于壬戌，公在燕，赴张总侍御家宴，侍妾歌之，感其“念此情，家万里”之句，怆然曰：此词殆为我作。既归不寐，遂用韵赋四阕。时在囚拘中，无书可检，但有《初学记》，韩、杜、苏、白集，所引用句语，一一有来处。

其一《忆江梅》云：天涯除馆，忆江梅。几枝开，使南来，还带馀杭春信到燕台。准拟寒英聊慰远，隔山水，应销落，赴诉谁？　空恁遐想笑摘蕊，断回肠，思故里。漫弹绿绮引三弄，不觉魂飞，更听胡笳哀怨泪沾衣。乱插繁华须异日，待孤讽，怕东风，一夜吹。

其二《访寒梅》云：春还消息，访寒梅。赏初开，梦吟来，映雪衔霜清绝绕风台。可怕长洲桃李妒，度香远，惊愁眼，欲媚谁？　曾动诗兴笑冷蕊，效少陵，惭下里。万株连绮叹金谷，人坠莺飞，引领罗浮翠羽幻青衣。月下花神言极丽，且同醉，休先愁，玉笛吹。

其三《怜落梅》云：重闺佳丽，最怜梅。牖春开，学妆来，争粉翻光何遽落梳台。笑坐雕鞍歌古曲，催玉柱，金卮满，劝阿谁？　贪为结子藏暗蕊，敛蛾眉，隔千里。旧时罗绮已零散，沈谢双飞，不见娇姿真悔著单衣。若作和羹休讶晚，堕烟雨，任春风，片片吹。

第四篇失其稿。北人谓之《四笑江梅引》，争传写焉。

《容斋随笔》卷十三：先公在燕山，赴北人张总侍御家集，出侍儿佐酒，中有一人，意状摧抑可怜，叩其故，乃宣和殿小宫姬也。坐客翰林直学士吴激赋长短句纪之，闻者挥涕。其词曰：南朝千古伤心地，还唱后庭花。旧时王谢，堂前燕子，飞向谁家？恍然相遇，仙姿胜雪，宫髻堆鸦。江州司马，青衫湿泪，同是天涯。激字彦高，米元章婿也。今按激乃宋进士吴栻之子，元好问《中州集》载《中州乐府》，首即彦高此作，调寄《人月圆》，微有异字。好问并记云：彦高北迁后，为故宫人赋此。时宇文叔通亦赋《念奴娇》，先成，而颇近鄙俚。及见彦高此作，茫然自失，是后人有求作乐府者，叔通即批云：吴郎近以乐府名天下，可往求之。

《金史·文艺传》吴激，建州人，将宋命至金，以知名留不遣，命为翰林待制。皇统二年出知深州，到官三日卒。有《东山集》十卷行于世。

是年长子适，次子遵，同中博学宏词科

《先君述》云：适、遵滥登博学宏词科，宰臣以所试制词进读，上顾姓名问曰：是洪某子邪？父在远，能自立，此忠义报也，可与升擢差遣。故遵除秘书省正字，适为删定敕令官，继亦改秩入馆。自博学宏词改科即除馆阁，自遵始。次月，宰辅贺皇太后有来期。上曰：洪某身陷虏区，乃心王室，忠孝之节，久而不渝，诚可嘉尚。某之二子并中词科，亦其忠孝之报也。士大夫苟能崇尚节义，天必祐之。先圣福善恶淫之训，于某可以见矣。语在《慈宁宫回銮事实》。

按：《宋史·艺文志》有万俟卨《太后回銮事实》十卷。又《礼志》：绍兴二十六年十月进呈《太后回銮事实》。

附考：

程敏政《新安文献志·汪观察传》云：汪介然，字彦确，绍兴间，与侍郎沈昭远使金，充上指节使，转忠靖郎，就添差充本军指使。先是，洪忠宣公晧陷虏，高宗用其子适为相（按文惠为相在孝宗时，此误），屡书求晧，虏以不知所在为辞。及公使虏，游城上，晧闻笑语曰：南音也。密附蜡丸书，公剖股纳之，归闻于朝。帝召见，公以实奏，命于御前取书以进。上览之涕泣，乃命适拜公，为之厚赂。和议乃成。明年，洪公晧、朱公弁、张公邵皆南还。洪公令诸子孙罗拜之曰：微夫人之力，不及此。适出知徽郡，为公建府第。

《朱文公志》：朱弁墓，得邑人汪介然密附洪公晧蜡丸之功也〔此句疑有脱误〕，事见《洪公家录》及《輶轩集》（按：《新安文献志》有朱弁墓志，无汪介然一语，《洪公家录》作《家书》）。

绍兴十三年癸亥　五十六岁　是年为金皇统三年

和议成，六月庚戌，公及张公邵、朱公弁使还。八月戊戌，公至自燕。

《宋史·高宗纪》：绍兴十三年六月庚戌，金遣洪晧、张邵、朱弁来归。八月戊戌，洪晧至自金国入见。

《盘洲集》卷六十二《题輶轩唱和集》全文见后，云：绍兴癸亥六月庚戌，先君及张公邵、朱公弁自燕还。八月戊戌，先君至。辛丑，张公至。乙巳，朱公至。按：此与《本纪》年月符合。

《先君述》云：虏议遣奉使人各还其乡，因赦及之，它使者幸稍徙，多占淮北，无敢言淮以南者。先君实以饶州闻，张公邵、朱公弁亦自言和州、徽州人。既议和，还淮以南使者，故先君三人在遣中。用事者多曰：此等人若放了，几时更有？今不留，后必为我患。归计屡欲变。参知政事王公使至燕，先君得虏阴谋，从坡上与馆中人语，为留守易王（金太祖第七子，乃燕京留守易王之父，见《松漠纪闻》）所获，对吏将驰流星骑上其事。副留守勃海高吉祥（按：高吉祥即《金史列传》中高桢也。传云：高桢，辽阳勃海人，天眷初同签书会宁牧，及熙宗幸燕，兼同知留守，改同知燕京留守。考《熙宗纪》，熙宗以天眷三年九月戊申至燕京，皇统元年九月戊申至自燕京，则桢之改燕京副留守，当在皇统元年九月以后。又按周必大《洪文惠公神道碑》云：虏既讲好，首命公为贺生辰使，虏遣同签书宣徽院事高嗣先接伴。自言其父司空有德忠宣。今考《桢传》，于海陵时策拜司空。《废帝海陵纪》：贞元二年八月戊申，以御史大夫高桢为司空。参考纪传，凡年代、乡贯、官称一一吻合无疑，唯以吉祥二字表德，则桢似当为祯耳。据《大明一统志》卷二十五引作高祯，从示）素嘉先君忠，委曲护出之，且易以他牍，先君行月余，方以元牍进。垂入境，追者七骑至，及诸淮，则在舟中矣。至盱眙，以奉使无状自劾。上方以来归为喜，报无罪，可待日以御札趣覲。又云：其归也，北人治饯具几月，后使者至，虏多问先君今何官，居何地。

又文惠公《隶释》卷三《三公山碑释》云：顷者先公太师以使事为北方所留，绍兴癸亥年政地王次翁使至燕，先公隔垣墙与驿中人语，为觇者所得，赖副留守高吉祥之力，脱缧绁而归。

《宋史·高宗纪》：绍兴十二年四月甲子朔，遣王次翁为奉迎两宫（时皇后邢氏讣犹未至，故称两宫）礼仪使。九月丙午，金使刘筈、完颜宗表等九人入见。戊申，以王次翁充报谢使。按：是年王次翁再使金，《先君述》所称先君得虏阴谋云云，当在王次翁报谢至金时。

《金史·熙宗纪》：皇统二年二月戊子，皇子济安生。壬辰，以皇子生赦中外。八月丁卯，诏归朱弁、张邵、洪皓于宋。十二月甲申，皇太子济安薨。

《交聘表》：皇统二年八月丁卯，诏遣宋使朱弁、张邵、洪皓等归。

按：《金史》遣归年月与《宋史·高宗纪》所书相去一年之差。今以《先君述》"归计屡欲变"，及"为留守易王所获"二语，参合宋金二史校之，窃疑金人于皇统二年八月遣还，迁延反覆，至明年六月始成行耳。《金史·熙宗纪》、《交聘表》称其遣还使人之年月，则曰皇统二年八月丁卯（按《金史·王伦传》皇统二年五月李正民、毕良史南归，而下即云七月张邵、朱弁、洪皓南归，与《熙宗纪》年同月异），《宋史·高宗纪》称其发自金国之年月，则曰绍兴十三年六月庚戌。二史据事直书，是以互异，非有误也。唯《宋史·本传》云十二年七月见于内殿，十二当为十三之误。沈世泊《宋史就正编》（见《四库全书总目提要》宋史下）、钱大昕《廿二史考异》曾辨之矣。张邵、朱弁传并作十三年，与《高宗纪》合。

《朱弁传》：十三年和议成，弁得归（王明清《挥麈三录》，又有朱弁授修武郎閤门宣黄舍人，副王正道伦出疆被拘，在朔庭凡十九岁，绍兴壬戌始与洪光弼、张才彦俱南归。按壬戌当作癸亥）。

《张邵传》：金尝大赦，许宋使者自便还乡，人人多占籍淮北，冀幸稍南，唯邵与洪皓、朱弁言家在江南。十三年和议成，及皓、弁南归，八月入见（周密《齐东野语》历阳张邵才彦建炎三年自承奉郎上书赐封，假大宗伯奉使挞览军前，拘留幽燕者凡十五年。及和议成，绍兴十三年始与洪皓、朱弁俱还），奏前后使者如陈过庭、司马朴（《先君述》云司马侍郎朴握节以死，居数年，无有能名之者，先君为陈本末，诏以忠节显著赠兵部尚书。《宋史·司马朴传》金命朴为行台左丞，朴辞而止，后卒于真定，讣闻诏称其忠节显著，赠兵部尚书）、滕茂实、崔纵、魏行可皆殁异域，未褒赠者，乞早颁恤典。邵并携崔纵柩归其家（《宋史·崔纵传》金人许南使自陈，而听其还。纵以王事未毕，不忍言，又以官爵诱之，纵以恚恨成疾，竟握节以死。洪晧、张邵还，遂归纵之骨）。

又按：邵尝以言刘豫事触怒金人，由燕山北徙会宁府，事见邵传，但未详何年由会宁徙燕，其在会宁时，曾否与忠宣合并耳。

《宋史·本传》金主以生子大赦，许使人还乡，晧与张邵、朱弁三人在遣中。

又云：晧自建炎己酉出使，至是还，留北中十五年。

《松漠纪闻》：北人重赦无郊霈，予衔命十五年才两见赦，一为余都姑叛（按：余都姑辽将降金者，《宋史·高宗纪》云：辽降将耶律余都即此），一为皇子生。公自建炎三年己酉奉使，至绍兴十三年癸亥使还，所谓衔命十五年也。

文惠公《隶续》卷十五《石经仪礼残碑释》云：己酉年，先公张旃请和，听命于其酋黏罕，继徙冷山十有五年，然后归。

《大清一统志》宁古塔流寓：宋洪晧，鄱阳人，使金不屈，将杀之，后流于冷山，又迁之，离会宁府二百里。金陈王悟室知晧贤，延使教子，凡留金十五年，和议成，乃南归。初晧留金时，以教授自给，因无纸，则取桦叶写《论语》、《孟子》、《大学》、《中庸》传之，时谓之《桦叶四书》。

《宁古塔志》亦云：公留京（宁古塔即金上京会宁府地），时以教授自给，因无纸，则取桦叶写《论语》、《孟子》、《大学》、《中庸》传之，时谓之《桦叶四书》。

入见，上眷甚厚，奏事毕，力求乡郡养母，不许。

《先君述》云：既至阙，登时见内殿，奏事罢，力求乡郡养老母。上曰：卿忠贯日月，志不忘君，虽苏武不能过，岂可舍朕去也。赐内库金带（《续通鉴》作金币）鞍马。既又以马惊复拜赐，又赐御铭盾制琴一、黄金三百两、帛五百匹、象齿三百斤、绵香酒茶诸果物。中使日踵门咨访，宸章沓至，且谕旨将柄用。

王应麟《玉海》：高宗赐洪晧御铭盾制琴一。又云：绍兴十二年二月己巳，上谓大臣曰：古人琴制不同，各有所属，朕近出意作盾样，以示不忘武备之意。

《杭州府志·寓贤传》：洪晧全节归朝，见内殿，乞归乡养母。帝曰：卿忠不忘君，虽苏武不能过也，岂可舍朕去。因赐第于钱塘之葛岭，命迎养其亲。事载《敦煌事实》。

明日，皇太后召见，彻帘问劳。

《先君述》云：皇太后之归也，过燕，先君冒禁朝焉。至陛对，乞赐见。明日（按公以八月戊戌至阙，明日为八月己亥）即召之慈宁殿，已设帘，皇太后顾帘人：吾故识尚书矣。命撤之，问劳优渥，语必称尚书，赉予系道。东朝对外庭臣，唯先君一人。

寻除徽猷阁直学士，提举万寿观，兼权直学士院【据《宋史·本传》在八月】。

按《先君述》云：阅九日（以八月戊戌至阙计之，阅九日为八月丁未，若承上明日皇太后召见言则为戊申）进徽猷阁直学士，提举万寿观，兼权直学士院（沈该《翰苑题名》：洪晧绍兴十三年八月以徽猷阁直学士提举万寿观，兼权直院，九月依旧职知饶州）。据此，则权直院在八月。又云：先君半世朔庭，入翰林不旬浃。文惠公《题辎轩唱和集》云：九月乙卯，先君以徽猷阁直学士入翰林，是月甲子出为乡州。《跋鄱阳集》（见《盘洲集》六十三卷，全文并见后）云：绍兴癸亥还朝，入直玉堂，不旬日领乡郡去。据此，则权直院在九月。窃疑直徽猷阁与兼权直学士院未必是同日事，且入直学士院定在九月乙卯，迨甲子遂出知饶州，所谓不使一旬寓乎玉堂之直也（亦文惠语，详后赐谥下）。抑或《先君述》据其新除月日计之，《鄱阳》、《辎轩》二集题跋据其入直月日书之欤？

《容斋三笔》卷四：先公使（金）〔虏〕归，除徽猷阁直学士，时刘才邵当制，日于漏舍属之，至先公出知饶州，几将一月，犹未受告。按此亦足证直徽猷阁与权直学士院非同日事。

数忤秦桧，桧风李文会论公。是月甲子出知饶州。

《宋史·高宗纪》：九月甲子，洪皓出知饶州。

《先君述》云：见宰相秦桧，肆言无所避，弥三日不休，曰：张丞相，虏所尊惮，乃不得用。钱塘暂跸，而景灵太庙（《宋史·高宗纪》：绍兴十三年二月乙酉，建景灵宫，奉安累朝神御）极土木之工，示无中原邪？语侵秦，皆类此。秦谓适曰：尊公信有忠节，得上眷，但官职如读书，速则易终而无味，要当如黄钟大吕乃可。又云：虏来取赵彬（《宋史·高宗纪》建炎四年十月，泾原统制张中彦经略司幹办赵彬叛降金人。绍兴元年四月，金泾原帅赵彬犯耀州，守臣赵澄击走之。五月赵彬及金人合兵围庆阳府，守臣杨可昇击败之。七月，赵彬来归，张浚承制以彬为陕西转运使。绍兴十年，赵彬为兵部侍郎）辈三十家。先君疏言：昔晋韩起谒环于郑，郑小国也，能引谊不与。虏既限淮，官属皆吴人，留不遣，盖虑知其虚实情伪也。彼方困于蒙兀，姑示强以试中国，若遽从之，彼将谓秦无人而轻我矣（《宋稗类钞·品行类》：金人来取赵彬等三十人家属，诏归之。时洪皓曰：昔韩起谒环于郑，郑小国也，能引义不与。金既限淮，官属皆吴人，宜留不遣。彼方困于蒙厄，姑示强以尝中国，若遽从之，则知我虚实，谓秦无人，益轻我矣。桧变色曰：公无谓秦无人。按《宋稗类钞》原书不注所出）。后三日复上疏言：或以不与之故，致渝盟，宜曰俟渊圣皇帝及皇族归乃遣。又言：王伦、郭元迈辈以身徇国，弃之不取，缓急何以使人？辞益剀切（《云麓漫钞》：郭公元迈，字英远，高宗驻跸维扬，时募使虏通两宫者。闽人魏行可请行，英远亦慨然上表，补右武大夫、和州团练使，为之副。既至，贻书虏帅黏罕，反复论辨用兵利害，乞归二圣。旋被拘留。绍兴壬戌忠宣洪公尚书归自虏，奏王伦与公以身徇国，词极剀切。按壬戌当作癸亥)。经筵进故实，引楚平王止子旗伐吴事，因言吴取州来，楚弗与校，抚民治国，五年而后用师。今淮右之民劳罢流散，宜时使薄敛，勿令转徙无告，中兴急务也。秦益不喜。初，虏围楚州久不下，时秦留黏罕所（《宋史·高宗纪》：建炎四年九月，金人攻楚州，赵立死之。十月辛未，秦桧自楚州金将挞懒军归于涟水军)，虏使之草檄谕降，有室撚者在军知状。先君与秦语及虏事，因曰：忆室撚否？别时托寄声（罗大经《鹤林玉露》：洪忠宣自虏回，戏谓桧曰：挞辣郎君致意。桧大恨之)。秦色变而罢。明日侍御史李文会论先君在朝必生事，遂出知饶州（《宋史·秦桧传》洪晧归自金国，名节独著，以致金酋室撚语，直翰苑不一月逐去。室撚者，黏罕之左右也。初黏罕行军至淮上，桧尝为之草檄，为室撚所见，故因晧归寄声。桧意士大夫莫有知者，闻撚语，深以为憾，遂令李文会论之。《舆地纪胜·饶州人物门》洪晧注云：奉使北虏，不屈，后讲和好始还朝，兼权直学士院，出知乡郡。《系年录》云：初，秦桧在完颜昌军中，昌围楚州，久不下，欲桧草檄谕降。有室撚者在军知状。绍兴十三年，晧与桧语及虏事，因曰：忆室撚否？别时托寄声。桧色变而罢。翌日晧出知饶州。又《英德官吏门》洪晧注云：建炎己酉奉使虏庭，虏归太后及梓宫，晧力多矣。癸亥，晧亦得归，东朝德之，除直学士院，有大用意。秦桧嫉其功，晧乞不发南归之人，及谓桧忆室撚否？室撚者，虏庭用事之臣也，桧深衔之，竟出知饶，又谪英州。又《宋史·秦桧传》：凡论人章疏，皆桧自操以授言者，识之者曰此老秦笔也。又云：附己者立与擢用，如孙近、韩肖胄、楼炤、王次翁、范同、万俟卨、程克俊、李文会、杨愿、李若谷、何若、段拂、汪勃、詹大方、余尧弼、巫伋、章夏、宋朴、史才、魏师逊、施钜、郑仲熊之徒，率拔之冗散，遽跻政地。又多自言官听桧弹击，辄以政府报之)。

《宋史》本传：侍御史李文会劾晧不省母，出知饶州。

《续通鉴》：李文会奏晧顷事朱勔之婿，夤缘改官，以该讨论，乃求奉使。比其归也，非能自脱，特以和议既定例得放归，而贪恋显列，不求省母。若久在朝，必生事端，望与外任。桧进呈，因及宇文虚中事。帝曰：人臣之事君不可以有二心，为人臣而二心，在《春秋》皆所不赦。乃命黜晧。

《容斋四笔》卷十六：先公归国仅升一职，立朝不满三旬。

侍秦国太夫人。

《先君述》云：时太硕人春秋八十有五，昼锦膝下，学士大夫荣之。

《盘洲集》（卷七十七）《慈茔石表》云：先君持节南归，祖母故无恙，所留九男女皆在旁。

时长子适官秘书省正字，以奉亲自列通判台州。

附考：

《容斋三笔》（卷八）：建炎三年，先忠宣公衔命使北方，以淮甸贼蜂起，除兼淮南、京东等路抚谕使，俾李成以兵护至南京。公遣书抵成，成方与耿坚围楚州，答书曰：汴泗，虹有红巾，非五千骑不可往。军食绝，不克唯命。公阴遣客说坚，坚强成敛兵。公行未至泗，谍云：有迎骑甲而来。副使龚玮惮之，送兵亦不肯前，遂返旆。即上疏言：李成以馈饷稽缓，有引众纳命建康之语。今靳赛、薛庆方横，万一三叛连衡，何以待之？方含垢养晦之时，宜选辩士谕意，优加抚纳。疏奏，高宗即遣使抚谕成，给米五万斛。初，公戒所遣持奏吏，须疏从中出，乃诣政事堂白副封。时方禁直达，忤宰辅意，以托事滞留为罪，特贬两秩，而许出滁阳路（按：此事前据文惠公语录入建炎三年，与《三笔》所述互有详略，因复具录原文于此）。绍兴十三年使回，始复元官。时已出知饶州，命予作谢表，直叙其故曰：论事见从，犹获稽留之戾；出疆滋久，屡沾旷荡之恩。始拜明纶，得仍旧秩。伏念臣顷繇乏使，不敢辞难。值三盗之连衡，阻两淮而荐食。深虞猖獗之患，或起呼吸之间。辄露便宜，冀加勤恤。虽玺书赐报，乐闻充国之建言；而吏议不容，见谓陈汤之生事。亏除官簿，绵历岁时。敢自意于来归，遂悉还于所夺。兹盖忘人之过，与天同功。念臣昔丽于微文，蔽罪本无于他意。故从数赦，俾获自新。书印既毕，父兄复共议，秦桧方擅国，见此表语言，未必不怒，乃别草一通引咎曰：使指稽留，宜速亏除之戾；圣恩深厚，卒从拔拭之科。仰服矜怜，唯知感戴。伏念臣早繇之使，遂俾行成。值巨寇之临冲，欲搏人而肆毒。仗节宜图于报称，引车何事于逡巡。徐偃出疆，既失受辞之体；申舟假道，初无必死之心。虽蒙贬秩以小惩，尚许立功而自赎。徒行万里，无补一毫。敢妄冀于隆宽，乃悉还于旧贯。兹盖忘人之过，抚下以仁。阳为德而阴为刑，未尝私意；赏有功而赦有罪，皆本好生。坐使孤臣，尽湔宿负云云。前后奉使无有不转官者，先公以朝散郎被命，不沾恩凡十五年，而归仅复所贬，而合磨勘五官，刑部皆不引用，秦志也，遂终于此阶。

又《五笔》卷三：先忠宣公好读书，北困松漠十五年，南谪岭表九年，重之以风淫末疾，而审阅书策，早暮不置，尤熟于杜诗。初，归国到阙，命迈作谢赐物一札子，窜定两句云：已为死别，偶遂生还。谓迈曰：此虽不必泥出处，然有所本更佳。东坡海外表云：子孙恸哭于江边，已为死别。杜老《羌村》诗云：世乱遭飘荡，生还偶然遂。正用其语。在乡邦日，招两使者会集，出所将宣和殿书画旧物示之。提刑洪庆善作诗曰：愿公十袭勿浪出，六丁取将飞辟历。"辟历"二字如古文，不从雨。公和之曰：万里怀归为公出，往事宣和空历历。迈请其意，曰：亦出杜诗：历历开元事，分明在目前也。

《先君述》云：先君天性强记，书无所不读，虽食不释卷，稗官小说，亦暗诵连数千言。又云：善琴弈，好古，能别三代彝器。见书画不计直，必得之乃已。有书万余卷，名画数百卷，皆厄兵烬（据文惠公《鄱阳集跋语》，在绍兴庚戌春金人犯秀州时）。居穷绝域，复访求捆载以归。

《盘洲集》卷五十《缴进太祖皇帝御书奏状》云：顷年先臣以使事久縶异域，访求于廛市之间，换易于酋渠之家，前后所积，凡得乾德、开宝中御府编次太祖皇帝御笔数十卷。

《容斋随笔》卷三：神宗有御笔一纸，乃为颍王时封还李受门状者。状云：右谏议大夫、天章阁待制，兼侍讲李受，起居皇子大王。而其外封题曰：台衔回纳。下云：皇子忠武军节度使、检校太尉、同中书门下平章事、上柱国颍王名谨封。名乃亲书。其后受之子覆以黄缴进，故藏于显谟阁。先公得之于燕，始知国朝故事，亲王与从官往还公礼如此。

又《四笔》卷十三：濮安懿王之子宗绰，蓄书七万卷。始与英宗偕学于邸，每得异书，必转以相付。宗绰家本有“岳阳”记者，皆所赐也。此国史本传所载。宣和中，其子淮安郡王仲麋进目录三卷，忠宣公在燕得其中秩，云：除监本外，写本、印本书籍计二万二千八百三十六卷。观一秩之目如是，所谓七万卷者为不诬矣。三馆秘府所未有也，盛哉（《宋史·宗室世系表》：赠太师荣王谥孝靖宗绰，长子襄王谥康孝仲麋。《宗室列传》濮安懿王下云：宗绰嗣官至河阳三城节度使、检校司徒。绍圣三年二月薨，年六十二，赠太师，追封荣王，谥孝靖。按蓄书事传未载）。

又《续笔》卷十三：先公自燕归，得龙图阁书一策，曰：《贻子录》，有御书两印存，不言撰人姓名，而序云：愚叟受知南平王，政宽事简。意必高从诲擅荆渚时，宾僚如孙光宪辈者所编，皆训儆童蒙。

《盘洲集》卷三十四《重编唐登科记》序云：先忠宣公还自朔庭，得昭文馆姚康书，前五卷最为详尽，而亡其十有一卷（《唐书·艺文志》：姚康《科第录》十六卷），所载高祖、太宗两朝进秀甲乙总二百六十三人。

又卷六十三《跋〈岐阳石鼓文〉》云：先公北归，有宣和殿所刊《复古图》一帙，图十鼓而释之，以《车攻篇》冠其首，韦韩二诗，欧周二跋尾其后。折衷以《云汉》之章。更有司马天章公凤翔所镌韩公诗，箧中所藏甚备，复集东坡诸公诗文为一卷。

《容斋三笔》卷六杜诗云：斗鸡初赐锦，舞马既登床。帘下宫人出，楼前御柳长。仙游终一闷，女乐久无香。寂寞骊山道，清秋草木黄。先忠宣公在北方得唐人画《骊山宫殿图》一轴，华清宫居山颠，殿外垂帘，宫人无数，穴帘隙而窥，一时伶官戏剧，品类杂沓，皆列于下。杜一诗真所谓亲见之也。

又《四笔》卷十三：予记先公自燕还，有房（谓玄龄）碑一册，于志宁撰，本钦宗在东宫时所藏。其后犹有一印，曰伯志西斋，今亦不存矣。

又《续笔》卷十二：先公自燕还，得二砚。大者为瓢形，背有隐起六隶字，曰建安十五年造。小者规范全不逮，而其腹亦有六篆字，曰大魏兴和年造。皆藏侄孙僩处。予为铭建安者曰：邺瓦所范，嘻其是邪。几九百年，来随汉槎。淬尔笔锋，肆其滂葩。僩实宝此，以昌我家。铭兴和者曰：魏元之东，狗脚于邺。吁其瓦存，亦禅千劫。上林得雁，获贮归笈。玩而铭之，衰泪栖睫。

《先君述》云：《四夷附录》（按《四夷附录》上当补《五代史》三字）所载西瓜，先君持以献，故禁囿及乡圃种之，皆硕大，西瓜始入中国。

《盘洲集》卷九：《西瓜诗》云：万里随虏使，分留三十年。甘棠遗爱在，一见一潸然。原注：癸亥年先公自北方带归。

绍兴十四年甲子　五十七岁

在饶州　詹大方迎秦桧意论公，六月丁酉谪提举江州【江州浔阳郡今九江府】太平观。

《宋史·秦桧传》：晧之罪由白锷延誉。

《先君述》云：大水，秦方钳天下舌，不得言。中官白锷从皇太后北归者，宣告燮理乖戾，洪尚书名闻华夷，顾不用。秦闻，系锷大理狱，狱成，锷实不识先君，特以虏中知名，故锷既流岭海，谏议大夫（《续通鉴》作御史中丞）詹大方指先君与锷刎颈交，更相称誉，遂提举江州太平观。

《宋史·高宗纪》：绍兴十四年六月丙申，内侍白锷坐诽谤及其客张伯麟俱黥配吉阳军。

《秦桧传》：闽浙大水，右武大夫白锷有燮理乖谬语，刺配万安军。太学生张伯麟尝题壁曰：夫差！尔忘越人杀而父乎？杖脊刺配吉阳军。据《高宗纪》则公谪当在六月丙申后。

按：《宋史·本传》及《秦桧传》作白锷，《高宗纪》作白鄂，今改正。《秦桧传》：张伯麟，殿本《宋史》作张伯纶，今从明监本，与《高宗纪》合。

八月秦国太夫人董氏薨。

按《先君述》，于出知饶州下云：时太硕人春秋八十有五，知是年八十有六。又按《盘洲集》卷七十《祖母周祥疏》云：日薄西山，已怆含饴之远；律中南吕，俄臻升谷之新。太夫人薨以八月，第三语可证。

绍兴十五年乙丑　五十八岁

在饶州。

为秦国公、秦国太夫人营葬滃潭【年月失详】。

《先君述》云：丁太硕人忧，先君恨牵久使事，承颜阙养，空囊中办大葬，一椽一石，心营指授，终日扶杖与工佣等劳，而御史中丞何若（《宋史·高宗纪》：绍兴十七年正月壬辰，以御史中丞何若佥书枢密院事，三月乙亥何若罢）犹论先君为睥睨钧衡谋不靖者。

《宋史·本传》：寻居母丧，他言者犹谓晧睥睨钧衡。

《盘洲集》卷七十三《祖庙焚黄祭文》云：谨以太子太傅黄告

一通，俾弟某上冢以告。

又《滃潭焚黄文》云：祖考自亚傅而冠三孤，祖妣自莒国而进卫国。

又《辛卯滃潭焚黄文》云：祖考由帝保而跻帝傅，祖妣则有大国之封。

是年三子迈中博学宏词科。

绍兴十六年丙寅　五十九岁

在饶州。

《盘洲集》卷七十《祖母忌辰疏》云：望断新阡，阻一官于千里；悲缠讳日，惊再见于三秋。时文惠公通判台州，故有第二语。

原编：是年作《祓殡》诗。

绍兴十七年丁卯　六十岁

服除复提举江州太平观，桧党余尧弼论公，五月己巳谪濠州【濠州隶淮南西路，《宋史·地理志》濠州钟离郡，乾道初移戍藕塘，嘉定四年始城定远县复旧】团练副使，英州【英州隶广南东路，今韶州府英德县。宋初曰英州，宣和二年赐郡名曰浈阳，后庆元元年以宁宗潜邸升为英德府。按：后汉郡国志，浈阳属桂阳郡，殿本《宋史·地理志》作贡阳，误。明监本缺，补叶亦作贡阳。《新唐书·地理志》浈阳隶岭南道广州南海郡，本名真阳，贞观元年更名】安置。

《宋史·本传》：终丧，除饶州通判李文勤（按除字衍，饶州通判四字下属李文勤为句）附桧，诬晧作欺世飞语。

《高宗纪》：绍兴十七年五月己巳（《宋史》作乙巳，误）洪晧责濠州团练副使，英州安置（《宋史·秦桧传》：十七年五月移贬洪晧于英州》）。

《先君述》云：服除，复得太平观（此语足正《宋史本传》之失），饶州通判李勤与太守王公洋、同僚陈公之渊积不相能，且幸以讦进，诬先君作欺世飞语，王、陈与闻之，有雅憎先君者，从中实其事。殿中侍御史余尧弼以为言，王、陈罢去，先君谪濠州团练副使，安置英州。

《续通鉴》洪晧责授濠州团练副使，英州安置。晧丁内艰，既终丧，复遂祠请，于是直徽猷阁王洋知饶州，而左奉议郎陈之渊添差通判，二人与右承议郎通判州事李勤积不相能，勤幸以讦进，告晧有欺世飞语，洋、之渊皆与闻之，殿中侍御史余尧弼即奏晧造为不根之言，簧鼓众听，几以动摇国是，请窜遐裔。洋、之渊亦宜置之典宪，诏罢洋、之渊，而晧有是命。

周必大作《汪元渤洋右史文集序》云：晚守鄱阳，洪忠宣适获罪于秦，无敢过其居者，公独修舍，盖故事，坐是罢郡（按《容斋三笔》卷六吾州馀干县东于越亭，有琵琶洲在下，唐刘长卿、张祜辈皆留题。绍兴中王洋（元勃）〔前文作元渤〕一绝句云：塞外烽烟能记否，天涯沦落自心知。眼中风物参差是，只欠江州司马诗。真佳句也。据此，则周必大集作汪洋，误）。

按《先君述》云：还乡三秋，执丧之日过半。此约略言之耳。自出知饶州至安置英州，凡首尾五年。

将卜筑澹津，会南谪不果。

《盘洲集》卷七十三《家庙祭考妣文》云：澹津之址基，我先君南迁不返，赍恨泉下，布椽治础，遗训在耳，历载二十，始遂肯堂之志。会有稽山之命，不克俟落成而去。家庙居中，实存手泽。

《家庙祭高曾文》云：澹津之基，发自慈训。前岁归里，始获肯堂。斤斧未休，往镇禹会。丐祠得请，兹克奠居。家庙处中，式报遗荫。永期燕妥，益焘后人。按文惠公以乾道丙戌三月罢相，七月起知绍兴府，距是实二十年。

又卷六十八《澹津卜筑上梁文》云：念先公之始基，为我里之佳处。又云：兹契肯堂之志，敢辞治第之劳。

又卷六十九《澹津卜筑青词》云：卜筑澹津，实虔遵于先志；用工累岁，岂无犯于凶神。欲保乂宁，敢伸祈谢。伏念臣顷因罢相，再获还乡。乃兴土木之谋，以为风雨之芘。前檐后庑，幸略就于规模；右筑左穿，恐妄干于禁忌。已享一区之佚，久稽百拜之仪。兹肃清坛，仰酬洪覆。伏望高真委鉴，吉曜垂光。老稚伸眉，长受如茨之祉；巫医扫迹，自臻勿药之休。

又《盘洲集》卷三十一《庆善桥记》云：中番城有湖曰澹浦，大堤横绝属市，西辅小堤，湖判而三。唐为放生池，自刺史颜鲁公始（按澹津疑即澹浦）。

至英州居法林寺【原编】。

《先君述》云：既至，得僧舍数楹于黄茅丛竹中，居之泊如。地产奇石，遣童裹粮幽讨，罗列四壁下，手斧凿划，连夕丁东其间。

原编：是年过曹溪，赋三绝句。

长子适省公于豫章【洪州豫章郡，隆兴三年以孝宗潜藩升为府】。

按：是年文惠公第三子榴殇，文惠为墓铭（在《盘洲集》卷七十五）云：予佐天台郡罢有日，闻家君谪英州，理装亟行。时第三子病创甫痂落，次婺女（婺州东阳郡，今金华府），内子病且棘，既少间，予取捷道趋家君寓所，及之豫章，诸子奉其母还吾乡。阅月，有执书汗而前者，言吾子创之毒未荡治，隆暑登道，邪热中蕴痁，遂痫咽不粒者浃辰矣。居顷之别膝下，回见吾子，尪然存其骨，喜吾之归，则强内糜饮，匙匕必吾亲授，斯须不许离去，日昃则命乳保拂笙枕以俟。如是者二十日，其亡以八月之六日云云。据此铭，则文惠公以是年六月省亲豫章，七月归饶州，未至英州也。

原编谓十一月文惠公罢官趋侍，误。

三子迈随侍英州。

《容斋三笔》卷十一：英州小市，江水贯其中，旧架木作桥，每不过数年，辄为湍潦所坏。建安何智甫始叠石为之，方成而东坡还自海外，何求文以纪，坡作四言诗一首。予侍亲居英，与僧希赐游南山，步过桥上，读诗碑。希赐云真本藏于何氏，此有石刻，经党禁亦不存。今以板刻之，乃希赐所书也。坡公作诗时，建中元年辛巳。予闻希赐语时，绍兴十七年丁卯，相去四十六年。

绍兴十八年戊辰　六十一岁

在英州。

郡守倪祭欲酿公罪取使节，未及发，祭死【未详何年，原编在此，仍之】。

《先君述》云：闽人倪祭老矣，以承务郎守郡，自谓秩卑无奥主，闻新兴（新州新兴郡隶广南东路）守以巧中迁客取使节，意跃然效之，钩先君为奇货，使主兵官左右狙罅隙，捕锻家奴狱中，欲持一两事酿成罪以梯己，未及发，祭死。

绍兴十九年己巳　六十二岁

在英州。

瘴作，不食十有八日，口占秀州捄菑事，授诸子，呼天请命，诘朝即能食，至于复初。

《先君述》云：屏徙厉土，岚毒侵淫，〔讫〕无珍膳良药自辅，二年而瘴作，盖不食十有八日，昏不知人。尝少寤，口占秀州捄菑事授诸子，呼天请命，夜梦之帝所，有宣赤章云云者。诘朝即能食，至于复初。后二年乃卧末疾。

《夷坚志》乙集下英州野桥条云：先公谪居英州，无禄粟以食，日籴于市。郡人或云去城七十里曰东乡有良田，于是旋空装买百亩，令季弟景徐（景徐名邈）往检校，方冬获稻而先公忽被疾，遣仆走报。徐弟得信，时已黄昏，急持马归，行半道，马忽踡局缩栗，若有所畏，驭者曰必有虎在近。适月色笼明，遥望数百步外丛薄中，果一虎弭耳而过焉，盖已见之。徐亦怖，然思亲念极强，加鞭，将届城五里许，值断港无船可渡，临渊上下得横木经水中，谓为野桥，遽践之，甚滑不可移足，乃跨之而进。手所托处，黏腥如饴饧，暨到家，东方已明。他日再经彼处，元无所为桥，盖晨（晨疑曩之误）夕蛟螭熟睡，以故人履其背不之觉。或谓诚孝所感，得济港善还，且免搏噬之害，其危如此。

《盘洲集》卷十九《为大人禳谢青词》云：陟岵思亲，恨徇陔之甚邈；开缄闻疾，欲尝药以无由。不胜人子之情，遂渎皇天之听。果蒙阴相，敢控微诚。伏念臣父顷以台评，谪于岭表。逢魑遇魅，久窥白泽之图；茹蛊践蛇，致苦黄茅之瘴。初传消息，罙剧惊惶。肱三折以无医，肠九回而终日。谋之卜筮，厄有星辰。辄披悃祷之私，即迓安平之喜。唯祭鱼之匪报，爰舍肉而有祈。恭卜良辰，肃陈妙供。伏愿凶躔转祸，渊鉴发祥。土地所宜，冀适调于南食；雷雨作解，早整顿于北辕。

绍兴二十年庚午　六十三岁

在英州。

绍兴二十一年辛未　六十四岁

在英州。

患风淫疾。

原编：于是年书云：在英州卧末疾数月。

按：公自此年后，风淫之疾缠绵，迨于捐馆，详文惠公《历年设醮青词》中，原编数月二字误。

《盘洲集》卷六十九《大人保安青词》云：受生天地之中，夙凭覆载；请命星辰之下，愿赐哀矜。虔即醮筵，辄披愚悃。伏念臣禀资穷薄，涉世迍邅。自窜南荒，于今五稔。山河乖异，唯瘴毒之满前；魑魅逢迎，致风淫之中左。手挛足废，气耗神昏。汗多不可见寒，食少无以自养。每视荫以度日，将卧蓐以周星。良医弗值于折肱，沉疴何由而去体。询求巫卜，推测吉凶。谓罗睺临照于命宫，而荧惑迟留于厄度。迨仲秋之换节，方列曜以回光。不胜祈祷之私，预肃禬禳之具。念陋邦莫能备物，赖渊鉴有以享诚。总真适届于中元，儆福庸殚于下地。冀臻景贶，获度灾时。伏望上帝假年，众灵转祸。怜臣身久困于蚕貊，察臣行无负于神明。俯宽潢潦之诛，特驻崦嵫之景。脱孱躯于丑地，迎大眚之渥恩。末疾有瘗，得比蹒跚之躄；故乡在望，庶能匍匐而归。

是年方公滋始为广南东路经略使【经略治广州南海郡。按《宋史·地理志》：大观元年升为帅府。《续通鉴》：绍兴二十一年正月丁未，直秘阁，知静江府方滋升直敷文阁，知广州。《盘洲集》卷三十一《师吴堂记》云：绍兴辛未，桐庐方公以鹭序之旧，自桂林移节来镇。《宋史·高宗纪》：绍兴二十五年十一月辛未，列郡守臣王晌、王铸、郑侨年、郑震、方滋，俱以谄附贪冒罢。据此，则方滋罢守在忠宣既没之后，但《宋史》无方滋传，恐中更他郡也】，待公尽礼。

时长子适趋侍，经略因延为僚属。

《容斋四笔》卷八：秦氏当国时，先忠宣公、郑亨仲资政、胡明仲侍郎、朱新仲舍人皆在谪籍，分置广东。方务德为经略帅，待之尽礼。秦对一客言曰：方滋在广部，凡得罪于朝廷者，必加意护结，得非欲为异日地乎？客曰：非公相有云，不敢辄言。方滋之为人，天性长者，凡于人唯以周旋为志，非独于迁客然也。秦悟曰：方务德却是个周旋底人。其疑遂释。当时使一险巧者承其问，微肆一语，方必得罪，而诸公不得安迹矣。

又《攻媿集·方参议墓志铭》云：父滋，敷文阁学士，通议大夫，累赠少师。在二广八年，自赵忠简公鼎、张忠献公浚、洪忠宣公晧、李庄简公光，皆为秦氏所摈斥，流散湖广，或在海外，少师一一以时存省馈遗，济其乏绝。不幸没于烟瘴者，又为津致北归。又云：少师在番禺，罗致洪忠宣公长子适为属，丞相文惠公也，仍命君定交，共处郡斋。文惠入相，然后引之退，然唯循途守辙而已。按：参议名导，字夷吾。

绍兴二十二年壬申　六十五岁

在英州【《盘洲集》卷六十九《大人生朝设醮青词》云：寝瘵计穷，不避再三之渎；吁空情切，庶祈万一之哀。尽沥危衷，仰干仁覆。伏念臣自婴滞疾，再涉隆冬。足不良行，如遇股夷之繇；手无所措，岂知指运之能。既度日以减餐，常通宵而夺寐。怔忪自失，废锢是忧。居此炎荒，阙然良剂。犹赖神明之护，尚容喘息之延。斯届初生，敢陈清醮。居瘴茅之俗，而不免因陋；庶蕴藻之信，而可以揭虔。伏望渊鉴流祥，殃星退舍。悯其困厄，赐以安平。遭臾扁之高医，复邯郸之故步。念痿人不忘起，早脱旧疴；瞻衡宇以载奔，遂迎解泽】。

绍兴二十三年癸酉　六十六岁

在英州。

是年春长子适得冯氏故宅，作爽堂，奉公居焉。

《盘洲集》卷三十一《爽堂记》云：浈阳五峤之丑地也，郡城不百所，步财足周。守居曾巨室垣墉之不若。其民茨竹为屋，人豕杂糅，四壁不墁，一室张灯则光浃比宇。绍兴癸酉，于是家君谪七年矣。某再至，亦四换卉衣。初寓法林寺，湿熯庳窄，出门茅不见人，四旁皆狐虺所穴，瞿然唯盗之患。今春始以四十万得冯氏故庐，倚山作阯，繁木护其后。家君枕疾既久，足未良行，居之即心开目明，疾亦少间。某絜剂之隙，理策跻巇，则放然有邱壑之趣，忘其身之在瘴雾中也。面北有小堂，昂首举踵，觊天涣之来，御亲舆以返，遂谓之企，归作亭于南，倚窗寄意，故以南寄标其颜。其左有二，离支高赢，四寻茂叶，童童如盖，南荒多暑，休其下赫曦不能迩。西山横前，烟际雨歇，则遥岫宻壁，或立或奔，怪奇绵延，呈衔天巧。于是立屋四楹，曰爽堂，有鞠数本，直篱之东，诵悠然见山之句，遐景若人轻去印组如脱屣，则缰锁安能厄我？治小轩以思陶为名。登梁之日，有文曰九夷欲居，况在王略，一日必葺，少安老亲。非虚语也。

《先君述》云：徙居城北山中，仍年溪涨通衢，没其栋。先君容郡人避水，扶襁老稚，填溢堂庑几千指，皆廪食之。数日水退，然后去。

《盘洲集》卷六十九《大人生朝设醮青词》云：射蓬纪旦，益惊垂老之衰；卧蓐积年，不避祈哀之渎。仰干渊鉴，曲听愚衷。伏念臣景迫桑榆，罪投魑魅。自缠绵于末疾，兹经涉于三冬。奄奄无聊，安否靡知。于朝夕苍苍，所覆护持。犹赖于神明，致使孱躯稍能运肘。重唯丑地，难遇良医。无饮食奚以扶羸，乏汤剂未能起废。复呼天而有祷，冀履地之可祈。不胜丹款之私，敢肃潢污之荐。伏望帝心融祉，星度去灾。体脱沈疴，早占勿药之喜；恩归故里，获享诛茅之居。

绍兴二十四年甲戌　六十七岁

在英州。

绍兴二十五年乙亥　六十八岁

谪居英州至是九年，始复左朝奉郎，主台州崇道观，袁州【《宋史·地理志》：袁州宜春郡隶江南西路】居住。未逾岭疾革，以十月二十日薨于南雄【《宋史·地理志》：南雄州隶广南东路，宣和二年赐郡名保昌】，年六十八。

《先君述》云：谪九岁始复左朝奉郎，主台州崇道观，居袁州。未逾岭，疾革，以二十五年十月二十日薨于南雄。后一日秦亡。

《宋史·适传》：桧死，晧还，道卒。按此误。据《先君述》当云，晧还道卒，后一日桧死。

《容斋随笔》卷十五：先公自岭外徙宜春，没于保昌，道出南安，时犹未闻桧相之死。张子韶先生来致祭，其文但云：某年月日具官某，谨以清酌之奠，昭告于某官之灵。呜呼哀哉！伏唯尚飨！其情旨哀怆，乃过于词，前人未有此格也（《宋史·高宗纪》：绍兴十三年五月甲子，张九成坐党赵鼎南安军居住。本传云在南安十四年）。

诏复敷文阁直学士。

《宋史·高宗纪》：绍兴二十五年十月丙申，秦桧薨（周密《齐东野语》：绍兴乙亥十月二十二日秦桧亡，翼日曹泳勒停安置新州）。十一月甲子，幸秦桧第临奠，乙丑复洪晧官。

《续通鉴》：十一月乙丑，左朝奉郎主管台州崇道观，袁州居住洪晧，复敷文阁直学士。晧谪英州九年，至是已卒，魏良臣等言晧在贬所病甚，欲复旧职宫观，任便居住。帝曰：晧顷在虏中屡有文字到朝廷，甚忠于国，中间以言语得罪，事理暧昧，可依所奏。

《先君述》云：讣至，辅臣入奏，上嗟惜久之，即复敷文阁直学士。制曰：有功见知，圣人酴于用赏；不幸而过，君子为之动心。矧予严近之臣，备载忠勤之绩。眷倚方渥，爱憎随生。坐一眚以投荒，积九年而不徙。人无言者，朕甚念之。洪某学有本源，气存刚大。唯知忠力以卫上，不顾险夷之在前。衔君命以于征，厄海滨而不悔。诚贯白日，声震朔方。义重于生，耿恭无玉门之望；天将悔祸，苏武持汉节而归。大节无亏，多言不宥。遂解禁林之直，卒迁瘴岭之南。阅岁滋深，馀龄可悯。宜畀真祠之逸，仍增延阁之华。尚对宠光，归安乡社。自圣上躬万几，还逐臣非罪者，先君适以不起闻，而圣意哀厚，首得旧物，使及其生存而宠之，故训词恻怛如此。

寻复徽猷阁直学士。

《续通鉴》：绍兴二十八年三月戊子，追复故敷文阁直学士洪晧再复徽猷阁直学士，以其子起居舍人遵言复职未尽也，寻赐谥曰忠宣。

文安公《乞赐谥札子》云：先臣原系徽猷阁直学士，当今有司失于契勘，止复敷文阁，虽徽猷、敷文阶品无殊，臣切恐天下后世无以表见，谓是贬黜，职未复旧。欲望圣慈，追复旧职。按：复徽猷阁在绍兴戊寅，类纪于此。

遗奏未至，特诏赠四官【见《先君述》】。

《述》又云：先君自为从官，不报考功课，故官止朝散郎 以赠至大夫。

推遗致恩，别以一孙官江东漕司庀襄事【见《先君述》】。

《述》又云：槻右迪功郎，江东转运司准备差遣即此（按：推遗致恩，谓致仕遗表，《宋史》屡见）。

爵至鄱阳郡开国侯，食邑至一千一百户【见《先君述》】。

赐谥忠宣。

文安公《先臣谥告碑记》云：绍兴二十五年十一月癸亥，臣自秘书省正字兼权中书舍人，以忧去国。今年正月辛巳，被庚午制书，召臣赴行在。三月乙未，又召臣弟迈。壬子，臣对于垂拱殿，奏事毕，上曰：久欲见卿，秦桧死便欲擢用，偶卿丁忧，又隔三年。即称：先臣朔庭全节，遂及秦桧奇中之语。臣对：只缘先臣得觐慈宁，桧忌其轧己有怒言。臣再入馆时，桧语臣岂有外庭臣却朝皇后之礼。上曰：既在燕得见，此可得见，若旧不识，却难见。臣因奏室撚事。上曰：卿父之贬，朕初不允。秦桧云不如此人不畏。臣对以 非赖陛下保全，必致死地。三月戊寅，弟迈入对，上曰：卿父出使，与宇文虚中同时。虚中负国，卿父独执节不屈，既还，朕即有意大用，何故与秦桧相失如此？自秦桧死，便欲擢用卿兄弟。臣迈且对且奏：先臣终始唯赖陛下照知，前年诏于诸逐臣中首复官职，皆陛下生死骨肉之恩，臣兄弟功微，何劳勤以问记。戊子臣以吏事进对，上复及前事，曰：非朝皇太后事，却止是室撚事。盖谓作檄谕降，秦桧恐人知，所以将他事中伤。臣因奏先臣罢知饶州，及贬英州时谗语。上咸记其人，又曰：皇太后尝说，卿父在北方常使人奏机事，所以朝廷得知，皆卿父之功。朕尝谕卿父虽苏武不能过。臣奏：先臣初归，蒙陛下许书《苏武传》以赐，继以得罪不敢请。臣又奏：先臣复职未尽。上曰：是徽猷阁，自当尽复。臣又奏：先臣既蒙圣眷之厚，乞赐美谥，为忠义之劝。即日御笔依所乞。五月乙亥，臣复以职事对，奏云：先臣蒙复职及赐谥忠宣，臣欲以指挥及谥告刻石，传之无穷，侈美圣恩，以为存殁光荣。上曰可。且曰：卿父不止奉使一节，朕见其学问议论，便欲大用，止缘忤秦桧，使令在时已作执政。臣奏：先臣生不获用，既没之后，蒙陛下记录稠叠如此，使九原有知，当结草于地下。臣退自惟三月之间，兄弟四对顾问，往复至数百千言。方臣入觐时，谕臣云：召卿弟迈几时到？宰臣进议臣兄适知荆门军，上顾姓名曰：是洪弟邪？臣兄弟不肖，偶窃词科，不能嗣续家声，一日遭逢躐冒宠进，又幸得以先臣忠义大节及前后谗口排妒之迹陈露上前，先臣死且不朽，敢以谥告镌之石，因窃识圣语其上。六月甲辰遵谨记。

《盘洲集》卷六十二《敬书先忠宣赐谥制书后》云：臣闻足再刖而玉显其美，火百炼而金知其精，人臣忠邪至身后而是非始判。发潜德之幽光，诛奸谀于既死，孔子作《春秋》之旨也。先臣当戎马纷纭之际，使不可测之绝国，十有五年，然后归。陛下谓苏武不能过，且许笔赐其《传》。会先臣席不暖而逐，弗获藏金壁之宝，今又十有五年。弟遵入对，陛下褒叹忠节，复道前语，恩隐再三，宠之令谥，生虽奇剥，芬香多矣。臣谓卫律、李陵屡说而武不降，先臣则为宇文虚中、韩昉所逼，三换官而不受。张胜事泄，武有拟剑幽窖之危。先臣则不同，龚琦仕齐，宁蹈利刃冷山，无以异于穷海之北。糊口于悟室，无以异于靬王只影南翔，所不及牧羝者四岁。至若通永祐之表，朝长乐于燕，间道蜡书，其至有九，潜见王人，几偾牢户，问答往反，皆有关庇民之语。投其诗文，篇篇以戢兵为意，此则武之所无者。陛下以为武不能过，圣训明哉。然燕王声霍光之罪，以武久縶而归，才得一典属国，杨敞无功，乃为搜粟都尉，遂谓光专权自恣，疑有非常。而秦桧排妒先臣，不使一旬寓乎玉堂之直，致陛下有大用之意而不遂，终之流放丑地，九年不返，则得祸之酷，特甚于武。武之一子党叛人而诛，汉廷怜之，为之远赎胡出，苏氏赖以不绝。而臣以先臣故获戾，亡桧至谓家传强暴，曲法免官，非遇天日清明，则亦禁锢就死。呜呼！一言华衮，万世不刊。易名崇终匹休，麒麟图画诸孤。不肖咸叨录用，恩遍存殁，又过苏氏。臣砻石以识异渥，泰龟逢吉，镇之松区，泄九京之冤，鼓忠义之气，于兹见之。

后累赠至太师魏国公。

《盘洲集》卷七十三《祢庙焚黄祭文》云：始入翰苑，继擢宥庭，皆有密章，增饰祢庙。某印韨所縻，不获躬至松楸之下。谨以少师、太师黄告二通，俾弟某上冢，以告故县。焚黄文云：某顷叨秉钧，朝廷推教忠之泽；以光祢庙，始荒邾子之国。去夏迈阶迁中奉，复进淇澳之封；暨逢郊禋，遂徙大名之壤。兹因冬朔，并举黄告三通，燎于墓下。

又《故县焚黄文》云：某凭藉德泽，奉祠佚居，遇此郊禋，庆延两世。惟我显考位极帝师，虽封国尚有秦壤，而怨家之姓也，不欲以污栗主之神，故仍用旧邦，复受新渥。据此，则是由少师进太师，非终于太子太师也。原编误。

《慈茔石表》云：先君终徽猷阁直学士，鄱阳侯，赐谥忠宣，赠太子太师，盖在隆兴元年以前。

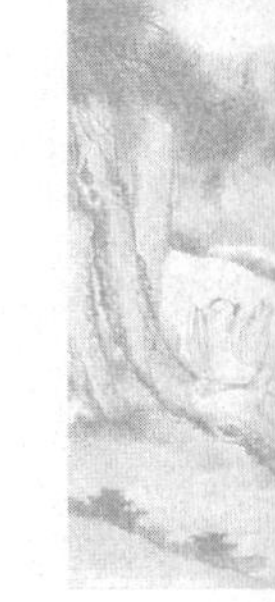

赵与时《宾退录》：封国公者先小国，次次国，后大国。已至大国者，许于本等内改封，国朝之制也。洪忠宣以子贵，追封郐，徙封卫，乾道三年十二月改封魏矣。至七年四月，又再封魏。其诰前衔称赠太师追封魏国公，又后云可特追封魏国公，余如故。范文穆行词略云：魏大名也，其命维新。或谓既不改封他国，何必命词给告，他人未见有重复如此者。然余读许崧老翰外制，有大礼封赠曾祖，追封杨楚国公赠太师者，逸其姓名。注云：元赠太师，追封杨楚，今再封制略曰：封兼杨楚，位极公师，虽宠数不可以复加，而申命用昭其无斁。则知已有前比矣。

以绍兴二十六年十一月丙申葬于鄱阳县和风南管村故县之原。

《先君述》云：初，先君既得合葬二亲于滃潭，去五里许，其乡曰和风南管村故县之原，瞻爱其山川，手畚锸划墓位曰：吾百岁后必葬于斯，从二亲不远矣。薨之明年，孤适等恸哭行所，卜问丛辰。五行家曰：十一月丙申吉。将以其日蒇事云云。

汝奎于道光戊申一至鄱阳滃潭故县之墓，均得瞻谒。但相去不止五里。《宗谱》云：葬故县渡，又无和风南管村五字。按《夷坚志》已集：鄱阳和风乡民杨五郎家。据此，则和风乃乡名。

斯时执丧者八男子：适，左奉议郎，主管台州崇道观；遵，左朝奉郎，秘书省正字，兼权中书舍人；迈，左宣教郎，通判袁州；逖，右宣义郎，徽州婺源县丞；逊，右宣务郎，签书连州判官事；邈，右承奉郎，江西安抚司准备差使；遂、迅，未仕。四女子，嫁左从政郎、池州建德县令余执度，右迪功郎、潭州湘阴县主簿王驰，将仕郎臧栋一，尚幼。孙男十一人，榥，右迪功郎，江东转运司准备差遣，柲、槮、楀、梾、桴、榅、槸、橰、槦、梱。女九人。

此段自八男子以下，并系《先君述》原文。按：《先君述》作于绍兴丙子，越七年，当隆兴癸未，文惠别作《慈茔石表》，时诸子官阶升转，孙曾命名增易，多与《先君述》不同，详后。

先是，适等葬夫人沈氏于无锡县开化乡白茅山之原，及公薨，诸子用治命不敢祔。

《慈茔石表》云：太夫人沈氏，常州无锡人，祖讳宗道，赠朝请郎。考讳复，仕至朝奉大夫，赠左中奉大夫。妣令人陈氏。政和五年，先君及进士第，太夫人之兄太学博士松年在京师，闻先君名，定婚焉。先君既调官，与太夫人归乡。家故贫，有妹未行，太夫人倾奁中装资遣之。先君官浙东西，奉祖母安舆，太夫人承颜色，一以顺，朝晡所食，寒燠所衣，节适尽志。祖母得时病，视絜汤液，不去侧，夜分不脱衣，倦则假寐。建炎三年，先君奉使朔庭，时祖母年出七十，方寇盗旁午，外无宁居。洎家秀州，长子适才十三，稚儿多未免怀，不敢以家事辞，繄太夫人是赖。它姬有子，太夫人恩之有过于己出者。一姬甚嚚，以太夫人钟爱其女，意小不怿，故笞辱之，以挠太夫人。啼声一闻，则蹙然见颜面，必俟其嬉戏复常乃悦，终不少谴其母。盖其仁厚出天资，行于自然，未尝有所强勉数数然也。生理既薄，所仰以给者唯先君俸入，衣服饮食取财足至，诸子买书或捐钱数万不靳，训之曰：尔父以儒学起家，尔曹能一人跐美，我不恨。尝为之迎师千里外，虽隆寒盛暑不使辍。叔氏之妻既移天于他门矣，复失匹无所依归，太夫人并其母畜于家，不与娣姒时异，讫又嫁乃已。平生郑重，口不挂人之过差，心不念人之旧怨，左右童侍不闻一厉声，见一怒色，盛德著于闺庭，放乎乡党。远近戚疏，识与不识，讲太夫人贤以为口实。绍兴八年十一月二十三日，不疾而终，享年五十。初，先君官吴久，又寓秀，男女婚嫁在焉。太夫人稍储俸馀买田一廛于舅氏，仓卒弃刀筥，乡关回远，莫能办归计，诸子禀舅氏指护榇往无锡，以明年十一月辛丑葬于县开化乡白茅山之原。窆之四年，先君持节南归，祖母故无恙，所留九男女皆在旁，而太夫人独下世。先君痛之，常欲反柩于乡。而阴阳以为吉卜，不克徙。后十二年，先君薨，诸子用治命，不敢祔。二茔相望千五百里，春秋祭祀，弗洒弗扫。遵通判常州，日以行县，数上冢。适使浙西，即移官，仅得一拜墓下。前年遵守吴门，始能立屋数十楹于墓道西，居僧以职香火。迈官于朝，从督府江上，继迓劳使客，且报聘，六往来县中，皆以王事奔命，不获往松楸结恋，为诸子无穷悲。今适在京口，尺五拱木，扁舟三日事尔，而又不能。孤坟异县，惧数世之下，樵苏之不禁也，乃书石表诸隧上，陵湮谷变，知其为鄱阳洪氏慈茔，尚勿圯也。太夫人以先君恩封令人，赠硕人，以遵入翰苑赠淑人，以四子恩追封鄱阳郡夫人，以遵入枢府进博平郡始。时执丧者子孙十人，历二十六年，唯它姬子邈不幸死，凡男女孙曾其存者三十有九。盖子十五人，八男七女，适、遵、迈以太夫人薨后始中博学宏词科，遂饕官荣，蒙禄仕，而三釜之养不洎矣，悲夫！适今为左朝请大夫、户部郎中、总领淮东军马钱粮；遵左中大夫、同知枢密院；迈左朝奉大夫、前起居舍人；逖右承议郎，铸钱司主管文字；逊右宣义郎、浙西安抚司准备差使；邃、迅皆右承奉郎。女三早卒，次嫁右从事郎董公衡，公衡卒，更嫁左朝奉郎楚州通判余执度；次嫁右承直郎王驰；次嫁将仕郎臧栋；次许嫁同进士出身朱晞颜。孙二十四人，十四男十女，槻、柲、槮、橘、樌、桴、楹、橰、梱、梓、椿、榔、机、楠。槻右迪功郎，湖广总领所幹办公事，柲右修职郎，槮将仕郎，橘右从事郎，与柲皆监南岳庙，樌将仕郎，橰右承奉郎。许嫁之二女婿左承事郎佥书平江军判官木待问，左迪功郎饶州司户许及之。曾孙四人，男曰忱。先君讳某，终徽猷阁直学士、鄱阳侯，赐谥忠宣，赠太子太师。

《容斋五笔》卷六：予亡弟景何，少时读书甚精勤，昼夜不释卷，不幸有心疾，以至夭逝。尝见梁宏夫诵《汉书》，即云唯谷永一人无处不有，宏夫验之于史，乃服其说。按：景何名逊。

周应合《景定建康志》：通判厅东厅，题名洪邃承议郎，淳熙十年四月初六日到，十一年十月转朝奉郎，十二年八月二十五满。

《夷坚志》丙集《孙俦宝剑》条云：景裴弟时官襄帅幕府。丁集《钟离翁诗》条云：真本藏于建康府治军质库，绢素标饰处皆断裂，独字画不动，景裴尝见之。按：景裴名邃。

《毗陵志》：洪迈绍兴间与兄（原书作弟，误）适、遵读书外家沈氏白茅山坟庐，是岁墓有二松结球成盖，既而兄弟举博学宏词，亦未之祥也。

有文集十卷【《先君述》】。

《宋史·艺文志》洪晧集十卷，陈振孙《书录解题》、马端临《文献通考》皆云《鄱阳集》十卷。《宋史·本传》：晧博学强记，有文集五十卷及《帝王通要》、《姓氏指南》、《松漠纪闻》、《金国文具录》（以上诸书俱无卷数）等书。按：《輶轩唱和集》、《春秋纪咏》二种，本传未载，疑在文集五十卷中。

《盘洲集》卷六十三《跋先忠宣公鄱阳集》云：先君以建炎己酉出疆，时年四十有二矣。平生著书多，悉留槜李。庚戌之春，厄于兵烬，无一余者。绍兴癸亥还朝，入直玉堂，不旬日领乡郡去。明年而遭祖母之丧，服除未几，有岭表之谪，杜门避谤，不敢复为文章，谪九年而即世，故手泽之藏于家者，唯北方所作诗文数百篇乃独存，谨泣而叙之，以为十卷，刻诸新安郡。未汇次者，犹有《春秋纪咏》千篇云。

《春秋纪咏》三十卷【《先君述》】。

《宋史·艺文志》：洪晧《春秋纪咏》三十卷。按：《艺文志》又有宇文虚中《春秋纪咏》三十卷，不应同时使金之人书名卷数皆同如此。据《先君述》云：宣政间，《春秋》之学绝（《宋史·徽宗纪》：崇宁元年秋七月辛亥，罢《春秋》博士。《钦宗纪》：靖康元年四月乙巳置《春秋》博士），先君独穷遗经，贯穿三传，在冷山摘褒贬微旨，作诗千篇，北人抄传诵习，欲刻板于燕，先君弗之许。是《春秋纪咏》未经刊刻，疑北人传抄，或讹为宇文作，致《宋史》及诸家误著于录耳。尤袤《遂初堂书目》：春秋类有洪忠宣《春秋记咏》误纪为记，而无宇文氏书可证。

《容斋随笔》卷七：《檀弓》载吴侵陈事曰：陈太宰嚭使于师，夫差谓行人仪曰：是夫也多言，盍尝问焉，师必有名，人之称斯师也者，则谓之何？太宰嚭曰：其不谓之杀厉之师与！按：嚭乃吴夫差之宰，陈遣使者正用行人，则仪乃陈臣也。记礼者简策差互，故更错其名，当云"陈行人仪使于师，夫差使太宰嚭问之"乃善。忠宣公作《春秋诗》引斯事，亦尝辨正云。

《辖轩唱和集》三卷【《先君述》】。

《宋史·艺文志》：《輶轩唱和集》原注：洪皓、张邵、朱弁所集。按朱弁传《聘游集》四十二卷外，又有《南归诗文》一卷，疑即《唱和集》之类。

《盘洲集》卷六十二《题輶轩唱和集》云：右《輶轩唱合集》三卷，绍兴癸亥六月庚戌，先君及张公邵、朱公弁自燕还途中相倡酬者。中兴以来，出疆者几三十辈，或留或亡，得生度卢沟而南者三人而已。初，朔庭因赦宥，许使者归其乡，诸公愆久絷幸稍南，率占籍淮北，唯先君及二公以实告，既约和，于是淮以南者乃得归。八月戊戌先君至，辛丑张公至，乙巳朱公至。九月乙卯，先君以徽猷阁直学士入翰林。是月甲子出为乡州。后四年南迁，八年薨。又三年赐谥忠宣。张公以修撰秘阁主佑神观，是年出居明州，后六年待制敷文阁，六年为池州，明年卒。朱公以直秘阁，亦主佑神观，明年卒。先君字光弼，饶州人，张公字才彦，和州人，朱公字少章，徽州人。

《帝皇通要》五卷【《先君述》】。

按：《宋史·艺文志》失书，《宋史本传》作《帝王通要》，亦无卷数。

《姓氏指南》十卷【《先君述》】。

按：《宋史·艺文志》失书。《先君述》云：于姓氏尤精，官浙部日，使者胡公直孺尝问祖之所自出。先君曰：姓书以胡为陈，胡公之后，陈妫姓也。若以谥为氏，齐亦有胡公，岂独陈乎？盖胡自有两祖，春秋有胡国，尝以女聘鲁襄公，经书夫人归氏薨，则胡以国氏，归其姓也。今为安定胡氏，晋胡奋其后也。魏孝文入洛，改功臣复姓，以纥骨氏为胡，今所为河南胡氏者是也。同列董公将戏曰：董亦有两祖邪？曰：昔飂叔安之裔子董父善扰龙，帝舜赐姓曰董，封诸鬷川，鬷夷氏其后也。又辛有之二子，董督晋、典晋，于是有董史，因为董氏，董狐其后也。二公叹服。

《松漠纪闻》二卷【《先君述》】。

《宋史·艺文志》：洪晧《松漠纪闻》二卷。《盘洲集》卷六十二《题松漠纪闻》云：右《松漠纪闻》一卷，先君衔使十五年，深厄穷漠，耳目所接，随笔纂录。闻孟公庾（《宋史·高宗纪》绍兴九年六月乙亥，以孟庾兼东京留守，王伦自东京赴金国议事，十年二月丁卯以孟庾知开封府，为东京留守。《纪》又云：绍兴十年五月乙酉，兀朮入东京，留守孟庾以城降，十二年六月壬午，金国归孟庾、李正民）发箧汴都，危变归计，创艾而火其书，握节来归，因语言得罪柄臣，诸子佩三缄之戒，循陔侍膝，不敢以北方事置齿牙间。及南徙炎荒，视膳余日，稍亦谈及远事，凡不关今日强弱利害者，因操牍记其一二。未几复有私史之禁（按《宁史·高宗纪》：绍兴十四年四月丁亥，初禁野史。此在忠宣未至英州之前），先君亦枕末疾，遂废不录。及柄臣盖棺，弛语言之律，而先君已赍恨泉下。鸠拾残编，仅得数十事，反袂拭面，不复汇次，或可广史氏之异闻云尔。

文安公《题松漠纪闻》云：先忠宣公《松漠纪闻》，伯兄锓板歙越，遵来守建邺，又刻之。暇日搜阅故牍，得北方十有一事，皆曩岁侍亲旁闻之者，目曰补遗，附载于此。

按：《文献通考》作《松漠记闻》误。

《金国文具录》一卷【《先君述》】。

按：《宋史·艺文志》失书。

《盘洲集》卷六十二《题金国文具录》云：右《金国文具录》一卷。贾生《五饵》，昔云其疏。解编髪而被纯缋，用夏变夷，盖非人力之所能致。宇文氏既为蕝其书，力强先君同污新秩，初有翰林直学士之命，又有中京副留守之命，最后有承德郎留司判官之命。先君以死自誓，文书衔袖，至于再三，卒拒不受。壬春二月，家弟遵、迈接踵召对，上谓先君与宇文虚中同时作使，宇文受伪命，先君独执节不屈，且道秦桧毁隔之说，所以不得大用。呜呼！渊衷不忘，旧编具在，揽涕涉笔，存之左方。

附考：

钱谦益《绛云楼书目·地志类》有《嘉兴志》，下注：洪晧二字，不详卷数。

《景定建康志》文籍志书籍，有《鄱阳集》。

《盘洲集·翰苑群书书版》，有《春秋纪咏》四百九十三版，《诸史精语》七百二十版，《翰苑群书》二百五版，《松漠纪闻》四十五版，《輶轩唱和》三十一版。

《浙江通志·钱塘县》：洪忠宣公祠在葛岭，祀宋太师洪晧，建炎初使金不屈，羁冷山十五年放归（按：放归二字不合），赐第西湖葛岭，遂建祠焉，久圮。国朝雍正九年总督李卫重建。

《舆地纪胜》景物下敬爱堂注云：在州学，祀名守颜真卿、范仲淹及乡贤洪晧、赵汝愚。

北狩行录

（宋）蔡 鞗 著

北狩行录

丁未年二月七日，太上初出青城。三月二十八日起发，随行宗族官吏，远触炎热，不谙风土，饮食不时，（比）〔徐氏抄本作北〕至燕山，病者几半。尽出所有衣物，命（李宗言）〔卢氏抄本作李宗吉言，后面方括号内引文除注明所据本文献外，均为此本〕货易药物，修合给赐，十救八九。寓止燕京延寿寺，宗室（自）〔徐本作嗣〕濮王仲理以（上）〔徐本作下〕，别居仙露僧舍，有粮食不给，形体裸裼之人，太上闻之恻然，谓姜谔曰："（宗族流离）〔神器流离，宗族〕若此，甚悯念之，卿为（予）〔徐本作子，即仔〕细取索等第，具一目来，欲将军前所送生绢一万匹，除给散随行亲族官吏等外，尽周之。"言讫不觉泣下，谔亦呜咽流涕，具目以闻，遣姜谔支散。

斡离不在会城，太上面陈南北利害，叙结好休兵之意，兴灭继绝之道，词发涕零，义形于色。北人旁观植立若堵，无不感叹，至有挥涕者。元帅无语，但首肯久之。

行在统属之人，谓之都管，有职小官卑充其任者。然既是统辖，即（令）〔合〕押班起居衔。杨师道具此以闻。太上曰：“自有本朝杂（压）〔历〕，不可为在此间顿改旧制。”

太上自燕京迁居虏部相府院，每思宗社，寝膳俱废。一日，谓都尉蔡鞗曰：“宸极失御，播越至此，观其前载厄运之困，古今未有。荷天眷祐，建炎中兴，亿兆攸归，奄有江左，虽居沉劫，思有以少助（维）〔卢本作纵，徐本作继〕天之祚。今草得一书，欲厚遣本路都统，求通于左副元帅，卿为我与桧商量，更润饰之。”鞗曰：“圣述高妙，非臣等所及。”是时秦桧亦寓中京。初，大金军至城下，以议上徽号，邀请渊圣皇帝，遂留宿青城，而改朔不叙议。至（六）〔二〕月六日，有易姓之命。翌日，请太上同太上皇后、嫔妃、诸王、驸马，一应皇族尽出，遂议置君，乃会城中共举，乞立张邦昌。桧职在御史，奋不顾身，历陈邦昌平日履行，身为宰相，奉使不死国难，而欲主承大器，非桧所闻。既不能尽忠于本朝，则何以效节于大国？乞立赵氏，以慰民心。不从。既而太上北迁，知桧等辈欲立赵氏，谓蔡鞗曰：“天祚我宋，宋必有主。”今圣虑若此，定膺昭格，文华理胜，虽游、夏不能措词。明日具酒肴，邀本部都统，后闻其书得达粘罕。其书曰：“某自北来，众所鄙弃，独荷左右见怜，故知英雄度量，与俗不同也。尝欲通书于左右，而自卜自疑，因循至今。某闻唯大英雄之人，然后能听大度之言，敢略陈固陋，惟左右留神省察。古之君子，莫不以济世安民为己任，故有一国士者，止能安一国之人，有天下士者，然后能安天下之人。是以尧、舜、禹、汤之君，而辅以皋、夔、稷、契之臣，则日月所照，风雨所及，莫不被其泽，载在典籍，昭然可考，不止一二陈也。且以近事言之，昔唐之太宗，起自晋阳，奄有天下，征伐荒外，西破高昌，北擒颉利，可谓黄帝之师，莫强乎天下也，而远思长久之计，知突厥稽首戴恩，尝为北藩，故唐之亡也，终赖沙陀以雪国耻。又匈奴冒顿单于，围高祖于白登，七日不食，当时若欲取之，如俯拾地芥。冒顿单于不贪近利，以为远图，使高帝得归，以奉祭祀，故得岁受缯币，举中国珍宝玉帛，奉约结好。后匈奴国乱，五单于争立，终得宣帝拥护呼韩。近契丹耶律德光，责石氏之失约，长驱至汴，举石氏宗族，迁之北荒，然中国之地，亦不能守，以至麋烂灰烬，数十年之间，生灵肝脑涂地，而终为刘知远所有。比之唐太宗、冒顿单于，其英雄度量，岂不为相去远哉。先皇帝初理兵于辽东，不避浮海之勤，而请命于下吏，蒙先皇帝约为兄弟，许以燕云。适云中妄人，啸聚不逞，某之将臣巽懦，怀首鼠之两端。某以过听，惑于谬悠之说，得罪于大国之初，深自克责，去大号，传位嗣子，自知甚明，不敢怨尤。近闻嗣子之中，有为彼人之所推戴者，非嗣子之贤，盖祖宗德泽在人，至厚至深，未易忘也。不审左右，欲法唐太宗、冒顿单于，受兴灭继绝之名，享岁币玉帛之好，保国活民，为万世法耶？抑欲效耶律德光，使生灵涂炭，而终为他人所有耶？若欲如此，则非某所知。若不欲如此，当遣一介之使，奉咫尺之书，谕嗣子以大计，使子子孙孙永奉职贡，岂不为万世之利哉？伏惟左右，以命世之才，当大有为之时，必能听大度之言也。昔人有为赵使秦者，秦问赵可伐欤？赵使对曰：里人有好色者，好色之患，世所共知，而母言之则为贤母，妻言之则为妒妇。今日之事，大类是矣。唯麾下多贤，必能审处。言欲尽意，不觉 覼缕，伏望台慈，有以鉴察。幸甚！幸甚！”

太上天资好学，经传无不究览，尤精于班史，下笔洒洒，有西汉之风，每谓行在诸臣曰：“北狩以来，无书可阅。”一日，闻外有货书者，以衣易之。

戊申八月入见，尽纵韩州之民，出而寓焉。

《春秋》博士废之久矣，诸王有得此书阅者，太上闻之不怿，宣谕蔡絛曰：“《春秋》之书，多弑君弑父之事，为人臣子者，岂宜观哉？”絛顿首从容对曰：“《春秋》者，鲁之史记也。周德既衰，君臣失守，上下无别，孔子所以惩恶劝善，以下褒贬，使后世知惧，凡君子之所疑而不决者，至《春秋》而后定。故司马迁曰：'《春秋》礼义之大宗也。'为人君而不知《春秋》者，前有谗臣而不见，后有贼臣而不知；为人臣而不知《春秋》者，守经事而不知其宜，遭变事而不知其权。愿陛下试取一观之。"他日脩因奏事，太上谓曰："比取《春秋》读之，始知宣圣之深意，恨见此书之晚。"自是披览不倦，凡理乱兴废之迹，贤君忠臣之行，莫不采摭其华实，探涉其源流，钩纂枢要而编节之，改岁龠而成书。臣尝侍乾龙节宴，太上赋诗以寄渊圣，许令和进，因用亲仁善邻事，太上曰："此出《春秋》。"特蒙宣示，以为荣观。

太上皇有见闻，未尝隐情，每闻献纳，喜见于颜，数令杨师道宣谕曰："若志虑未及，不时见教，崇奉祖宗，本乎天性，非勉强伪为之也。"每西南望，伫目久之，谓左右："陵寝在何处?"泣数行下。遇忌辰辍膳流涕，尽日出入，追慕不已，有献新者，必荐而后尝。虽在蒙尘，不忘教子以义方之训，每〔下程后〕，诸王问安，必留之坐而赐食，或赋诗属对，有两联，今附于左。太上曰："方当月白风清夜。"故郓王楷对曰："正是霜高木落时。"太上曰："落花满地春光晚。"莘王植对曰："芳草连云暮色深。"余皆类此。

宗室晋康郡王孝骞以下九百四人，朝廷遣赴韩州同居。相见之日，为之感动，抚问再三，至于流涕，遣杜遵道计置薪米，均行给赐，莫不安居。差孝骞、仲晷主管御名宗职事。以室中有挟私恨而致讼者，纷争不已，全失礼容，降诰曰："日来宗子，不遵宪度，失于长幼之序，各挟私愤，以成仇怨，争讼不已，岂不知身寄他乡，复得聚会，何幸如之？故阅礼义之言，用劝无知之辈。"且曰："君义臣（行）〔忠〕，父慈子孝，兄爱弟（敬）〔恭〕，所谓六顺也。（至）〔卢本、徐本作今则不然，造六逆者有之〕夫贱妨贵，少陵长，远间亲，新间旧，小加大，淫破义，所谓六逆也。特申庭训之方，以示睦亲之义，宗室可体此意，分明开谕，使同姓晓然知其训诫，如尔后敢以未到韩州事陈诉者，并以罪罪之，毋作食言，各令知悉。”

太上皇宣谕杨师道曰：“近日随行官吏等，悉皆穷困，使职伤心。初出青城，仓皇之间，了无一物，得赍行道。卿等皆弃捐父母妻子，冒涉风霜而随予，今坐见如此，不能赈济，为之奈何?”宣谕讫，遂泣下，左右之人，无不感动者。遂令有司具状，申明金国，乞给赐衣物，从之。时缺浣濯之衣，太上皇后进绢十匹，然绍述神考之志，未尝忘怀，适有货王安石《日录》者，闻之欣然，辍而易之。

庚戌中元，徙居五国城，乘舟而行，凡四十六日至。东路都统习古，乃奉朝命，令减随行官吏，诸色人等，不许尽行将带。太上力恳不从，召而谕之曰：“公等冒风霜，涉险阻，忧乐固当同之。今日朝命如此，事属他人，无如之何。已再三力恳，竟不可回。”命选爱者。将行，太上曰：“公等皆是共甘苦之人，岂有爱憎之别，君臣之间，彼此不能尽其事，一面请诣所属。”言讫泣下，官吏等亦号呼而出，一应宗室不许随行。内有神考亲侄晋康郡王孝骞、嫡孙和义郡王有奕等六人，皆乞随侍。从之。

族属有出入不节，而致物议纷纭者，太上闻之，降诰戒饬曰：“艰难之际，检慎为先，若复出入不节，言语轻易，或为狂药所困，举止取灾，有失事体。古人谓言行者君子之枢机，枢机之要，荣辱之（主）〔卢本、徐本作生〕系焉。而今而后，戒之慎之，各宜杜门省事，骨肉之间，以礼过从，恐闲惹物议，自取悔尤，既贻亲忧，何以自处?”谆谆诲谕，使务体悉。

太上圣度如天，下有细过者，其以闻者，皆情恕之。如刘定宰羊不如法，薛安造饭减克，太上曰：“羁旅他邦，不欲口腹罪人，只取戒励，亦可儆众。”而金国孛堇八打曷下通事庆哥遣人审核。太上曰：“初无此事，恐复误传。”北人闻之，莫不加手于额。

太子（斡）〔徐本作斡，卢本作馀〕乌欢遣人奉书云："欲于（奉侍）〔内侍〕中，求晓事能干人才俊爽者二人，所须即请批谕，当使应办。"太上览书不悦，曰："若应副，谁可遣者？若不应副，五太子不可违。"遣王（佃）〔卢本作细，徐本作佃〕、陈思正往。回书云："示谕，内侍本亦乏材，不免于众中选择二人前（来）〔去〕，皆自汴京随逐至此，艰苦万状，久处贫穷，敬望优容，不胜万幸。"纸尾之谕，甚荷（推）〔雅〕意，然以人易物，岂其本心哉？

谙板勃极烈夫人，致书于太上，并惠药物，亦求内侍。答曰："承谕乃荷不外，以本局〔分〕只有一二人，难以辍那，送示药物虽出厚贶，以无官应命，不敢辄留。"

太上好学不倦，移晷忘食，而动静语默之间必有深诲焉。因观《唐史》至李泌传，复读不已。泌谒肃宗于灵武，披冒榛莽，复立朝廷，尽忠致力于献纳之道，位至宰相，而数为权幸所嫉。遂令张玮录其传，以赐韦后。

癸丑六月二十四日，沂王㮙、驸马都尉刘文彦，首告太上谋反金国。蔡鞗〔是日〕闻之于莘王植、驸马都尉宋邦光，径令徐中立闻达太上。太上惊惶，未以为然。翌日，遣鞗渡河以询虚的。既济，则千户孛堇（八打曷）〔按打曷〕者，已陈兵河滨，二逆解发往彼帐前矣，尽得其所陈之详。鞗归，太上即令奉亲属及一行臣僚合议，徐王棣以病不能出，余皆预，然前此已闻有不测之议，至是皆悚栗。鞗曰："吾侪前日不死国难，二帝播迁，已有愧于前人，不意逆党出于至亲至爱之间，捐躯效命，正在今日。鞗身以贯、高自处，愿诸公尽力以徇急难，少有退避者，神明殛之！"言词慷慨，坐皆泣下，莫不怀奋发心。至七月中旬，彼遣两使前来勘问，太上遣植同鞗往见。来使欲太上渡河辩，又遣徐王棣、宋邦光再往，至则尚执前议，乃请渊圣及信王榛、驸马都尉向子扆、内侍王若冲同往，鞗实从之，再三力恳，彼使方许。明日至行宫之侧，絛所寓之地，而引问焉，群臣力拒往。及诘问三日之间，二贼气折，自承诬枉，案上，复遣前使谕太上一面处置。太上曰：“二子悖逆，虽系诬告，天伦之属，岂忍为之？”使曰：“若如此，自有宣命。”立死之，使归。絛上疏曰：“乞深自悔祸，以畏天戒。”太上嘉纳之，以诰答曰：“老夫自闻男樗等有诬告之事，深悟众叛亲离，反求诸己，罔知所措，若非洗心革虑，则何以全身远害，寡悔寡尤？顾惟一体，其害尚轻，苟使坐累诸人，复何面可以自存？适览上疏，嘉谋谠论，非卿不闻此语，而今而后，凡所见闻，虽属微末，不惜吐露。若隐而不言，言而不从，高天后土，神之听之！况昔人所谓以国士遇我者，报之当何如，以此食言，千万毋隐。”一日，以书宣示李康曰：“予平日待蔡絛以国士，今日报我，殊不愧德。”康读其书而奏曰：“君使臣以礼，臣事君以忠，君臣之间，各尽其道。今陛下蒙尘之际，遽罹诬告，不责彼而求己，而能虚怀纳诲，得汤改过不吝，禹闻善言则拜之道。”太上曰：“予之不德，岂可以上比禹、汤。”康对曰：“舜何人也，有为者亦若是。陛下上畏天戒，下恤人民，则禹、汤何愧哉？臣闻诸故老曰：‘熙宁富弼为相，有于神宗之前，言灾异皆天数，非政之得失所致者。’弼闻之叹曰：‘人君所畏唯天，若不畏天，何事不可为？’乃上疏曰：‘愿益畏天，远谗佞，近忠良。’神考亲书答诏曰：‘苟非意在爱君，志存王室，何以臻此？敢不置之枕席，铭诸肺腑，终身是戒。’”太上稽首而言曰：“神考（听）〔当作所〕言如是。”康曰：“陛下天性至孝，每于忌辰，辍膳（悲）〔思〕泣，愿陛下益广绍述之意。”太上曰：“是我志也。”后榜絛书于坐侧。

金国送到（太）〔今〕上皇帝〔进奉〕金银等物，见之泣下，谓行在群臣曰：“荷天眷命，未忘赵氏，中兴之（立）〔主〕继焉，今日信至，可谓幸会，老夫晚年，复睹盛际，使我回得一日，足瞑目矣。”群臣皆再拜称庆，药材留充备用，其余并赐亲属官吏，皆鼓舞再拜受赐。

行宫有回禄之扰，嫔御之内及沿烧者，本位陈乞聚夫修盖。太上曰："正是农时，岂可妨废？"止令修盖官那容应办。

宗室仲晷等八百余人，自咸州徙居上京，至有缺食，死于道路者。太上闻之，悲不自胜，谓左右曰："此辈何辜，至于如是？"令李（拓）〔括〕宣谕蔡鞗，草表一通，后有回期，欲乞同归。

北狩未有行记，太上语王若冲曰："一自北迁，于今八年，所履风俗异事，不谓不多，深欲记录，其未有人。询之蔡鞗，以为学问文采无如卿者，高居东山，躬耕之余，为予记之，善恶必书，不可隐晦，将为后世之戒。"

太上谦虚待下，随行群臣，无论大小，未尝名呼，每有遣使，则温颜慰谕。

太上喜为篇章，自北狩以来，伤时感事，（形于）〔形为〕歌咏者，千有余首，以二逆告变之后，举畀炎火，以今所得灰烬之余者，仅有数十篇，类之为别集。

太上好生之德，泽及禽兽，每（间）〔闻〕有（捕网）〔卢、徐本作网捕〕者，必买而释之，仍戒曰："毛羽之属，喜生恶死，与人何殊？今伊辈皆在絷维之中，当求诸己也。"

太上欲归之心，顷刻不忘，每令张玮、张尧臣询访之，少有嘉音，喜见于色。近梁举善等至，录得绍兴与左丞相书本进呈，大悦。

呻吟语

(宋)佚 名 著

呻吟语

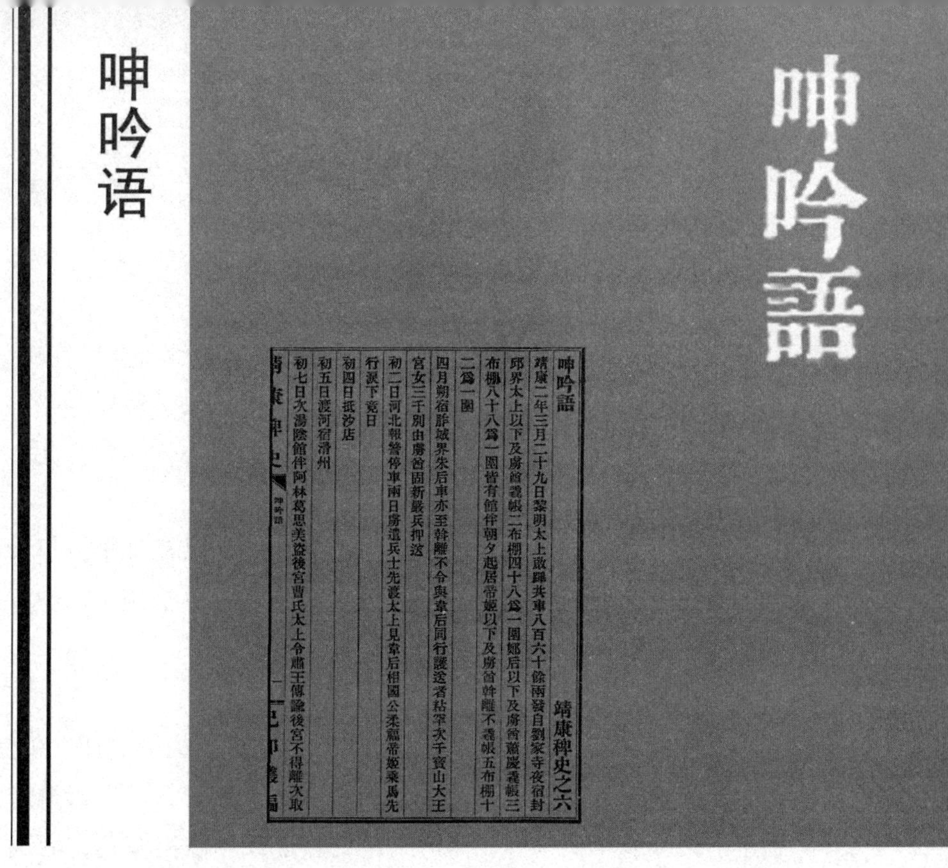

呻吟語　靖康稗史之六

靖康二年三月二十九日黎明太上啟蹕共車八百六十餘兩發自劉家寺夜宿封邱界太上以下及虜酋毳帳二布棚四十八爲一圍鄭后以下及虜酋蕭慶毳帳三布棚八十八爲一圍皆有館伴朝夕起居帝姬以下及虜酋斡離不毳帳五布棚十二爲一圍

四月朔宿胙城界朱后車亦至斡離不令與韋后同行護送者粘罕次子寶山大王宮女三千別由虜酋固新嚴兵押送

初二日河北報警停車兩日虜遣兵士先渡太上見韋后相國公柔福帝姬乘馬先行淚下竟日

初四日抵沙店

初五日渡河宿滑州

初七日次湯陰館伴阿林葛思美盜後宮曹氏太上令肅王傳諭後宮不得離次取

靖康稗史　呻吟語　一

靖康二年三月二十九日黎明，太上启跸，共车八百六十余辆，发自刘家寺。夜宿封丘界，太上以下及虏酋毳帐二，布棚四十八为一围；郑后以下及虏酋萧庆毳帐三，布棚八十八为一围，皆有馆伴朝夕起居。帝姬以下及虏酋斡离不毳帐五，布棚十二为一围。

四月朔，宿胙城界。朱后车亦至，斡离不令与韦后同行，护送者粘罕次子宝山大王。宫女三千，别由虏酋固新严兵押送。

初二日，河北报警，停车两日，虏遣兵士先渡。太上见韦后、相国公、柔福帝姬乘马先行，泪下竟日。

初四日，抵沙店。

初五日，渡河，宿滑州。

初七日，次汤阴，馆伴阿林葛思美盗后宫曹氏，太上令肃王传谕后宫，不得离次取辱。虏酋亦令王宗沔、王慎、李常为都管，驰骑照料。

初八日，次相州，固新所押贡女均乘牛车，车两人。夜屯时，宫亲贵戚车屯于中，民间车屯于外，虏兵宿帐棚，人环其外。连日雨，车皆渗漏，避雨虏兵帐中者，多嬲毙。

十二日，次邯郸。所行非驿道，几不辨路。

十五日，次邢州。连日风雨，车折马倒，被掠者死亡日甚。

十六日，次都城店，燕王俣薨，太上哭之恸，殓以马槽。王夫人，王子同在一军，视含殓，请归丧，斡酋不许，令火化，囊骨行。王妻别在一军，不准哭临。

十八日，次柏乡，渡河后，居民尽矣。荆榛瓦砾中，尸骨纵横。御车牛马时有倒毙，脔割争啖。被掠者日以泪洗面，虏酋皆拥妇女，恣酒肉，弄管弦，喜乐无极。

二十一日，次栾城。

二十三日至真定，太上与斡酋并辔入东门，馆静渊庄。午间，请太上、帝后打球，宴，侍中刘彦宗请太上赋诗，译语斡斡起谢甚恭。以（修车换马）〔《靖康稗史笺证》作修换车马，后同此本〕，驻跸三日。闻韦后等十一日过此。自刘家寨至真定八百里。

二十四日，斡酋设席，宴太上、诸王。毕，又设席宴郑后、妃嫔。

二十五日，斡酋以紫罗伞迎太上围猎，叛臣郭药师、张令徽叩马谢罪。夜，宴婕妤、宗姬、宗夫人等三十四人。

二十七日，太上与斡酋行，余屯真定城外。

二十八日，太上抵中山，呼守将曰："我道君皇帝，今往朝金帝，汝可出降。"守将痛哭不奉诏，提辖沙贞杀之，以城降【国钧案：以《宋史》忠义传考之，守中山者为陈遘，提辖沙贞史作步将沙振，此事可补遘传之阙】。

二十九日，太上、斡酋回真定。

三十日，斡酋令太上、郑后、贡女三起先行，五月十三日抵燕山，计程五百三十里。

五月初一日，真定万户宴斡酋，帝姬、王夫人等坐骑以从，番人聚观如潮涌。屯驻四日，候诸军尽发，初五日起程，十七抵燕山。

十八日，斡酋请太上看球、射，旋送太上、郑后以下九百余人馆延寿寺，供张甚厚。帝姬等馆帅府。闻朱后以下三十余人四月十八日到此，居愍忠祠，韦后以下二十余人同日过此，即赴上京。宗室三千余人，四月二十七日到此。长途鞍马，风雨饥寒，死亡枕藉。妇稚不能骑者，沿途委弃，现存一千数百人，居甘露寺，十人九病。

十九日，斡酋送还婉容、婕妤、才人六人。闻贡女三千人，吏役工作三千家，器物二千五十车，是日始至。点验后，半解上京，半充分赏，内侍、内人均归酋长。百工、诸色各自谋生。妇女多卖娼寮。器物收储三库，车辂皆留延寿寺。

《燕人麈》云：天会时掠致宋国男、妇不下二十万，能执工艺自食力者颇足自存。富戚子弟降为奴隶，执炊牧马，皆非所长，无日不撄鞭挞，不及五年十不存一。妇女分入大家，不顾名节，犹有生理；分给谋克以下，十人九娼，名节即丧，身命亦亡。邻居铁工，以八金买倡妇，实为亲王女孙、相国侄妇、进士夫人。甫出乐户，即登鬼录，余都相若。

六月初二日，斡酋及斜保请太上、圣眷赴打球宴，躬下球场，且跪进太上、郑后酒，执婿礼甚恭。

初四日，王贵妃毙。

初七日，相国公、建安郡王归自上京，携所娶耶律氏、陈氏，同居愍忠祠。耶律即契丹公主，陈实内夫人，虏主赐设野马郎君，遂以配王。韦后、邢后、郓王妃、柔福帝姬俱留上京。洵德帝姬已归设野马，亦居愍忠。

确庵按：此是七月七日事，宜移后。

初十日，斡酋令帝姬、王妃等至延寿寺，辞赴御寨。斜保亦令惠福帝姬、建安王元妃奉朱后、朱慎妃、大公主至寺，相与泣别。

七月初十日，靖康帝、祁王太子至自云中，馆愍忠祠。

司马朴云：帝自四日朔青城起程，粘没喝令易青衣，顶毡笠，乘黑马，监以骑吏。帝时时仰天号泣，辄被呵止。从官先令乘马，马毙即令步行，迟加鞭挞。行止坐卧，番儿监之。夜宿时，粘没喝毳帐可容百人，絷帝及祁王太子、内人手足并卧。初四日入郑州，停宿二日，初十日，由巩县渡河。车人语张叔夜曰，将过界河，叔夜扼吭死。五月十四日，次代州，滕茂实冠帻迎谒，伏地号泣，固请从行，粘没喝不许。十七日，国相与兀室、俞睹、刘思等宴乐，帝与祁王太子同坐，内人被逼侑酒歌唱。度太和岭时，帝等俱被缚马背上。六月初二抵云中，自河阳至此一千八百里。初五日，复自云中起程，七月初九日抵燕山。

金酋闻康王登位，诏起诸部兵入寇。

《燕人麈》曰：万户大挞不也起河南，都统蒲芦浑、阿鲁保起保州，万户特木也起永宁、祁州，万户胡沙虎起宿州，万户聂耳起冀州，都统韶合起真定，万户韩庆和起庆源，都统万佛奴起雄、冀，万户余列起洺州，都统蒙哥起滋、相，万户银术可、振束起太原、新城，万户赛里起岚、宪，都统马五起平阳，万户郭药师起慈、隰，万户石家奴起汾州、万户娄室起河东、苏村，鹘眼起解州、安邑，万户撒离喝起泽州，万户温敦起泽、潞，都统茶喝马起孟州，左监军挞懒起中山。

粘罕子设野马郎君与相国公相得，时相国与靖康帝先后至燕，思亲甚切。

十二日，设野马徇相国之请，率斜保郎君，洵德、惠福两帝姬，相国、郓王两聘妃，及相国公、建安郡王耶律夫人、陈夫人共奉靖康帝、后，慎妃、祁王太子至昊天寺作斋，邀太上、帝、后、诸王，欢会竟日。十六日，郑后疾，设野马仍率诸人至延寿寺问省。午后返祠，即令祁王、相国公、建安郡王迁居延寿寺，少帝益孤。

八月，斡酋死，金主令王妃、帝姬十二人至延寿寺（下阙89字）。

《燕人麈》曰：靖康之役，斡离不初欲得一帝姬，萧庆语斡云："天家女，非若民妇，必抗命自尽。"斡意沮。宋帝〔许〕归干戾人家属，未计福金帝姬为蔡京妇，在所归中。盟书即定，无中变理。议和诸臣诱姬至寨，误饮狂药，婉委顺从，斡遂肆欲无厌，蔡京流祸烈已。

虏迁从官陈过庭等五十余人及耿南仲、孙元自真定至燕山，居崇国寺。

九月初六日，靖康帝生子谨，慎德妃出。

虏以康王兵盛，又请二帝北徙。九月十三日出燕山东门，民皆涕泣跪送。过石门，至景州，上卢龙岭，渡栾撒河、泽河，过大漠。十月十八日抵中京，计程九百九十里。地即霫郡，古奚国【改大定府】，在燕山北，馆于相国院，故契丹相国第。中院居虏酋，太上居其东。以宫眷〔宗戚〕不能容，内外分住。靖康帝居其西，宫眷从。地极荒凉，远逊燕山。

宗室濮王仲理等一千八百余人仍留燕山仙露寺，有衣不蔽体者，太上临行，令姜谔分赠生绢千端。

十日，虏迁从官陈过庭等至显州，唯秦桧依达懒，居留弗遣。

二十六日，安德帝姬薨。

十二月二十一日，少帝生子，殇，韩夫人出。

建炎二年【即金天会六年】，正月十七日，少帝生女，郑夫人出。二月十九日，太上生女，邵才人出。二十七日，太上生子，阎婉容出。三月十二日，太上生子，狄才人出，〔均殇〕。

十五日，王伦至云中，粘罕赠内夫人及宗女四，又赠朱勣宗女一，勣不受，遂被害【国钧案：勣死事《宋史》附见阎进传，与此所记异，殆传闻失实欤】。司马朴藏建炎赦诏，燕山留守枷禁之。何㮚、曹成以病亡。

七月二十二日，知真定府获鹿县张龚、知燕山府潞县杨浩，纠约五马山马扩、玉田僧一行、中山刘买忙等，谋攻真定、燕山、易州、中山归我。谋泄，疑及二帝，又请北行，并迁宗室通塞州，去燕京一千五百里。

八月，滕茂实卒于云中【国钧案：《宋史》茂实传不书卒之年月，此可补其缺】。二十一日，二帝抵上京行幄。

二十二日，虏主令韦、邢二后及帝姬、王妃入行幄。

二十四日，虏主以二帝见祖庙。时宫亲戚贵已发通塞州编管，家奴、军妓外，此皇子等三十人，妃主等一千三百人皆随帝后居行幄。黎明，虏兵数千汹汹入逼至庙，肉袒于庙门外。二帝、二后但去袍服，余均袒裼，披羊裘及腰，絷毡条于手。二帝引入幔殿，行牵羊礼。殿上设紫幄，陈宝器百席，胡乐杂奏。虏主及妻妾、臣仆胡跪者再，帝后以下皆胡跪。虏主亲宰二羊入供殿中。虏兵复逼赴御寨，虏主升乾元殿，妻妾、诸酋旁侍，二帝以下皆跪。宣诏四赦，二帝受爵服出，与诸王坐殿外小幄。后妃等入宫，赐沐有顷，宣郑、朱二后归第。已，易胡服出，妇女千人赐禁近，犹肉袒。韦、邢二后以下三百人留洗衣院。朱后归第自缢，苏，仍投水薨。

《燕人麈》曰：初，宋帝至燕山，金国诸王郎君怂恿金主如契丹故事，献俘分赏，枢密刘彦宗力谏而止。及此，彦宗下狱，无敢复言。八日乙亥，宋二帝至京，置元帅甲第。丁丑，献太祖庙毕，至御寨，四赦。金帝、后、诸王郎君大僚乘骑，前继以契丹乐一行，后导白旗五：云“俘宋二帝”，云“俘宋二后”，云“俘叛奴赵□母、妻”，云“俘宋诸王、驸马”，云“俘宋两宫眷属”。继以珍玉八十席，兵士呵殿其后。宋帝、后均帕头、民服，外袭羊裘。诸王、驸马、妃嫔、王妃、帝姬、宗室妇女、奄人均露上体，披羊裘（下阙 54 字），入御寨一时许，纷纷遣出，大僚监押以去。是夜，少后朱氏自缢，救免，仍死于水。

二十五日，虏封太上为昏德公，少帝为重昏侯。诏曰：

“制诏赵□，王者有国，当亲仁而善邻，神明在天，可忘惠而背义？以尔顷为宋主，请好先皇，始通海上之盟，求复前山之壤。因嘉恳切，曾示（允俞）〔俞允〕。虽未夹击以助成，终以一言而割锡。星霜未变，衅隙已生。恃邪佞为腹心，纳叛亡为牙爪。招平山之逆党，害我大臣；违先帝之誓言，衍诸岁币。更邀回其户口，唯巧尚于诡词。祸从此开，孽由自作。神人以之激怒，天地以之不容。独断既行，诸道并进，往驰戎旅，收万里以无遗；直抵京畿，岂一城之可守？旋闻巢穴俱致崩分，大势既已云亡，举族因而见获。悲衔去国，计莫逃天。虽云忍致其刑章，无奈已盈于罪贯。更欲与赦，其如理何？载念与其底怒以加诛，或伤至化；曷若好生而恶杀，别示优恩。乃降新封，用遵旧制，可封为昏德公。其供给安置，并如典礼。呜呼！事盖稽于往古，曾不妄为；过惟在于尔躬，切宜循省。祇服朕命，可保诸身。”

“制诏赵□，视坠纲以弗张，维何以举？循覆辙而靡改，载或尔输。惟乃父之不君，忘我朝之大造。向因传位，冀必改图，直无悔过之心，翻稔欺天之恶。作为多罪，矜恃奸谋。背城下之大恩，不割三镇；构军前之二使，潜发尺书。自孽难逃，我罚再举。兵士奋威而南指，将臣激怒以前驱。壁垒俱摧，郡县继下。视井惟存乎茅绖，渡河无假乎苇航。岂不自知，徒婴城守。果为我获，出诣军前。寻敕帅臣，使趋朝陛。罪诚无赦，当与正于刑名；德贵有容，特优加于恩礼。用循故事，俯降新封，可封为重昏侯。其供给安置，并如典礼。呜呼！积衅自于汝躬，其谁可恕？降罚本乎天意，岂朕妄为！宜省前非，敬服厥命。”

《燕人麈》云：戊寅，金主诏云：“宋俘赵□，可封为昏德公；赵□，可封为重昏侯。妻郑氏、朱氏并封夫人。赵□母韦氏，妻邢氏没为宫婢，余悉遣还。盛德所被，宜令悉知。”遍揭各路、府、军、州。翌日，元帅府令医官二十人抑勒发还之宫眷九十四人，孕者下胎，病者调治，以备选进。

二十九日，和王女生，刘氏出。是日，信王长女生，田氏出。

九日十六日，相国公长女生，耶律氏出。

十月二十六日，虏徙二帝、诸王、驸马、内侍、宫眷于韩州。

《燕人麈》云：十月杪，金主令元帅府再选进昏德宫眷五十余人，复发还奴婢四十人，同徙韩州。自此，宋宫眷属留洗衣院者嫔（婚）〔嫱〕、（公三）〔公主〕**【国钧案：“婚”、“三”疑是“嫱”、“主”之讹】**、诸王夫人、宗女、宗妇、宫女、官家女凡二百六十八人，又内侍二十四人（下阙38字）。留养元帅府女乐院者四百余人（下阙10字）。

宗室晋康郡王孝骞以下一千八百余人，自二帝离燕山后，日给粟一升，拘禁若囚卒。一岁之间，死者过半，濮王仲理亦薨。及是，转辗流徙，存九百余人，虏酋令徙韩州，给田四十五顷，种莳自给。

十二月二十六日，二帝抵韩州，和王薨于途。

建炎三年【即金天会七年】三月，虏主榜朝市云，良民被俘为奴者，听其家属赎之。耶律（迺）〔延〕禧、赵□，赵□家属没为奴者，不准赎。

七月六日，少帝生子训，郑夫人出。

八月，越王偲薨。

十月，虏主令宋官降金者缴易诰命。又封挞懒。掠给刘豫之内夫人钱氏为大齐国皇后，钱本荣德帝姬媵。

建炎四年【即金天会八年】，粘军驱所掠宋人至夏国易马，以十易一。又卖高丽、蒙古为奴，人二金。

四月二十七日，太上生子柱，阎婉容出。

五月十二日，建安郡王子成式生，陈氏出。

六月初三日，虏主榜朝市云：宫奴赵□母韦氏、妻邢氏、姜氏〔凡十九人〕，并抬为良家子。沐此湛恩，想宜感（悟）〔悔〕。又榜云：赵□妹〔凡六人〕久侍宗子【国钧案：《金太宗纪》，七年六月癸酉诏，以昏德公六女为宗妇】，获宠生男，应予优容，抬为次妇。服此隆恩，懋昭激劝。

二十六日，郓王薨。始闻韩世忠大败四太子兀术于黄天荡。粘罕编造秽书，诬蔑韦后、邢后、柔福帝姬诸人。韦后北狩年近五十【国钧案：据《开封府状》，韦后北行时，实三十八岁，此云年近五十，误。在洗衣院忍辱偷生者人人皆然，非如朱后之水死，谁能洁身？正不必辨也】，再嫁虏酋，宁有此理？虏酋舍少年帝姬，取五旬老妇，亦宁出此舍是不恤？图复中原，天理人情，似无以易〔诸〕。诸公衮衮，未喻所裁。

《燕人麈》曰：时左帅兀朮名宗弼，右帅讹里朵名宗辅，新用事。兀朮尤骄横，所向无敌。自韩世忠败之黄天荡，吴璘败之和尚原，岳少保败之（颖）〔颍〕昌，锐气渐消。粘罕、挞懒亦浸淫子女、玉帛中，久厌兵。第胁和无术，始降指挥，继造秽书，以辱宋康。苟非技穷，一何至此？宋若坚心一志，不共戴天，中原未必不复。况如秽书，诬蔑已甚，虽不成和，难滋益谤。甘为人下，失策多矣。

二十八日，安康郡王女生，林氏出。

是月，陈过庭卒于显州【国钧案：《宋史》陈传不具卒之月日，此足补其漏略】。

七月，又徙二帝于胡里改路【国钧案：《金太宗纪》作呼尔哈路】五国城。舟行至东路，都统孛堇习古传虏主命，减去随从宗室仲琨等五百人、内侍黎安国等三百人，流离咸州道中。唯和仪郡王有奕、永宁郡王有恭，燕王府节使有章、有亮，越王府节使有忠，有德六人从。

虏敕云："敕赵□，昨取汝女六人为宗室次妇，俾汝末路，可供取求，获利市于姻（娅）〔娅〕，安桑榆于饱暖。载念汝女汝媳，宫寝侍奉，已历二年，敬戒无违，叠承宠眷（下阙 34 字），推此柔淑之姿，本尔作养之力。可赐缣绢十端，以示荣宠。"

又敕："比以奸民〔不靖〕，假祸汝躬，故令远徙，庶免波累。舟车行役，未免重劳。已令所司，优予馆伴。从兹阙廷远隔，难遂觐光；女妇长违，或劳恋系。可先入朝，允赐接见。尔受儿女之余恩，尚安晚节；朕采葑菲于下体，用沛殊恩。"

又诏："（下阙 38 字）用邀宠注，比并有身。叛奴赵□，曲加荫庇，免为庶人，尚知悔悟。毋污斧戕，藉此引援。恩承巾帼，故兹宣示，尚审从违。"【从别本补八字】

又诏："赵□妻朱氏，怀清履洁，得一以贞。众醉独醒，不屈其节。永垂轸恤，宜予嘉名，可封为靖康郡贞节夫人。典重激扬，共喻朕意。”

《燕人麈》曰：昏德谢表：臣□言：“伏奉宣命，以臣女六人赐内族为妇，具表称谢，伏蒙圣恩赐敕书奖谕者。仰勤睿眷，曲念孤踪，察流寓之可怜，俾宗藩之有托。伏念臣栖迟万里，黾勉四迁。顾齿发以俱衰，指川途之正邈。昔居内地，罔间流言。得攀若木之枝，少慰桑榆之景。此盖伏遇皇帝陛下扩二仪之量，孚九有之恩，悯独夫所守于偷安，辨众情免涉于疑似。臣敢不誓坚晚节，力报深仁？倘伏腊稍至于萧条，赖葭莩必济乎窘乏。尚祈鸿造，俯鉴丹忱。臣无任瞻天望圣，激切屏营之至。”

臣□言：“伏奉圣恩，赐敕书奖谕，具表称谢者。伏以天恩下逮，已失秋气之寒；父子相欢，顿觉春光之暖。遽沐丝纶之厚，仍蒙缣缌之颁。感涕何言，惊惶无地。窃以臣举家万里，流寓三年，每忧糊口之难，忽有联姻之喜。方虞季子之敝，谁怜范叔之寒？即冒宠荣，愈加惊悸。此盖伏遇皇帝陛下唐仁及物、舜孝临人。故此冥顽，曲蒙保卫。天阶咫尺，无缘一望于清光；短艇飘摇，自此回瞻于魏阙。”

臣□言：“伏奉宣命，差官馆伴臣赴和啰噶路安置，于今月二日到彼居住者。曲照烦言，止从近徙。仍敦姻好，尚赐深怜。大造难酬，抚躬知幸。窃念臣举家万指，流寓连年。自维谴咎之深，常务省循之效。神明可质，讵敢及于匪图？天鉴无私，遂得安于愚分。惊涛千里，颠踬百端，幸复保于桑榆，仅免葬于鱼鳖。此盖伏遇皇帝陛下垂丘山之厚德，扩日月之大明，非风波而可移，亦浸润而不受。回瞻象阙，拜渥泽以驰心；仰戴龙光，感孤情而出涕。”

重昏谢表：臣□言：“伏奉宣命，入殿赐见女弟、弟妇等，并颁缣绢，具表称谢者。暂留内殿，忽奉王言，特许手足之相欢，更被缣裀之厚赐，喜惊交至，恩赉非常。伏念臣禀性冥顽，赋质忠实。负丘山之罪，天意曲全；联瓜葛之亲，圣恩隆大。方念无衣之卒岁，遽欣挟纩之如春。此盖伏遇皇帝陛下仁恕及人，劳谦省己。唯天地有无私之覆载，而父母有至诚之爱怜。念报德之何时，怀此心而未已。”

八月二十六日，嘉国公薨。

九月初五日，郑太后薨于五国城，年五十二。

《燕人麈》曰：昏德夫人郑氏薨于天会八年九月甲辰，赐赙。

是月，济王生子成咸。

十月，肃王薨。二十八日，少帝生女，慎德妃出。

十一月，莘王生子成定。

十二月，拘留太原之洪皓、龚（璹）〔琇〕，拘留云中之王伦、朱弁及吏役沈珍、邱德、党超、张福、柯辛成冷山，在长白山西北千余里。

绍兴元年【即金天会九年】四月，金赠太上、（康王）〔当作少帝〕时服各两袭。

诏曰：“（下阙 62 字），本月二十三日、二十六日各举男子一人。眷念产孕之劳，宜酬衽席之费，可各赐白金十锭。赵□、赵□让美不居，推恩锡类，可并赐时衣各两袭。庶念新恩，益捐躯以图报；用加奖谕，尚续进其所私。敕到赵□，驰谕赵□（下阙 31 字）。”

谢表：“臣□言，伏奉敕谕，并赐时衣各两袭，随表上贺称谢者。伏以尧仁泽物，华祝多男；舜德及人，苍生衣被。臣托居宇下，久荷殊施。结茑萝于天家，自惭非分；采葑菲于寒族，受宠若惊。兹者纶綍下颁，衣裳载锡。省识天颜有喜，并呈嘉瑞于凤麟；剧思献曝矢忱，再贡登仙之鸡犬。惟臣去家万里，未达尺书，虽无恤乎顶踵，遑论其外。恨远离乎豢犬，未悉所私。此盖伏蒙皇帝陛下烛照无遗，海涵有量。乾坤覆载，恩莫报于涓埃；襁负偕来，心自邀夫鉴眷。临笺虔贺，望阙衔恩。”

虏主征取留徙燕山、中京、韩州、咸州宋宫宗室妇女，并赎兵士俘掠为奴、未嫁典质为奴、不知情而嫁奴，建炎二年分赐诸王郎君、万户、大僚家为奴，凡得二十四岁以下妇女一百十四人入宫。

《燕人麈》曰：声色移情，英雄不免。天会三年，诸王子郎君俘契丹女乐，太宗不正魂饰。契丹后妃随海滨王献俘，太宗见锦绣繁华，怒令撕去，以赤体献庙。朝罢大宴，徇诸王子意，令侍酒。醒而悔之，〔悉以分赐〕，不录一人。自俘宋女入洗衣院，王子得乘其间，怂恿献俘，取三百人入院。兀术既败，怒取十人入宫。自此浣院日空，宫院日盛，土木脂粉，所费不赀。九年以后，日荒于色，不三年而崩。

五月二十二日，太上生子檀，郑昭媛出。

七月十八日，瀛国公薨。

九月，景王生子成章。

十一月，虏迁咸州道中近支宗室仲恭、仲瑶五百余人至上京。

十二月，信王次女生。

绍兴二年【即金天会十年】六月，少帝生女，狄夫人出。

二十四日，沂王樗、驸马刘文彦首告太上左右及信王谋叛，千户孛堇按打曷即习古国王接其词。七月【国钧案：此事《金太宗纪》系于十一年二月戊子】，遣使诘问，太上遣莘王植、驸马宋邦光渡河往辩。坚请太上自往，又遣少帝及信王榛、驸马蔡鞗、内侍王若冲往议，始许在行宫引问。沂王、刘文彦承诬。使者请太上处置，却之，使者宣命赐死。

九月，信王三女生。

十月二十八日，昌国公薨。

绍兴三年【即金天会十一年】九月初四日，阎婉容薨。初五日，信王四女生。

虏库帑甚富，君臣相誓，非军需不启库。吴乞买嗣位后，多耗费。是冬，诸臣扶之下殿，声背誓之罪，梃杖二十，复扶上殿，谢罪。

绍兴四年【金天会十二年】夏，粘罕、兀室入朝，虏主遂解兵柄。

绍兴五年【金天会十三年】正旦，吴乞买因迷酒色，瘫痪已久，倩近侍扶起受朝，共见东方一佛，随日而出。未几，殂于明德宫【国钧案：吴酋死于天会十三年正月己巳，盖二十四日也】，时年六十一。诸酋皆抛盏烧饭以吊。吴乞买当金太祖朝尝使汴京，其貌绝类我太祖皇帝塑象，众皆称异。嗣位后，车马服御与臣下无别。乾元殿外四围栽柳，名曰御寨。有事集议，君臣杂坐，议毕同歌合舞，携手握臂，略无猜忌。甚至契丹献俘，醉酒聚麀。近年称尚汉仪，朴茂之风亦替。

二十五日，虏主完颜亶即位。亶通识汉语，尝受读于韩昉，知诗文，宗室大臣目为汉儿，亶亦鄙宗室大臣若异类。

二月，韦后等七人出洗衣院，柔福帝姬归盖天大王赛里，名完颜宗贤，后嫁徐还。纯福帝姬归真珠大王〔设〕野马，后嫁王昌远，一名成棣。韦后至五国。

四月二十一日甲子，太上薨于五国，遗命葬内地。虏主徇宫中意，欲许之，廷议不可。

《燕人麈》云：昏德公薨于天会十三年四月丙寅，年五十四。宋汴之祸，昏德与金太宗实相终始，四月之间，相继上仙，殆冤业已清，具相释手。

五月，虏主封令福、（莘）〔华〕福、庆福三帝姬为夫人。信王五女生。

六月，祁王生子成范。

八月，相国公生子成茂。

绍兴七年【金天会十五年，完颜亶三年】六月，虏酋高庆裔、刘思犯赃，斩于市。粘罕用事，时高庆裔、萧庆为羽翼。时吴乞买长子宋国王宗磐抑粘罕，乃斩庆裔。临刑，粘罕哭送之。庆裔曰："若从我言，彼此何有今日？"语闻于众。粘罕自危，纵酒肆欲，以及于死。

七月，虏酋粘罕缢于狱。先，御林牙兵叛，亶令粘罕讨之。交攻三昼夜，胜负未分，粮草已尽，人马僵冻。副将外家得有异心，数千骑无故自溃。亶下粘罕狱，密遣人缢杀之。亶尚汉仪，多内嬖，宋室宗姬皆有盛宠。后裴满氏，亦五王府宗女，随母被掠于千户忽达家，献为后。戕贼寇宋诸酋无噍类。

诏云："先王制赏罚，赏所以褒有功，非滥喜也；罚所以诛有罪，非滥怒也。朕惟相国宗翰辅佐先帝，曾立边功，迨先帝上仙，朕继承丕祚，眷惟元老，俾董征诛。不谓持重兵权，阴怀异议。国人皆曰可杀，朕躬匪敢徇私。奏对悖慢，理当弃磔，以彰厥过。呜呼！四皓出而复兴汉室，二叔诛而再造周基。去恶用贤，其鉴如此。布告中外，咸使闻知。"

九月，顺德帝姬至五国城。东路都统习古国王、孛堇按打曷以其未奏虏廷，遽离粘没喝寨，指为私逃，要留寨中。未几死。

绍兴八年【金天眷元年，完颜亶四年】四月，虏主封玉嫱、飞燕两宗姬为夫人。

五月，仪国公生子成光。

八月十三日，祁王薨。

绍兴九年【金天眷二年，完颜亶五年】二月，虏封庆福帝姬、玉嫱宗姬并为帝姬。帝姬即嫔。

六月，邢后薨。诏云："建炎宋国夫人邢氏（下阙8字），倏闻溘逝，弥用轸怀，其以一品礼祔葬（下阙17字）。"

《燕人麈》云：宋康王妃殁于天眷二年六月庚戌，或云七月丙子，年三十四。

七月，虏诛太师宋国王蒲鲁虎即宗磐、兖国王额鲁宽即陈王宗隽。

诏曰："周行管、蔡之诛，汉致燕王之辟。兹惟无赦，古不为非，岂亲亲之道有所未惇，以恶恶之心，是不可忍。朕自稚冲，昧承嗣统，盖由文烈之公，欲大武元之后，得之为正，义亦当然。不图骨肉之间，有怀蜂虿之毒。皇伯太师宋国王宗磐，族联诸父，位冠三师。始朕承祧，乃繄协力，四登极品，兼绾剧权。何为失图，以底不类。谓为先帝之元子，尝蓄无君之祸心。信昵宵人，煽为奸党，坐图问鼎，行将弄兵。皇叔太傅、领三省事兖国王宗隽，为国至亲，与朕同体，内怀悖德，外纵虚骄。肆己之怒，专杀以取威；擅公之财，市恩而惑众。力摈勋旧，欲孤朝廷。即其所怀，济以同恶。皇叔虞王宗英，滕王宗伟，殿前左副点检浑睹，会宁少尹胡实剌，郎君石家奴，千户述孛离古楚等，竞为祸始，举好从乱，逞躁欲以无厌，助逆谋之妄作。意所非冀，获其必成。先将贼其大臣，次欲危其宗社。造端累岁，举事有期。早露兆倪，每存含覆。第严禁卫，载肃礼文。庶见君亲之威，少安臣子之分。蔑然不顾，狂仍自如。尚赖神明之灵，克开社稷之福。日者叛人吴十，稔心称乱，授首底亡。爰致克奔之徒，乃穷相与之党。得厥情状，孚于见闻。皆由左验以质成，莫敢诡词而抵赖。欲申三省公议，岂容不顿一兵？群凶悉殄，于今月三日，已各伏辜，并令有司除属籍讫。自余诖误，更不蹑寻，庶示宽容，用安反侧。民画衣而有犯，古犹钦哉；予素服以如丧，情可知也。”

八月，虏诛鲁国王、都元帅挞懒及其子斡带、乌达补、翼王鹘懒及活离胡土。荣德帝姬没入宫。

《燕人麈》云：兀室谋诛宗磐、宗隽后，贬挞懒为燕京左丞相。挞懒语次妇荣德公主、子宗武、宗旦、宗望云：“夺我元帅，尚有本部万户，何患无人从者。”密告兀室，诱执之，八月十一日伏诛。

九月，虏主与诸王、皇孙、驸马银、帛有差。

绍兴十年【金天眷三年，完颜亶六年】二月，金籍宋国王次妇嘉德帝姬、兖国王次妇宁福帝姬入宫。

《燕人麈》云：兀室第三子名挞挞，饶智勇，兀室有事，必与谋。去年诛宋王，挞挞奉诏手戮，因悦其次妇，妇为玉盘帝姬故夫女。是岁元宵，循俗偷归。及兀室归自上京，次妇即和王妃诉挞挞狂暴无人理，玉盘女所弗堪。兀室怒，鞭挞挞，归玉盘及女于宫。挞挞病，语人曰：“宋王来，我将从之。”越日毙。

五月，温国公生女。六月十九日，信王薨。

九月，虏诛左丞相陈王希尹，即兀室，又名谷神。又诛尚书左丞萧庆并希尹子昭武大将军把搭、符宝郎漫带。

诏曰：“朕席祖宗之基，抚有万国，仁焘德覆，罔不臣妾。而惟帷幄股肱之旧，敢为奸欺。开府仪同三司、尚书左丞相陈王希尹，猥以军旅之劳，浸被宰辅之任。阴愎险忍，出其天资；蔑视同僚，事辄异论。顷更法令之始，永作国朝之规，务合人情，每为文具。比其改革，不复遵承；几丧淳风，徒成苛政。至乃未禀诏谕，遽先指陈。或托旨以宣行，每作威而专恣。密布党与，肆为诞谩。僭奢玉食之尊，荒怠枭鸣之构。独擅国家之利，内睽骨肉之恩。日者师臣密奏，奸状已萌，早弗加诛，死不瞑目。顾虽未忍，灼见非诬。心在无君，言亦不道。逮燕居而窃议，谓神器以何归。谂于听闻，迄致彰败。躬蹈前车之既覆，岂容蔓草之弗图？特进、尚书左丞萧庆，迷国罔悛，欺天相济，将致于理，咸服厥辜。呜呼！赖天之灵，既诛两观之恶；享国无极，永保亿年之休。咨尔臣民，咸体予意。”

《燕人麈》曰：“陈王兀室母孕三十月而生，身长七尺，深识军谋，常自比于诸葛。创制女真字，君臣利用。既杀诸王，权势益重，兀朮忌之。将赴祁州，兀室饯之于燕京檀州门甲第，醉语兀朮曰：‘汝有兵多少？天下之兵皆我兵也。’兀朮告秦王宗幹。幹与兀室夙好，以醉语释之。兀朮复告裴满皇后，遂驰使持诏，夜入其室赐死。子卧鲁、南撒、盈虚哥、蒙铁哥滋四人同诛。萧庆亦族诛。”

十二月，嘉德帝姬薨。

绍兴十一年【金皇统元年，完颜亶七年】二月，虏主赠太上天水郡王，复靖康帝天水郡公，赐第上京。庆福帝姬封次妃，飞燕宗姬封帝姬，嘉德帝姬赠夫人。

〔荣德、宁福两帝姬封良家子〕。

广平郡王薨。

五月，虏封宁福帝姬为夫人。

九月，虏封华福帝姬为帝姬。

十月，柔福帝姬薨徐还家【国钧案：《四朝见闻录》柔福帝姬条，颇疑韦太后归时言柔主已死之非真，观此，乃知南渡后间道奔归之真颜子帝姬矣】。

十二月，全福帝姬嫁夏国李敦复。帝姬，太上女，入金后生。

虏主与靖康帝俸。

绍兴十二年【金皇统二年，完颜亶八年】三月，封华福帝姬、玉嫱、飞燕两宗姬并次妃，荣德帝姬夫人。遣左宣徽使刘筈以衮冕、圭册封康王为帝。

册曰："咨尔宋康王赵□。不吊，天降丧于尔邦，亟渎齐盟，自贻颠覆，俾尔越在江表，用勤我师旅，盖十有八年于兹。朕用震悼，斯民其何罪？今天其悔过，诞诱尔衷，封奏狎至，愿身列于藩辅。今遣光禄大夫、左宣徽使刘筈等持节册命尔为帝，国号宋，世服臣职，永为屏翰。呜呼钦哉！其恭听朕命。"

虏诏豳国公完颜宗贤即盖天大王赛里，迎宋帝母韦氏自和啰噶路至上京，并归天水郡王及妻郑氏两丧。

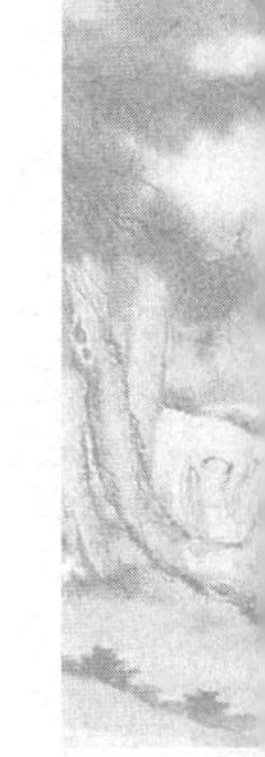

《燕人麈》曰：金俗火葬，不尚棺椁。天水郡王夫妇之丧，皆生绢裹葬。至是起攒，唯裹泥土，至京制棺若柩。郡公夫人之骨，宋置不问。康王夫人□□□□有棺未启，别以空柩归宋。柔福帝姬丧未久，全骨以归。亦有幸有不幸哉！

五月，虏遣盖天大王赛里护送太上、郑后、邢后梓宫并韦太后归国。庆福、华福两帝姬，玉嫱、飞燕两宗姬及虏后裴满氏，妃张氏，公赠韦后三千金。张为斡离不与韦后侍女张氏所生，梓宫之归，皆其力也。

《燕人麈》曰：天水郡公薨于正隆元年六月庚午。

或曰：太祖正室生嫡长男圣果，名宗峻，早世。妻蒲察氏，为兄斡本名宗幹收以为妻。又娶宋仪王妃，妃未嫁而寡，嗣子二：一曰葛罗【国钧案：以《开封府状》互勘，仪王聘定之妻姓陈。其嗣子二人，一名黑郎，一名蝶古。葛罗当为黑郎之改名，北行

时，仪王已卒，聘定陈夫人年十九岁，及黑郎（九岁）、蝶古（六岁）同入金。或说实有据，非造诬也】，一曰牒古，随母入府。故事，宋女非奉赐婚，不得为次妇，所生子为奴。斡本爱二子明慧，一与蒲察氏，为圣果后，即熙宗；一与次妇大氏为己子，即海陵。其说未足据。惟二君践祚，若专为靖康复仇：熙宗杀余睹、高庆裔、刘思、粘没喝、蒲芦虎、额鲁观、挞懒、希尹、萧庆辈，举伐宋诸健将扫薙无遗；海陵继位，族诛吴乞买、粘没喝、撒离喝、阿古乃、谋里野、斜野、斡带、阿鲁补、斡离不、兀室、讹鲁观、都阿鲁子孙凡千百人，复纵淫其妻妾、女媳无遗类。奇丑恶辱，自古未闻。吁！异已。

* * *

《呻吟语》二十页，先君子北狩时，就亲见确闻之事，征诸某公《上京札记》、钝者《燕山笔记》、虏酋萧庆《杂录》，编年纪事，屡笔屡删，以期传信。未及定本，遽而厌世。不肖又就《燕人麈》所载可相发明者，(件)〔伴〕系（于)〔其〕下，亦以承先志云。

宁古塔山水记

（清）张缙彦　著

宁古塔山水记序

钱　威

古今之所慨于遇不遇者，岂独人事然哉！山水之在域中者，图以载之，经以著之，而且瘗玉镂碑以志其盛，飞觞赋咏以道其奇，何其幸也。其在域外者，荒江空谷，莫之或知，又何悲也。嗟乎！自古岂知有宁古塔之山水乎？间尝考诸方舆，稽诸传记，概谓此穷荒僻远之区，又宁问有林泉溪壑，足供人之盘桓而啸傲哉！

清兴，始通文轨，建为雄边，而乃有司空张公至焉。公生平忧乐，在乎斯民，既至塞外，于外事泊然无所接，独以山水为乐，支颐觞咏，如对故人。既而曰："我终日好之而莫为之记，使丹崖碧流，百世之下，且指为穷僻之乡，谓非人所居者，不重负此山水耶！"乃汇集为《宁古塔山水记》。嗟乎！开辟迄今，高山流水犹是也，游而处者，不知其几亿万人矣。其山水之利足以及亿万人，而亿万人之心力，曾不能留山水之名于一日，则信乎遇之难也。且遇之者，非独遇文章之士之难，有文章而又有德业器量超乎文章者之难也。试观蔡邕徙朔方，李白流夜郎，昌黎、梦得之谪岭外，皆怨怼感愤，未肯以其文章，表扬其山川云物。柳子厚至目为囚山、愚溪。读其文辞，戚戚叹怨，趯然有远去之思，岂非处困之难哉？唯公坦然以处之，十余年来，无几微怨尤，故能网罗幽异，以使人可传而可述也如此。《易》曰："安土敦仁。"其安土也，能敦仁也。读公之文，亦可以知公也。

后学钱威顿首拜撰。

宁古塔山水记序

钱志熙

天下之名山大川，在中域者，岳渎而外，其一丘一壑之□，莫不皆见于歌咏、传记，独在四裔者无闻焉，则山水固以人传也。吾闻山水之胜者，辄有神灵，类能福民，主休咎，且笃生贤人、君子。《诗》曰：“维岳降神，生甫及申。”谚曰：“鲁以泰山生孔子，邹以东山生孟子。”且川谷之峻者其民秀，顽者其民淳，若是乎，山水之系于人民也如此，然非有贤人君子表彰之，则所为名胜亦不传。

单阏之岁，余坐窜营州之东又千余里，曰宁古塔。其地皆深山穷谷，人迹罕到之地，自结绳来，几千岁，不通于上国，唯宋末完颜氏辟居此地，建东京云。迄今三四百年，而东京旋为榛旷，近乃以为迁斥锢人之所。其山连绵而纡郁，四望如屏如障，云兴雾涌，烟霞万态；其泉清而驶，狭处若瞿唐峡口，瞬息百里，广处澄潭雾洁，波縠萦回，游鱼可数。有奇峰突碛，下临不测之溪，奔流有声，风驱电薄于沙石之上者。有林木数十里，不见日月，千寻百围之材，不可胜数者。其佳处宜无让匡庐、雁荡，特以僻陋荒服，不见称于士君子也。若北荒之渠搜、析支、燕然、瀚海等，非有卫、霍诸人穷极沙漠，亦安知中土之外更有此乎？

司空张蓑居先生以直道忤时，先余至宁古数载。所至辄探奇搜奥，觞咏自得，登览之暇，著《宁古塔山水记》一编，封表土俗，皆可考见。公生于中州，无亦中岳英灵所钟？今宁古山水，假公之来而获传于天下后世，使山水有灵，当即复我公于嵩少、河洛之间。不然，久假不归，吾恐嵩少、河洛之神之灵，其或瞋胆怒魄而移檄，且旦暮至矣。

康熙甲辰孟春，吴兴后学钱志熙拜手稽首谨序。

自　序

山何自而名也？华之形华，故华之，嵩之形高，故嵩之，恒之形亘而长，故恒之，衡以其上应玑衡也，泰以其长众山而独大也。昔人肖其象，取其义而名之。若生山之初，洪荒始判，造物者未必果尔云云也。呜呼！仓颉不制文字，大禹不凿山导河，黄帝不封不禅，即宇内名山皆嵯岈历落于混沌之中，名之为山为岳，夫岂山之性也哉？欧阳修曰：“罗浮、天台、庐阜、三峡，皆在下都小邑僻陋之乡，此幽人困厄放逐之臣之所乐也。”夫既处僻陋，位于下都小邑，而犹不免为人所称。呜呼！此亦山之不幸也。

予窜身万里，自辽沈出阴沟关，道经十八道岭、十八道河，询之土人，皆不能名。予以为骤遇之，不能知也。及再历百余山、百余河，亦迄无能名者。迨至今所已二年，环堵皆山，即予亦终不能指其一峰一壑也。乃知域外之观，非耳目之可及，心思之可测，名字之可类，意天固留之，以待幽人放逐之臣，有如是哉！

予尝出东郊，登宁古台，又尝适西郊彭氏之屯，登虎山。土人又言：“东北泥浆之屯有山，似闽之武夷者。”同诸友往观之，以日暮阻河不能至。翌日再往，得一洞而休焉。青壁千仞，高岩逼人，亦可得其大概矣。南至沙岭，游览东京，虽榛苇芜没中，犹见霸气。及偃卧石河，官给一廛，在东北隅，其幽深处未可量也。然登高遥睇，四顾茫然，云烟飘渺，青在天际。土人言到处有高峰绝巘，以人迹远，多虎狼，不能至矣。呜呼！穷乡僻壤，耳目有穷，意兴无极，又乌可以已乎？乃与吴江钱德维、吴汉槎谋再搜索，撰为山记。山无名，姑以其地、以其里、以其所居之人姓氏名之，亦曰由其山性，与幽逐之人见弃于世者，同归之无名焉尔。柳宗元作《愚溪记》、《囚山赋》，于困厄放逐之怨，不绝于心，故强为之名如此。予文词不逮宗元，困厄放逐，固自宜也，亦曰愿为泰豆、无怀之民，以相浑于无何有之乡、广漠之野，岂敢以浮名贻诮于罗浮、天台、庐阜、三峡也哉！

时康熙七年，岁在戊申，长至前一日，外方子张缙彦坦公氏题。

寧古塔山水記

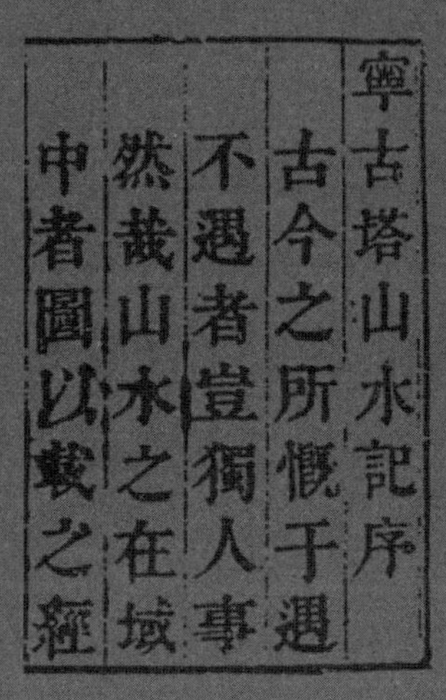
寧古塔山水記序
古今之所慨于遇
不遇者豈獨人事
然哉山水之在域
中者圖以載之經

宁古塔山水记

筏喻道人 张缙彦坦公 著
男欲昌道子 搜辑
后学刘孳枟云林 编次

石　城

城方二里，垒石成垣，城内居民，寥寥数家，东西各一门，以通往来，大帅公署在焉。凡钱粮听断，皆出于其中，朝廷有诏旨及军令，皆于是宣读，府部公移调发工匠及遣发迁谪者，皆于是稽察，解进参貂，或远夷朝贡，并于是奏报。官自梅勒以下皆治兵，并理民事，不设令丞，凡朝贺拜牌，间用朝礼，大概从朴野而省繁文。春秋于城南大阅骑射，元日悬弓矢于门以警备。

其产宜菽、麦、黍、稷、豆、粱、稊、稗、麻、苇，其畜宜马、牛、犬、豕、鸡、鹅。多虎、狼、獐、鹿、狐、鼠、雉、兔。其草卉则有芍药、玫瑰、芰荷、菖蒲、慈姑、百合、萱草、石竹、水蓼、山丹、菱白之属。其蔬莱则有葱、蒜、韭、芥、苣、蕨、扁豆、白菜、黄芽、菜菔、茄子之属。山中则有木耳、蘑菇、黄花、土菌、羊肚之属。其果品甚少，只山梨、山杏、山查、松榛、郁李、葡萄数种，然皆出于远山。而药苗则人参、黄精、野艾、沙参、防风、桔梗、苍术、白附、稀莶、益母、苍耳，其类甚繁。而材木则松、桧、桦、椴、榆、郁诸树，在乌鸡者，千寻之材，不可名数。

其风俗以耕牧为本，地广而民稀，开荒任地则获殖且倍，数年后地力已尽，则弃之，不以粪。婚礼以牛马为聘，或以豕酒。夜户不闭，亦无盗，行人不赍粮。结茅为屋，屋皆东南向，杂处如蚁聚。布帛、铁器皆以粟易之。鞹牛豕皮为履，名曰渥腊。织苇为席，编麻为布。天气严冻，多北风雨雪。其妇女着麻布，履层冰汲水以为常。秋冬坐卧火炕，不越跬步。有时出猎，则冒雪凌山，捕鹿雉以为食。

其形势，三面皆山，北面阻河，河多异石，水势急而奔驶，其流有声，源出长白山。混同江支派三四，环城而东，趋宁古塔而下，复合。又数折而入海，土音海郎必喇，华言柳河是也。此地去沈阳一千五百里，去高丽六百里，去乌鸡、鱼皮、黑觔等夷，或数百里，或千余里。其来互市也，则貂皮、鹿角，人参、黄狐、白兔等，居民以沈阳之布予之，往往有微息。近日逐末者益多，当事者□〔据其残笔，当为阔〕城址，加□□□，方四五里，开四门，立集场，教民贸易。又稍稍重文学，风气亦渐改观矣。

按此地系古肃慎地，后为金地，故东南五十里有金乌禄故都，石台旧址，依稀可睹，其为□□旧地无疑也。《（沙）〔松〕漠纪闻》亦载，女真国，野多白芍药，土人和面煎之，其味脆美。今人尚以白芍药为蔬，尤为可据。土人掘地，每得石础瓦片，熙宁、崇宁、正隆旧钱，其为金元之遗，又可知也。永乐间，野人头目，悉境归附。其俗极寒，穴居衣皮，射猎为业，即此地也。又闻之老人云，□自灰泊而迁。或言城在宁古塔，后移此地，然图籍无可考矣。尝稽地理志言，宁古塔颇有华风。□〔职〕方氏《九边图》，内则有石塔高峙，今亦湮没无存，岂皆各有变迁欤？然登高而望，山川向背，草木翳翳，云雾变幻，尚有雄风霸气焉。呜呼！昔日之丰都大聚，今化为石碛荒烟，然市廛新立，僧寺祠庑，东西继作，今日之石碛荒烟，安知不复为丰都大聚乎？

新　城

石城北面濒河，秋水时至，百川交集，澎湃涌激之势，环堵崩颓，去门只尺有咫。西则野潦千顷，漂没民舍无算，居民乘桴出入，甚苦之。主帅以闻，乃移□交罗屯迤南五里许，环松花而东北，迂回至交罗之北，如襟带然。其地高亢，无□泻污莱之患。东有白石崖，松桧葱郁，山脚有洞窈杳，河水荡激，与水波上下。西出郭，长埠如蛇盘山，下有洞。西出灵泉，入冬不涸。绕河而南□里，叠翠三十里，则乌鸡林也。自丙午夏四月，主帅与二副统，身先士卒，支毳帐，考工程，于是满汉蚁聚，伐木结茅，不数月而比屋可数。城方八九里，辟四门，东西南北通衢道，自主帅、副统而下，八旗佐领，以至军伍、工匠，各分地有差。汉人则区划东郊，自为一城。主帅请建砖城，内部以水衡钱不继，议以木易之，尚未竣事。此地以避水患，故土脉硗确，多□而少阴，凿地三丈而后得泉，初稍苦之，久习则相安也。山高而野旷，樵采放牧皆便之，是以万家之邑，越丁未、戊申，甫三易星霜，而屋材木器，充牣其中。又移庙祠于东郊，佛刹于泉左，悉如□城。盖天地生育，人力勤□，不借内帑，故奏功如此也。若关以内京畿各省，修一城，建一堡，当费县官钱巨万，竭闾阎之力，罄千家之产矣。新城去石城不过六十里，练兵屯种，风俗物产，皆似旧时，故不复具载。

布置闲雅，一结闳壮，岂非杰作？①

——钱威

东　京

由沙岭而东十数里，有古城石垒，周匝约三十里，或言系朝鲜旧国，或言是金元分封处。考乌禄初封，建国临（湟）〔潢〕，其为金主故地，颇为近之。又五国城，去辽东北一千里，自此以东，远夷五国居之，此地东接乌鸡、鱼皮、黑觔等部落，稽其地里，亦颇可疑。然大漠迷茫，不必求其事以实之。若东京之名，则土人相传久矣。道中远望，云气变幻，如楼阁旌旗，远近山城，皆似茂林丰屋，屯聚庐舍，即而视之，则不见，不知此何气也？东面城址，土墉高丈余，以石为基，城门石路，车辙宛然。大河绕城而东，其古渡尚有坏桥乱石，横亘水中。其宫殿三重，在前者规模颇宏，台址三尺，柱础如盘者计一十有六，后二重稍逊焉。殿东西二门，正中无甬道，阶墀陛墄，纷错可识，败瓦断砖，虽野烧之余，尚有存者。且丹绿琉璃，间有夷汉字号，土人拾取为玩。其别馆回廊周环者不可细辨。前有五台，石垒叠起，高可二丈，似五凤楼制度，内有小城，颇仿皇城焉。左右有石井二，首石甃八角，雨水渟泓，尚可牛饮。明堂以外，九陌三衢，依稀可睹。旁石垒似部落军伍所舍，或为列肆贸易之所。城以南有古浮屠，高丈六，佛面虽有风雨侵蚀，过之者尚稽首焉。前有石塔，八面玲珑，庄严精巧，尤非塞外所有。此地平旷数十里，似为都会之地。其西七八里许，有石碛数区，各围方三四里，其为屯操刍牧之处无疑矣。又有古坟石，方丈者数坂。土人掘地，得石兽，

① 编者按：底本多篇文后有钱威的评语，本次整理一并刊出，后同，不注。

其白如玉，必辇而至者，非此中物也。西南十余里有长溪，芰菱、茅苇、芙蓉生焉。夏秋之交，荷花红敷数十里，灿若云锦，土人采莲者，荡小舟入之，浮游如画，真东京美景也。宁古胜概，此为第一。

金有东京，而史云以辽阳为东京，辽阳至此盖千余里矣。土人拙地得断碑，剥蚀不可读，杂古钱，皆宋徽宗及金海陵、世宗年号，又似为金时无疑。篇中叙次周悉，不遗毫发，盖沉浸于《左》、《史》，而得其□〔当作髓〕者。

——钱威

宁　古　台

宁古塔者，名其地也。其山则曰台，塔与台音相近也。或以山形如台，故名。老人言："百年前居民不过数家，依山而处，后移此城，故至今仍之。"理或然耳。考其山甚小，半方半圆□〔当作环〕二里，由东北而□〔当作跻〕，路稍夷，可骑而至。其东亦可步陟。其南上有丘，下有堑，硗确阻绝，不可上。西北濒河，石壁磊落，突者为阜、罅者为坎，奇势怪状，有如鼻、如口、如耳、如枒、如人、如鸟之形。无大草木，然冬不凋，盖山气涛声窅冥相接，故草木受之，冷而坚也。河支自混同江由城北柳河，合西北三溪而汇之，宽广数十丈，其势汹涌，至于台下，细□交络，忽分为五，又为七，逆遏回互，激石成声，俯之可听，所谓河身，几不见矣。又里许，复合为一，澎湃汪洋，迅浪急湍，不辨牛马，似一经休息而蓄其力，勃然泄之，故滂沛如是。水多大急，土人沉巨网，其鲜可举。塞外之山，皆卷连不断，此山绝水独倚，四面空旷，不与众山为伍，去郭四五里，故登临为近。虽无峻险奇胜，得溪水以助秀气，景色可挹也。

牧　山

山与城最逼，城中民舍窗牖间，无不见山。登山以望，城中茅茨历历，如蜂房。其地平衍多茂草，居民春夏牧牛马，每在山下，为军旗牧马之地，马场在焉，故曰牧山。山无峻峰，垒垒皆土埠，幽花异药，荒榛恶草，皆杂生其间。无大石老树，故少苍翠之色。土产红药、紫蕨，采之者可以捆载而去。又有异卉，叶如芋而小，花白如豆粒，气比兰蕙，移至盆中，可充清赏。其野花野蔓，不能名数者甚多。山形卷连，可数十里，渐入渐深，堪舆家以为龙脉蟠聚，近日卜葬者多穴其处，火化之风亦少矣。长老言："数十年前，柳河水涨，民屋漂溺，皆避居山上，支帐房寝处。"今此山去河稍远，水势不及，盖沧桑之变如此。

岸　山

山半入水，石势层起，悬堑百尺，如河之岸，故曰岸山。山之秀不在山，在山之石，石之秀不在石，在乎水石之间。水与石相荡，坳洼昂砥，绿鲜蒙荟，似山之崩石，沉于水中，不可推挽而出，怪状纵横，形如虎蹲、如鹰厉、如熊起、如猿攀，如牛马之饮于流溪。携酒浆果核诣之，可以坐，可以卧，可以二三人肘足相摩，可以倚杖，独立临风。陟之，清气自至。山上有峰，高数十仞，□翠洗濯，缘径而登，耳目甚旷。山长五六里，与宁古台甚近，一溪间之，山之阳为坂，耒□之所，刺雉虎之所。游春时，杂卉布地，芍药、萱花、山丹，尤为烂漫。

楮墨之间，清景相逼，读者目不能瞬。

——钱威

官道山

由石城西南五六里，有山，在官道之南，故曰官道山。自城中望之，圆如乳头，即视之，则蜿蜒如长蛇，抱官道而西向。山之阴石壁嵯岈，高数十仞，有大石突立，如人攀捧而上，可以着氍毹远眺。山脚斜拖，如卧牛然。石盘平铺，席草而坐，可容数人饮啖。旁有溪水，皆秋潦所汇，冬夏不涸，可钓可汲。山多映山红，冬叶不凋，春花如灿，及芍药杂卉，不可名数。其木多榛、槲，有似榆、似槐、似楝者，验其花叶，又不甚类，岂地气使然与？土皆黑壤，雨水过之亦皆黑。有幽谷，阴森寒逼，长可里余。两岸碧青，中多大鸟迹，卷□石蒲，雨水薄蚀，如黛如染。其山之阳，土阜旁魄，白草黄茅，殊少秀色，然以近郭，携杖可至，游履往来，亦为胜迹。

虎山

虎山者，在彭谏议屯中，土音蹋□□，华言虎穴。是山虎匿穴中，每入屯，多伤人畜，樵采者避之，故虽在近郊，而林木独存，翁蔚窈窅，与他山不类。其绵亘数里，高可百仞，远望三峰，似雉堞重叠。若有山□依鬼，往来其间。西北一岭，突兀如人立，大石盘礴，可□几席。游人偃息其上，卧而眺远，云物草树，皆在肘腋之下。山阴多卷柏、石蒲、映山红、白杨、绿柳，与椴桦和杂。更有异木□枝，方而有棱，叶似映山红，或地气使然，或系别种，则未可知也。山之阳，土□联□，野卉荒榛，与山上下。山脚半里，乱石嶙峋，如星列，如棋垒，地皆污莱，秋潦浸渍。明水溪毛，能助山之秀色，虽无瀑布，流泉亦不觉少。此山去官道山不远，风风雨雨，山气离合，景物绝胜。

石河山

石河有二。一曰上石河，一曰下石河。

上石河，山旷而联，非信信宿宿，不能穷其胜。其山隔河二三里，河浅小如山涧，文漪美石，荡激有声。土人编柳为梁，绝流取鱼，鲂鲤鲫鳗之小者，日集于筐。濒河而南为民屯，居者数十家。岗之上有大石如台，长二丈余，其阔半之，其高约五尺。石青如黛，中凹而外凸，一似斧凿而成，雨水涵濡，积尘方寸，生异卉，花白，香气如兰，无杂草木。住人多□□□□□□□，意必□星之台也。河之北，有小山者，□□□□□□□□而□〔方〕址。石壁嵯峨，其一似石堤，拖于平沙之外。其树多桦、椴、檞、柳。春时，萱花、山丹、红药、紫蕨，遍满山谷间。再入则三越流溪，中有小洲，两溪绕之，洲中草树丛荟，拨茅而入，异花芬馥，且多木本，然不能悉名也。又生野茧，抽之成丝。洲东之河，停水为渊，深丈余，中有大蚌，土人没水取之，云有珠，然未之见也。道上有石如笔架，三棱并峙，形如刀削，然视其下，土形渐坠，或古人瘗骨处，不然，岂造物者于平壤之中，为此奇幻耶？过此，则大山四围，古木连卷，虎罴獐鹿，充斥于中，行人绝少，去乌鸡亦近矣。

其下石河，山小而峻，遏水兀突。河即柳河下流，源自混同江者也。山之青秀，有峰有崖，有砰有壑，倚伏高下，在道之侧，过者无不徘徊久之，可一览而得其概。故山游者欲急撷其秀，莫如下石河。若瞻眺周游，倘徉物外，莫如上石河。

点缀叙次，略无遗漏，水色山光，毫端隐现。

——钱威

洞山泥浆

去台十二里，峰峦高峙，望之如青屏者，洞山也。坐卧其下，森肃逼人，耸如太华，衍如太行，在诸山中，独雄而大。然处绝塞，不见于图经，是以得隐潜于灌莽之中。

初入山，有河环其北，其中有洲，水分为二。洲中树木荟蔚，非芟除丛刺，不可入，野蔓缭绕，多葡萄、山查、郁李诸种。河势所趋，忽成渠、成渊、成洲，分合断联，盖禹迹所不经，疏导不施，故任水力之所至，其势然也。山之脊，高数□□□□□嵘。雪雨浸渍，碧流如洗，连绵二三里。其□□□□□间屋，中□而外密。洞门古树三五，如人立洞上。有峦，登高以望，山溪汇入，洪洞无涯，云气掩蔽，如仙岛龙窟，山没其中，盖山之灵者多有洞。此洞冬时，每有熊罴伏匿，遇人而飏去，亦山精物怪，感灵气而至耳。名曰洞山，志其幽也。噫嘻！塞外灵奇，乃不列于洞天福地，游屐亦不及也。此山与泥浆，止隔一河。泥浆，冯侍御为余言之，始获游焉。

癸卯秋，获从先生游此，今六七年不复至。读此记，岩洞之胜，如在几席间也。

——钱威

卧　佛　山

山之灵奇者必有洞。宁古之山有洞者二，一洞山，一卧佛。卧佛之洞亦有二，小者如牖，大者如屋。如屋者内方而外坦，广可丈余，下有石穴，窈不见底。树在山半，洞上古木森蔚，如覆盂然，两旁皆土丘，无草树，洞之脚，亦有杂木枝干，结为山麓。

清翠时来此，山连衍不断，六七里至夭罗而大，又二十里至交罗而更大，气脉庞厚，两地皆成屯聚，盖卧佛之山为首，而夭罗、交罗之山为□□□□。卧佛之名，以洞中有佛偃卧如涅槃者，及□□□□□也。土人云，卧佛，土音乃山之臭嘴也，以屯在山口，故云。而夭罗、交罗皆土人姓名初住此地者，遂以名山耳。三山皆土埠石脚，树木丛杂，樵牧纷纭，地沃而产丰，然卧佛独以洞著称灵奇焉。

牡丹屯红山

女直故地，以芍药为蔬菜，填山掩谷，皆芍药也。东南一屯，名牡丹，问其物产，则姚黄魏紫，从不见之。盖土音牡丹，乃一日可以往还，计其程途以为名也。人烟辐辏，草舍相望，城东南大屯聚也。

去石城四十里，山分两翼绕于后，水横一带亘于前，西望沙岭，东望交罗，乃东京臂指联络之势，城堡基址瓦砾犹存。其山名红山，以石骨之红也。山势绵长数十里。红山嘴有石洞，容十余□□□□□，岫嶂盘郁，人所不见，灵奇之气，从卧佛□□□□重，他山无有也。然地多硗确，其为亩，亢而枯，时常苦旱，收获薄，人多贸易城中，贩鸡豚粟布以为食。城中居民，以其地近而人众，亦往往至屯中互易，商农便之。

呼　郎　山

土音呼郎者，烟洞也。山大而深，多古木，空其中，人取以为烟洞，通灶火，故名。或以其山壁峭矗，似烟洞形，理或然也。柳河逼山，南而下，地多污莱，沟渠纵横，遇秋潦涨溢，大木枯椽，塞河而下，甚至没岸□城。城中居民徙山坡，支毳帐避之。

盖地近乌棘，故灌莽难测如是。产多榛、橡、郁李、山梨、葡萄，采取者骑橐交路。众部落聚居，汉人鲜至，故莫知其地界。但闻白日，每有隐隐雷声，土人以为高山崩石也。每将雨，望见西山云气蕴靃，轰雷掣电，随从而起，故知此山神灵，为风雨之所会。然西北一带山屯，总号呼郎，近者十里、二十里，远者五七十里，其大小各殊。□言此山与长白相连，为混同江发源之地也。

白　石　崖

郭东四五里有山曰白石崖，土人所云上阳哈达也。隔河望之，若白垩画墁，其嵯岈欹折，殊少秀色，游人每每阻水不至，憩沙岸上。岸多柳株杂树，夏秋青荫可爱，凉风拂拂，河下多鱼鳖，钓者垂竿举网，日集其下。

至冬水腹坚，褰裳可渡，层雪平铺，恍如在玉砌上行。以木结架，谓之冰车，人牛可引。抵崖逼视之，则断岸千尺，怪石嶙峋，前所见如白垩画墁者，皆山之□空处，草木不长，千百年风雨所剥蚀，濯濯然也。杳冥深郁，乱石相撑。攀藤棘，取径而上，及半有大石三，方如矩，平如砥，可坐三五人，在北二石，相去尺有咫，南一石约五步外。时仆人具酒食，二三同游，各据一石，仆人拨藤刺传盏，心意旷然，不知其尘凡间也。仰视山巅，青茸如篙者，长不径尺，历历可指数。有客猱升而上，乃老桧百十株，伛偻古怪，见其杪不见其本，本入石窟中，勾曲隐伏，樵人过而不顾，以无所容趾处，是以全其天年。山根有洞，深丈许，广可容七八人，夏秋波涛汩没，盖鱼龙窟穴，冬月水涸□〔据其残笔，当为如或始〕见。河流冲激，石气冷冻，故熊虎雉□□□之□□□□□□耳。此山去城甚近，然近□□□□□□□一水之阳。桃源路杳，幽人孤客所宜□〔据其残笔当为携或投〕杖□□□。

刻画山水，具有化工，□□□□之书，殆为近之。

——钱威

沙　　岭

沙岭地广民稀，其壤肥美，其俗醇朴而近古，其生畜蕃庶，种植者收获倍于他处，故为宁古乐土焉。屯临大河，源自长白，流为混同江。混同江分流经五龙口而下，河势狭急，水激而怒，裂石崩崖，冲啮益甚。至沙岭，诸溪汇会，河道漫衍，方二三里，即古之松花江也。其水多鱼，土人耕种之暇，以网罟为生，往往赴宁古市卖得利。河之西南，有长溪数十里，产荷花、菱芰。七八月荷花红敷，一望十里，与杭之西湖无异。土人初不识藕为何物，汉人教之，乃取藕入城转市，得谷布，甚喜。两溪之岸多石垒，如台如砌如房址，是必古人台榭池阁、游闲览胜之地，今不可考矣。山中有石寨数百，乃古人所居，灶烟如在大野中，石块纵横成围，似阵图壁垒之形。盖以地近东京，兵甲屯种所处，其雄风霸气，可想见也。河下有垒，横亘中流，北自红山嘴，南接河岸，历历如九峰砥柱焉。水声如雷，舟不能渡，盖必古人防海屯兵其上，至今称为天险云。初至沙岭十里外，遥望山坡，似有室庐鸡犬，村落依稀，及至则漠漠空山也。大野之气成其郭，盖地气之盛，有如此夫？

马　流　河

松花江上流，自五龙口而下，散为涧溪，至此复合，广阔三五里，水势平衍，中流多大石森列，遥望如马牛饮河。其产鱼鳖菱荷。北岸崇岗，绵亘数十里，直至水海。入深山，树木蓊郁，多有不能名者。夏时花开，有海棠、木犀之香艳，不知是何花也。

地皆沃壤，种殖者倍获其息，近置官屯四处，遂为西南大聚。耨于原，稼可登，猎于山，鲜可食，钓于渊，鳞可举，是以居人侈称焉。

沙儿浒

水之渚曰浒，故言浒者必有水也。一名沙柳河。此河绕石城而东，经石河直趋，至此停泓，多大鱼，土人名打不玹者是也。鱼虽多种，而此鱼独著，渔者得之，入城市往往得值。河数折入乌龙江，注之海。西北十余里有山，其峰突兀，遥望如云气。东南地平广，宜屯种，居民百余家。北有山畈，畈中有城址高墉，下有壕堑，尚余败瓦灰迹，又有似庙址者，意必前人屯牧之处，今名躐蹋街。或言旧有市场，地颇高，土人避水居之。欲考其遗事，而故老无存者。

泼雪泉

山水记，记山也，水无可记。记水者，皆江河所经，山势迫之，便为奇胜。若水帘喷玉，悬流飞瀑，塞外绝少。新城迤西，离郭才数里，山下出泉，清湛可鉴毛发。土人冬月饮马得之，都统命缁流建刹山上。石路委折，以叠石为级，如下垂然。泉在山之趾，山平衍，无可取。由山上入，即辽沈大道，轮蹄嚣杂。由山下入，则水石幽□，仄径繁荫，眼界一开。盖河山夹道，阔不过半里，人兽罕至，乱石相交，大者如立，踞者如蹲，伏者如眠，昂者如骞，峻者如攫。且有如舂、如几、如枅、如蒲团之形，游人坐卧憩息甚适焉。山半有洞，二三人可坐而饮。有小溪三，其二亦自为一泉，然细而易涸，冬则结冻。此泉方不过三四尺，深可容膝，自山坎旁出，沙青河碧，与越之龙井相似，但无小鳞数尾，出没其中□□异让之。崖岸多杏花、□桃、异□，琪花如石竹，峨眉、□山所不生者。盖水泉冬懊，土气所蒸，故能凌冰破雪，涓涓之流，直达长河，名之曰泼雪泉，盖不诬云。余尝览山之高大者如岱岳、太华，其莲花、玉女诸泉，皆在山顶为湫池，而邹峄之莱□南山势次之，其泉皆在山半为瀑布，而泉之在山下者，率皆平冈小阜。天地之气，地灵各异。余闻长白山最大，上有池，方数百里，惜未及见，而山下出泉，塞外绝少。荒山燥土，举目黄沙，故泼雪一泉，亦北地之莲花、玉女，南方之惠泉、龙井也，有心者不可不日涉以成趣。

休裁闳阔，知大乘人终不作小乘语。

——钱威

河　湾

幅员之内，幽赏必借乎山水，虽卷石勺水，往往以□樹花木缀之，为寻胜地。塞外硗确卤莽，得平□□□，林泉疏蔚，如空谷足音，见似人者而喜矣。故东边一区，唯河湾为最胜。河湾者，土音通哩也。其地三面濒河，河由南而东注，又折而北入交罗屯。其岔出支流，则自通哩趋北，又斜折而东，故此地中央临水者几遍四方矣。唯正北一方，车骑可达，由城而往，沿溪□东行，道旁多柳株、海棠、山楂、芍药之类，色色迎日，抵水尽处，又回旋而南，则河湾也。地皆□壤□畦□□，可见其为亩高而亢。盖前人已垦之土，今改为牧地，就水草也。驱马牛而入，恃水拒之，不得逸。然其地方二十里，树木成千，丰枝密叶，其榆柳皆高荫清凉，暑日坐卧其下，有如棚樾。南阻河，西北阻溪，临河者举网得巨鱼，临溪者垂纶得小鲜。□□而藻荇交加，菱实充牣，乘木槽而取，可以却车而载。伐薪者每闻丁丁之声，采蔬者妇女鱼贯而进，日暮始返。盖其地宜耕、宜牧、宜渔、宜樵，宜嬉游，且又近郭，可以褰裳至也。西南隅有古址一区，人呼为城子。西南二面，以水为限，东北皆有深壕，方丈余，绝人兽往来。东有径，则叠土为梁，仅可容人行，壕边皆怪石重垒，非本地之所有，必辇而至者。此地或以为古人寨堡，又或别墅园囿，不则贵官陵墓，然无碑版及石阙、翁仲可考。今荒烟蔓草，一望凄凉，抚景凭吊，睹天地之悠悠，能不怆然而涕下乎？且杂花奇木，异香艳色，罗置壕侧，不可名状，有似茉莉、木犀、绣球者，细察之皆非也，所谓神农竟不知者，洵非诬与。盖塞外之地，绝无幅员风物，似此水石林木，皆近江南，洵为奇胜。

子厚山水记，独自成家。先生下笔，绝不蹈袭子厚，而雄深闳雅，殆为过之。

——钱威

兀　　喇

宁古塔西南八百里，有大镇，曰兀喇。其先与灰泊、□赖海，同为兄弟之国，互相雄长。□太祖初起，以正月朔日，用奇兵袭击，下之，故至今元日，骑士比户皆悬弓刀，示警备也。其地在吉陵江畔，□城七十里，四面阻山，盘纡郁积，绵亘数千里，江流出其中。其产参、貂、胡珠，尝为内地珍。近立驿传通往来，百货鳞集，江直北通乌龙、黑水，东接大海。殊方异国之奸，出没不常，□□□□□□□□□□□□□□治巨舰，练水师，因利乘便，于是立船厂，鸠匠作，设库房，制器物，踵至者以六百户计，其免役者，出粟饷之，乃移兵官率健卒，以治厥事，遂为西南雄区云。

镇东有一喇哈达者，古松连云，峭壁插水，称为绝奇。山半有城址，上有二池，石砌，宽百丈，生倒鳞之鱼，不知何代故墟也。闻之长老言：“数十年前，秋夜月明，稠人坐语，忽风起西北，大声轰然，如万马奔驶，剑戟相撞，土人战栗闭户，终夜不敢成寐，比晓则一无所见。”是必前代战场杀气雄风犹在耳。近以老羌入犯，议移我鱼皮部落，尚未行也。

交　罗

宁古村落之大者，莫过牡丹、交罗。牡丹当辽沈大道，交罗则倚山带河以为固。交罗，满音赵姓也，盖因族氏以为屯。或言国姓上世有居此者，后迁去，不可考耳。东南枕河，河东北流，抵山而旋，辄西流三里许，又北流五里许，又抵一山，再转东流，过大山，近乌粫矣。东北西三方皆山，翠色远映，一面阻河，览其形胜，甲于宁古。先是议营城其地，卒不果。环村皆平壤高腴之田，五谷咸宜，每多获，倍于他处。近屯多园圃，蔬菜肥美，每于城市中贸易，足食于民矣。河中多鱼，居人下长钩，举巨网，亦得水利焉。迤南有水淀茂草，畜牧者便之。西北则石河、腰罗等屯，联络棋布，洵新城肩背也。二年前，屯北平地溢泉数十(跑)〔当作泡〕，□〔当为深〕尺许，澎湃有声，数日成池，远近观者如市，月余而涸。以事属异闻，亦为附记。

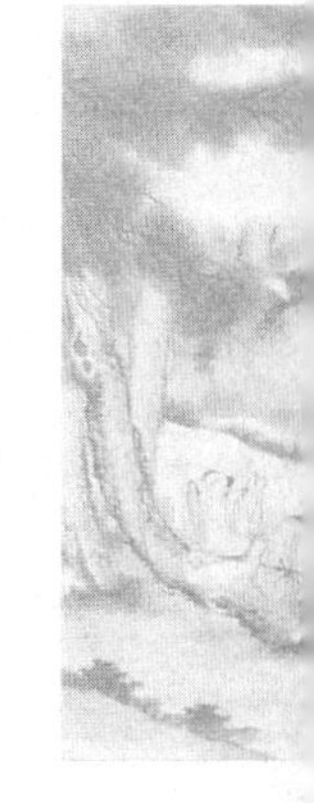

杂　记

乌粫，土语大树林也。南去宁古百余里，东西去宁古数十里，纵横不知尽处。其中多山神野鬼，过者挂巾带衣物纸钱于树枝上，以乞神佑，见者莫敢取，或亵嫚戏谑，往往得大病不起。夏日常雨，冬日常雪，四时晦冥，出林则晴明如故。杉松合抱，大材不可胜用，居人梁栋槽桶，皆于此取足，甚便之。

虎，夏伏冬出，阴类也。出则近村舍，食人犬豕。噬人则受命于山神，不当食，虽相遇，不害。噬一人则耳为一缺。攫人不过三跃，遂力尽，土人刺虎者，避其跃，辄掩取之。有神树，以爪抓树皮，系其祭神处，人若砍其树，虎必杀之，虽远匿不能避。人被虎逐，卧地，首向北则舍之。兽首向北者，亦不食。所食兽余肉，人不敢取食，食则必寻其人而噬之，若以其余肉饲猫，虎更恨之，必食其人，虽一二年，千百里，亦必报之。

鹿，凡山皆有，若千百成群，三二年乃一至，不知从何来。一群之中，必有一大鹿长角者在前，摇尾引之。因群鹿俱随，兵士围猎，每一日即可得数百，所谓麈者是也。乌棘有驼鹿，土人名曰康达里，其角坚白如玉，中有黑□，射者用以贯指，甚贵重。

熊有二种，一缘木，一山栖。缘木者，冬蛰枯木中，山栖者入石穴。其雄有力者，敢与虎斗。其威在掌中，熊心下有白如镜面，捕之者，枪箭必中其白，乃毙。其伤人以掌，人为所困，则以舌舐之，骨肉俱烂。

黑筋部落有狗，能驾车行冰上，名为扒犁，日行五百里。车上以铁笋贯之，欲止则插人冰中，车不能前，不然，狗性佻急，不能止也。

蒙古之地有雕狗。雕孕三卵，则有一狗。□□时，蒙古人窃而视之，若有三卵，计其将出，守之，出则□其狗□之，不然，则雕食之矣。狗长成，逐兽如飞，一狗值数百金，其狗孳种，皆值数十金。

蒙古之北百里，有大兽，如象如驼，头有一角，人不能捕。其来十数为群，土人名为薄荷木尔素，不知何兽也。

蒙古极北之地，有部落，名为无头国。其口耳鼻，皆在胸前。其地极冷，能蛰不饥，口中有冰球，若为人取去便死，候春时球消，乃起行。

鱼有折罗，其大数十斤。又有打不害，肉最美，鱼子大如梧桐子。

蝼蛄，形如两蟹相连，后尾如虾头，亦相类。味美可食。

鸟有□〔当为飞〕笼，大如鸽，自朔至望，其飞渐高，自望至晦，其飞渐低，二十八、九，乘骑可逐得之。今以祭。

鱼皮部落，食鱼为生，不种五谷，以鱼皮为衣，暖如牛皮。□入宁古，岁给布廪，甚苦之，多有逃去者。亦畏法，自相拘捕。

东北有部落，以雕翎苫房，可避风雨。

柳河多怪石，质坚，黑如点漆，上起花文，如雕刻状，置盆水中，足为清玩。

貂鼠出乌棘山中，穴居。取之者，雪地看其踪迹，跟寻得其巢穴，或用弓弩，或用木夹，潜置□处，以火熏之，中机而毙。冬皮毛长而苍，秋皮毛短而软，其黑色者佳，沈阳货者，多用熏染，而价倍乌棘。鱼皮，黑（觔）〔本文另作黑筋〕等部落往来交市甚多。乌棘等不用银钱，易之者以布帛、铁器、羊皮等物。

人参出宁古及乌喇远山中，生松树之下，红紫花，一层五叶，层多为老参，略似人形者有神。采之者不言而取，一丛可得数十枝，若喧言有参，则握之不见。极大者一根重可七八两，其价值无算，服之长年。乌喇出参膏，乃苗叶所熬成，非参芦也。

逻车一种，近为边患。其国与西洋相邻，碧眼黄发，善用火枪，酣战不用衣甲，去此二三万里。其来也由海船，入黑筋、鱼皮部落，掠其貂皮。夷人苦之，然不敢与抗，闻其至则悬貂树上潜避，以待其取。然每每受其掳掠。近日宁古练水师，深入海上，乃杀其党，得其乘舟及哆啰绒画像、鸟枪、罗经、定南针之类，种种机巧，大约出自西洋，非中国所有。

每冬杪，官遣高丽驮盐一次。京差通事二人，宁古章京领之同往。官给米料，行有程限，盐有斤两，夹带私货则高丽纸、细麻布、铜、铁、锅、斧、牛、马之类。海物有比目鱼、大乌鱼、海带。

乌喇去宁古六百里，江中造战船，练水兵，尽选宁古之健儿充之。每一人帮丁一名，多至七八百名。人烟凑聚，去沈阳稍近，商货流通，近改驿道，移满汉章京各二人镇守，遂为宁古重地。

有大乌喇者，每遇阴雨，多闻鬼哭，若铁冶造作，则中夜狂沸，铁马金戈之声，如万骑奔腾，盖旧系灭国古战场也。

胡珠，宁古及乌喇各河蚌中俱有之，但多在深渊，非没入水中不能取，且千百中乃一得。其蚌不论大小，色润而泽，即小如卵者，亦藏之。其水亦必秀媚，异于常水。

楛矢，周时肃慎所贡，系千年榆椴木沉江底者所化，今江河中尚有之，乌棘人名杌乌黑，取以为磨刀石，一半是石，一半是木，坚如金钢，用为箭镞，极利。

俗尚鬼。有疾必跳神祈禳，名曰插马，头戴铁马，衣彩衣，腰围铃铛，手摇扇鼓，跳跃转折，神来则口吞火，胸穿箭，足履刀刃，全不畏怯，疾亦每每得愈。乌棘插马，虎头熊皮，其形更怪。又家中顶神，以绸帛细条，扎如佛手状，名曰祖宗，凡岁时荐新，必跳神祭之，有好事则还愿。所用猪鹅粘膏，任来往者啖食，但不许带出。

又，蒙古人祭星禳灾，燃灯念咒。

另一风俗□□□□。

殉葬，主人死，有妻妾愿从者，关白官府，为给衣衾。亲戚涕泣，具酒饵相别。至期投缳自缢，并无难色，死则同棺火化。

山蒜，比胡蒜更大，根如鸡卵，叶阔寸余，出于乌棘林中，味比胡蒜甘而辛，食品之佳者。

有香草，气如薄荷，叶稍小而尖，可生食，可作调料。

白蛉，状如飞尘，夏月，黎明则出，人逢之，面肿发痒，日出则隐伏不见，至晚复出。耕田及行人，甚苦之。畏烟火，故城中、屯中无之。

土人以苍耳饲猪，以野瞿饲鹅，甚肥壮。

水上有小白鹅，秋后乃出，出十八日则霜落，土人晚田畏霜，每指此为验，不爽。

雕有水雕、沙雕二种。其翎以水雕为胜。多栖在山中高树，数十成群。取之者遍结绳，套于树上，待其栖定，惊之使乱飞，系其足则取之，非从射而得也。

捕鱼以石，横截水中，留水口，以柳条织如斗样，下急湍中，名曰亮子。鱼来流入其中，不能回转，尽取之。若捕大鱼，则在水坑中，用网数面四围，尽绝其流，满载而归。若网止一面，则用牛骨系绳上，沉水，二人牵之，远远而来，至网则举网。鱼畏白骨，尽窜入网矣。

铁角，山雀之最小者，红顶黄嘴，声甚娇好，冬来春去，来则千百成群。结滚笼如轮转，系谷穗于上，以一雀诱之，则堕入笼中，日得百十，烧炙以食，味甚美脆。

宁古塔山水记跋

般元福

天地精英钟于山水，六合之内，六合之外，流者峙者，何可意计，一遇伟人奇士刻划摹拟，遂以呈造化之灵而泄清淑之气，故柳州有子厚，而山水之胜流传千古。非然，荒徼绝塞，岂少名胜如柳州者，而湮没无传可胜道哉！

吾邑坦公先生以八斗弘才，被谪肃慎，流离患难，不废琴书。披览之余，辄与同时被放骚人流连于山巅水涯，以抒幽怀，凡所经历，必悉志之。其文雄深雅健，与子厚相颉颃，即零记碎书，皆露坚光，较其旧作，殆削尽铅华，独存真液者也。司马迁谓虞卿非穷愁不能著书以自见于后世，先生之文，其穷而益工乎？而域外名胜得先生而始传，是地与人之相遇，固有时也。嗣君出其遗编，剞劂问世，而丰城龙剑光耀人间矣。然则杜武库之石未必永留，而先生撰著洋洋岩岩，如江流岳峙，千秋不坠，奕祀之下，应有虞翻之知己也。化鹤归来，又奚疑哉！又奚疑哉！

域外集

(清)张缙彦　著

域外集序

姚其章

坦公先生以文章得罪，论谪海东。既十年，复撰次其谪后所为文若干卷，曰《域外集》，以属序于其章。

夫公天下之伟人也，以直谏致位通显，人地事功表率天下者三十年，而公尤好为文章，兵戈游宦，未尝不赍笔墨以从，天下之士读公文而相讽以学古者，不可胜数，公亦毅然以振起文学为己事。

〔应〕德、熙甫诸先生悯士习之陋，于是作为秦汉韩、欧之文，以风晓天下，虽未能尽返天下于古人，而有识之士亦稍稍从之，故余尝以旧明之文能颉颃于先代者，数公之力也。启、祯以还，海内大乱，而文学亦日以坏，虽有工文之家，而或为聱牙诘屈以自诡异，或为风云月露以侈繁富，而于古大家之矩无闻焉。□朝海宇乂安，百务就理，而文章之事尚未致于古。夫文运之衰，于今且百年，际鼎盛之朝，而又天子神圣，方欲与贤士大夫，敦勉以古学。呜呼！上之人右文如此，而文章又当衰极而盛之时，意必有瑰伟卓异之才可以绍韩、欧之坠绪，而扬国家典谟雅颂之懿者出乎其间。

余观公之为文也，根抵乎荀、孟，驰骤乎《史》、《汉》，浩浩瀚瀚若无涯涘。及细绎之，则缜密之法，苍厚之色，渊湛之度，凡古人所善者，靡不具焉。猗欤！此诚今日之韩、欧也。使如公者一二人，以羽仪乎艺林，则今日之文可以攀跻唐宋，而上拟《西京》，又何弘、正诸公之足云耶？奈何使其老徙边陲，以废弃于荒江穷漠之间，徒与迁人戍客相率为烦冤感愤之辞也？岂不惜哉？

虽然，公之名位出处，与夫生平之所撰次，久已暴著于天下矣，后世之士读公文者，当亦伟公之才，而悲公之废弃以老也。于其集之成也，书此，以弁其端焉。

域外集题诗

殷元福

伤心元老死穷边，命世雄裁捧数篇。
谩道文山歌正气，口头笑指甲申年。

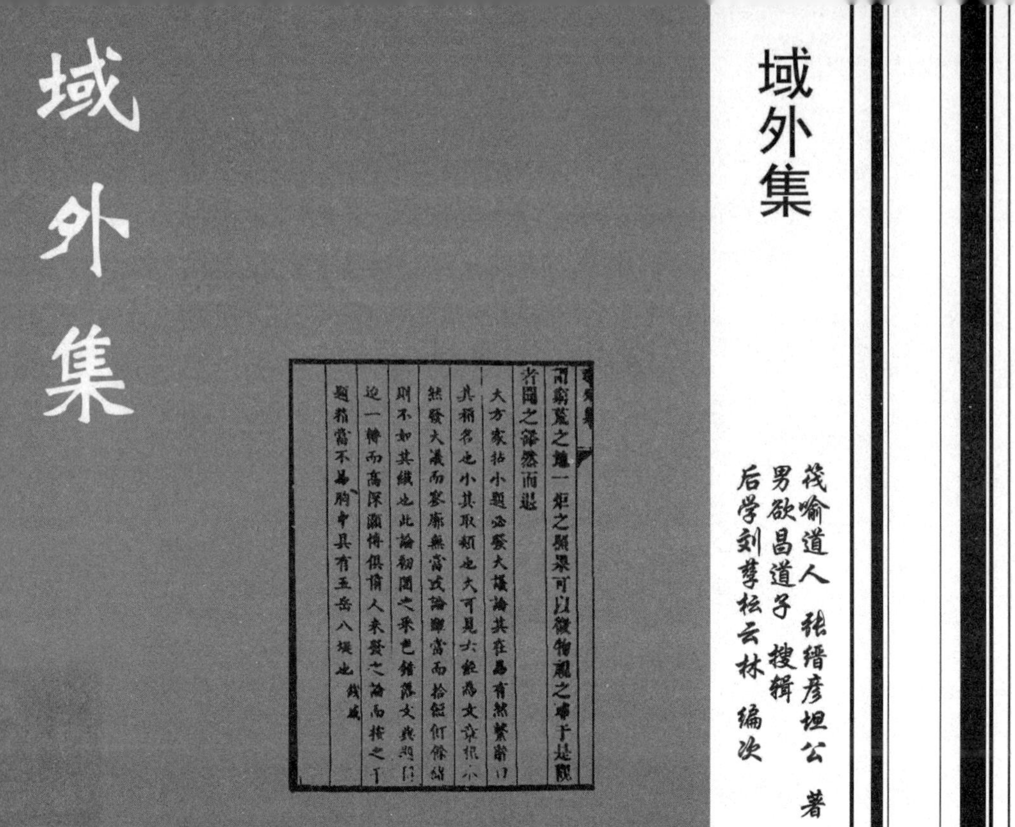

[illegible]窮蒐之難一炬之顯梁可以徵物觀之嘗于是觀
者闖之霧然而退
大方家拈小題必發大議論其在昌有然繁辭口
其稱名也小其取類也大可見大些為文亦祇不
然發大義而寥廓無當或論辯當而拾綴何餘絀
則不如其纖也此論初閱之乘色錯落文與題[illegible]
迨一轉而高深灝博俱備人未發之論而按之于
題稍當不易胸中具有五岳八埏也 錢威

唐人诗略序

诗之教始于三百篇，自汉魏兴而三百篇亡，然求三百篇者必于汉魏也。自唐人兴而汉魏亡，然求汉魏者必于唐人也。盖唐以诗取进士，故唐人之精神、气力皆趋于诗，而后人之求三百篇，求汉魏者，其精神、气力亦无不尽趋于唐，于是唐人中李、杜、王、孟之徒，遂为古今伯。然自唐以来，效唐人者莫如宋之黄山谷、陈后山辈。其刻画少陵，雕字凿句，期于必肖，然而后世读诗者终目之为宋人，何也？学唐人而只得其色泽，则画人也而气体失；学唐人而只得其胎胚，则塑人也而运掉失；学唐人而只得其牵合，则偶人也而神明失。盖诗有性情，不自著其性情而委己以殉人，曰我初唐人，曰我盛唐人，曰我中晚唐人，举唐人之气体、运掉、神明，欲以调声协律间取之，可乎哉？

孝廉姚子以时忌，流寓塞外，楗户谢客，灌畦艺卉以自好，与人绝不见有怨怼之色，亦不闻说诗。及其送远酬和，迫而后应，如“寒天笳角鸿声里，绝塞星河雪影中”，又如“孤城临落日，万木冷秋山”，则一座叹以为胜绝。余曰：“此必沉酣于唐人者也。”一日，手一编，曰《唐人诗略》，计一千五百六十三首。向余言：“此我聊以自寓其性情，非拾诸选家窠臼也。”余曰：“嗟乎！诗亦何选之有？选者就其一时之好尚，以奔走天下，屈一己之性情以殉人，而古人之性情亦埋没于一时好尚之中，故读诗者必自见其性情，而古人之性情乃毕出，而与我遇，故能选诗者，必无意于说诗者也。”余读《诗略》，而见其性笃挚，其情萧骚，一百九十八人之诗，元本乎一百九十八人之性情，而一百九十八人之性情，总跃活于孝廉一人之性情，即汉魏人与周之人，亦勃勃跃露其性情于楮墨之间，此所以为善说诗也，而即此以为诗选，斯善矣！

或曰：“姚子之性情何在也?”夫荒漠万里，白草高原，哀鸿嘹唳，云山漫漫，此羁人之境也。孝廉之性情，以境而变，玄菟城中，白狼河外，高堂望遥，春闺梦断，我独何心，能不悲乎?故览物兴怀，皆以感慨流连遇之，成此轶也。昔唐张说谪岳州而词益凄婉，说者以为得江山之助，今塞外之江山，其助益于孝廉者多矣！夫孝廉既自为诗，自寓其性情，余又何敢以四始、六义、三变、八病之说，为选诗者劝?

先生诗文并为一代宗匠，读此序，鸿博伟俊，诚垂世之文。至论诗处，则皆风人楷模。梁之钟嵘、唐之殷璠，所不及也。附于此文，下走幸矣。①

——姚其章

① 编者按：底本多篇文后有姚其章、钱威的评语，本次整理一并刊出，后同，不注。

词赋协音序

声者，自心生者也。心有所感而口宣焉，故形之为声。《记》曰："声成文谓之音。"三百篇，田夫野老，孤臣怨女，出口自协，此元音也。迨沈休文定四声，孙愐定反切，后之诗歌，咸取式焉。然为数，约而严，若用之柏梁体古歌行，尚有不足，况楚骚、汉赋，沛然而来，泊然而止，又安能测剑首之一吷乎？是以《上林》、《子虚》等赋，至今有不能调宫商者，此古今用音之殊也。

汉槎吴子，能文章，擅词赋，其所著《羁鹤》、《秋雪》诸赋数十篇，读之者，至比之司马相如、（杨）〔扬〕子云。乃以文事下西曹，试以因诗立就，然卒以同事徙塞外。又究极古今词苑，取古韵转注，合以古乐府、骚、赋，调叶成书，曰《词赋协音》，以序属予。

予维夫声音之道，与礼乐通者也。魏文侯问乐于子夏，子夏曰："君之所问者乐也，所好者音也。"故弦歌诗颂，谓之德音，若郑、卫、宋、齐之音，皆淫于色而害于德，谓之溺音。音者若是其不同也！宗庙宾筵，礼乐之大者也，匏竹列之堂下，（升）〔疑为笙〕歌列之堂上，贵人声也。倨中矩，句中钩，累累乎如贯珠，盖言协也。协则合，合则安，安则久，用能格于上下，以承天庥，故能极声音之致而动万物之情。吴子之协音，非欲其铿锵已也，盖有以合其音义焉耳。盖有本音合而古音不合，有古今音合而意义不合，有意义合而点画不合。读吴子之《协音》，则引商刻羽，与含哺鼓腹合也，清庙明堂，与下里巴人合也，春雁嗈嗈，秋鹤唳唳，与和风之喁喁，飘风之謞謞，无不合也。合则天地和，鬼神通。《诗》曰："肃雍和鸣，先祖是听。"盖言协也。或以为《协音》一书，但举古诗歌赋，疑其偏也。不知吴子协古今人之所不协，是其所以为全也。通乎此则声音之理备矣，声音之理备，而制礼作乐之理备矣。

编钟颂磬，虽寻常考击，不同瓦缶之音。

——钱威

其旋草序

吾乡善说诗者，孟津而后则有行屋氏与栎园氏。行屋与桐城坦庵先生为同年友，每津津称说其诗若文不置。而栎园论次当世人豪，所推许称述必属方氏一家言云。忆乙酉春，坦庵先生曾为余序诗，曰："诗必敦乎理。"以为志汉魏之元音，理胜也。齐梁以降，则漓理而谋声，靡靡者堕厥志矣。余虽未久接謦欬，固知当今鼓吹休明，力洗浮靡，方氏之学，当为一时伯。于是楼岗、邵村，溯源振响，蝉联清禁，而余又幸于戍所从两君子后，又得交与三氏，而与三所著播迁以后诗二千余言，为尤富云。盖与三于坦庵先生为子，于楼岗、邵村为弟，其受学为独易，而成名继起则为尤难矣。世家子弟，裘马交游，弹琴击剑，爇香啜茗，拾时流艳语，道听途说，辄以为王谢家风流耳，此固卑卑不足道。若英材辈出，寝食古初，家庭之内，自相师友，守一先生之言，敷采摛华，亦易易也。若夫父与兄，德业位望，蔚为名宿，以凤雏龙驹，顾欲脱颖见末，夹毂并驰，当仁不让，岂不孑孑然称难哉!

今读与三氏所为诗，伤心曾杼，埋怨吉纲，则有入狱登车之什。高堂白云，春闺离梦，则有家书赠内之什。阳关杯酒，并州故旧，则有话别寄怀之什。羊肠九折，龙沙万里，则有长城、巫闾、混同之什。至于夜郎风酸，岭南瘴老，羁苏卿于雁羽，老管宁于白帽，冰天雪窖，黑水长山，径路回萦，林木亏蔽，废城空戍，一望潸然，以及人语侏㒧，衣裳鳞介，兔葵雁麦，稊稗为粮，莫不形之声歌，摛为韵语。写流人之幽恨，发万古之悲凉。是何易其所难，方轨于父若兄，于诸季为先驱也哉？所谓敦乎理以为志，存元音于汉魏间而不以靡靡堕厥志者，洵其然欤？其曰《其旋草》者何也？《易》曰："视履考祥，其旋元吉，其初。"《艾》曰："素履往，无咎。"《易》之道初终咸备，无往不复，由素履以往，由视履以旋。与三生入玉关，翱翔云路，意其有山泽之通乎？呜呼！沉狱投荒，咥人之凶也。孝弟力田，幽人之吉也。周旋规矩，其要无咎，与三善继善述，其必有在矣。汉槎吴子已序于左，今为与三氏之请，念坦庵先生序余诗于十年前，安可以辞？故为说诗者如此。

苍头街移镇记

苍头街，汉语也，满洲土音曰羌秃哩，乃乌棘人姓名也。清太祖初兴，欲收服乌棘部落，委羌秃哩往招之，后率其部归顺，遂官其人为章京，使居其地，故至今号其地为羌秃哩云。此地三江会合，西南则松花江溯流交罗之畔，稍北则混同江自兀喇而东注，二江皆发源于长白山，西北则乌龙江从塞外而南趋，苍莽渊浩，莫知其所自起，乃老羌入犯之冲要也。

老羌或名罗车，地近西洋。其人精火器，所用鸟枪，触机而发，不用火引，所持定南针甚精妙，造舟不用胶铁，以山木树皮为之，无甲仗马匹，长于水战。舟中所载，多玻璃画像、哆啰绒之类。以白金为钱，如榆荚。遇敌敢死善斗，每每从乌龙江阑入乌棘之地，利其貂鼠，并人口牛畜，冰开则出没无常。宁古劳舟师御之，互有杀伤。盖宁古兵艘泊兀喇江上，去此千里，警至，调集水兵，动经时日，兵至则扬去，是以虽屡经大创，未能灭此而朝食也。朝廷欲尽诛遗孽，□敕移兵镇此地。各旗将领兵骑抽调分驻有差，兀喇舳舻衔尾而来，其水手、炮手、工匠及帮丁，凡驻兀喇者，皆携家而迁徙，徙水从路，各从其便。其地空阔饶腴，开荒布种则收获倍于他处，但榛莽散漫，河渠纵横，污莱卑湿，多蚊虻狐鼠，故初至者难之。虽邻乌棘诸部，屯种者少，粮食甚艰，不得不借食宁古，故从陆去者，尚多留驻宁古，以为辇运之资。若幕府（住）〔驻〕扎，自副统而下及甲喇、牛录，皆有公廨，各轮戍驻防，春去秋来以为常。然人虽艰食，水多鱼鳖足充食，山多林木足付用，修舰造屋，亦每每取足于其中。且地近乌棘，产人参，出貂皮，间亦可以市易，数年后屯种既广，生物繁盛，必为重镇矣。土人掘地得铜佛像，又有铜龙，三爪，其钱皆宋崇宁、明万历间物，可见古昔亦不异中华之风土也。

此地去宁古六百里，山川平衍，无峻岭绝涧。迤南十里许有山，曰七女儿山，自河中望之，山顶似七女环立，然风雨晦冥，人迹不至。由宁古河路而来，途中有山曰笔帖山，即汉语曰字儿山也。石坎方平，约七八尺，字系汉书，以朱涂之，年远模糊，其字难辨，似“上顺国不”字，“归佃”等字，不知为何代何人所刻也。又闻乌龙江山岸有石碣，乃元平章政事官号。本朝拓地开疆，今且移师江口，出塞数千里，前此未有也。

西来庵新建观音阁记

阁在西山之麓，泼雪泉左，莲华池以北，后倚佛殿如肩背也，三面青山如环，前带河流。先是，都大将军巴公爰其幽胜，命作佛刹于其巅，一二年间香火辐辏，副都统安公屡游其地，语比丘曰：“泉池之上，若建阁于山半，以表一方山水之奇，神灵所必妥，或亦都人士所乐从也。”于是，有信士崔□□等各捐金鸠工，建观音阁于刹前，付僧人静经理之，上奉大士像，下为经堂，旁两楹，比丘居之，以安寝食，供洒扫，允为此地佳胜矣。既落成，乞余言为记。

余维夫观音何以名也？观从目出，音从耳入，所观在音，则不以目视，而以耳视矣。以音入观，则不以耳听，而以目听矣。以耳视则人所不能见，而能无所不见，此大士所为见也。以目听则人所不能闻，而能无所不闻，此大士所为闻也。大士能视于不见，听于不闻，故凡有见有闻之处，皆大士所在也，凡不可见不可闻之处，亦皆大士所在也。故曰："十方诸国土，无刹不现身。"然则大士何以阁为？曰："入庙思敬，凡人之情也。今有人于此，身在市肆之中，则心必萦于财利，身在屠割之场，则情必动于嗜味。若脱然尘嚣，登斯阁也，见山川迢递，则神思旷远，见云行水流，则胸次潇洒。况乎冥心静对，慧日之光，尼珠之照，十方皆彻，诸暗尽破。此阁也，谓非向上之阶级，入乘之梯栈乎？"

余凭高南望，而有感也。去此百里有东京者，金、辽之故地也。古佛石像，巍然丈余，香亭石幢，雕琢奇幻，然无碑版可考，不知为何代何人所建。意必有大刹丛林，王公贵人皈依佛果，足以奔走一方者，起而成之。然数百年后，化为荒烟蔓草。况此阁一茅宇耳，数椽之覆，一木之台，而欲千百年后，晨钟夜梵，薰修讽诵，有如今日，岂可得乎？无已，则当收视返听，湛目力于不见，静耳根于不闻，以无见无闻，为见见闻闻之地，物来顺应，遂至于无所不见，无所不闻。白云青山，现真观于清静；落花流水，发妙音于海潮。此则大士所为圆应，都人士所为瞻仰也。

于叙记中，诠出实义，足补青龙诸疏。后半俯仰情深，低回欲绝。结复缴入宗旨，洵为大方体格。

——钱威

西来庵新开莲花池记

昔晋惠远居庐山，浚白莲池，与刘遗民辈结净社，以书招陶渊明，渊明以无酒不往，惠远许之，至今称为快谈，而后世好事者至为图画以传其事。

新城西来庵，当西山之麓，去泼雪泉数武，前带河流，泉甘而土腴，都统公与副统公数临其上，命建刹于此，为祝禧地。岁戊申，有天玺比丘，自京师来，发愿于庵前浚莲花池，一时诸檀越，念其苦行，各捐金启土，畚锸如林，自己酉四月经始，历六月而告成。

池近观音庵东址，形如初月，取指月之义也。初比丘以桔槔上河水，用力维艰，而旋注旋（渴）〔竭〕，乃引泼雪泉水以灌之，筑石梁以度渠水，水从梁上过，自西北南趋，旋折而东，周回数十丈。溪流清浅，草石幽秀，至池则凿木为龙口，喷薄有声，真一域胜概也。藕根取之东京长溪中，于谷雨后始下种，旬日而茁，再旬而菡萏满池面矣，观者咸以为神。斯役也，大愿既讫，众心咸喜，允宜勒石以告来者。

余维夫佛何爱于莲也？其三转法轮，名曰妙法莲华，故结跏必于莲座之上。至于诵经童子，身既没而青莲出于舌中，何也？盖佛法尚空，莲则物之能空者也。其根藕，其茎茄，其叶荷，断而裂之，皆空也。至于其蘁、其菡萏、其蕊、其房，其实，自根以至于实，无形不空，此亦物类之近道者钦？故佛法以之取义如此也。然古人爱莲者多矣，“出淤泥而不染”，周茂叔之爱莲者也；“入清净而无尘”，晋惠远之爱莲者也。若夫四大尽冥，五蕴皆化，色声香味，于佛何有？故自佛眼而观，则昆明劫灰，皆属泡影，自肉眼而观，则黄花翠竹，无关佛性，余愿后之登临斯地者，作如是观也。

是举也，指画形区，克相始终，讫于集事，凡八人焉：许总戎、孙谏议、吕仪部、朱副军、叶司理，刘令军、黄参军，醵资助役，各有差次，而余亦从而后焉。六七住持，实左右之。

琢之灯鼎记

孝廉姚子，处穷发之北，时值上元，乃为灯鼎以自娱。其制仿乎周之方鼎，兽面昭耳，大可容数升，碧砂璀璨，以金饰之，大篆伛偻，其文曰“寿”。置炬于中，若有龙文螭形，阴而凭之。

于是，土夷迁客聚观者，户外屦满。或曰：“灯小（枝）〔技〕耳，客何为而好此乎?”或曰：“此地淳朴，不知时节，不几开靡靡之渐乎?”或又曰：“处困厄之地，有情者聊以自遣，优而游焉。是或一道也。”予应之曰：“古人之所寄托，何常之有？刘伶于酒，（稽）〔嵇〕康于琴，孙登于啸，孔之磬，点之瑟，（典）〔当作兴〕至而适会，其意念所至，吾乌乎知之？闻姚子之为此也，已阅旬月，楗户绝迹，而人不及知，及工已半就，适为友人所窃视，则骤而匿之箧中，又似非赏心适志之事，乃苦心刻志之事也。姚子意念，吾又乌乎知之？夫一物之微，必有极致，苟可以寓其性情，而无害于正事，士君子亦为之。故深之于不泄，需之于迟久，则力完而神固，其成也乃冒乎物之上，得乎象之先，而诣有独至，赏亦有独至，非苟为而已也。昔者，伏羲为鼎一，以象太乙，黄帝为鼎三，以象天、地、人，禹取九牧之金为九鼎，以象九州，至周而文明大备，故清庙明堂之制，炼金尚象，为古今所未有。后千余年，雄武之君如秦皇、汉武，犹有泗水之祷，汾阴之荐，何其盛也！今学士家佩服文王、周公之教，礼乐文章，十不得一，岂非浅蓄而欲人知？工未就而不自匿，泄之而不能深，急之而不能需，故神不守而力亦隳其器也，有物败之矣。灯之为鼎，嚼火也，其理亦有如此者，况乎进而诣之，推而行之，姚子应有以自取矣。工之居肆，必利其器，君子之学，必致其道。孰谓穷荒之地，一炬之照，果可以微物视之耶?”于是，观者闻之，豁然而退。

大方家拈小题，必发大议论，其在《易》有然。《系辞》曰："其称名也小，其取类也大。"可见，六经为文章根本。然发大议而寥廓无当，或论虽当而拾饾饤余绪，则不如其纤也。此论初阅之，采色错落，文与题称，迨一转而高深灏博，俱前人未发之论，而按之于题，精当不易，胸中具有五岳、八埏也。

——钱威

游宁古台记

岁辛丑，余初迁塞外，与方詹事坦庵父子游。坦庵，故余友也。至则朝夕相对，欢若一家云。时届九月，余谓登高之兴不可失也。坦庵曰："穷边寒暑，我固知之，恐至期寒冽，有碍登临。"及月之四日，天气稍和，为约坦庵，坦庵大喜。其时同志者十有八人，各载酒肴，出自东郭，指宁古台而登焉。

台距城五里，岩回波绕，升高骋目，天风飕飕，迥然有尘外之思。遂系马披榛，烧蓬置酒，分曹竞饮。客有好驰猎者，雉惊于前，罗而致之，坦庵恻然，且言释氏咒甚神，试令座客喃喃呗诵，果不复得。日斜既醉，徜徉忘返，散步水隈，绝壁峭立，河水湾环，山石荦确，出于清波，坐石临流，为牛马之饮，酒行无算。坦庵取所得雉阴纵之，因名其处曰放雉崖，志不忘也。坦庵有环召之信。余曰："古人云，登山临水送将归，请以此饯可乎?"于是，各随意以赋，坦庵独为七古长篇。

嗟乎！此事已十年矣，而历历若前日事，暇日检旧帙，得坦庵是日所作诗，为之泫然。聚散无常，盛游难再，追忆当时，宛然心目，而不知其已十年也。坦庵以是年归里，闻其没，复五年，遗迹如新，墓木已拱，百年几何?欲常遇胜游如此日者，岂可得耶?

先生与詹事最厚，故叙述中，淋漓乃尔。

——钱威

外方庵记

中州有一丈人，居嵩山下。嵩山者，《禹贡》外方山也。丈人爱其名，因自号外方子。外方子幼颇好道，于世事无所嗜，见案上有《列仙传》，取而阅之，意忽忽如有所失，以为冲举变化，人人可学，可以旦夕而遇。于是见山中云物变幻，或天上浮云飞过，则以为有神仙，即望而拜之，期其来度。人或以为痴。久而父兄觉之，则课以儒书，不使出户，禁绝方外人往来，于是遂就功名，历显仕。然遇黄冠缁流，则心窃好之，凡疯狂道人，苦行老衲，必致之私寓，窃问之。又究心于魏伯阳、张紫阳之书，然亦卒无所得。

后以诖误徙塞外，人皆冤之，丈人独自喜，以为远离人境，不复游方以内矣。居十年，丈人年七十余，人老返本，怆然念故乡，乃结茅为庵，名外方庵，曰："吾久背乡井坟墓，为方以外人，若老死此中，顾名而思，即如葬我外方山下也。"自此，黜聪明，焚笔砚，吐弃向来所为诗文，守老子外其身而身存之义，将终身焉。块然一室，人罕见其面，乃远方来者，或传丈人□召归，又或传丈人病且死，然丈人固偃卧外方庵中自若也。

塞外山论

地之有山，如身之有骨也。昔者盘古氏之殂落也，首为东岳，其四肢为四岳。若夫恒山以北，医巫闾以东，越在荒服之外，譬之人身，则骈拇枝指矣。尝读《禹贡》，其导山以两条四境为断。及观《山海经》所纪，则分东、西、南、北、中为五经，而《海内经》不属中土，其大荒为海内之外表，海外又为大荒之外表，明乎荒远之山，圣人直以培塿视之，即有峻极如诸岳者，亦不得位于五方之中。

余自辽水入宁塞，遥望长白山，绵亘千里，两江发源大而且近，今尚不列于岳镇，况过此千里、万里乎？虽然，此域内之言也，闻九州之外，复有九州，则一州所际，不过大地弹丸耳。若游开明之门，探丹穴之窟，陟不周之巅，登空同之麓，则搜奇吊诡，有非传书所能记者，今乃欲以上古之书两条、五方考证之，亦已难矣。唐人有言，天地之气，清者为岳，浊者为山。夫清淑之气，其布濩于天地间，不可纪极也。重浊之气，其布濩于天地间，亦不可纪极也。然则方外之山，吾乌能名之？

古人之名山者，锐者曰峰，昂者曰巅，圆者曰峤，顶上曰椒，层出者曰峦，而嵯岈凸凹，则有岩阜、洞壑、涧谷差次焉，不过就山之理以像之。若龙门，若虎牙，若牛头、熊耳之属，则亦就其形容偶肖焉，如虫鸟、蝌蚪之篆，此岂山之性也哉？而况乌峡、白岳、黄陵、赤壁之类，目遇之而成色，山岂任受也乎？崇之而山不增高，广之而山不增拓，美之而山不增秀，由此言之，则庄周、邹衍、淮南之书，亦不可尽信矣。呜呼！域外之山，吾又乌能名之？无已，吾仍为域内之言而已矣。

闻晋之山皆北向，尊北岳也。吾览宁古诸山皆西向，亦有南向者，岂其他处东北，亦有朝宗之意欤？而内地竹箭之美、金玉之粹、玗琪琅玕之宝，为他山之所钟者，塞外独鲜焉。若文皮斤角，则丰林茂草之所伏匿，然则山气之厚薄，亦可见矣。是中外之形，亦天地限之也，故山之理，近可睹而远亦可穷也，常可狎而怪亦可测也。天阙西北，地阙东南，南山多嵚崎而崔峨，北山多庞礴而漫衍。人所知者，其言甚易而理不可易也，人所不知者，其言甚难而事不可据也。吾亦为域内之言而已矣，诚如是也，则四荒、三壤、八纮、九垓，可以累黍而计矣。

塞外水论

《易》之《坎》曰："水流而不盈，行险而不失。"其信甚矣，其善言水也。夫水之盈也，非其性也，盈而险，险而终底于平，于是乎水之性有常信矣。昔尧、舜之时，水尝盈矣，水与人争，而人失其生。及鲧治之，人又与水争，而水失其性，是以平土之功，卒归于禹。子舆氏曰："禹之治水，水之道也。"然则以水治水，八年于外而行所无事，圣人亦以不治治之而已矣。

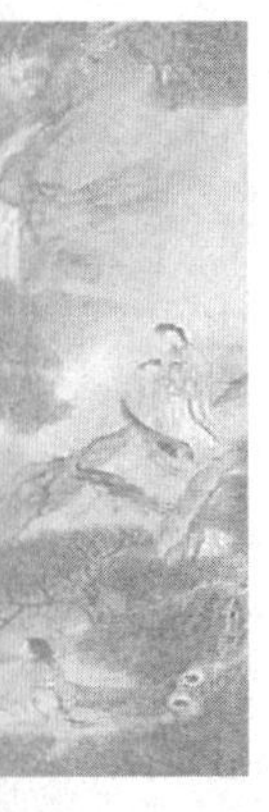

塞外之水，千百其派，行者徒步可涉，猎马竞渡，深不过马腹，并无桥梁巨舰以待，利涉其流也。东南西北随势所趋，适其所至而止焉，从不闻疏凿之事，见神禹之迹，然卒无漂没壅塞之害。此其故何也？大荒之地，土旷人鲜，水所灌浸，人即弃之，耕者避其濡而占其壤，行者舍其溺而履其浅。其为河也，数分数合，并无治水者壅激之，故人与水习而不相害焉。

中土人满地狭，水所灌浸，人必争之，故筑堤作堰以遏其势，水势愈高，而蚁穴一溃，万室其鱼。呜呼！以古圣人治水之迹，而后人因之以祸天下，亦已悲矣！

原稽《夏书》，导河自积石至龙门，南至华阴，东至孟津，北至泽水，何不直致之东？其下流也，播为马颊、徒骇等九河，何不合注之海？盖水无其形，而我欲迎之，圣人不为也。水有其形，而我欲遏之，圣人不能也。自洪荒以来，河出昆仑之墟，至规期山分为两源，出于葱岭、于阗，其河复合，此在异域之外，其谁分之而谁合之乎？当其时，无□圭之功，亦无虐民之罪，无平土之利，亦无决河之害，况禹抑洪水，而后殷都屡迁以避河患，其时岂无过人之材者哉！亦以水势所趋，不得已也。秦汉以来，庸心河防，汉武以雄才之主，至亲临决河，沉璧负薪，尽剮淇园之竹，悼功之不成，怆然作歌。呜呼！此亦好治水者之过也。

余维大荒以外，水之大者，混同、鸭绿、松花江也，然用舟不过刳木，否则车徒可济。或分为数派，则衣带水耳，合则复为巨浸，百里之间，数分数合，从无筑堤防以怒其势，是以水流散漫而民亦狎之，若在内地，不知劳勋几代，骚动几千里矣。呜呼！此亦古今中外之形也。故夫宁古之水，其盈其涸，其平其险，其直其折，其分其合，皆人力所不与，功之所不必显，利之所不必争，荡荡然，唯见天长地阔，山高水清而已矣！

总而论之，内地之水，不治则以国为沼，治则又恐以邻为壑。外地之水，治则无修防之费，不治亦无决河之害。嗟乎！非具域外之观者，孰能明其故也？

宁古风俗论

昔者，许行为神农之言，子舆氏非之，以为不知时变也。今观塞外之土俗，乃知古道未始不可复，神农、巢、隧，未始不可作，圣人未始不可齐民而治，中国之治断不可施之荒远也。

何以明其然也？孟子时去古未远，而纷纷改革，古圣人之迹，已湮没不可见。及今又二千年，中国之内，宁有古初之遗俗乎？夫古人之迹，中国所不能留者，圣人不能强也。古人之迹，荒远所不能变者，圣人亦不能强也。

宁古去京师，不过数千里，山海关以外，风土异也，阴沟关以外，风土又异也。非风土之多变也，地有远迩，则去古人之迹有疾迟，譬之行者，或百步而止，或五十步而止，宁古则未履阈者耳。试为论之。宁古官长、兵伍，皆仰给农亩而食，是并耕也。不用金银钱贝，但以粟易，重民食也。布帛长短但以度，莫之或欺也。他如自为网罟，以佃以渔也。春蒐夏苗，秋狝冬狩也。夏不伐青，以养材也。东南户牖，以取阳也。婚以牛豕，不贵货也。夜不闭户，无相窃也。行旅不赍粮，以相饷也。刳木，可以为舟也。结茅乘屋，不以工匠也。敬老而尊齿也，享赛而祀祖宗也。以麻为布，以皮为纸，以从朴也。畜鸡豚以孳息也，送死以葬也。有殉者听之，古之遗也。凡若此者，非有刑法以齐之，教条以导之，官师以督之，率其于睢之性、朴鲁之质，以自成方域之俗耳。呜呼！孔子所谓先进、野人之风，非欤？若记之于书，以为神农之世，华胥氏之国，其事如此，吾亦梦寐见之矣。此其故何也？

洪荒以来，不见中国文治之盛、制作之繁，故无以淫其心而耀其耳目，盘古之气未尽变也。君子曰："朴失而求之野。"今则求之四裔矣。虽然，余尝览临潢之墟，涉松花之畔，所谓东京者，故宫芜城，瓦砾犹在，而荷溪石砌，百里相属，当金亮时，靡丽之习，制作宏伟，尚可想见。乃数百年后，衰草荒烟，无复人境，亦气数使然欤？盖风俗始于朴啬，朴啬必极于奢靡，奢靡必归于倾败，倾败仍返于朴啬，此古今之大变也。嗟乎！宁古风俗，其风气之始乎？无奈迁徙众多，聚五方之人杂处之，而土风亦稍寖坏。上之人无务以中国之治治之，但安其居，被其服，食其粒，使弱肉者不强食，而一方已大治矣！

宁古物产论

天地之大也，万物育焉，一域之所产，足据为一域之胜，其盈歉之数，乃人力消息于其中也。

宁古处穷发之地，古谓唯黍生之，天地之绝域也。《广舆》不载其地，《职方》不列其名，然提衡而计之，其所产亦未尝靳于生物之府矣。何以明之？大地之内，东南饶竹箭，西北饶桑枣，昆岗剖玉，合浦还珠，此亦方域之特生也。而宁古貂皮为饰，人参充饵，鹿茹草而戴玉，蚌入渊而孕珠，他如熊虎、海豹、□狐、猞猁、白兔之属，皆为内地上珍，附贡而入，往往得奇羡，即入《禹贡》，五方之产，未尝不可比类而观也。或者以为王者贵五谷而贱异物，此地苦寒硗确，五谷鲜有。然近日迁人，比屋而居，黍稷菽麦以及瓜蓏、蔬菜，皆以中土之法治之，其获且倍。况稊稗不入食品，而塞外之稗粒，大而膏腴，美于五谷，土人以此代香稻，余故曰皆人力消息于其中也。

难之者曰："南北有分限，地气有厚薄，故花卉果木，塞外鲜称，此亦事理之必然者也。"曰：未也。中土多治园囿，引渠水去其芜秽，而沃以粪壤，无疾风甚雨以伤之，故果木花卉得以遂其所养，且移花接树，杜可以为梨，棘可以为枣，而姚黄、魏紫，岂有种类？花木之变幻，固有非其本质者也，故曰皆人力消息于其中也。

若夫荒野之区，芍药、玫瑰、萱草、山丹，一望无际，若在中土，不摧为薪，则移置玩赏矣。牛山之濯濯，岂山之性哉？故果木花卉，物不自生人生之，物不自长人长之，物不自害人害之也，故曰皆人力消息于其中也。古云万物人之盗，人万物之盗，其中土之谓与？塞外人与物，本其天性而不相盗，反见其不足者，岂古今之通论乎？《周官》曰："农工商虞，皆可以致财用。"塞外皆农夫也，然结屋造舟车则兼工也，布皮铁器以粟易则兼商也，奋白（挺）〔当作梃〕以取雉兔、狍鹿则兼虞也。以一人之力，百事求备，故率见其不给，非方域之有盈歉，乃人力之有消长也。

统而论之，昔白圭在周，计然在越，陶朱公在齐，乌氏倮、寡妇清在蜀，皆穷乡僻壤斥卤之地，而富比王侯，谓之素封者，非得其地也。其铁冶、刍牧、盐筴、贸迁之术，得其人也。由是言之，谓一域之产，不能供一域之用，不任其地，不尽其力，以为天地之有偏穷，气数之有偏歉，多见其不知量也。

以物产归之人力，自是笃论，而笔端畅茂，足入《史》、《汉书》志。

——钱威

老 子 论

《老子》非治世之书也，而或者以为从其教必害于治，则亦不明于老子之意矣。

老子者，外乎身，齐于物，其道不可道，不可名者也。夫一人名之，人人共名之，而后可以示天下。一人道之，人人共道之，而后可以平天下，故君臣、父子、夫妇、昆弟、朋友，天下所同伦也。士农、百工、商贾，天下所同安也。仁义、礼乐、刑政、斗衡之属，天下所同遵也。古圣人治世大经大法，不外乎是。今而曰："六亲不和则有孝慈，国家昏乱则有忠臣。"又曰："失德而后仁，失仁而后义，失义而后礼，剖斗折衡而民不争。"是必去而君臣绝，而父子弃，而夫妇、昆弟、朋友使，士农工贾无常业，仁义礼乐无常教，斗斛权衡无常度，而惟为吾所欲为。诚如是也，即以为有害于治，亦不为诬。然而老子之意不如此也。

其说主于无欲，其教主于清净，而其事主于无为，故曰："上士无为而无以为。"盖老子之言如此。若曰："后世之人，有能明吾意者，以治心性而有余，即不能明吾意者，亦无恶于天下，如是而已矣。"后之人不明其意，则指之为权术，又指之为兵法，且流而为刑名之说，绝情专杀，以为此老子之教也。呜呼！其亦不思甚矣。

彼以为人之患在有吾身，儒者修其身而后征乎庶民，彼身且不有，于天下国家何涉哉？即其所谓使民不争，使民不为盗，亦曰："吾之治心养性者，非争斗其民，而使民盗贼其行也。天地之大，民物之众，吾生其间，守雌致柔，何所不容？吾行吾意焉而已耳！"夫辨之于言，必稽之于行，传之于今，必考之于昔。老子，周文王时为守藏史，武王时为柱下史，如其意主于治世，以文王为君，周公、召公为佐，生息教养，何善弗臻？何功弗集？

而不闻献一谟，陈一议，而文、武、周、召亦不闻咨其谟议，委以政事，遂以沉没终其身，此岂有意于天下者哉！

当其时，有太公望者，乃精于权术、兵法，刑名之人也，相武王，以戎衣有天下，开八百年太平之治，尊贤而尚功，分封于齐。又有伯夷者，排天下之公议，必以为非，不食其土之毛，卒毙其身，天下群起而义之。二老者，天下之大老也。事功节义，老子亦不以动其心而置齿颊焉。

呜呼！治乱不入于其胸，去就不关于其时，而以治世之道责之，亦已过矣。水行者利舟楫，陆行者利车马，以老子之道而必责之以治世，何异推舟于陆，而服牛马于水也？黄帝以来，容成、广成、河上、黄石之徒为此道者，记载多矣，而何独尤于老子乎？然则，如何而可以一人道之，人人共道之？一人名之，人人共名之？治世之道，圣人之书具在也。

庄 子 论

予尝读《阴符》，其首章曰："立天之道，执天之行。"盖言阳也。而《经》曰："阴符若是乎？"阴阳之互根也。及读《庄子》，其首章曰："北溟有鱼。"北水之位，溟水之积也。而《经》曰："南华则火水象之。"若是乎水火之互用也。阴阳相交而成泰，水火相接而成济，《易》之道也。吾于是知庄子之说，盖本于大《易》。

何以明之？易有太极，是生两仪，故一阴一阳之谓道。阴阳者，气之大者也。今观其所为书，生物之吹息，大块之噫气，吹万不同，而莫知其所以然，皆言气也，皆言阴阳也。故六月之息，阳始于复，极于姤，至于六月，有不得不息者也。旬有五日而后返，阴生于朔，极于望，旬有五日，有不得不返者也。天积气以行健，人培风以法天，故曰："乘天地之正，御六气之辨，以游于无穷。”《易》之道亦既彰彰如是矣。

然庄子卒不言《易》，何也？彼见夫伏羲、黄帝、尧、舜、禹、汤、文、武之治，周公、孔子、颜、曾之学，道德、仁义、刑政之说，《易》、《诗》、《春秋》、《礼》、《乐》之书，已家传而户喻，舌敝而耳聋，乃奸宄生于机智，功利溺于所习，谓古人之术不可施于今，迂阔之道无所补于身世，于是功利名实之徒，捭阖纵横之说，争斗诡诈之行，坚白同异之辨，纷然杂遝于其间。如是，我以羲、黄、尧、舜、禹、汤、文、武之道治之，六经之学正之。彼将曰：“是区区者，乌足以骋我之智而寄我之神明哉？”故神奇其说，悠杳其旨，言黄帝则引崆峒、具茨，言尧则引许由，言舜则引善卷，言禹则引伯成、子高，言汤则引务光，言文、武则引藏丈人，称述孔子则引老聃，其人其事，皆非正经信史所有，而微言妙义，亦以羽翼乎外王之治，内圣之学，故归《应帝王》于尧、舜，而归《大宗师》于孔、颜，隐跃错综，讥诮怒骂而出之，使人不觉。呜呼！此亦庄子之苦心也。菽粟者人之日用饮食也，珠玉者饥不可为食，寒不可为衣也，人于菽粟则狼戾用之，于珠玉则宝焉。六经者，生人之菽粟也，庄子以珠玉奇异之，则其意亦无恶于天下矣。使天下无六经，则庄子必不作是书，即作，亦必为耆艾之重言，勒成一代之书，可以公示天下而不为寓言、卮言，以冒不韪之疑如是也。呜呼！庄子冒不韪之疑，而卒为此神奇悠杳之谈，其救世之心，是否为何如也？庄子与孟子同时，孟子于申不害、禽滑釐、慎到、许行之徒，皆有讥焉，独于庄子无所论次。老子与孔子同出春秋之世，从不见绝于孔子，彼一圣一贤，岂无所见而云然哉！故老、庄同称，于今不废，有以也夫！

虽然，其书之夸大而无归，汗漫而不知底止，说者遂以为商鞅、韩非之学自老、庄始，流弊至秦，卒以乱天下，则立言亦不可不慎也哉！

与赤崖和尚书

宁古在家僧，奉书赤崖大师座下：窃以儒者与释氏原非异也，自孟轲辟杨朱、墨翟为异端，而韩愈以为佛、老之害，甚于杨、墨，宋之儒者遂以二氏之学为口实。孔子、孟轲之世，中国未有佛，老子为周柱下史，孔与孟未尝斥之，今观杨朱、墨翟所为书，盖儒者矫世过偏之论耳，非佛老也。就墨子而论，当春秋之世，孔、墨同称，其突不暇黔与夫子汲皇之心，亦有似者，何尝为出世间法，与西方圣人同旨乎？后人过门不入。昌黎之论，但为唐宗求福利而言之，未就其道理辨其是非也。

愚幼读老庄之言，知诸儒之外，别有见解，虽不规于正道，然于修身养性之事，未必无补，其去战国功利之说远矣！遂别肆旁求，见天竺之学，探微索幽，真方域间一奇书也。初勤检阅，渐求解悟，自离制举以来，二三十年间，稍稍访诸大和尚，与玉林、木陈、巨德、一苇、竹庵、一斋，讲究心印，间尝领会一二，即妄注《如是解》、《平等解》二书。后以文序，引用古语，致触时忌，流谪荒边。岁月更闲，乃取旧刻，反复思维，觉枝叶旁出，语言尚多，若冥心不起，处困能亨，唯天竺先生实有独至者，非其道有偏异，亦以出世间法，与世所僇辱之人有相宜耳。盖本来面目，即喜怒未发之机，大地光明，即中和位育之事，无知如愚，何尝有智有得？若无若虚，何尝执相为相？固知释迦之理，断不为尼山所弃也。因随义约略，减之又减，著有《金刚随说》、《心经》、《法华》、《药师经》、《观音经述旨》等书，固不足以仰窥宗门，凿井得珠，然于尘心铲削过半矣。或曰：“释家静参话头，何用言句？语言道断，何烦文章？”愚应之曰：“静参话头，亦是话头，语言道断，仍落语言。若不于十二部大经中，寻求我佛，心印亦几绝矣。”遂取妄解，奉大师垂览，以求棒喝．若诵经不了，与义成仇，我所以深自刻责，长跽而请也。将去抄本四册《法华》，嗣抄奉览。

释子升座，竖拂分明，傀儡登场，练习机锋，不过啬夫利口。假令禅只如此，亦一隙之光，何与于觉？犹之儒生，剿袭致良知话头，傲然于圣，此值沫泅罪人耳。夫知之非难，行之为难，古来高僧老衲，其操履处不可及耳。若只谈□〔禅〕，今之付法者，遍地是也。先生所著诸经解，精深高妙，实衲子所不能道，倘概作禅语抹去，直是胸中不肯服善耳。如以我言为门外汉，则彼所谓门内，予固知之已。

——钱威

谢徐夫人画大士像书

世所传大士绰约若女子，不知何自始？或谓见妇女身而为说法耳。然大士以耳根证闻性，故观不以目，而听不以耳，是以号曰观世音。性者世人所不能见也，相者所共瞻也，画相者必从相写性，使人见相悟性，乃为得意。吴道子以来，此理久晦矣。盖大士十四无畏，天下之威神也，三十二应天下之大圆通也。以天下之威神，具天下之大圆通，故大士一相，诸佛、菩萨、罗汉、梵王、帝释、金刚、鬼神、天龙、夜叉，无一不具。今之画家，止以妇女一相，示教天下，岂理也哉！故塑金刚者，怒目暴睛，塑菩萨者，低眉收视，亦以其理本如是也。

今观来仪，庄严静定，结跏趺坐，与诸佛无异，如世人所传娉婷美好之容，对之若失，岂非得于闻性、圆于耳根？故能将《普门一品》，檃括一相中，威神、圆通，布于楮墨如是乎！夫为我写相，千里应求，亦既勤矣，况为我写性，触我悟根，比之《诗》所云“杂佩以赠之”珩璜琚瑀之美以送客者，其珍重为何如也？率言以谢，亦明所以命笔之意，以示熏修者尔。

画像瞻礼已尔，偏于此触动悟根；□读书章句已尔，偏于此看出妙义。先生精思慧眼，往往如斯。

——钱威

三孝义传

《易传》曰："君子以致命遂志。"盖求仁得仁，于心无怨，命之罄矣，志亦遂焉。乃有至性肫挚，泣鬼神，动天地，以至于莫之为而为，百艰已尽，而卒能全其所欲至，岂天幸哉？孝子仁人，其所以自致者笃矣。穷荒绝域，见三人焉，洵可风也，故为传。

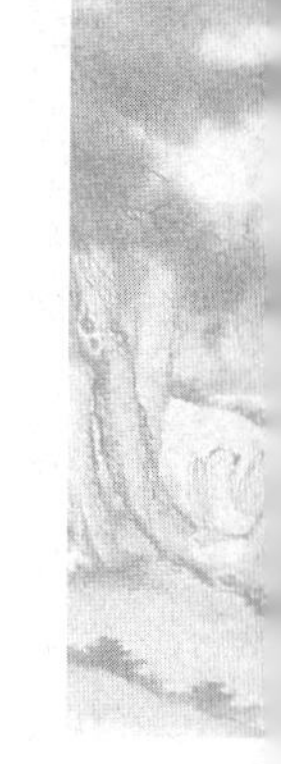

王锡眉，江南之金坛人也。父巳山，为胶州守，有丈夫子六，眉最少，从巳山之任。巳山失事，土官被论，谪戍宁古塔。眉与诸兄泣血颠连，送至关，不得度。长兄锡类曰："父老矣，万里投荒，我等归田里，守妻□，□□岂有无父之子哉！离父远一步，不如近一步，见父迟一日，不如早一日。"乃潜赴沈阳中后所，为人家佣。眉则往来永平、锦州间，训诲童蒙，为塾师，所得廪食则间道寄其父以糊口，得不死。然巳山年七十一矣，形影支离。眉每询北来者，必抚膺痛哭，叩首屈膝，求达音问，寄资斧。以是巳山忍苦饭粮，偃蹇岁月，侨居牡丹屯中，与周友结茅屋，同薪爨，而类与眉亦时时具副墨，以谢周友，称为伯叔。又其从孙二人，亦以事流徙此中，懦弱不能自给，类与眉亦肫恳俯其父执鞠育，以为老父护持。越四五年，眉茹苦力学，文思益进，永人爱之，有沈姓者，见其纯孝，纳为族姓，入庠序，随遇大比，遂中高第，始得翱翔都下，询北边使者，录其场文，并鹿鸣花币坊金，便道寄其父，声泪随之。其父虽在异域，见子得中，喜动颜色，每饭辄为加餐。又一年，巳山病热，卧榻二三日，索笔写遗书与诸子，含笑而逝矣。逝后，其从孙同周友为治葬具，瘗之屯以东，一时诸姻友，因其为孝廉父，故相为襄事者□□□□安其冥兆矣。后类与眉闻讣，痛伤几绝。眉□□□□辄会试，久留永平，与类谋所以归其骨者。眉欲俟起复后，得就功名，上疏泣请，如缇萦故事，而纯孝所感，闻有沈阳高僧，欲募化，使官火其骸骨以归。其子为大因果事，虽未知其究竟，而王氏兄弟之至孝，行道亦为心恻也。夫王氏门户式微，父子各天，骨肉离析，卒能擅科名，慰幽魂，□□极志，至而天应之，古人中，真不多见哉！

李明寰，河南沈丘人，为邑诸生，乡居，教授，足不及城市。有同母弟李某为户书，饮酒结客，不治生产，以此坐通邪教，犯大狱逃去。县吏乃逮明寰，明寰杳不闻也，然恐惊其母，挺身诣上官，不令母知。及弟坐逃亡，拟以大辟，母子兄弟同遭流徙，明寰将其母并两孙女，茕茕北向，道路艰辛，行李匮乏，明寰摧薪负米，晨夕在母旁，和颜解慰。至乌棘林中，母病且死，明寰仰天祝曰："死生命也，吾不奉母骨归首丘，天当戮我于是！"泣告同辈，哀求送官留二日，焚母尸，盛以小匣，□持密裹，负至宁古。一时姻友，方欲醵金助□□□□，唯谢之。及徙牡丹屯，越年余，将两孙女营□□□□氏，一适张氏。张佥匠役，当赴兀喇，明寰其妇翁也，遂为张氏副丁。诘朝即促启行，明寰尚不知也。其夜，明寰闻母啼声甚哀，惊起，挑灯视之，不见，如是者再四，乃坐以待旦。盖明寰潜负母匣，以衣被覆之如枕状，夜则置头前，同舍三四辈，皆不知也。及军牒催促，明寰乃知有远行之役，母先告知矣。其往也，又潜负母匣而去。如是者又二年，兀喇戍卒多亡去，明寰亦随亡去。其时，强悍有财力者，每每为追骑所及，不得脱。明寰懦弱，日行不过数里，竟不知其所在。后闻亦为捕者所诘，知其空囊负母骨，曰："此孝子也！人谁无母?"竟舍之。抵关，关吏执讯，亦曰："此今之孟姜也！"亦舍之。抵里，夜瘗母，明日，诣吏告曰："吾为母故，得死所矣！"

请就狱，吏白上官，上官怜之，以无举发者，亦不之问。里中人咸感叹涕下曰："姑待部碟，从公所往可也。"至今竟不知所终云。后其孙女适毕氏，夫死，一兵官聘为继室。官，玉田人也。异日或与明寰聚首，天之报施奇也！

苏得时，山东□州人，为明季抚军苏壮老□□□□南，止一子苏钵伦，为族人争产，诬以事，有司视为奇货，钵伦贫未能厌其欲，遂坐大狱，引妻子为奴律。时乌棘部落新附，赏给人口，钵伦遂没入为奴。一年余，牧牛斫木，力不能堪，垂死者数矣。其家虽有亲戚故旧，避患畏嫌，无一人通其音问者。临发时，得时泣持数金送至道旁曰："此老仆一片心也，公子志之！"又二三年，得时令其妻织布十余匹。妻询所以，得时不以告，携布出门曰："吾必访公子所在，以报主人于地下也！"乃诈为买卖人，附贩商出关，至沈阳，不得达。候数月，有兵官送徙宁古，得时前白曰："我穷人求食，愿执鞭，使牛车，不费役钱。"兵官曰："诺！"乃带至宁古。求公子音信，不得。兵官携有资货，欲向屯中贸易，得时曰："我愿往。"乃间出密访公子所在。至交罗，有乌棘部落杂处，人或告以公子所居，得时乃潜身与出入，告以故，相持而泣，急索公子手书，而□至城中。又侦知其主人旧识，以实情吐露曰："我已得公子信，恐兵官回日，见我孤身，□投充人，转卖他方，则入虎口。"□□□□□□□□□□伴□曰："此我家主故人也，昨□□□□相托。"是以得无恙而归。将归时，得时见宁古军中有长官慷慨仗义者，得时以言□之曰："若拔公子出，许谢千金。"即立券，亲手押字云："京中有至亲，决不相负！"长官故好义，又啖其利，乃买钵伦出，以为家童。后见其质直诚款，且欲以弟女配之，钵伦不许，乃以客礼相待。又偕以入京，见其舅党，赠酬有加，长官亦得其偿矣。钵伦仍思报其恩，至京中，有教之亡去者，钵伦不从，乃随入宁古。后部牒：乌棘赏给官人，不许私卖。稽察甚急。得时又求其家族，为买一仆代其役。此近日通例也。钵伦遂为闲身，比之编民，居宁古自求口食，盖得老仆一人之力也。

野樵氏曰：余出塞，度辽沈而北，见其山川草木旁薄苍莽，并无中国文字与圣人之书，然其俗好侠重义，亲亲敬老，则暗与古人合。至妻妾殉夫，竟白上官，许则从容就缢，虽姑嫜姊妹环泣，不顾也，从无旌饰之事，传记之名。况二三谪戍，计无复之，穷迫而死，谁复□□□□□，李氏、苏氏，百折身全，卒能遂其□□□而□□□□□天哉，士君子矫语仁义，见□□□□顾父母伯叔昆弟，其有惭王、李宜也，乃出濮阳苍□〔当作头〕下哉。

塞外流人，不啻数千，而所谓孝义，唯此三人，然微公，谁与传之？□公之长君，间关来省，至于再三，其至性不减于金坛昆弟。当续为四孝义传可也。

——钱威

兀者王化龙传

南河之畔，初无居者，有一人诛茅扫土，结屋而居，始亦不知何许人，久之知为肃宁之王化龙也。化龙曾为诸生，以事徙边地，途中冻裂两足，如刖状，人遂称为兀者云。编管者悯其残废，故不问其去止，得以自择所居如此。兀者家贫，就河柳织为水(灌)〔当作罐〕，土人利之，持以易粮易薪易布，然自用淡泊，故每有赢余。兀者有一妻，得粮辄用以酿酒，酒亦得息，数年遂购一牛一□□□□□，然一室颇有隐君子之风。□□□□招□□□□□诵幼时所读时艺墨卷，并□□□□等第，侈谈以为快。又能吹洞箫，其声呜呜然，每月下闻其声，则知为兀者也。坐是，士君子亦多与之游。

余尝过而问之曰："子之居此乐乎？"兀者笑曰："予何为不

乐？大造劳我以有形，而逸我以无足，予何为不乐？先生亦见夫全形者乎？凡有强力者，佥为水手矣，出而摇橹，入而运桨，晚则守大壑之藏舟，风雨晦明，饥饿疲劳，此亦生人之至苦也。其孱弱而具聪明者，选而教之匠役焉，操斧斤枘凿，日不遑食，调之修公廨，役之缉库局，虽岁时不辍也，此亦生人之至苦也。其不中选者，又佥以为帮丁，任水手、工匠所欲出银米有差等，其不能出者，则畜之以为厮役，如卖身然，此又生人之至苦也。予皆无之，予何为不乐？亦见夫南山之木乎？大者中栋梁，小者中椽棁，直而脆者伐为薪，其勾曲痈肿者，匠人过而不顾，是以终其天年。予亦勾曲痈肿之木也。”

余闻其言，有似知道者。夫人之大患，为有身也。故五色令人目眩，五音令人耳聋，五味令□□□□，□知能视者之为有目，□吾安□□□者□□□□□□，吾安知能嗜者之为有口？□□□□者自有专足者存，吾又安知无足者之为无足乎？庄生曰：“天下皆知有用之用，而不知无用之用也。”退而为之传。

胸中有感慨，故就题发之，庄周、惠施，见而俯首。

——钱威

募造关帝神像疏

关壮缪之称帝，自前朝神宗始也，以其有阴相建储之功，故加封伏魔大帝，自此祝禧聿盛。正阳门外，庙宇三楹，方丈地耳，王侯士大夫以及黎庶商贾，莫不奔走如骛，求功名者，财利者，吁疾病者，至大灾大患，莫不于神是祷。每朔望，熏香燃纸，至日昃而后罢。若五月诞降之期，则舆马沓遝，肩摩趾接，至不能入门以内，遥为瞻□□□，此非有官师以董之，刑名以威之，□□□□□□□合之，而人心趋向不能□□□□□□□□□□□□□者，盖神之为神□□□□□□□于民，故民祀□□□民之纪也。然一世二世没则已焉。至于帝，自隋以来，玉泉寺著有显迹。至宋真宗，有蚩尤之应，迨万历末年而神功愈昭。至于今，丰都大邑以及城社屯堡、穷边僻壤，儿童走卒，妇人女子，无不知有帝者。言及帝，无有不凛然起畏者。过帝之前，入其庙，瞻仰其像，无不恍惚见之，如在上、如在旁者，乃知教化之所不及，刑法之所不威，官司之所不治，唯神能相之，其禅益世教，岂浅鲜哉？

宁古台为金旧地，处穷发之北，国家统一寰区，中外宴安，辟土任域，生聚繁昌，大将军与两梅勒劳来安辑之，诸章京从而条理之，渐有起色矣。居此土者，无不思所以报功德，祈永命，以副朝廷生养之意。于是善信诸君子，醵金有差，绩茅扫茨，创立庙基，又为环堵以周之。其绘图亦既庄严矣，说者谓帝威神也，无像则庙貌不扬，人心不肃，观瞻□〔当作之字〕际亦不威，然可□□仪然□象。适有善塑者，自楚□□□□□□□□□□□而善男〔下缺十七字〕同，然人〔下缺八字〕有同然。况处荒□□外，骨□〔当作肉〕流离，家乡路杳，寒霜□草，一望销魂，怨□何从？忏悔无地，回天肆赦，惟于神是赖。夫疾痛则呼天、呼父母，帝之在兹，人之天与父母也，若不家谕户说，随心发愿，倘有不闻，滋益惧矣。故书数言于左，惟大慈悲垂览焉。内史过曰："国之兴也，神人无怨，故神降焉，相其德政而均布福焉。"今朝廷德昭政和，惠遍遐迩，是庙告成，虽不能与丰都大邑，同其熏修，亦穷边僻壤之观瞻也矣。

□〔信〕手为之，铺张□□烈，究之尘饭涂羹□〔耳〕。先生为文，必从切实处发论，故借正阳门禧祝入论，而悚然动听，以后字字是塞外缘□，不落宽套。狮子搏兔，亦用全力哉！

——钱威

重安佛顶缘起疏

维夫佛法本空，必借途于象教；真宗无二，乃表异于金身。是以秦穆建中天之台，获石像于西极；汉明得化人之梦，迎画图于东垂。天竺隆规，于斯尚已。

粤稽肃慎遐区，临（湟）〔当作潢〕旧域，爰有古佛，石相巍然，历万劫之岁年，阅千秋之风雨。珊瑚委地，光烂熳而不收；琉璃沉沙，神缥缈而如在。传经鹿苑，空读战场之文；说法祇园，徒有芜□□□□耳。鼻舌委弃草莽之中，地〔下缺十二字〕燃臂〔下缺十八字〕天瞻〔下缺七字〕善信皈依□□□□出涕。今乃发心忏悔，共□□□。鸠工料物，期法相缺而复完；芟蔓除烦，使众生罪而还福。虽穷荒绝域，未能削佛面之金；而涧水溪毛，亦显捐心头之肉。于是作此善果，广结因缘，凡我同心，期襄盛举。将使土淹玉井，重涌甘露之泉；尘拥香亭，再熏旃檀之焰。红山穹峙，引鹫岭之慈云；粟末洪波，流恒沙之德水。珠垂宝髻，永增四人之仪；口吐青莲，常满三千之界。爰托善士，□请闳门，随意所施，咸成佛种。法华会里，共效礼足之诚；苾刍丛中，同识灌顶之义。谨疏。

佳句如编玉贯珠，而贴切佛顶处，尤见精深。

——钱威

六博围棋说

患难之际，果可以戏愉处之乎？曰："不可。"《易》曰："惧以终始，其要无咎。"患难者圣人之所慎也，安可以戏愉处之耶？虽然，人处忧患，则必愤嫉，愤嫉则必怨怼，怨怼则百感交集，仰天呼呜，贤者所不免，而况今人乎？甚矣！处患难之难也。昔夫子厄于陈、蔡，与弟子鸣弦相和，声出金石，名教之乐，外物莫易焉。吾辈不生春秋之世，未得□□□□之教，其道邈乎，不可追已。或意〔下缺十一字〕不能〔下缺十八字〕全不〔下缺七字〕，以观其遇。

□□□□在穷塞之东，地近高□〔当作丽〕，□〔当作流〕徙来者，多吴、越、闽、广、齐、楚、梁、秦、燕、赵之人，乡里朋侣，近□六博围棋，晨夕自好。是果意有所托而偶有所为乎？果情有不能忘而聊用以自遣乎？果事虽出于是，而志之所存全不在于是乎？如能敛其愤嫉、怨怼、百感交集之心，而自沃以名教之乐如是，是真可以戏愉矣。

昔韩昌黎曰："儒者之于患难，容而消之，玩而忘之。"容而消之，则大《易》孔子之道也。若玩而忘之，山水文辞之外，势必游于一艺。今之六博围棋，亦艺之亚也，安在不可以戏愉处之乎？士大夫如是，以为戏愉，则以角胜，不以角财，又必不以胜负动色，又必不欲尽己之能，常使人温然而有余。即地方之主者，亦知其所寄托而必不为动于色，而朋侣姻娅之间，又必喜悦乐群，而相与永久。孔子曰："饱食终日，无所用心。"殆不如博弈贤矣。

兴口〔群〕口〔之〕言，出以风人之旨，故读常曜论而充耳者，□□□□□。此论而下，□情〔缺十四字〕在昌黎以上〔后佚，脱字字数不详〕。

——□〔钱〕□〔威〕

张缙彦传（一）

国朝张缙彦，字濂源，号坦公。生有敏才，读书必求根柢，裒集旧闻，人称经笥。天启辛酉（1621年），乡举第二。崇祯辛未（1631年），成进士，授清涧令。时大贼巢穴其间，延安的属十九州县，贼攻陷者一十有三，乃与残民数十，食豆粥，掘草根，徒步登城，午夜不辍，设计歼寇渠公山鸡等。单骑驰入贼巢，责以忠又，散胁从二千余人，邑赖以全。调繁三原，值岁旱荒，出钱收弃子以数百计。亲祷白马山泉，翌日大雨，泉水涌出，灌田二千余亩，至今赖之。率乡旅破流寇过天星营，夺获监军道阵失关防。救翰林程正揆子大年于贼中，行取户部主事，升郎中，召对中左门，庄烈帝奇其才，授翰林院检讨。时将懦兵骄，边事日坏，而兵部乏人，因改兵科都给事中，纠击悉中时弊，袖中弹文，皆人所不敢发者。丁艰归，升兵部，添设侍郎，复升尚书兼学士，俱未任。崇祯十七年（1644年），贼逼京师，帝手敕缙彦登城察（示）〔当作视〕，见秦、晋二王欲降贼，与户部尚书王家彦顿足哭，偕诣宫门请见，不得入。黎明城陷，旋为逆贼所获，潜逃，举义旗，功不就。国朝起用，任山东右布政使，禁绝私铸。转浙江左布政使，清理国储三百余万，升工部右侍郎，以文获谴，左迁徽宁道佥事，旋徙宁古塔十载卒。又四十年归葬。

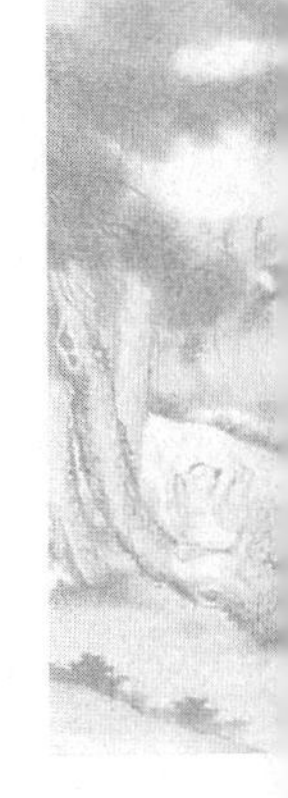

生平才学渊博，排荡百家，为诗文宗匠。著作之富，几于充栋。国初以来，邑中通籍士子，多所裁成，盖巍然河朔一津梁也。

所著有《依水园诗文集》等书行于世。

孙来极，字两生，慷慨重义，获嘉令朱体晋居官有能声，来极雅慕之，未经请谒。适朱卸事，以亏项被累，来极倾囊资助，闻者义之。工诗，有声庠序间，所著《学吟诗集》若干卷，或谓其克绳祖武（上）〔当作云〕。

（录自《新乡县志》卷三十三文苑）

张缙彦传（二）

张缙彦，河南新乡人。明崇祯四年（1631年）进士，历清涧、三原知县。十年，行取，入京候考选。逾年，未得命。庄烈帝闻诸臣营竞及滥徇状，责问吏部尚书田维嘉，维嘉请先推部曹二十二，缙彦预焉。迁户部主事。十一年，给事中吴麟征等劾维嘉赃私，乃召候考诸人及已推部员集中和门试策，亲定十人为翰林，缙彦改授编修。先是，缙彦任主事时，以前官陕西悉贼势，疏言："贼长技在分，穷技在合。请分设两军，一追一驻，则官兵不受牵制，而贼可尽灭。"至是，给事中沈迅荐其知兵，改兵科都给事中。缙彦疑尚书杨嗣昌嗾迅使之去翰林，上疏劾嗣昌。十六年，兵部尚书冯元飙见贼势张，称病去，荐李邦华、史可法自代。庄烈帝不从，超擢缙彦为兵部尚书。十七年二月，流贼李自成逼畿辅，副都御史施邦曜语缙彦急厉士卒固守，檄天下勤王兵入援，缙彦不为意。庄烈帝召廷臣问兵饷，皆不能对，因愤惋斥缙彦负国无状，缙彦顿首乞罢。

三月，李自成陷京师。缙彦与大学士魏藻德率百官表贺，素服坐殿前，群贼争戏侮之。太监王德化叱其误国。四月，我朝兵入山海关，李自成败走，缙彦窜归乡里。闻福王朱由崧据江宁，驰疏自言集义勇擒伪官，收复列城，即授原官，予总督河北、山西、河南军务印，听便宜行事。时方治从贼案，刑部尚书解学龙既分六等拟罪，以缙彦已奉录用，别列其名上。大学士马士英方秉政，凡大僚降贼贿入，辄不问。御史沈宸荃疏劾缙彦由部曹拔置词垣，不数年擢典中枢，乃率先从贼，宜即加极刑，不当屈法录用。给事中李维樾亦纠之曰："缙彦阘眑失机，寸斩莫赎。逆贼入宫，青衣候点。及贼西走，乃鼠窜狼奔，伏草求活，逃散馀魂，安能收复河北？总督重任，奈何遽畀贼臣！"疏入，皆不报。缙彦既受命，士英复用其姻娅越其杰为河南巡抚，贪冒不知兵，诸弁兵结寨自守，莫为用。缙彦奏令总兵许定国、王之纲、刘洪起等画疆分守，然亦不能驭也。

本朝顺治元年（1644 年）九月，都统叶臣等征山西，师过河北，缙彦诣军门纳款。巡抚罗绣锦趣其赴京，缙彦佯称足疾，俟疾愈即由长垣入朝。旋由陈桥渡河而南，绣锦闻其已受明福王三省总督之职，籍其所留新乡家产，以闻。及豫亲王多铎统师定河南、江南，缙彦乃遁匿六安州商麻山中。三年二月，招抚江南大学士洪承畴檄总兵黄鼎入山招之，缙彦赴江宁纳款，缴总督印，及解散各寨士民册，承畴疏荐之。五月，缙彦赴京师，议以投诚在江南大定后，不用。九年，河南巡抚吴景道、巡按王亮教交章荐，下吏部考核酌用。给事中魏裔介疏言："缙彦在明朝身任中枢，一筹莫展，有卢杞、贾似道之奸，而庸劣过之。当流贼李自成逼北京，匿不以报，于贼为功首，于明为罪魁。故都城破日，为司礼内监王德化发愤殴击，众所共睹。其丧心无耻，虽阉宦羞与为类。幸逢恩赦，得饮啄于光天化日之下，已为厚幸，若授以帷幄之寄，厕诸顾问之班，彼既不忠于昔日，岂能效用于我朝？乞敕部摈弃，以协舆论，勿使魑魅魍魉，白日公行。"疏入，其乡人给事中苏文枢奏缙彦屡经荐举，不当追论前朝旧事。疏并下吏部议，以右布政使用。

十年二月，授山东右布政使，甫任事，以缉获私铸报部，户部尚书陈之遴暨大学士管吏部事陈名夏等奏，予从优议叙，为御史王秉乾所劾，上以名夏、之遴植党徇私，谕责之。十一年，迁浙江左布政使。十五年，擢工部右侍郎。十七年二月，上甄别三品以上大臣，谕曰："张缙彦自擢任侍郎，不能实心任事，且耽情诗酒，好结纳交游，沽名取悦，殊失人臣靖共之义。著降四级调外用。"寻补江南徽宁道。是年六月，左都御史魏裔介劾大学士刘正宗罪恶，言缙彦与为莫逆交，序其诗称以将明之才，词诡谲而心叵测。均革职逮讯。御史萧震复疏劾缙彦曰："明之亡也，始于士大夫之朋党，终于奸臣之卖国。缙彦仕明为尚书，在籍时即交通闯贼。及闯贼至京，开门纳款，犹曰事在前朝，已邀上恩赦宥。乃自归诚后，仍不知洗心涤虑，官浙江时，编刊《无声戏》二集，自称'不死英雄'，有'吊死在朝房，为隔壁人救活'云云。冀以假死涂饰其献城之罪，又以不死神奇其未死之身。臣未闻有身为大臣，拥戴逆贼，盗鬻宗社之英雄；且当日抗贼殉难者有人，阖门俱死者有人，岂以未有隔壁人救活逊彼英雄，虽病狂丧心，亦不敢出此语。缙彦乃笔之于书，欲使乱臣贼子相慕效乎？是其在明季则倾覆天下以利身家，在本朝则煽惑人心，为害风俗。假令已死，尚当鞭戮其尸，示戒将来，岂容生存漏网？请敕明正典刑，以肃纲常于万世。"疏并下王大臣察议，以缙彦诡词惑众，及质讯时又巧辩欺饰，拟斩决。上贳缙彦死，褫其职，追夺诰命，籍没家产，流徙宁古塔。寻死。

（录自《贰臣传》卷十二张缙彦列传，参见《清史列传》卷七十九张缙彦传）

张缙彦生平简表

李兴盛

张缙彦（1599—1670），字坦公，原字濂源，自号外方子，又号大隐，筏喻道人、菉居先生。河南新乡人。

明万历二十七年（1599年）　己亥　一岁

九月十四日生。生有风慧，五六岁学书，十岁能文。

明天启元年（1621年）　辛酉　二十三岁

是年中举人。

明崇祯四年（1631年）　辛未　三十三岁

中进士。寻历清涧、三原县知县。

明崇祯十年（1637年）　丁丑　三十九岁

自知县行取入京师候考选。

明崇祯十一年（1638年）　戊寅　四十岁

迁户部主事，再改授编修。

明崇祯十二年（1639年）　己卯　四十一岁

正月，改为兵科都给事中。

明崇祯十六年（1643年）　癸未　四十五岁

擢兵部尚书。

清顺治元年（1644年）　甲申　四十六岁

三月，大顺军入京师，缙彦为李自成所俘，自成败走后，逃归乡里。寻闻弘光帝即位于南京，驰疏，自言："集义勇，擒伪官，收复列城。”十月，弘光帝命复其原官，总督河北、山西、河南军务，便宜行事。

是年九月，清都统叶臣等征山西，过河北，缙彦诣军门纳款，巡抚罗绣锦促其赴京，缙彦佯称足疾，旋赴河南，匿六安州商麻山中。罗绣锦奏，言其“拥兵河上，观望游移，人心惊惑”，“阴是阳非，捉摩不定”。清廷命豫亲王多铎擒缙彦，“治以军法”。

清顺治三年（1646 年）　丙戌　四十八岁

二月，赴江宁洪承畴军前降清。

五月，赴京师。

清顺治四年（1647 年）　丁亥　四十九岁

八月，吏部议以缙彦投诚在江南大定之后，“逡巡来归，不应录用”，诏从之。

清顺治九年（1652 年）　壬辰　五十四岁

以河南巡抚吴景道之荐，诏拟酌用。

清顺治十年（1653 年）　癸巳　五十五岁

二月，以之为山东布政使司右布政使。

清顺治十一年（1654 年）　甲午　五十六岁

迁浙江布政使司左布政使。

清顺治十五年（1658 年）　戊戌　六十岁

二月，为工部右侍郎。

清顺治十七年（1660 年）　庚子　六十二岁

二月，以“不能实心任事”，降补为江南按察使司佥事，分巡徽宁道。

六月，左都御史魏裔介劾缙彦“心叵测”，且为大学士刘正宗之党。

八月，湖广道监察御史肖震劾缙彦前官浙江时，“刻有《无声戏》二集一书，诡称为不死英雄，以煽惑人心”。

十一月，以“巧辩欺饰”，“情罪重大”拟斩，诏从宽免死，著革职，籍设家产，流徙宁古塔。

清顺治十八年（1661 年）　辛丑　六十三岁

二月初二日出关。

四月十三日至宁古塔。

秋，桐城方拱乾父子有赦还之信，缙彦为其三子方与三撰《其旋草序》。

九月初四日，邀请方拱乾父子等患难之交，共十八人，游宁古台。

清康熙二年（1663 年）　癸卯　六十五岁

秋，偕钱威游洞山。

清康熙三年（1664 年）　甲辰　六十六岁

撰《西来庵新建观音阁记》。

清康熙四年（1665 年）　乙巳　六十七岁

集秣陵姚琢之，苕中钱虞仲、方叔、丹季，吴江吴兆骞、钱威，为“七子之会”（亦作“七子诗会”）。分题角韵，月凡三集。吴兆骞誉缙彦为“河朔英灵，而有江左风味”。

撰《募造关帝神像疏》。

清康熙七年（1668 年）　戊申　七十岁

辑其记宁古塔山、水之文，即为《宁古塔山水记》，并自为之序。

清康熙八年（1669 年）　己酉　七十一岁

撰《西来庵新开莲花池记》。

八月，为泼雪泉命名，并请石匠帅奋为之勒石。

清康熙九年（1670 年）　庚戌　七十二岁

“年七十余”，于戍所结茅为屋，名外方庵，焚笔砚，弃诗文，将终老焉。

十月十四日卒于戍所。

是年撰《游宁古台纪》、《外方庵记》，并辑其谪后之文为《域

外集》，姚其章为之作序。

卒后40年，归葬新乡县南五里孟家营。